Me Before You
遇见你之前

[英]乔乔·莫伊斯 著

苏心一 译

北京联合出版公司
Beijing United Publishing Co.,Ltd.

图书在版编目（CIP）数据

遇见你之前／（英）乔乔·莫伊斯著；苏心一译
. -- 北京：北京联合出版公司，2023.4
　ISBN 978-7-5596-6688-8

Ⅰ.①遇… Ⅱ.①乔…②苏… Ⅲ.①长篇小说—英国—现代 Ⅳ.① I561.45

中国国家版本馆 CIP 数据核字（2023）第 031440 号

北京市版权局著作权合同登记 图字：01-2023-1200

Copyright © 2012 BY JOJO MOYES

遇见你之前

作　　者：［英］乔乔·莫伊斯
译　　者：苏心一
出 品 人：赵红仕
责任编辑：夏应鹏
产品经理：慧　木
装帧设计：朱　琳
出版统筹：慕云五　孙淑慧　马海宽

北京联合出版公司出版
（北京市西城区德外大街 83 号楼 9 层 100088）
北京联合天畅文化传播公司发行
北京盛通印刷股份有限公司　新华书店经销
字数 280 千字　880×1240 毫米　1/32　13.75 印张
2023 年 4 月第 1 版　2023 年 4 月第 1 次印刷
ISBN 978-7-5596-6688-8
定价：59.00 元

版权所有，侵权必究
未经许可，不得以任何方式复制或抄袭本书部分或全部内容
本书若有质量问题，请与本公司图书销售中心联系调换。电话：（010）64258472-800

献给挚爱的查尔斯

目 录

序 篇　/ III

第一章　　　失业　　　/ 1
第二章　　　面试　　　/ 17
第三章　　　初见　　　/ 31
第四章　　　旧爱　　　/ 47
第五章　　　就诊　　　/ 65
第六章　　　雪天　　　/ 81
第七章　　　理发　　　/ 99
第八章　　　花园　　　/ 119
第九章　　　谎言　　　/ 127
第十章　　　计划单　　/ 145
第十一章　　赛马　　　/ 159
第十二章　　音乐会　　/ 179
第十三章　　生日晚餐　/ 195
第十四章　　美妙之地　/ 215
第十五章　　聊天室　　/ 231
第十六章　　换床游戏　/ 249

第十七章　　搬家　　/ 267

第十八章　　婚礼　　/ 291

第十九章　　归来　　/ 313

第二十章　　旅行　　/ 321

第二十一章　好消息　　/ 339

第二十二章　肺炎　　/ 345

第二十三章　度假　　/ 357

第二十四章　归途　　/ 381

第二十五章　报社记者　　/ 389

第二十六章　告别　　/ 405

第二十七章　裁决　　/ 419

尾声　　/ 423

序　篇

(2007)

他从浴室出来时，她已经醒了，半靠在枕头上，翻阅着床边的旅游宣传手册。她穿着他的 T 恤衫，长发凌乱，让人不由得想起前一晚的情形。他站在那儿，一边回味着那美妙的时刻，一边用毛巾擦拭头发上的水。

她抬起头来，嘴噘着。她不再是小姑娘了，噘嘴不好看，还好他们在一起没有多长时间，偶尔见到她噘嘴的样子也还算可爱。

"你真的觉得我们非得翻山越岭或者滑过峡谷吗？这是我们俩第一次正式度假，这个册子上的这些项目，要么要从高处往下跳，要么在寒冷的地方，要穿厚羊绒衣。"她假装发起抖来。

她把旅行手册扔到床上，浅褐色的手臂高举过头顶。由于睡眠不足，她的嗓音有些沙哑："去巴厘岛的豪华水疗度假村如何？我们可以躺在沙滩上，什么也不做，享受放松的长夜。"

"我受不了这样的度假，我一定要切切实实做点事情。"

"比如从飞机上纵身跳下?"

"不懂就不要乱说。"

她拉下脸来,说道:"反正对你都一样,我说两句又有什么。"

他的衬衫微湿。他梳了梳头,然后打开手机,小屏幕上接连闪现出许多未读短信,他不由得眉头一皱。

"行啦,"他说,"我得走了,早餐你随便吃。"他俯下身来亲吻她。她散发出温暖而芳香的气息,性感迷人。他深嗅着她头发的香味,她环住他的脖子,把他拉近床边时,有那么一瞬间,他失神了。

"这个周末我们还出去吗?"

他不情愿地将自己挣脱出来。"那要看这笔交易的进行情况了,这会儿一切都还说不准。周末我有可能要去纽约。不管怎样,周四好好吃顿晚饭吧,餐厅你来订。"他伸手去门后取摩托车服。

她眯起双眼,说道:"吃晚饭时,'黑莓'先生也在场吗?"

"什么?"

"'黑莓'先生让我感觉自己是'鹅莓'①小姐。"她又噘起嘴来,"我觉得总有个第三者在和我争宠。"

"我会把手机调到静音模式。"

"威尔·特雷纳!"她斥责道,"你必须把手机关机一段时间。"

"昨晚我就关机了,不是吗?"

"那是出于重压。"

他咧嘴一笑:"谈不上吧?"他穿上摩托车服,丽莎对他的想

---

① "鹅莓":原文为 gooseberry,意即不知趣的第三者。——译者注(后续脚注如无特殊说明,均为译者注。)

象落空了。他穿好衣服,离开时给了她一个飞吻。

他的黑莓手机里有 22 条未读短信,第一条于凌晨三点四十二分发自纽约,有关某个法律问题。他坐电梯到地下停车场,同时快速了解前一晚发生的事情。

"早上好,特雷纳先生。"

保安米克从隔间走出来。小隔间防风又挡雨,虽然在地下停车场根本不会有日晒雨淋的问题。威尔有时会疑惑深夜他在这里干些什么,除了盯着监控显示屏,就只能盯着汽车的保险杠发呆,这里的跑车动辄价值六万英镑以上,永远明光锃亮。

他紧了紧皮革夹克。"外面天气怎么样,米克?"

"可怕极了,大雨倾盆。"

威尔停住了脚步,说:"真的吗?不适合骑摩托车?"

米克摇了摇头:"是的,先生。除非您有一艘充气艇,或者想寻死。"

威尔盯着摩托车,脱下摩托车服。不管丽莎怎么想,他可不会去冒无谓的风险。他打开摩托车的尾箱,把摩托车服放了进去,关上箱子,把钥匙扔给了米克。米克用一只手利落地抓住了钥匙。"把钥匙从我们门下塞进去,可以吗?"

"没问题。要我帮您叫出租车吗?"

"不用,没必要让你我都淋湿。"

米克按动按钮,打开了自动铁栅栏门,威尔走了出去,他挥挥手对米克表示感谢。清晨天色阴沉,四周雷声隆隆。尽管才七点半,伦敦市中心已经车水马龙。他拉高衣领,大踏步走向路口,那儿最容易叫到车。道路湿滑,如镜子般的人行道闪耀着微微水光。

发现街边站着另一个穿西装的人时,他暗自咒骂了一声。从什么时候开始,全伦敦的人都这么早起床啊?每个人都想到一块儿去了。

他正在琢磨站在哪个位置最合适时,手机响了,是鲁珀特打来的。

"我在路上,正在等出租车呢。"对面来了辆出租车,橙色的光越来越近,他朝它奔过去,祈祷别人没有抢先。一辆大巴呼啸而过,接着是一辆卡车,刹车时发出刺耳的尖叫,盖住了鲁珀特的声音。"我听不清,鲁佩,"为了盖过车辆的噪声,他大声叫道,"你再说一遍。"车辆如水流般经过他的身旁,他像暂时被困在了小岛上。那辆出租车的橙色灯光闪烁着,他举起空着的那只手,希望司机能透过暴雨看到他。

"你得打电话给杰夫,他在纽约,他还没有睡觉,一直在等你的电话。昨晚我们一直在找你。"

"出什么事了?"

"法律问题。他们在拖时间,不想达成两项条款……第……部分……签名……文件……"一辆轿车开过,淹没了他的声音,轿车的轮胎在雨中发出嘶嘶的声响。

"我不明白你的意思。"

那个出租车司机看到了他。车子在路的对面慢慢减速,溅起一串细小的水花。他先前看到的那个人快跑几步,发现威尔肯定会在他前面赶到时,慢了下来。威尔隐隐感到喜悦。"听着,让卡利把文件放在我桌上,"他喊道,"我十分钟到。"

威尔下意识地朝两边瞅了瞅,然后低下头,穿过马路朝出租车跑去,"去贝克法亚斯"这句话几乎就要说出口。雨沿着他的领口往下渗。虽然只走了很短一段距离,但等他到达办公室时,肯定全身湿透了。或许他应该让秘书出去给他买一件衬衫。

"在马丁加入之前,我们要搞定尽职调查①……"

一阵刺耳的喇叭声让他抬起头来,他看到了光亮的黑色车身,出租车就在他前面,司机已经摇下了车窗。他眼角的余光瞥到某个看不太清的东西,正以难以置信的速度向他冲过来。

他转过头,就在那一瞬间,他意识到自己挡了它的路,他没有办法躲开。他震惊地张开手,黑莓手机落到了地上。他听到了一声叫喊,也许正是他自己的声音。最后他看见一只皮手套和头盔下的一张脸,还有那男人眼底与他同样惊愕的神色。随着一声爆炸,一切都碎裂开来。

然后什么都没有了。

---

① 尽职调查:为投资决策而做出的一系列事前调查。——编者注

第一章 失业

(2009)

走158步,可以从公共汽车站到我家,如果不赶时间,穿厚底鞋或是从慈善商店淘来的鞋时,就需要180步。慈善商店的那种鞋头部边缘饰有蝴蝶图案,鞋跟有点磨脚,因而以1.99英镑的低价就能入手。我转弯拐进那条街(68步),从那儿刚好能看到那栋四卧室的排屋,坐落在一排三四卧室的排屋中间。父亲的车停在门外,看来他还没有去上班。

我身后,太阳落山了,逐渐消失在斯托夫城堡后面,城堡的阴影沿山而下,宛如正在熔化的蜡烛,很快落在了我前面。我还是个小孩子时,我们常常追逐着彼此被拉长的影子进行枪战,我们的街道就成了O.K.畜栏①。换作另一天,我可能会告诉你在这条

---

① 美国亚利桑那州墓碑镇最为人所知的事件就是1881年在O.K.畜栏发生过枪战。

路上发生在我身上的所有事情：父亲在哪个地方教我骑没有稳定轮的自行车；总是把假发戴歪的道尔蒂夫人常在什么地方给我们做威尔士蛋糕；特丽娜十一岁时把手插进哪个地方的一段树篱，捣了马蜂窝，我们一路尖叫着狂奔回城堡。

托马斯的三轮车倒扣在路上挡住了门。我把小车拖到门廊，打开门。一股热浪袭来，像是置身于热气袋里。母亲不能受凉，家里一年到头供暖。父亲总会打开窗户，抱怨说她会让我们全家破产。他说，我们的暖气费比一个非洲小国家的 GDP（国民生产总值）还要高。

"亲爱的，是你吗？"

"嗯。"我挪了挪其他衣服，匀出一点空间把外套挂上。

"露还是特丽娜？"

"露。"

我瞅了瞅客厅。父亲半跪在沙发前，一只手深深地插进软垫间，垫子貌似吞噬了他的整只胳膊。我五岁的外甥托马斯蹲着，目不转睛地瞧着他。

"乐高。"父亲费了半天劲，脸色紫红，转向我说道，"我实在搞不懂他们为什么要把这该死的积木做得这么小。你有没有见过欧比旺·克诺比[1]的左胳膊？"

"在 DVD 播放机上面。我觉得他把欧比旺的胳膊换成了印第安纳·琼斯[2]的。"

"嗯，显然欧比旺不可能有米色的胳膊，我们必须给他装上黑

---

[1] 欧比旺·克诺比（Obi-Wan Kenobi）：电影《星球大战》中的一个角色。
[2] 印第安纳·琼斯（Dr. Henry "Indiana" Jones, Jr.）：电影《夺宝奇兵》系列的主角。

色的胳膊。"

"我倒不在意。《星球大战》第二季里达斯·维达不是砍掉了他的胳膊吗？"我指了指我的脸颊，示意托马斯亲那里。"妈妈呢？"

"在楼上。要是乐高把积木做成两磅重一个就好了！"

我抬起头，刚好能听到熨衣板熟悉的嘎吱声。母亲乔茜·克拉克总是不得闲。她以此为傲。一家人在吃烤肉大餐时，她在屋外的梯子上粉刷窗户，偶尔停下来对家人挥手。

"你能帮我找找那只该死的胳膊吗？他已经让我找了半小时，我得去上班了。"

"您上夜班吗？"

"对，现在五点半了。"

我瞥了一眼时钟。"事实上，现在才四点半。"

他从软垫里抽出手来，眯眼看了下表。"那你今天怎么这么早就回来了？"

我茫然地摇了摇头，装作没听懂这个问题，走进厨房里。

外祖父坐在厨房窗边的椅子上，正在研究数独拼图。家访护士[①]说这个游戏能帮助中过风的外祖父集中注意力。我怀疑只有我注意到，他只是简单地填满所有格子，根本就没有管想到的是什么数字。

"嗨，外公。"

他微笑着抬起头。

"想喝一杯茶吗？"

---

① 家访护士（health visitor）：英国的一种职业护士，会去人们家里访问，给与其医疗和健康建议。——编者注

他摇了摇头,微微张开嘴。

"要冷饮吗?"

他点点头。

我打开冰箱门。"没有苹果汁。"苹果汁,我想起来,太贵了。"利宾纳①可以吗?"

他摇摇头。

"水呢?"

他点了点头。我递给他水时,他喃喃地说了句话,好像是"谢谢"。

母亲走进房间,她挎着个巨大的篮子,里面装着叠好的衣服。"这是你的吗?"她挥动着一双袜子。

"应该是特丽娜的。"

"我也觉得是。颜色真怪,肯定是让你爸爸的紫红色睡裤给染色了。你回来得真早,一会儿要出门吗?"

"哪儿也不去。"我倒满一杯自来水,喝了起来。

"晚一点帕特里克会来吗?他往这儿打过电话,你的手机是不是关机了?"

"嗯。"

"他说想安排一下你的假期。你爸爸说他在电视上看到了一些相关信息。你喜欢什么地方?益普索?卡拉普索?"

"斯基亚索斯岛②。"

"就是那里。酒店你可得找仔细了,在网上找吧。他和你爸爸

---

① 利宾纳(Ribena):一种富含维生素C的饮料。
② 希腊的岛屿,位于爱琴海西北部。

午餐时看了新闻。显然，他们有半价优惠，你到了那里才能知道是怎么回事。爸爸，您要来杯茶吗？露没有给您倒一杯吗？"她烧上水，然后瞧着我，可能她终于意识到我没说什么话。"你还好吗，亲爱的？你的脸色差极了。"

她伸出手摸了摸我的额头，好像我还是个小孩子，离二十六岁还差得远。

"我想我们不会去度假。"

母亲的手停了下来。她的注视像 X 光一样穿透我的身体，打从我小时候她就是这种目光。"你和帕特闹矛盾了吗？"

"妈妈，我——"

"我并不想干涉你们的事情。只是，你们俩在一起这么久了，不时有些磕磕绊绊很正常。我和你爸爸，我们……"

"我失业了。"

我的话让母亲安静下来，小房间里的氛围变得沉重。这句话悬在空中，过了好一会儿才消散。

"什么？"

"弗兰克把咖啡厅关了，明天就不营业了。"我伸出那只拿着信封的手，从公共汽车站回来的 180 步里，我都紧紧攥着它，我还未从震惊中缓过神来，信封被捏得略微有些汗湿。"他付给了我三个月的薪水。"

这天上午一如往常。我认识的每个人都痛恨周一早上，我却从未有过这种想法。我喜欢早早地就到"黄油面包"咖啡馆，把角落里的巨大茶壶煮上，把后院的一箱箱牛奶和面包搬进来，一边做开门前的准备工作，一边跟弗兰克闲聊。

我喜欢咖啡馆里温暖的培根香味，喜欢门开开合合时带进来的丝丝凉风，人们的窃窃私语，还有安静时角落里弗兰克的收音机里轻轻流淌的乐曲。这儿不是个时髦的地方，墙上贴满了山顶城堡的风景画，桌上仍然铺着富美家的塑料贴面，打从我来这里工作，菜单就没有变过，只是巧克力棒的种类变了、糖霜面包的托盘里增加了巧克力布朗尼和玛芬。

最重要的是，我喜欢那些顾客。我喜欢管道工凯文和安吉洛，他们几乎每个早上都来，就弗兰克从哪里搞到店里的肉跟他开玩笑。我对"蒲公英女士"也颇有好感，这个昵称源于她满头的蓬松白发，每周一到周四她都来这里，吃一个鸡蛋和一份炸薯条，看着免费报纸，喝完整整两杯茶。我总是用心陪她聊天。我怀疑这可能是这位老太太一整天里唯一的谈话。

我还喜欢来往城堡中途来歇脚的旅客、放学后大笑着跑来的学生、从街道对面的办公室过来的老主顾，还有美发师妮娜和切莉，她们知道店里每样食物的热量。连那些最讨厌的顾客，比如开玩具店的那个红头发女人，每星期都为了零钱的事至少跟我吵一次架，但也没有让我烦心。

我见证着餐桌上一段段感情的开始与结束，父母离异的孩子们在双亲之间的挪移；不会做饭的家长们来饱餐一顿后，虽然愧疚，却也感到释然；退休老人们对一顿油煎早餐暗自欢悦。形形色色的人来过咖啡馆，大多数人都跟我搭讪过，捧着盛着热气腾腾茶水的杯子开开玩笑或是点评新闻。父亲常说他永远猜不到我下一句要说的是什么，但是在咖啡馆这并不要紧。

弗兰克对我非常满意。他生性沉默，他说我让咖啡厅充满生机。我的工作有点像是酒吧女招待，不过没有醉鬼带来的麻烦。

然而那天下午，午餐那段繁忙时间结束之后，咖啡馆里暂时没有什么人，弗兰克从烹饪台后面走出来，在他的围裙上擦了擦手，挂上了"打烊"的小标志牌。

"弗兰克，我跟你说过，小费并不算在最低工资里。"用我父亲的话说，弗兰克像蓝色的牛羚一样怪异。我抬起头来。

他没有笑。

"噢，我没有又把盐放进糖罐吧？"

他两手绞着一块茶巾，自从我认识他以来，他从没有这么不自在过。一时间我都纳闷是不是有人向他投诉我。这时他示意我坐下。

"很抱歉，露易莎，"他告诉我详情，"我要回澳大利亚了。我爸爸的身体不是太好，而且城堡肯定也要开始经营自己的茶点店，相关的告示已经贴在墙上了。"

我坐在那里，肯定目瞪口呆。随后，弗兰克递给我一个信封，并且在我张口之前就回答了我想问的问题。"你知道，我们从来没有签订过正式的合同或者类似的文件，但是我希望补偿你。信封里是你三个月的工资，我们明天就停业了。"

"三个月的工资！"父亲勃然大怒，母亲塞给我一杯甜茶。"哟，想想过去的六年，她一直在那里卖力工作，他可真够慷慨啊。"

"巴纳德。"母亲瞪了他一眼，朝托马斯的方向示意了一下。他每天放学后我父母都要照看他，直到特丽娜下班。

"那她现在到底该去干什么？该死的，他怎么也该至少提前一天通知她。"

"嗯,她得找新工作。"

"该死的,没有什么工作,乔茜。你我心知肚明,我们正处在见鬼的经济衰退中。"

母亲闭上眼睛一会儿,似乎想让自己镇静下来,然后她说道:"她很聪明,她会找到事做。她有可靠的就业记录,不是吗?弗兰克会给她写一封很棒的推荐信。"

"哦,极其让人赞叹……'露易莎·克拉克擅长给面包涂奶油,是侍弄茶壶的行家。'"

"谢谢您的鼓励,爸爸。"

"我只是随口说说罢了。"

我知道父亲如此焦虑不安的真正原因,他们指望我的工资过活。特丽娜在花店几乎挣不到什么钱,母亲因为要照顾外祖父而没法去上班,而外祖父的养老金根本不值一提,父亲总是担心会丢掉在家具厂的工作。几个月来,他的老板一直念叨着要裁员。家里人总是小声抱怨着负债,靠几张信用卡勉强周转。两年前,父亲的车被一个未上保险的司机撞坏了,这足以使父母本已摇摇欲坠的财政大厦最终倒塌。我微薄的工资成为家用开销的根底,支撑着这个家度过一周又一周。

"我们要沉得住气。她明天可以到职业介绍所,看看那里有没有什么工作机会。目前她对付得过去。"他们说话时就好像我不在场。"并且她很聪明。你很聪明,不是吗,亲爱的?也许她可以上个打字课程,做点办公室工作。"

我坐在那里,父母讨论着我有限的资历所能胜任的其他工作:工厂女工、缝纫机工、面包师。那天下午我第一次想掉眼泪。托马斯睁着又大又圆的眼睛看看我,默默地递给我半块湿乎乎的饼干。

"谢谢你，托马斯。"我无声地说，吃下了饼干。

我就知道，他在运动俱乐部。从周一到周四，像车站时刻表一样有规律，帕特里克都在那儿，要么在健身房锻炼，要么在泛光灯照明的跑道上一个劲儿跑圈。我走下台阶，双手抱在胸前抵御严寒，缓慢地走到跑道上，他跑得离我够近、能看清我是谁时，我向他挥了挥手。

"跟我一起跑跑，"他靠近时，喘着气说道，呼出的气在空中化成白色的雾霭，"我还有四圈要跑。"

我犹豫了一会儿，然后与他并肩跑了起来。只有这样，我才能跟他说上话。我穿着饰有青绿色蕾丝的粉色运动鞋，这是我唯一一双可以穿着跑步的鞋。

白天我一直待在家里，想尽量干点活儿。我估计一个小时前母亲就嫌我碍手碍脚了。母亲和外祖父有他们的日常安排，我在那儿会打搅他们。父亲这个月上晚班，白天在休息，不便打扰。我收拾好自己的房间，然后坐下来看电视，声音调得很低，但时不时我会记起，为什么大中午的我还在家里，我感到胸口切切实实地一阵疼痛。

"我没想到你会来。"

"我在家待腻了，我想我们在一起会有点事干。"

他脸上汗津津的，斜眼看着我。"宝贝，你最好尽快找个新工作。"

"离我丢掉上一份工作才二十四小时，我可以难受一下、懒散一点吗？你知道的，就今天。"

"但你得看到事情积极的一面,你很清楚你不可能在那个地方待上一辈子。你要往上走,往前看。"帕特里克两年前被提名为"斯托夫年度青年企业家",到现在还沉浸在这一荣耀中。自那以后,他找了位生意伙伴金杰·皮特,分期付款买下了两辆配有彩色标志的面包车,为方圆四十英里①的客户提供私教课程。他办公室里有块白板,他喜欢用又黑又粗的记号笔在上面涂写上预期营业额,再三修改,直到他对那个数字满意为止。我一直都不太相信这些数字会成为现实。

"露,人们的生活会因为遭遇裁员发生改变。"他扫了一眼表,核对了一下他的圈速,"你想做什么?你可以接受再培训,我相信他们会资助像你这样的人。"

"像我这样的人?"

"寻找新机会的人。你想做什么?你可以当美容师。你很漂亮。"他用肘轻推我,觉得我应该对他的赞美表示感激。

"你知道我是怎么做日常护理的,用肥皂和清水洗洗、擦干完事。"

帕特里克有些恼火。

我落在他后面了。我讨厌跑步,我恨透了他从不减速。

"听我说……售货员、秘书、房地产经纪人,我也说不上来……肯定有你愿意做的事情。"

可惜没有。我喜欢在咖啡馆工作,对"黄油面包"咖啡馆的大事小事了如指掌,听听来光顾的客人的故事,我在那儿待得很自在。

---

① 1英里约等于1.6公里。——编者注。

"宝贝,你不能消沉,你要挺住。所有优秀的企业家在遭遇低谷后,都会东山再起。杰弗里·阿切尔①做到了,理查德·布兰森②也一样。"他拍了拍我的胳膊,想让我打起精神来。

"我怀疑杰弗里·阿切尔会烤茶点饼,还被解雇了。"我喘不过气来,而且我穿了不合适的内衣。我慢了下来,双手垂到膝盖上。

他转过身,往回跑,话语透过因寒冷而似乎要凝结的空气传过来。"如果他曾……我只是随便说说。考虑一下再做决定吧,换上时髦衣服去职业介绍所看看。要是你愿意,我给你培训培训,你来和我一起工作。你知道我们能赚到钱,你也不用担心度假的问题,我来付费。"

我微笑着看着他。

他给了我一个飞吻,他的声音在空荡荡的体育场里回响。"等你重新站稳脚跟,再把钱还给我。"

我首次申请了求职津贴,参加了一次四十五分钟的面试和一次群面。群面中,我和大约二十个各色男女坐在一起,其中一半人显得有点呆呆的,我怀疑我也是这副表情。另一半人则面无表情,兴味索然,显然来过这儿很多次了。我穿的是父亲所谓的便服。

有赖于这些努力,我在一家鸡肉加工厂上了一小段时间的夜班(这让我做了好几个星期的噩梦),在一个培训班当了两天的家庭能源顾问。我很快意识到,他们其实是要我去忽悠老年人更换

---

① 杰弗里·阿彻尔(Jeffrey Archer,1940—):英国政治家、作家。
② 理查德·布兰森(Richard Branson,1950—):英国著名企业维珍集团的首席执行官。

能源供应商。我告诉我的个人"顾问"赛义德，我干不了。他偏要我坚持下去，于是我列出了他们要求我采用的一些手段，对此他变得有些沉默，然后建议我们（他总是用"我们"，即使失业的人只有我）尝试点别的。

我在一家快餐连锁店干了两个星期，工作时长还行，我也可以忍受制服让头发产生静电，但是我发现很难照着"最佳回答"的脚本去说话。比如："今天我能帮到您什么？""您想要大份的薯条吗？"我跟一个四岁的女孩争论免费玩具的各种优点，一个做甜甜圈的女人逮到了这一幕，然后我就被开除了。我能说什么？那个四岁的女孩聪明伶俐。我也认为睡美人很蠢。

我第四次去面谈，赛义德查看着触摸屏，寻找更多的工作"机会"。再怎么希望渺茫的求职者，严肃又乐天的赛义德也能想办法帮他们找到工作，但此刻他的声音听起来也有点疲惫。

"嗯，你有没有考虑过进入娱乐圈？"

"什么，扮童话剧里的滑稽老太婆？"

"实际上，不是。不过确实有一个跳钢管舞的职位在招人。事实上，有好几个空缺。"

我挑了挑眉，"你是在开玩笑吧？"

"这份工作是自己单干的，一周工作三十小时。我相信还有不少小费。"

"拜托，你不是建议我穿着内裤在陌生人面前招摇吧？"

"你说过你擅长跟人打交道，并且看上去你喜欢穿……戏装。"他看了一眼我闪闪发光的绿色连袜裤。我原以为这身打扮会让我更精神。几乎整个早餐时间，托马斯都在对我哼唱《小美人鱼》的主题曲。

赛义德在键盘上敲了些什么。"成人聊天热线管理员怎么样？"

我盯着他。

他耸耸肩，"你说过你喜欢跟人聊天。"

"不，我不做半裸的酒吧服务员，也不做女按摩师和网络摄像头操作员。赛义德，肯定有些工作我能做，也不会让我爸犯心脏病。"

这似乎把他难倒了。"外面没剩下多少有弹性工作时间的零售职位了。"

"夜间物品陈列人员呢？"我到这儿的次数够多，已经能够使用他们的术语了。

"候选者众多。家长们倾向于做这类工作，因为不会与孩子们的上课时间冲突。"他带着歉意说，又开始查看屏幕，"那么我们只剩下护理职位了。"

"给老年人擦屁股吗？"

"很抱歉，露易莎，你的资质不大适合做其他工作。如果你想接受再培训，我很高兴为你指点正确的方向。成人教育中心有不少课程。"

"可是我们已经走到这一步了，赛义德。要是我接受培训，我就会失去求职津贴，对吗？"

"如果你不胜任工作，是的。"

我们静静地坐了一会儿。我凝视着大门，两个魁梧的保安站在门边，不知道他们是不是通过职业中心找到工作的。

"我不擅长跟老年人打交道，赛义德。我外公中风后就住在我家，我不知道怎么面对他。"

"哈，这么说你有些护理的经验。"

"谈不上，都是我妈妈照顾他。"

"你妈妈要找工作吗？"

"真是搞笑。"

"我没有在开玩笑。"

"难道我妈妈去工作，我留下来照顾外公吗？不，谢谢你。我替外公谢谢你，当然我也谢谢你。有咖啡馆招人吗？"

"露易莎，这附近没几家咖啡馆，没法保障你就业。我们可以试试肯德基，在那儿你能做得更好。"

"因为卖全家桶比卖麦乐鸡更好吗？我不这么认为。"

"好吧，也许我们可以看看更远地方的工作。"

"只有四班公共汽车进出我们镇，这一点你清楚。我知道你会让我看看观光车，我给车站打过电话，下午五点车就停运了。另外，观光车比普通巴士贵一倍。"

赛义德靠在椅背上。"露易莎，事情到了这一步，我必须说明一点，作为一个健康并且有劳动能力的人，想要继续领取求职津贴，你必须……"

"——表现出我在努力找工作。我知道。"

我怎样才能向这个男人证明我有多想工作？难道他一点也不了解我有多么喜欢我的上一份工作吗？失业原本只是一个概念，是在有关造船厂和汽车厂的新闻中，播音员枯燥谈论的东西。我从没想过我想念一份工作会像想念四肢，一种一直拥有的收缩自如的身体部件。我以前也没有忧虑过经济状况和我的未来，失业让人觉得无能、无用。每天早上你会比被闹钟粗暴地叫醒更加难以起床，你会想念曾与你共事的人，不管你们有多么不同。甚至走在大街上时，你都会发现自己在搜寻熟悉的面孔。头一回看见

"蒲公英女士"在店铺间闲荡，跟我一样漫无目的时，我尽量克制住自己上前拥抱她的冲动。

赛义德的声音打断了我的沉思，"啊哈，这个估计可行。"

我看了看屏幕。

"这会儿刚刚发布，护理的职位。"

"我告诉过你我不擅长跟——"

"不是老年人。这是私人职位，去别人家里工作，与你家相隔不到两英里，护理和陪伴一位残疾男士。你会开车吗？"

"会。不过我是否需要擦他的……"

"据我所知，不需要擦屁股。"他扫了一眼屏幕，"他……四肢瘫痪。他需要有人在白天喂他吃饭，提供协助。通常在这类工作中就是待在那里，他们要外出时，帮助做些他们自己没法做的简单工作。噢，报酬不错，比最低工资高出不少。"

"那肯定是因为这份工作涉及擦洗屁股。"

"我会打电话给他们确认这份工作里有没有这项服务。要是没有，你愿意去面试吗？"

他用的是问句。

但是我们都知道答案。

我叹了口气，收好我的包准备回家。

"天哪，"父亲说，"你能想象吗？要是一辈子困在轮椅里还不够惩罚的话，让露去看护那家伙就是雪上加霜！"

"巴纳德。"母亲责骂道。

我身后，外祖父捧着茶杯笑了笑。

第二章　面试

我不愚钝，我只是想声明这一点。可是我妹妹，不仅升了一级跟我同班，还又跳了一级，跟她一起长大，难免让我觉得自己智商欠缺。

尽管卡翠娜①比我小十八个月，可她做什么事情都在我前面。我读过的每一本书她早就读过，我在餐桌上提及的每件事情她早就知道。她是我认识的唯一真正喜欢考试的人。有时我认为我这么穿衣打扮，原因就在于特丽娜不会混搭，她喜欢穿套头毛衣和牛仔裤。她觉得聪明的人首先要会熨牛仔裤。

父亲说我"有个性"，因为我总是心直口快，他说我像莉莉阿姨，我从没见过那个人。我总是被拿来跟一个素未谋面的人相比，这事真别扭。我穿着紫色靴子下楼时，父亲会对母亲点点头，说：

---

① "卡翠娜"（Katrina）是"特丽娜"（Treena）的正式称呼。

"你还记得莉莉阿姨和她的紫色靴子吗?"母亲会咯咯地笑出声来,就像是领会了一个隐秘的笑话。母亲说我"与众不同",这是她对不能完全理解我的穿衣风格的礼貌说法。

除了青少年时期的一段短暂时间,我从没想要看起来像特丽娜,或是学校里的任何女孩。到我十四岁左右,我都更喜欢穿男孩的衣服,现在我倾向于取悦我自己,依据当天的心情穿衣打扮。我觉得没必要穿得跟别人一样。我个子小、头发乌黑,照爸爸的说法,长着一张小精灵的脸。那并不是指我如"精灵般美丽"。我并不丑,但我认为没有人会说我漂亮,我身上没有那种优雅的气质。帕特里克想跟我亲热时会夸我漂亮极了,那显然只是随口说说而已。我们认识七年了,彼此知根知底。

我二十六岁了,还是搞不太清楚自己是什么样的人。丢掉工作以前,我压根儿没想过这个问题。我觉得十有八九我会跟帕特里克结婚,生几个孩子,住在离娘家不远的地方。除了喜欢奇装异服,个子有点矮以外,我与你在街上遇到的路人没什么两样。你很可能不会多看我一眼。一个普普通通的女孩,过着平平淡淡的日子。这句话形容我再贴切不过。

"你得穿正装去面试,"母亲强调,"现在的人都太随意了。"

"因为给老年病人喂食物时,穿细条纹西服至关重要?"

"别跟我贫嘴。"

"我买不起正装。万一我得不到这份工作呢?"

"你可以穿我的,我会把衬衣熨好。还有,听我一次,不要把你的头发盘得像——"她指了指我的头发,我跟平常一样,编了两个发髻，脑袋两侧一边一个。"——莱娅公主①，要尽量打扮得像个正常人。"

我还没傻到跟母亲吵架。我走出屋子，裙子太紧，走起路来不自在。看得出来，有人叮嘱过父亲不要评论我的装扮。

"再见，亲爱的，"父亲说，嘴角抽搐了一下，"祝你好运。你看起来非常……正式。"

令人尴尬的并不在于我穿着母亲的套装，也不在于这个款式最后一次流行是在20世纪80年代末，而在于它对我来说实在太小了。我感觉腰带勒住了肚子，才让双排纽扣的夹克衫能系上。父亲常说母亲太瘦，发卡上的油都比她身上的多。

我耐着性子坐了一会儿公交车，有点想吐。我从没正儿八经地参加过面试。当初特丽娜打赌说我一天内肯定找不到工作，于是我走进了"黄油面包"咖啡馆，直截了当地问弗兰克要不要帮手。那是他开业的第一天，他感激得有点难以置信。

现在，回首往昔，我甚至都不记得跟他讨论过待遇问题。他建议付周薪，我同意了。每年他都会稍微涨一点工资，通常都比我想要的多一点点。

总之，人们在面试时都问些什么问题呢？要是他们给我明确指示，要我给那个老男人喂饭、洗澡等，我怎么办呢？赛义德告诉过我有一位男护理负责解决他的"私密需求"。想到这个词，我打了个寒战。第二位护理的具体工作内容，他说"有点不太清楚"。我想象着自己从老男人嘴边擦去口水的情景，也许会大声地

---

① 莱娅公主：即莱娅·奥加纳·索罗（Leia Organa Solo），电影《星球大战》中的重要角色。

问:"你想要一杯茶吗?"

外祖父中风后开始疗养的那段日子,他什么都不能为自己做。母亲包办了一切。"你妈妈是个圣人。"父亲说。我觉得他是指母亲任劳任怨,给外祖父端屎端尿。我相当清楚没人这么形容过我,我帮外祖父切食物,给他沏茶,但是对于其他的事情,我不知道我是不是那块料。

格兰塔宅邸坐落在斯托夫城堡的另一边,靠近中古时代的围墙。长长的路上崎岖不平,沿路建有四栋房子,还有一家国家名胜古迹信托店,位于旅游区中心。我无数次经过格兰塔宅邸,却从来没有仔细打量过它。现在,我走过停车场和小铁道,空无一人,和二月里的避暑胜地一般荒凉。格兰塔宅邸比我想象中的要大,红砖双开大门,我在医院等候就诊时,在几本旧的《田园生活》杂志上见过这类房子。

我走上长长的车道,尽量不去想是否有人从窗口探出头来看。走长车道有个不利之处,它让人不自觉地有低人一等的感觉。我正在考虑要不要理理自己的刘海儿,门开了,吓了我一跳。

一个不比我大多少的女人走到门廊。她身穿白色宽松长裤、医用束腰外衣,胳膊下夹着外套和文件夹。经过我身边时,她礼貌地对我笑了笑。

"非常感谢你过来,"一个声音从里面传出来,"我们会再和你联系。"一个女人出现在眼前,中年人,非常漂亮,头发打理得一丝不苟,看样子花费不少。她穿着衣裤套装,我猜这套衣服的价格比我父亲一个月的工资还高。

"你一定是克拉克小姐。"

"露易莎。"我伸出一只手,母亲再三强调过这件事。现今的年轻人从不主动伸出手,父母在这一点上达成了共识。过去你很难想象打招呼仅是一句"你好",甚至用飞吻问好。这个女人看起来不会喜欢飞吻。

"好的,进来吧。"她尽可能快地把手从我的手中抽出去,不过我感觉到她的目光停留在我身上,好像在评判我。

"你能过来吗?我们去客厅谈。我叫卡米拉·特雷纳。"她看起来有些疲惫,同样的话语估计她今天已经说了很多遍。

我跟着她来到一个大房间,里面有一扇落地长窗。厚重窗帘优雅地从红木挂杆上垂下来,地板上铺着精美的波斯地毯,空气中充满蜂蜡和古典家具的味道。到处都是雅致的小桌子,锃亮光洁的桌面上摆着装饰性的小盒子。我一时恍惚,不知道他们家到底把茶杯放在哪里。

"这么说,你是看了我们在职业介绍所的广告来的,是吗?请坐。"

她翻开文件夹的当口,我偷偷瞅了瞅房间。我原以为这个房子会有点像个护理院,到处是残疾人用的升降机和一擦就干净的台面。但这里像奢华酒店,散发着金钱的味道,处处都是看上去就很贵重的精巧物品。餐柜上有镶着银制相框的照片,不过它们离我太远,我看不清楚照片中的脸。她翻阅着纸页,我在椅子上动来动去,想看得更真切些。

就在这时我听到了一个声音——清清楚楚的缝线撕裂的声音,我低头瞥了一眼,看到我右腿边两块布料缝合处已经裂开了,磨损撕裂的地方露出真丝线头,像一排外翻的难看流苏。我的脸涨得通红。

"那么……克拉克小姐……你以前护理过四肢瘫痪的病

人吗?"

我转过头,看着特雷纳夫人,我扭动着身体,好让外套尽可能多地遮住裙子。

"没有。"

"你做护理很久了吗?"

"呃,实际上,我从没做过护理,"耳边仿佛传来了赛义德的声音,我赶忙加了一句,"但是我相信我能学。"

"你对四肢瘫痪有了解吗?"

我吞吞吐吐地说:"就是……困在轮椅里。"

"这样说也可以。有程度各异的四肢瘫痪,你要照顾的人双腿完全丧失活动能力,手和胳膊能做的动作也非常有限。你会在意吗?"

"唔,显然,不像事主本人那么在意。"我笑了笑,不过特雷纳夫人依然面无表情。"对不起……我并不是说……"

"克拉克小姐,你会开车吗?"

"会。"

"无违章记录?"

我点了点头。

卡米拉·特雷纳在她的名册上做了下记号。

裂缝在扩大,我能看到口子无情地爬上了我的大腿。照这样下去,到我起身时,我看起来会像个拉斯维加斯歌舞女郎。

"你没事吧?"特雷纳夫人注视着我。

"我只是有点热。您介意我脱掉外套吗?"在她答话之前,我一把扯掉外套,系在腰部,遮住裙子上的裂缝。"真热,"我笑着对她说,"您知道的,从外面进来。"

一阵短暂的沉默之后,特雷纳夫人又看了看文件夹:"你多大了?"

"我二十六了。"

"前一份工作你干了六年?"

"是的,您可以看看我的推荐信。"

"嗯。"特雷纳夫人拿出推荐信,眯起眼看了看,"你的前雇主说你'热情、健谈、让人感到愉快'。"

"是的,我收买了他。"

她的脸上仍然毫无表情。

啊,真倒霉,我想。

仿佛我正在被人打量,而且还不是因为什么好事。母亲的衬衣突然变得廉价,合成线在暗淡的光线下发亮。我真该穿上我最朴素的裤子和衬衣,什么都行,就不该穿这套衣服。

"你为什么不干了呢?显然你在那儿受到器重。"

"店主弗兰克把咖啡馆卖了。那家咖啡馆就在城堡脚下,叫'黄油面包'。"我纠正了一下自己,"我很想留在那里。"

特雷纳夫人点点头,要么是因为她不想就此事谈论更多,要么是因为她也觉得我留在那里很合适。

"你对自己的人生有什么打算呢?"

"您说什么?"

"你有没有想要从事的职业?这是你达到某个目标的敲门砖吗?你有想追求的职业梦想吗?"

我茫然地看着她。

这是个有玄机的问题吗?

"我……我还没有想那么长远。自从我失业以后,我只……"

我含糊地说，"我只想再工作。"

这话听起来很没有说服力。什么样的人来面试时，会连自己想做什么都不清楚？特雷纳夫人的表情暗示我，她跟我想的一样。

她放下笔，"那么，克拉克小姐，为什么我要雇用你，而不是前一位应聘者？她在照顾四肢瘫痪的病人方面有过很多年的经验。"

我看着她！"嗯……老实说，我不知道。"她沉默了，于是我又加了句，"我想这得由您自己拿主意。"

"你连一个让我雇用你的理由都想不出来吗？"

母亲的脸突然模模糊糊地浮现在我面前。我没法去想穿着这身被毁的套装回家，并且又一次面试失败。这份工作每小时的报酬超过九英镑。

我挺直身体，"嗯，我学东西很快，我从不生病，我就住在城堡的另一边，而且我比看上去要更强壮……我应该抬得动您丈夫……"

"我丈夫？你要照顾的人不是我的丈夫，是我的儿子。"

"您的儿子？"我眨了眨眼，"嗯，我能吃苦，擅长跟各种人打交道，而且我泡得一手好茶。"我胡乱说了一通，然后陷入了沉默。想到她的儿子瘫痪了让我有些惊讶。"虽然我爸爸认为这并不是什么了不得的本领，但是以我的经验来看，没有什么事情不能被一杯好茶搞定……"

特雷纳夫人有点奇怪地看着我。

"对不起，"我突然意识到我刚才说的话，结结巴巴地说，"我并不是说……截瘫……您儿子……的四肢瘫痪……能够用茶治好。"

"我得告诉你,克拉克小姐,这不是一份永久性的合同,最多六个月时间。这也是为什么薪水……与之相称。我们想招到合适的人。"

"相信我,如果您在鸡肉加工厂上过夜班,那么即便在关塔那摩监狱待上六个月也都会变得极有吸引力。"噢,闭嘴,露易莎。我咬住嘴唇。

不过特雷纳夫人似乎并没有在意。她合上文件夹。"两年前,我儿子威尔出了车祸。他需要二十四小时的看护,大部分工作由一位受过专门培训的护士承担。我最近重返职场,需要一名护理员白天在这里陪伴他,照顾他吃喝,大体上帮帮忙,并且确保他不会伤到自己。"卡米拉·特雷纳低头看着自己的大腿,"至关重要的是,陪伴威尔的人,能肩负起这份责任。"

她所说的每一句话,甚至她的刻意强调,仿佛都在暗示我很愚笨。

"我了解。"我收拾起我的包来。

"那么你想做这份工作吗?"

实在是有些出乎意料,一开始我还以为我听错了,"您说什么?"

"我们希望你能尽快开始。每周付一次薪水。"

我一时语塞,"您情愿雇用我而不是……"

"工作时间相当长,从早上八点到下午五点,有时会更晚一点。严格说来没有午休,不过他的日常护理员内森会在午饭时间过来照顾他,你就会有半个小时的自由时间。"

"您不需要专业护理吗?"

"威尔有我们能提供给他的一切医疗护理,我们想找一个健康活泼的人陪伴他。他的生活……非常复杂,关键是,能够鼓励他去——"她突然停住了,目光停在落地长窗外的某处。最后,她转向我。"噢,这么说吧,对我们来说,他精神上的安宁与身体上的舒适同样重要。你明白吗?"

"我明白了。我需要……穿制服吗?"

"不用,千万别穿制服。"她瞥了一眼我的腿,"不过你最好不要穿这么暴露的衣服。"

我低头看了看我的外套,它移动了位置,露出一大片白花花的腿。"这……真抱歉,衣服裂口了,其实这不是我的衣服。"

特雷纳夫人似乎并没有在听。"一旦你开始工作,我会告诉你要做的事情。威尔现在不容易接近,克拉克小姐。这份工作不仅是对专业技能的考验,也是对心态的考验。那么,我们明天见?"

"明天?您不想……您不想让我先见见他吗?"

"威尔今天心情不佳,我觉得我们最好明天再开始。"

我意识到特雷纳夫人已经在等待送我出门,站起身来。

"好的,"我边说边拽了拽母亲的外套,"嗯,谢谢您,明天早上八点见。"

母亲往父亲的盘子里舀土豆。她舀了两勺,他避开了,反而从碟子里舀了两勺。她阻止了他,把那两勺退回碟子里。最后,父亲又去舀土豆时,母亲用菜匙敲了敲他的手背。父母、妹妹、托马斯、外祖父和帕特里克围坐在小餐桌旁。每周三,帕特里克都过来吃晚餐。

"爸爸,"母亲对外祖父说,"要帮您切一下肉吗?特丽娜,你能帮忙切一下吗?"

特丽娜侧过身，一下下熟练地把外祖父盘子里的肉切成薄片。她早就帮托马斯切好了。

"那个男的状况有多糟糕，露？"

"他们愿意让我们的女儿去照顾他，状况应该不会差到哪里去。"巴纳德说。我身后，电视机开着，方便父亲和帕特里克看足球。他们不时停下来看着我，看到一些传球或是球险些破门时，嘴里的食物咀嚼到一半就停住了。

"这是个绝好的机会，她将在一栋豪宅里为一个大户人家工作。他们属于上流社会吗，亲爱的？"

在我们这条街上，跻身"上流社会"意味着这家人没有反社会行为。

"我想是的。"

"相信你已经行过屈膝礼了。"父亲咧嘴笑道。

"你见到他了吗？"特丽娜俯身阻止托马斯把汤汁洒到地板上，"那个伤残男人，他是怎样一个人？"

"我明天才能见到他。"

"真有点不可思议。你以后天天都要跟他待在一起，九个小时。你见他的时间会比见帕特里克还多。"

"那没什么。"我说。

桌子对面的帕特里克，假装没有听到我说话。

"还好，你不用担心性骚扰，是吧？"父亲说。

"巴纳德。"母亲严厉地说。

"我只是说出了每个人都想说的话。这也许是最适合你女朋友的老板，是吗，帕特里克？"

帕特里克隔着桌子笑了起来。他忙着婉拒母亲为他舀土豆，尽管母亲盛情款待。他这个月不吃碳水化合物食品,要为三月初的马拉松赛跑做准备。

"我在想,你是不是要学手语?我是说,万一他不能跟你交流,你怎么能知道他想要什么呢?"

"她并没说他不能说话,妈妈。"我都记不大清特雷纳夫人说过什么了。我仍然因为真的得到这份工作而感到茫然与震惊。

"也许他借助某种设备说话,就像那个科学家,《辛普森一家》中的那个。"

"浑蛋。"托马斯说。

"不对。"父亲说。

"斯蒂芬·霍金。"帕特里克说道。

"你干的好事。"母亲说,责备地看向托马斯,又看向父亲,目光锐利得可以切牛排,"居然教他说脏话。"

"我没有,我不知道他从哪里学来的。"

"浑蛋。"托马斯说,直视着他的外祖父。

特丽娜做了个鬼脸。"如果他通过那种发声器讲话,我肯定会起鸡皮疙瘩。你们能想象吗?给——我———杯——水。"她模仿道。

她很聪明,但还没聪明到不被搞大肚子,父亲偶尔这么嘀咕。她是我们家第一个大学生,可是最后一年因为托马斯的出生而退学了。父母仍然指望有一天她能给家里挣大钱,或者能在前台旁边没有监控系统的地方工作。哪一个都行。

"凭什么说坐轮椅就意味着他要像戴立克①那样讲话?"我

---

① 戴立克(Dalek):英国广播公司科学幻想电视节目中的机器人。

问道。

"不过你会与他很接近,至少你得帮他擦嘴,喂他吃喝。"

"那又怎样呢?这又不是什么难事。"

"不知道是谁把托马斯的尿布都换反了?"

"就一次。"

"两次,而且你总共就给他换过三次尿布。"

我吃了点青豆,尽量表现得轻松些。

但是,虽然我已经搭公交车回到了家,同样的想法也在我脑中挥之不去。我们会谈些什么?要是他整天只是盯着我,头垂向一边,我该怎么办?我会不会抓狂?要是我搞不清他想要什么呢?我极其不擅长照料东西。经过了仓鼠、竹节虫、蓝道夫金鱼的灾难后,家里不再养盆栽和宠物。还有,他那个严厉的母亲多久会去一次?我不喜欢老是被人监视。特雷纳夫人的目光可以把巧手变成笨蛋。

"帕特里克,你觉得呢?"

帕特里克喝了一大口水,耸了耸肩。

外面,雨点敲打着窗玻璃,在杯盘交错中仍然听得分明。

"巴纳德,报酬不错。无论如何比在鸡肉加工厂上晚班好。"

桌旁的大家都低声表示同意。

"这么说,我这份新工作最大的优点就是比在鸡棚里屠宰死鸡强。"我说。

"好啦,同时你也可以健健身啊,跟帕特里克一起做做私人培训。"

"健身?谢谢你,爸爸。"我本想再吃点土豆,这会儿又改变了主意。

"是啊,为什么不呢?"母亲看起来像是马上要坐下来,每个人都突然停了下来,但是她又站起身来,给外祖父盛了点肉汁。"你要为将来打算打算。毫无疑问,你能说会道。"

"她非常会瞎扯。"父亲哼了一声。

"我刚刚找了份工作,"我说,"薪水也比上一份工作多,您别见怪。"

"可这份工作做不久,"帕特里克插话道,"你爸爸说的没错。做这份工作的时候你可以开始锻炼,让自己有个好身材。如果稍微用点功,你会成为很好的私人教练。"

"我不想做私人教练,我不喜欢……蹦蹦跳跳。"我向帕特里克做了个受到侮辱的怪相,他咧嘴而笑。

"露想要的是这样一份工作,能让她跷起腿,大白天看电视节目,并且用麦管给那些老骨头喂食物。"特丽娜说。

"是的,因为给枯萎的大丽菊浇水需要付出太多心力与体力,难道不是吗,特丽娜?"

"我们逗你玩儿呢,亲爱的。"父亲举起茶杯,"你能找到工作实在是太好了,我们为你感到骄傲。我敢断定,一旦你在那栋豪宅里操劳起来,那群浑蛋就再也离不开你了。"

"浑蛋。"托马斯说。

"不是我教的。"父亲说。在母亲开口之前,他拼命嚼着食物。

第三章　初见

"这是侧厅。过去是马厩,后来我们觉得这里比主屋对威尔更方便些,因为这里只有一层楼。这是备用房间,必要时内森会在这里过夜。早些时候我们常需要人帮忙。"

特雷纳夫人轻快地穿过走廊,指着一个又一个房间,头也不回,她的高跟鞋踩在石板地上发出"咔嗒"的响声,似乎她预料到我会跟上她的步伐。

"这是车钥匙。我已经给你上了保险,我相信你告诉我的那些事情都是真的。内森会教你怎么用坡道。你要做的就是把威尔的位置调整好,剩下的事情轮椅会完成。虽然……他这会儿并不想出门。"

"外面有点冷。"我说。

特雷纳夫人好像根本没听到我的话。

"你可以在厨房给自己沏茶、煮咖啡,橱柜里一应俱全。卫生间从这边过去……"

她打开门，我看见一架白色的金属与塑料合制的升降机伏在浴缸上方。沐浴头下面是淋浴区，旁边放着一把折叠起来的轮椅。角落里，玻璃储藏柜里放着一沓沓用收缩性薄膜打包得整整齐齐的东西。从我站着的地方看不清它们是什么，不过它们都散发出隐隐的消毒水味道。

特雷纳夫人关上了门，微微转向我，说道："我要重申一下，至关重要的是，一直要有人陪着威尔。先前有位护理员有一次离开了几小时去修她的车，结果威尔……在她离开的这段时间弄伤了自己。"她忍住情绪，似乎仍然心有余悸。

"我哪儿也不会去。"

"当然你需要……适当的休息。我只是想让你了解，你不能让他独处太长时间，比如，超过十分钟或者十五分钟。如果有意外发生，按对讲机，我丈夫斯蒂文应该在家，你也可以打我的手机。如果你确实要请假，请尽早通知我。要找到顶替的人绝非易事。"

"我不会请假的。"

特雷纳夫人打开大厅壁橱。她讲话的样子，就像在背一篇反复排练过的演讲词。

我很好奇在我之前来过多少个护理员。

"如果威尔有事在忙，你可以做点简单的家务活，洗洗被褥、给屋子除除尘这类事情。清洗设备在水槽下面。他可能并不愿意你一直在他身旁，你们得自己把握沟通的分寸。"

特雷纳夫人看着我的衣服，就像刚注意到一样。我穿着非常蓬松的马甲，父亲说我穿这件衣服看上去像只鸸鹋[①]。我努力想挤

[①] 鸸鹋：生活于澳大利亚洲的大型鸟，善跑但不会飞，和红袋鼠的图案一起用在澳大利亚的国徽上。

出一个笑容,但很难。

"毋庸置疑,我希望你们能……相处得来。如果他能把你当作朋友,而不是护理员,那就更好了。"

"好的。他……嗯……喜欢做些什么?"

"他喜欢看电影,有时候也听广播,听音乐。他有一个专门的电子设备,如果你把它放在他的手边,他通常都能自己调控。他的手指可以动一动,尽管他很难握紧。"

我感觉自己快活起来,如果他喜欢音乐和电影,我们肯定能找到共同话题。我的眼前浮现出一幅图景:我和这个男人为某部好莱坞喜剧开怀大笑,我给卧室吸尘,他则在一旁听着音乐。也许这样会很不错,也许最后我们会成为朋友。我还从没有过残疾人朋友,除了特丽娜的聋哑人朋友戴维,不过如果说他是个残疾人,他肯定会给我一拳。

"你还有什么问题吗?"

"没有。"

"那我们走吧,我把你介绍给他。"她看了看表,"内森应该已经帮他穿好衣服了。"

我们在门口稍停了一下,特雷纳夫人敲了敲门。"你们在里面吗?我让克拉克小姐来见你,威尔。"

没有人回答。

"威尔?内森?"

一个浓重的新西兰口音答道:"他准备好了,特雷纳夫人。"

她推开门。侧厅的客厅大得惊人,有一面墙是玻璃门,开阔的乡村景色尽收眼底。角落里,燃木壁炉里的柴火静静地烧着,巨大的平板电视正对着米黄色的矮沙发,沙发座上覆盖着羊毛套。

整个房间布置得很雅致,氛围安宁,完全是北欧风情的单身公寓。

房间正中放着一辆黑色轮椅,座椅和靠背包着羊皮。一个身穿白色无领防护衣的强壮男人正蹲下身,在轮椅的搁脚板上调整着另一个男人的脚。我们走进房间时,坐在轮椅上的那个男人抬起头来,他的头发蓬乱不堪,他和我四目相对,他沉默了片刻,发出令人毛骨悚然的呻吟。接着他的嘴扭动了一下,又发出一声怪叫。

我感觉他母亲僵住了。

"威尔,别这样!"

他根本没向她这边瞧上一眼,从胸口又发出一阵野蛮人的声音,可怕至极,令人痛心。我强忍住不往后退缩。那个男人的脸扭曲着,头斜靠着奈拉的肩上瞪视我,露出一副怪相。他看上去很怪异,有些愤怒。我感觉我拎着包的指关节都变白了。

"威尔,别这样!"他母亲的声音里有一丝歇斯底里,"拜托了,不要这样。"

哦,天哪,我想,这工作我可做不了。我尽量掩饰住自己的情绪。那个男人仍然瞪着我,似乎在等待我有所动作。

"我——我是露。"我的声音抖得厉害,不知道该不该伸出手去,突然我记起来他没法握手,于是改为轻轻地挥手,"露易莎的简称。"

出乎我意料的是,他的神情变得平静,头也伸直了。

威尔·特雷纳直盯着我,脸上掠过一丝笑意。"早上好,克拉克小姐,"他说,"听说你是我的新看护。"

内森已经调整好搁脚板。他边摇头,边站起身来。"你是个坏家伙,特雷纳先生很坏。"他嬉皮笑脸地说,伸出一只大手,我无力地握了握。内森镇定自若："恐怕你刚刚看到了威尔对克里斯蒂·布朗①的最佳模仿。你会慢慢习惯他的，他是刀子嘴、豆腐心。"

特雷纳夫人细长苍白的手抓住脖子上的十字架项链，手指在细细的金链边来回移动，她一紧张就这样。她的表情僵硬。"你们好好聊。如果你需要帮助，用对讲机找我。内森会仔细跟你说说威尔的日常作息，还有他这些设备的用法。"

"妈妈，我在这里。你不必替我说话，我的大脑还没有瘫痪。"

"是的，要是你总是捣乱，威尔，我想克拉克小姐最好直接跟内森交谈。"我发现他妈妈讲话时没有看他。她望着十英尺②外的地面。"克拉克小姐，今天我在家工作，午餐时我会过来看看。"

"好的。"我的声音听起来像是哀叫。

特雷纳夫人走开了，我们沉默不语。她沿着大厅迈向主屋，鞋踏在地板上发出"咔嗒咔嗒"的声音，声音越来越小。

内森说话了："你介意我去告诉克拉克小姐你服哪些药吗，威尔？要开电视吗？来点音乐？"

"内森，请调到第四频道。"

"没问题。"

我们走到厨房。

"特雷纳夫人说，你没有多少护理四肢瘫痪病人的经验。"

"是的。"

"好的。今天我简单说说。这儿有个文件夹，威尔的日程安排

---

① 克里斯蒂·布朗（Christy Brown，1932—1981）：爱尔兰作家。天生大脑麻痹，身体残疾，只有左脚能灵活如常人。

② 1英尺约等于0.3米。——编者注。

全在里面了,还有他所有的紧急联络号码。我建议你读一下,如果你得空的话。我想,你会有一些空闲时间的。"

内森从腰带上取出一把钥匙,打开了一个柜子,里面放满了药盒和塑料小药罐。"噢,这里的药都归我管,不过你有必要知道每种药的位置,以防万一。墙上有个时间表,你可以看到每天的每个时间段他该做什么事。如果给他额外的药你要写在这里……"他指了指,"……当然你最好先向特雷纳夫人报备,至少在现阶段是这样。"

"我没想到我要监督他吃药。"

"这并不难。他知道他要什么,他就是需要有人帮点小忙,把药品拿下来。我们常用这只杯子。你也可以用杵臼把药捣碎,用水冲服。"

我拿起一瓶药。我觉得我在药店都没见过这么多药。

"好了。他有两种血压药,这种是在就寝时服用,用来降低血压。这种是起床时服用,用来提高血压。这些药他老吃,用来控制肌肉痉挛,你需要上午十点左右给他一粒,下午三点左右再给他一粒。这些药他能咽得下去,因为它们很小,裹着糖衣。这些是治疗膀胱痉挛的。这里的这些药是应对反胃的,吃过饭后,如果他不太舒服,会需要这些药。这是他早上要吃的抗组胺药,这些是鼻用喷雾剂,我离开之前一般会给他用,你用不着担心。如果他很痛苦,可以给他点扑热息痛。他确实偶尔会服用安眠药,这会导致他白天时愈加暴躁,所以我们要尽量限制用量。"

"这些——"他举起另一个瓶子,"是抗生素,每两个星期换导尿管时他都要服用。只要我在,我都会做这些;要是我不在,我会留下明确的指示。它们的药效相当强。这些盒子里装的是橡胶手套,帮他清洗时会用到。如果他酸疼,这儿也有药膏。还好自从我们用气垫后,他感觉挺好。"

我立在那里,他把手伸进口袋,拿出另一把钥匙递给我。"这是备用钥匙,"他说,"不要给任何人。即使是威尔也不可以,明白吗?要用你的生命来守护它。"

"要记的东西可真多。"我含糊地说道。

"全都写在纸上了。今天你需要记住的是抗痉挛药,就是这些药。这是我的手机号码,有需要就给我打电话。我不在这儿的时候是在学习,希望你不要频繁地给我打电话。但在你熟悉之前,随时可以找我。"

我盯着眼前的文件夹,似乎还没有准备好就要开始考试。"要是他需要——上厕所呢?"我想起了升降机。"我不确定我能——你知道的——抱得动他。"我尽量不显露内心的恐慌。

内森摇了摇头,"你不需要做那类事情,他有导尿管。午餐时间时我会过来帮他换,你不用做身体护理。"

"那我来做什么?"

内森端详了一会儿地板,然后看着我,说道:"让他开心一点,他……他脾气暴躁。可以理解,遇到这种事情。你得脸皮厚点。今天早上他使那一出,就是想看你出糗。"

"这就是报酬这么高的原因吗?"

"哦,是的。天下没有免费的午餐,是吧?"内森拍了拍我的肩。我感到我的身体都在震颤。"啊,他没什么。你不用顾虑重重。"他停顿了一下,说,"我喜欢他。"

他说这话就像他是唯一有这种想法的人。

我跟随他回到客厅,威尔·特雷纳的轮椅移到了窗边,他背对着我们，凝视着窗外，听着广播。

"都搞定了，威尔。我离开之前要我再做点什么吗？"

"不用了，谢谢你，内森。"

"那我就把你交给能干的克拉克小姐了。午饭时见，老兄。"

我看着那个友善的助手穿上外套，心里越来越恐慌。

"开心点，伙计们。"内森朝我眨了眨眼，走出门去。

我站在房间正中，双手插在兜里，不知道该做什么。威尔·特雷纳继续望着窗外，就像我不在那儿。

"你想来杯茶吗？"沉默变得难以忍受时，我开口道。

"啊，泡茶为生的女孩，我还在思量你过多久才会显摆你的技能呢。不，不要茶，谢谢你。"

"那么，来一杯咖啡？"

"我现在不需要热饮，克拉克小姐。"

"你可以叫我露。"

"这有分别吗？"

我眨了眨眼，嘴微微张了张又闭上。父亲常说我张着嘴时看起来比实际上更傻。"那好吧……我能帮你做点什么吗？"

他转过头来看着我。他的胡子好几个星期没刮了，眼神让人捉摸不透。他把脸转开。

"我——"我瞥了一眼房间，"我看一下是不是有东西要清洗。"

我走出房间，心怦怦直跳。我来到安全的厨房，掏出手机，给妹妹发了条短信。

真糟糕。他讨厌我。

几秒钟后我就收到了回复。

你在那儿才待了一小时，脓包！爸妈很为钱发愁。撑住，想想每小时的报酬。爱你。

我"啪"的一声把手机合上,深呼了一口气,走到浴室洗衣篮前,想把其中的部分衣物拿去洗。我花了几分钟研究洗衣机的说明书,我不想操作错误,也不想做些让威尔或特雷纳夫人觉得我蠢的事情。我开动洗衣机,站在那儿,使劲琢磨着我还能做些什么。我从大厅橱柜里拉出吸尘器,给走廊来来回回除尘,也为两个卧室除了尘。我一直在想,要是我父母看到我现在的情景,一定会给我拍张照片做纪念。那间备用卧室空空荡荡,像旅馆的房间。我料想内森并不常在此过夜。不过我不怪他。

我在威尔·特雷纳的卧室外迟疑了片刻,断定他的房间和别处一样需要吸尘。他房间的一边墙上有块嵌入式搁板,上面放置着二十张装在相框里的照片。

在床周围吸尘时,我偷瞥了一眼相片。有张相片里,一个男人正在悬崖蹦极,他伸开双臂,像耶稣塑像;另一张相片里,有个貌似威尔的男人在丛林里;还有一张,他在一群醉酒的朋友中间,他们系着蝴蝶结,穿着无尾礼服,手搭在彼此的肩头。

还有一张相片,他在滑雪坡上,身旁站着位戴墨镜、留着金色长发的女孩。我弯下腰,想更清楚地看看戴着滑雪护目镜的他。相片里,他的胡子刮得干干净净,在明亮的光线下闪着贵气,那是一年度假三次的有钱人才有的光泽。他的肩膀宽阔强健,透过滑雪衫都看得很分明。我小心翼翼地把相片放回原位,继续围绕着床后边吸尘。最后,我关掉吸尘器,收好线。拔插头时,我的眼角捕捉到了动静,我跳起来,发出一声短促的尖叫。威尔·特雷纳在门口,看着我。

"那是两年半前拍的,在高雪维尔滑雪场。"

我脸红了，说道："对不起。我只是……"

"你只是在看我的照片。你肯定在想，我以前的生活那么美好，现在变成个残废该有多惨。"

"不是的。"我的脸涨得更红了。

"我的其他照片都在最底层抽屉里，要是你下次被好奇心驱使的话，可以看看。"他说。

然后，随着一阵低低的嗡嗡声，轮椅向右转弯，他离开了。

这个早晨乏味至极，过得仿佛有几年之久。分分秒秒如此冗长，我记不清上一次这样是什么时候。我尽可能地找出更多的工作让自己忙个不停，尽可能不去客厅。我知道我是个懦夫，但我并不真正在意。

十一点时我按照内森的吩咐，给威尔·特雷纳一杯水和他的抗痉挛药。我把药丸放在他的舌头上，依照内森指导我的，递给他杯子。那是个灰白色不透明的塑料杯，托马斯用过类似的杯子，不过托马斯的杯子两边有工程师巴布的图案。他努力吞了下去，然后示意我让他一个人待着。

我给并不脏的架子擦灰尘，打算再擦擦窗户。四周寂静无声，除了他在的客厅传出电视低低的嗡嗡声。我还不敢在厨房里播放音乐节目，我有一种感觉，他肯定会挖苦我的音乐口味。

十二点半时，内森来了，从外面带进一股冷空气。他皱起眉头问我："都还好吗？"

我这辈子还从没有如此高兴地见到一个人，"很好。"

"棒极了。你现在可以休息半小时。每天的这个时候，我和特雷纳先生要处理些事情。"

我几乎是跑着去拿外套。我没有想过要外出吃午餐，但能离开那间房子让我感到解脱，我兴奋得快要晕倒了。我拉高衣领，手提包甩在肩头，轻快地走下车道，就像我真的要去某个地方。事实上，我只在附近的街道上转悠了半个小时，我紧裹着围巾的领口吸进了几口热气。

现在"黄油面包"关门了，小镇的这边没有咖啡馆了。城堡里空无一人，离这儿最近的吃饭的地方是一家美食酒吧，我怀疑在那种地方我连一杯饮料都喝不起，更别谈买个快餐了。停车场所有的车都又大又豪华，车牌都是最新的。

我站在城堡停车场，确保从格兰塔宅邸看不到我，拨通了妹妹的号码，"嗨。"

"你知道我上班的时候不方便讲话。你没有辞职不干吧，是吗？"

"没有。我就是想听听熟悉的声音。"

"他有那么差劲吗？"

"特丽娜，他讨厌我。他看着我的眼神，仿佛我是个邋里邋遢的东西。还有，他连茶都不喝。我一直躲着他。"

"我真不敢相信事情是这样。"

"什么？"

"哎呀，就跟他说说话嘛。他显然很可怜，被困在该死的轮椅里，而你估计对此无能为力。就跟他说说话，试着去了解他。还会发生什么更糟糕的事情呢？"

"我不知道……我不知道我是否能够坚持下去。"

"我可不想告诉妈妈你才干了半天就放弃了。这没有任何好处，露。你不能这么做，我们承受不起。"

她是对的。我恨我妹妹。

一阵短暂的沉默之后,特丽娜的声音变得格外和缓。这着实让人忧心,这意味着她知道我真的做着世界上最糟糕的工作。"听着,"她说,"只有六个月。做完这六个月,给你的简历添上一笔,然后你能找一份真正喜欢的工作。嘿,你可以这么想,不管怎样,这不是在鸡肉加工厂上夜班,是吧?"

"要是与这个相比,在鸡肉加工厂上夜班算得上是度假……"

"我得去忙了,露。晚点见。"

"下午你想要出去逛逛吗?要是你愿意,我们可以开车去。"

内森半个小时前就离开了,我也已经在洗茶杯上耗费了足够长的时间,我觉得要是在这所安静的房子里再待上一个小时,我的脑袋就要炸了。

他转过头朝向我,"你想去哪儿?"

"我不清楚。就在乡村兜一圈?"像我有时候做的那样,我正在假装我是特丽娜。她相当镇定又能干,没有任何事情能让她沮丧。在我自己看来,我现在显得既专业又乐观。

"乡村?"他说,好像在考虑这个建议,"我们能看到什么?一些树?一片天?"

"我不知道。你通常做些什么?"

"我什么也不做,克拉克小姐。我再也没法做任何事。我一直坐着,我勉强活着。"

"嗯,"我说,"我听说你有一辆车,经过改装后方便轮椅上下。"

"你担心要是不天天用它的话,它就会报废?"

"不是，我——"

"你觉得我应该出门？"

"我只是觉得——"

"你觉得出去兜兜风对我很有好处？可以呼吸点新鲜空气？"

"我只是想——"

"克拉克小姐，我的生活不会因为绕着斯托夫城堡的乡间小路转上一圈就会有显著改善。"他转过头去。

他的头又埋进了肩膀，我纳闷他是不是不舒服，不过现在问他似乎不合时宜。我们就这么坐着，一言不发。

"要我把你的电脑拿过来吗？"

"为什么？难道你觉得我可以加入适合我的四肢瘫痪病人互助团？瘫痪反斗小组？或是锡轮椅俱乐部？"

我深吸了一口气，尽量让我的声音听起来自信些。"好的……嗯……既然我们两人要一直待在一起，我们应该互相了解了解……"

他的表情让我的声音开始发颤。他直视着墙，下巴抽搐了一下。

"我们彼此待在一起很长时间，一整天。"我继续说，"也许你能告诉我一些你想做的事情，你喜欢什么，然后我可以……让事情朝你希望的方向发展。"

这一回的沉默让人难以忍受。我听见我的声音渐渐被沉默吞没，不知道手该往哪里放。特丽娜和她能干的派头全没有了。

最后，轮椅嗡嗡地响起来，他慢慢转过头来面对我。

"克拉克小姐，我对你有所了解，我妈妈说你话特别多，"他说话的样子像是在说这是一种折磨，"我们能来个约定吗？在我身边时你少说点话,可以吗?"

我压抑住自己的情绪,感觉脸上热辣辣的。

"那好,"我又能说话时,说,"我会待在厨房,你有事就叫我吧。"

"你不能就这么放弃。"

我侧躺在床上,双腿伸到墙上,像我十几岁时那样。吃完晚饭我就来这儿了,对我来说,这可不同寻常。自从托马斯出生后,特丽娜和他就搬进了那个大些的房间,我就搬到了储藏室。这间屋子特别小,在这儿待上超过半小时,就会患上幽闭恐惧症。

但是我并不想和母亲以及外祖父一起坐在楼下,因为母亲老是焦虑地盯着我,说着诸如"亲爱的,以后会越来越好的""上班的第一天都不好过"之类的话,就像过去二十年里她上过一天班似的。这让我感觉羞愧,我还什么都没有做。

"我并没说我要放弃。"

特丽娜没有敲门就闯进来了,她总是这样,尽管我每次去她房间都会轻轻敲门,以免吵到可能在睡觉的托马斯。

"我有可能光着身子呢,你至少应该先喊一声。"

"更糟的状况我都见过呢。妈妈以为你要辞职。"

我把腿从墙边放下来,坐起身。

"哦,天哪,特丽娜。比我想象的要糟,他脾气很坏。"

"他不能动,脾气当然不好啦。"

"不,他很刻薄,好挖苦人。每次我说点什么,提议做点什么,他看我就像看傻瓜,他说的话,让我觉得我是个两岁的小孩。"

"或许你真的说了些很蠢的话,你们俩要习惯彼此。"

"我真的做不到。我非常小心,除了说'你想外出兜兜风吗''你想要杯茶吗'以外,我什么都没说。"

"唉,也许他一开始跟谁都是那副德行,等到他确定你会留下来时才会改变。我敢打赌,有为数众多的人都经历过他这一关。"

"他甚至都不想我跟他待在同一个房间。我觉得我坚持不下去,卡翠娜,我真的没法坚持。老实说,要是你在那儿待过,你也会理解的。"

特丽娜什么都没说,只是静静地看了我一会儿。她站起身,朝房门瞥了一眼,好像在确认楼梯口是否有人。

"我在考虑重返大学。"她终于说道。

我过了好几秒才反应过来。

"噢,天哪,"我说,"但是……"

"我会申请贷款来支付学费,我也可以拿到特别助学金,因为我有托马斯。学校还会给我些优惠,因为……"她有点尴尬地耸了耸肩,"他们说我很优秀。有人从商科退学了,下学期我就可以上课了。"

"托马斯怎么办?"

"学校里有托儿所,周一到周五我们可以住在学生宿舍里,周末回家。"

"噢。"

我能感觉到她正看着我,我不知道要摆出什么表情。

"我急切地想多用脑筋。在花店工作让我感到无所适从,我想学习,我想提升自己,我讨厌我的手总要被水冻僵。"

我们都盯着她的双手,即便我们家温暖得像热带,她的手上还是长满了粉色冻疮。

"可是……"

"是的。我没法上班，露。我什么都给不了妈妈。我或许……或许还需要他们的帮助。"她看起来非常不自在。她抬头看我时，满脸歉意。

母亲在楼下看电视，笑出声来，可以听到她大声地给外祖父解释。她经常向他讲解情节，即使我们一直告诉她没必要这么做。我说不出话来，慢慢领会妹妹这番话语的分量。我觉得自己像黑手党受害者，只能眼睁睁地看着混凝土逐渐没过脚踝却无计可施。

"我必须这么做，露。我想给托马斯、给我们母子俩更好的生活。只有重返校园，我才能出人头地。我没有帕特里克，我也不确定会找到我的帕特里克，自从我有了托马斯，没人对我有丝毫兴趣。我得尽力而为。"

见我一声不吭，她补充道："为了我和托马斯。"

我点点头。

"露，求求你！"

我从未看到过妹妹这副表情，这让我格外难受。我抬起头，笑了笑。我终于说话时，声音听起来都不像是我自己的。

"好啦，正如你所说，关键就是适应他。最初的几天肯定很难，不是吗？"

第四章　旧爱

两个星期过去了，我也摸索出了一套日常程序。每天早上我八点钟到达格兰塔宅邸，告诉他们我到了。等内森帮威尔穿好衣服后，我会仔细听他跟我说威尔那天要用哪些药，更重要的是他当天的心情。

内森离开后，我会帮威尔打开收音机或是电视机，配好药，有时用小杵臼把药捣碎。通常，大约十分钟后，他会明确表示不想我在旁边。这时我会省着干原本就不多的家务活儿，清洗不脏的茶巾，随机用吸尘器打扫搁脚板或者窗台的角落，并且虔诚地遵照特雷纳夫人的吩咐，每十五分钟就去威尔的房间门口转一转。每次我过去时，他都坐在轮椅里看着荒凉的花园。

稍后我会给他端去一杯水，抑或一种富含热量的饮料，看上去像是彩色墙纸糊，据说可以保持他的体重，还会给他送去食物。他的手能动一下下，胳膊不行，所以要一勺一勺地喂他。这是一天中最尴尬的时候。喂一个成人吃饭感觉怪怪的,困窘让我笨手笨脚。威尔很讨厌这一点,我每次喂他时,他都不正眼看我。

快到一点的时候,内森会来。我会抓起大衣,到大街上漫步,有时在城堡外的公共汽车候车亭吃午餐。那儿很冷,我待在那儿吃三明治,看上去或许很可怜,不过我不在乎。我可不想在那所房子里待上一整天。

下午我会放一部电影,威尔是一个DVD俱乐部的会员,每天都有新的电影光碟寄来,但是他从未邀请我跟他一起看,我常到厨房或备用卧室坐一会儿。我开始带上一本书或一本杂志,但是不干活让我感到愧疚,我也就没能把注意力完全集中到那些文字上。偶尔,一天结束的时候,特雷纳夫人会过来,她很少跟我说话,除了问问"一切都好吗"。这个问题唯一可接受的答案似乎是"好"。

她会问威尔要不要什么,偶尔建议他第二天要不要出去走走,探望某个问候过他的朋友,他几乎总是爱搭不理,如果不是无礼拒绝的话。她看上去会很受伤,手指来回触摸那条细金链,再次走开。

他父亲肩宽体胖,看上去很绅士,总是在我要下班时过来。你或许看到过他这种戴巴拿马草帽、看板球比赛的人,他在市区的工作报酬丰厚,看来他退休后,就在监督城堡的运营。我猜想那就像仁慈的地主为了"以免手生",偶尔也亲自给土豆松土。他每天下午五点准时下班,会坐下来和威尔一起看电视。新闻中的任何内容他都会评论一番,我离开时有时会听到。

最初的这两个星期,我仔细端详起威尔·特雷纳来。我看出他决心要成为与以前截然不同的人;他让浅棕色的头发长成一团糟,胡楂蔓延到下巴。他那对灰色的眼睛充满疲倦的细纹,也可能是因为长期身体不适(内森说他身体状况一直不好)。他的眼神空洞疏离,好像总是游离于他身边的世界。有时我思量这是一种防御机制,唯有假装事情并未发生在他身上,能让他好过一点。

我想同情他,我真的同情他。瞥见他盯着窗外时,我觉得他是我见过的最伤感的人。随着日子一天天过去,我意识到他的问题不仅仅是被困在轮椅中,不仅仅是失去行动自由,而是永远地失去尊严,身体的状况没完没了,随时面临危险和病痛。要是我是威尔,我也会脾气暴躁。

但是天哪,他对我坏透了。不管我说什么,他的回答都很尖锐。如果我问他是否够暖和,他会反驳说要是他还需要一条毛毯他完全有能力让我知道。如果我问吸尘器有没有吵到他——我不想打扰他看电影——他会问我,难道我有什么办法让吸尘器吸尘时不发出声音?我喂他吃饭时,他抱怨食物要么太热要么太凉,抱怨他上一口还没有吃完,我就喂他下一口。他有能力曲解我说的任何话、做的任何事,他让我觉得自己简直蠢到了家。

在这两个星期里,我已经学会了面无表情,我会转身去另一个房间,尽量少跟他说话。我有些讨厌他,我确信他知道。

我没想到我会如此怀念我的前一份工作。我想念弗兰克,想念早上他看到我到达店里时那副高兴的神情。我想念那些顾客,那伙人轻松地聊天像温和的海水在我身边起起伏伏。这座大宅,漂亮奢华,却像死水一样寂静无波。六个月,难以忍受时我会低声重复,六个月。

周四那天,我正在调制威尔十点左右要喝的高热量饮料,听见大厅传来特雷纳夫人的声音,还有其他人的声音。我拿着叉子听着,我能听出一个谈吐优雅的年轻女人的声音,以及一个男人的声音。

特雷纳夫人出现在厨房门口,我尽量让自己看起来很忙,飞快地在杯子里搅拌着。

"水和乳液是按照6:4的比例调制的吗?"她看着饮料问道。

"是的,这是草莓水。"

"威尔的朋友过来看他。你最好——"

"我这儿还有很多事情要忙。"我说,可以少陪他一个小时,简直让我如释重负。我把杯盖拧紧,"客人们要来点茶或者咖啡吗?"

她看上去有些吃惊。"是的,那样再好不过。咖啡吧,我想我会……"

她看起来比平常紧张得多,眼睛看向走廊,从那儿传来窃窃私语。我猜想,威尔的访客不多。

"我想我不会打扰他们。"她凝视着走廊,思绪显然已经飘向了远方。"鲁珀特,是鲁珀特,他职场上的老朋友。"她突然转向我说道。

我感觉这事肯定非同寻常,她需要有人跟她分担,即使只有我在那里。

"还有艾丽西娅。他们现在……走得很近。来点茶其实也不错。谢谢你,克拉克小姐。"

开门之前,我在门边靠了会儿,调整了一下手中的托盘,让它保持平稳。

"特雷纳夫人说你们可能想喝点咖啡。"进门时我说道,把托盘放在矮桌上。我把威尔的杯子放在他轮椅的托座上,转动吸管,威尔只需动动头部就能喝到,趁此机会我偷偷看了一眼他的访客。

我最先注意的是那个女人。长腿金发,浅褐色的皮肤,她让我怀疑人类是否真是同属一类。她是养尊处优的人。我偶尔会遇见这样的女人,她们常常从山上奔向城堡,手里牵着穿博登牌衣服的小孩,她们进到咖啡馆来时,说话声就传了过来,声音非常清晰,她们自己却不知道:"哈里,亲爱的,你要不要来一杯咖啡?我看看他们能不能给你做一杯焦糖玛奇朵?"这无疑是一个焦糖玛奇朵女人。她看上去有钱有地位,仿佛过着光鲜杂志里的生活。

我仔细端详着她,猛然意识到她就是那张滑雪照片中站在威尔旁边的那个女人。她看起来真的非常非常不自在。

她吻了吻威尔的面颊,然后向后退了几步,尴尬地微笑着。她穿着棕色羊羔绒背心,要是我穿这件衣服看起来会像个雪人。她戴着浅灰色的羊绒围巾,摆弄着围巾,好像难以决定是否该取下来。

"你看上去不错,"她对他说,"真的,你……的头发长长了一点。"

威尔不发一言,他只是看着她,表情跟以往一样不可捉摸。我有点幸灾乐祸,看来他不是只对我一个人摆那副表情。

"新轮椅,是吗?"那个男人敲了敲威尔的轮椅背,缩着下巴,不住地点头,像是在欣赏一流的跑车,"看起来……相当时髦。非常……高科技。"

我不知道该做什么好。我呆站了一会儿,两只脚交替移动,直到威尔的声音打破寂静。

"露易莎,能麻烦你给炉子加点柴吗?需要添点儿了。"

这是他第一次叫我的名字。

"当然可以。"我说道。

我在火炉边忙活起来,从篓子里拣出大小合适的木柴,给炉子里添加燃料。

"哎呀,外面好冷,"那个女人说,"烧着炉子真好。"

我打开炉门,用拨火棒戳了戳烧得红通通的木头。

"这儿的温度比伦敦低好几度。"

"是啊,千真万确。"那个男人附和道。

"我一直想在家里装个燃木壁炉,保暖的效果显然比火盆要好。"艾丽西娅微微俯身审视着炉子,就像她从未见过壁炉一样。

"是啊,我也听人这么说过。"那个男人说。

"我得仔细瞧瞧。有些事情你总是想做,但是……"她话没有说完,顿了一下,说,"咖啡真不错。"

"你最近在干些什么,威尔?"那个男人勉强笑着说。

"说来可笑,我没干什么。"

"那些理疗什么的怎么样了?有进展吗?有改善吗?"

"我一时半会滑不了雪,鲁珀特。"威尔说,语气里充满讽刺。

我差点笑出声来,这就是我熟悉的威尔。我开始清除壁炉里的灰烬,感觉到他们全都盯着我。周围一片寂静,寂静得让人觉得沉重。不知道我套衫的标签是不是露出来了,我强忍住不去查看。

"呃,"威尔终于开口道,"什么风把你们吹来的?过了……八个月了?"

"哎呀,我知道。很抱歉。我忙得要死,我在切尔西有份新工作，经营萨莎·戈尔茨坦的时装店。你记得萨莎吗？我周末也有大堆工作要做，每个星期六都忙得头昏眼花，很难请到假。"艾丽西娅有些生气地说道，"我打过好几次电话。你妈妈跟你提过吗？"

"卢因斯内部一片忙乱。你……你了解那是什么样子，威尔。我们有了位新伙伴，纽约来的小伙子，名叫贝恩斯，丹·贝恩斯。你见过他吗？"

"没有。"

"真他妈是个疯子，一天几乎工作二十四小时，还指望每个人跟他一样。"终于找到一个能轻松谈论的话题，那个男人显得很宽慰。"你懂的，美国佬那套职业道德——午餐时间不能过长，不能讲荤段子。威尔，跟你说，办公室的氛围完全变了。"

"真的？"

"千真万确。加班是家常便饭，有时我都不敢离开椅子。"

屋里似乎在瞬间变成了真空。有人咳了一下。

我站起来，手在牛仔裤上擦了擦。"我……我再去取些木柴。"我对着威尔的方向低声说。

我提起篓子跑开了。

天寒地冻，但我仍然待在外面，挑选木柴打发时间。我估量着冻伤一个手指头是不是比回到那个房间更明智。但是天气太过寒冷，我的食指冻得乌青，我还指望用它做针线活呢，最后我不得不认输。我尽量慢吞吞地拖着木柴，走进侧厅，慢慢地回到走廊。快走到客厅时，我听见那个女人的声音透过虚掩的门传了出来。

"威尔，其实我们来这儿还有一个原因，"她说道，"我们……有消息要告诉你。"

我在门边停了下来,两手托着装木柴的篓子。

"我觉得——嗯,我们觉得——这件事情一定要告诉你才行……只是,噢,事情是这样的,鲁珀特和我要结婚了。"

我一动不动,考虑着是否应该悄悄走开。

那个女人有些胆怯地继续说道:"嗯,我知道你也许会觉得震惊。其实,我也没想到。我们——好吧,我们真的是在你出事之后很久才开始交往的……"

我的胳膊有些作痛。我低头看了一眼篓子,想着该怎么办才好。

"唉,你知道,你和我……我们……"

又是压抑的沉默。

"威尔,你说话啊。"

"恭喜。"他终于说。

"我知道你在想什么,我们两人都没想到事情会这样。真的。很长一段时间里,我们都只是朋友,关心你的朋友。只是你出事以后,鲁珀特帮了我很多忙……"

"他真了不起。"

"请别这样。真是糟糕透顶。我很害怕告诉你,我们都很害怕。"

"看得出来。"威尔冷漠地说。

鲁珀特插话道:"听我说,我们告诉你是因为我们两人都非常在乎你,我们不想你从别人那里听说这件事。但是,你知道的,生活在继续。你必须清楚这一点。毕竟,事情已经过去两年了。"

大家陷入沉默。我不想再听了,轻轻地从门口移开,一边移动一边轻哼着。但是鲁珀特的声音再次响起时,音量很大,我能够听到他的话。

"好了,老兄。我知道这肯定让人非常难受。可是如果你还关心丽莎,你肯定希望她过得好。"

"说点什么吧,威尔,求你了。"

我能够想象他脸上的神情,肯定既让人捉摸不透又表现出一丝淡然的轻蔑。

"恭喜,"末了他说道,"你们一定会幸福长久。"

艾丽西娅为自己辩护起来,声音有些模糊不清,鲁珀特打断了她。"行了,丽莎,我们该走了。威尔,我们来这里并不是为了奢求你的祝福,我们是出于礼貌。丽莎觉得——嗯,我们都认为你应该知道。很抱歉,老朋友。我……我希望你能好起来,我希望等事情安定下来,你能和我们保持联系。"

我听到了脚步声,赶忙弓身到木柴篓前,装作刚刚进来。我听见他们走到走廊了,接着艾丽西娅出现在我的面前。她的眼圈发红,好像就要落下泪来。

"我能用一下洗手间吗?"她哽咽地说。

我缓缓地抬起一根手指,默默地指向洗手间的方向。

她瞪着我,我意识到我的想法可能表现在了我的脸上。我从来就不擅长隐藏自己的情感。

"我知道你在想什么,"沉默了片刻,她说,"但我真的尽力了。我确实努力过,努力了好几个月,他却把我推开。"她的嘴角僵硬,表情异常恼火,"他不希望我在这里,这一点他表现得很清楚。"

她似乎在等待我说些什么。

"这真的跟我没有关系。"我终于说道。

我们站在那里，面面相觑。

"知道吗？你只能帮助那些想被帮助的人。"她说。

然后她走了。

我等了几分钟，听见他们的车离开车道后，我走进厨房。我烧了壶水，虽然并不想喝茶。我翻了翻已经看过的一本杂志，最后，我又回到走廊，咕噜了一声，提起木柴篓，把它拖进客厅。在进入房间前，我用篓子轻轻碰了碰门，这样威尔就会知道我来了。

"我在想你是否要我——"我开口道。

但是那里没有人。

客厅里空无一人。

就在那时，我听见了"哗啦"一声响。我跑出去来到走廊，正好听见了另一阵响声，接着是玻璃破碎的声音。声音从威尔的卧室传来。哦，天哪，千万别让他伤到自己。我惊慌失措，特雷纳夫人的警告从我脑中闪过。我让他独自待的时间超过了十五分钟。

我跑下走廊，到门口时悄悄停下，两手抓着门框。威尔在房间中间，在椅子上直起身来，一根手杖横放在扶手上，向他的左边突出了十八英寸，像一根长矛。长架子上一张照片都没有剩下，地板上到处是华贵相框的碎片，地毯上散布着闪闪发光的玻璃片。他的腿上也沾上了玻璃块和木头框架碎片。虽然一片狼藉，但他并没有受伤，我慢慢平静下来。威尔大口喘着气，似乎他刚刚做的事情耗去了他不少力气。

他转动轮椅，碾过玻璃碎片，发出轻微的嘎吱声。他的视线接触到我的目光，眼神无限厌倦，谅我也不敢对他表示同情。

我低下头看着他的腿，又看向他旁边的地板。一片杂乱中，我依稀能分辨出他和艾丽西娅的那张合影，她的脸被摔坏变形的银框遮住了。

我倒抽一口冷气，盯着那张被相框遮住的脸，慢慢地抬起头来直视他的眼睛。这是我记忆中最漫长的几秒钟。

"轮椅会被戳破吗？"我一边朝他的轮椅点点头，一边说，"因为我实在不知道该把千斤顶放在轮椅下的哪个位置。"

他瞪大双眼，我觉得这回我真的惹怒他了，不过他的脸上浮现出一丝笑容。

"好了，别动，"我说，"我去拿吸尘器。"

我听见手杖落到地上的声音。我离开房间的时候，好像听见他说了"对不起"。

王首酒吧周四晚上总是熙熙攘攘，雅间里更是热闹。我挤坐在帕特里克和一个好像叫卢特的男人中间，两人主要在聊脂肪率和碳水循环。我尽量表现出一丝兴趣，不时看看头顶上方被钉在橡木梁上的黄铜马饰，以及托梁上挂的一幅幅城堡照片。

我总觉得海尔斯博铁人三项运动两周一次的会面，是酒馆老板最可怕的噩梦。只有我喝酒，我的薯片袋孤零零地放在桌上，被揉成一团，里面是空的。其他人小口抿着矿泉水，抑或查看着无糖可乐上的甜味剂比率。最终，他们点好食物，沙拉的菜叶绝不能沾上全脂沙拉酱、没有一片鸡肉带着皮。我常点薯条，这样我可以看到他们假装一根都不想吃的表情。

"菲尔跑了大约四十英里就撞墙了。他说他真的听到了声音，脚像铅一样重。他露出那张僵尸脸，你知道吧？"

"我穿了全新日本加速跑鞋,这样我可以提前十五分钟跑完十英里。"

"旅行时别带松软的车袋。奈杰尔带着它来到训练营时,看起来活像个蠢极了的衣架。"

我并不喜欢铁人三项运动的聚会,但是我工作时间越来越长,帕特里克又要训练,这种聚会是为数不多我能见到他的场合。他坐在我旁边,肌肉发达的大腿只套着短裤,尽管外面寒气逼人。在俱乐部成员看来,穿得越少越光荣。男人们都清瘦结实,炫耀着鲜为人知又价格不菲的运动衣,说那些衣服有着特别"意想不到"的性能,或是夸耀它们比空气还轻。他们互相称呼对方"飞毛腿"或是"三头肌",在对方面前伸胳膊收腿,展示伤口或是所谓的肌肉生长。女人们不施粉黛,面色红润,对她们来说,在大冷天奔跑数英里完全没问题。她们有些厌憎,或者说疑惑地看着我,毋庸置疑,她们在掂量我的脂肪与肌肉比例,结果令她们很不满意。

"真是糟糕透顶,"我告诉帕特里克,同时考虑着我要不要点奶酪蛋糕,他们的目光肯定会把我杀死,"他的女朋友跟他最好的朋友搞在一起了。"

"你不能怪她,"他说,"要是我脖子以下都瘫痪了,你还会跟我在一起吗?"

"我当然会。"

"不,你不会。我也不希望你这么做。"

"我会的。"

"但我不希望你在身边。我不希望别人出于同情跟我在一起。"

"谁说是出于同情?你本质上还是同一个人。"

"不,我不是。我会跟以前截然不同。"他皱了一下鼻子,"我肯定不想活了。一点小事都要依靠别人,还要让陌生人帮自己擦屁股……"

一个光头男把脑袋挤到我们中间。"帕特,"他说,"你喝过这种新型胶状饮料吗?上周有一瓶在我的背包里爆炸了,我从没见过这种事。"

"我也没遇到过,三头肌。我只需要香蕉和葡萄适①。"

"达瑞尔在进行挪威铁人三项时,喝了瓶无糖可乐,结果在三千英尺高的地方吐了。天哪,把我们笑坏了。"

我勉强笑了笑。

光头男走开了,帕特里克转向我,显然还在沉思威尔的命运。"天哪,想想你什么都不能做……"他摇摇头,"再也没法跑步,再也没法骑车。"他看着我,好像刚刚想到这一点,说,"再也没有性生活。"

"当然可以有性生活,不过得用女上位。"

"那会被压扁。"

"真好笑。"

"不过,如果你从脖子以下都瘫痪了,我估计……嗯……那玩意儿就不那么好使了。"

我想到了艾丽西娅。我真的尽力了,她说,我确实努力过,努力了好几个月。

"我相信对有些人来说还可以。不管怎么说,总会有解决的办法,如果你……有想象力。"

---

① 腾比(Tenby):一种运动饮料。

"哈。"帕特里克呷了口水,"明天你可以问问他。注意,你说过他讨厌透了。也许车祸前他就让人讨厌,也许那就是她甩掉他的真正原因。你想过这点吗?"

"我不知道……"我想起了那张照片,"他们在一起时看上去真的很幸福。"话说回来,一张照片又能说明什么呢?我家里还摆着个相框,相片中我正冲着帕特里克笑,就像他刚把我从失火的大楼里拖出来一样,其实我说他是"十足的傻瓜",他大声回应道:"哦,你气死我了!"

帕特里克失去了兴趣。"嘿,吉姆、吉姆,你看过新的轻便车吗?怎么样?"

我并不在意他转换了话题,我还在想艾丽西娅说过的话。我可以想象威尔推开她的情景。显然,如果你爱一个人,你就应该一心一意,帮助他渡过难关,不论生病还是健康,都应该守护在他身边。

"再来杯饮料吗?"

"来杯伏特加汤力水,要低热量的汤力水。"我说道,他扬起了眉毛。

帕特里克耸了耸肩,走向柜台。

这样讨论自己的雇主,我感到有点惭愧。尤其是我意识到他一直都在忍受痛苦。我几乎没法不去揣测他的私生活。我有些心不在焉。有人说要在西班牙搞一次周末训练,我没太留心听,直到帕特里克又回到我身边,用手肘碰了碰我。

"喜欢吗?"

"什么?"

"周末去西班牙啊,不去希腊度假了。如果你不想骑四十英里的车,你可以在水池边休息。我们可以搭乘廉价航班,还有六个星期的时间。现在你有钱了……"

我想到了特雷纳夫人。"我不知道……我不确定他们这么快就会让我请假。"

"那么,我去你介意吗?我真的想进行一些高原训练,我一直想来一场大的。"

"大的什么?"

"铁人三项、极限维京人比赛。骑车六十英里,跑步三十英里,再在北欧零下几度的海里畅游一翻。"

他总是不无崇敬地谈到极限三项运动,那些忍受伤痛完成了比赛的人,就像某次遥远残酷战场上的老兵。他期待地咂了咂嘴。我看着男朋友,怀疑他是不是外星人。一时间我觉得他做电话销售时更可爱,那时他每次经过加油站,都会买很多玛氏巧克力棒。

"你要去吗?"

"为什么不?我从来没体验过。"

我想到所有额外的训练,以及有关体重与距离、体能与耐力的无休止谈话。这些天,在情况最好的时候,其他事情也很难引起帕特里克的注意。

"你可以跟我一起。"他说,虽然我们都清楚不可能。

"我会让你去,"我说道,"当然,去吧。"

我点了奶酪蛋糕。

*

原以为前一天的事情会让格兰塔宅邸的气氛变得轻松些,但我显然想错了。

我笑容满面,欢喜地向他问好。他只是望着窗外,瞥都不瞥我一眼。

"今天他心情不好。"内森一边套上外套,一边低声说。

早上天气恶劣,云层低低的,雨点拍打着窗户,太阳可能不会再出来了。这样的天气我自己都感觉闷闷不乐,威尔情绪不佳也在情理之中。我干起早上的例行杂活儿,一直告诉自己这没什么要紧。其实你并不需要喜欢自己的雇主,不是吗?很多人都不喜欢自己的雇主。我想起特丽娜的老板,一个离婚好几次的女人,老是摆着一张臭脸,她会监视特丽娜上了几次洗手间。要是她认为我妹妹超过了上厕所的合理次数,就会说些带刺的话。另外,我已经在这儿干了两个星期了,那意味着我只剩下五个月加十三个工作日了。

前一天我把那些照片仔细收好放在了底层抽屉,现在它们都堆在了地板上。我把照片摊开整理好,琢磨着可以把相片放在什么样的相框里。修补东西我很在行,并且,我觉得这也很能消磨时间。

我忙活了大约十分钟,一阵机动轮椅的嗡嗡声响起,才警觉到威尔的到来。

他停在门口,看着我,黑眼圈很重。内森告诉过我,有时他通宵睡不着觉。我不愿去想这是种什么样的感觉——陷在一张你没法动弹的床上,只有消极的情绪与自己深夜做伴。

"我想试试能否修好这些相框。"我拿起一个相框说,那是他蹦极的那张。我尽量表现得愉悦些。我们想找一个健康活泼的人陪伴他。

"为什么?"

我眨了眨眼。"嗯,我觉得有些是可以修补的。我带了些木胶来,如果你愿意让我试一试的话。要是你想把它们换掉,我可以午休时去镇里一趟,看看能不能再找到一些。我们也可以一起去,如果你想外出——"

"谁让你修补它们的?"

他的注视让人不寒而栗。

啊噢,我想着。"我……我只是想帮点忙。"

"你想修补我昨天的所作所为。"

"我……"

"露易莎,你知道吗?如果有人能留意我想要什么就好了,哪怕只有一次。我不是不小心打碎这些相框的,我压根不想看到它们。"

我站起来。"对不起,我没想到——"

"你以为你什么都知道,每个人都认为他们知道我需要什么。我们把这些该死的照片放回去,给那个可怜的病人一点可看的东西。我不想我每次困在床上,等着别人把我从床上弄出来时,这些该死的照片总是盯着我,行吗?你能想明白吗?"

我忍住情绪。"我没想要修好艾丽西娅那张,我还不至于那么笨……我只是觉得过一阵子你会觉得……"

"哦,天哪……"他转过脸不看我,尖刻地说道,"别用心理治疗那一套来对付我,去读你那肤浅的八卦杂志,或是干些泡茶以外的任何事情。"

我两颊绯红,看着他的轮椅进入狭窄的走廊,我脱口而出:"你没必要总是表现得这么让人讨厌。"

这句话在静止的空气中回荡。

轮椅停下来了。好长一段时间过后,他慢慢地掉转头,这样他能面对我,他的手握着小操纵杆。

"什么?"

我面对着他,心怦怦直跳。"你这样对待朋友没问题,也许这是他们应得的。但是我一天天待在这里,只是想尽力做好我的工作。请不要把我的生活也搞得像别人的生活一样痛苦,谢谢你。"

威尔的眼睛睁大了一点。过了一会儿,他说:"要是我说我不想你在这儿呢?"

"雇我的不是你,是你的母亲。除非她想要解雇我,不然我不会走。并不是因为我非常关心你,也不是因为我喜欢这份愚蠢的工作,或是想要改变你的生活,而是因为我需要钱。行了吗?我真的很需要钱。"

表面看来,威尔·特雷纳的表情并没有多大变化,不过我看到了他眼底的震惊,好像他还不习惯有人跟他唱反调。

噢,该死!我意识到刚刚做的事情。这回我真的搞砸了。

但他只是盯着我,见我没有转移目光,他吐了口气,似乎是要说些不中听的话。

"说得好,"他说道,转动着轮椅,"把照片放在底层抽屉里吧,好吗?所有照片。"

随着一阵低低的嗡嗡声,他离开了。

第五章　就诊

被拽进一种全新的生活，或者说被猛推进别人的生活，恨不得要把脸都贴在他们的窗户上看个一清二楚，这迫使你重新思考自己是谁，以及他人如何看待自己。

对我父母来说，仅仅四个星期的时间，我就变得比以往更有意思——我现在是他们知晓另一世界的渠道。尤其是母亲，每天都要问起格兰塔宅邸的日常生活，就像动物学家在仔细研究某个奇特的新发现动物及其栖息地。"特雷纳夫人每顿饭都用亚麻餐巾吗？"她会这么问，或者，"他们每天都像我们一样吸尘打扫吗？"又或者，"他们怎么做土豆？"

早上她送我出门时，总是千叮万嘱地让我去查明他们家用什么品牌的卫生卷纸，他们用的是不是涤棉混纺纱被单。大多数时候，我都不怎么记得去查看，让她很是失望。自从六岁时，我告诉母亲，有个谈吐文雅的同学的妈妈不让我们在他们家的前厅玩儿，因为"我们会扰乱尘土"后,我母亲在内心就一直确信上流社会的人都养尊处优。

当我回到家告诉他们,没错,狗可以在厨房吃东西。或者,不对,他们不像母亲那样每天都擦洗台阶时,她会噘起嘴来,斜眼看向父亲,满足地点点头,就像刚刚确认了她心中的疑问,上层社会的人果然生活懒散。

他们要依靠我的收入过活,而或许知道我不怎么喜欢这份工作,让我在家里赢得了一点尊重。虽然这实际上并没有改变多少,在父亲那里,这意味着他不再叫我"胖子";在母亲那里,我回家时总会有一杯茶等着我。

对于帕特里克和我妹妹来说,我还是一样,仍是他们的笑料、拥抱亲吻时的对象、闹脾气时的出气筒。我看起来还是一样,在穿着打扮上,如特丽娜所说,就像刚在慈善商店里跟人打了一架。

我不知道格兰塔宅邸的人怎么看我。威尔让人难以捉摸,而对于内森,我怀疑对他来说我只是一长串受雇护理员中最近的一个。他足够友好,但是有点超然,我感觉他不相信我会待得久。我在大厅遇到特雷纳先生时,他总是很礼貌地对我点点头,偶尔他也问我今天的交通状况怎样,我适应得是否还好。如果我出现在另一个场合,我不确定他能认出我。

但是对特雷纳夫人来说——哦,天哪——对特雷纳夫人来说,我显然是地球上最愚蠢、最没有责任心的人。

事情要从那些相框说起。这栋房子里的任何事情都逃不过特雷纳夫人的眼睛,我早该知道打碎相框会算得上是一次地震。她查问我让威尔究竟独自待了多长时间,是出于什么原因,我多快把乱七八糟的东西清理好。她并没有批评我——她教养太好,都不曾提高音量——但是对于我的回应,她缓慢地眨着眼睛,小声地"嗯——嗯",这些都告诉了我一切。内森告诉我她是个地方法官时,我一点儿也不惊讶。

她说下次不管情形有多尴尬,最好不要让威尔独自待这么长时间,嗯?她说下次我除尘时最好不要把东西放得过于靠边,这样它们就不会意外地被摔到地上,嗯?(她似乎愿意相信这是个偶然事件)她让我觉得自己是个超级白痴。每次我把什么东西掉在地板上,或是拧不开炊具盖子时,她就刚好进门来。我拣好木柴从外面回来时,她刚好就站在门口,看起来有点恼火,好像我不应该出去那么久。

奇怪的是,她这种态度比威尔的粗鲁更让我生气。好几次我都想直接问她,哪根筋不对。你说过你雇用我是看中了我的态度,并不考虑专业技能。我想说,那好,我来了,在要命的每一天里都表现得生龙活虎,就像你要的那样。那么你到底想怎么样?

但是这番话不适合对卡米拉·特雷纳说。况且,我觉得那栋房子里的任何人估计都没有直言不讳。

"莉莉,上一个来这儿工作的女孩,可聪明了,能用那个锅一次做两道菜。"意味着你把事情弄得糟透了。

"威尔,也许你想要杯茶。"实际的意思是我不知道跟你说什么好。

"我还有些文件要处理。"意思是你太无礼了,我要离开这里了。

说这些时,她总是保持那副有些痛苦的表情,修长的手指来回拨弄着十字架金链。她如此克制,如此压抑,和她比起来,我母亲爽朗得像艾米·怀恩豪斯①。我礼貌地笑笑,假装我并未注意,继续做我要做的事。

或者至少,我尽力了。

"你想把胡萝卜偷偷放在我的叉子上吗?"

我瞥了一眼盘子。我刚才一直在看电视里的那个女主持,盘算着我的头发要是染成她那个颜色会是什么样子。

"啊,我没有。"

"你有,你把它们捣烂了掺在肉汁里。我看到了。"

我脸红了。他是对的。我坐着给威尔喂饭,我们两人都漫不经心地看着午间新闻。午餐是烤牛肉加土豆泥。他母亲让我在盘子里放上三种蔬菜,即便他那天明确说过他不想吃蔬菜。我按照营养均衡的指示准备每一顿饭,没有丝毫怠慢。

"你为什么要偷偷喂我胡萝卜?"

"我没有。"

"这么说里面没有胡萝卜?"

我盯着那些小小的橙色胡萝卜片,"嗯,是这样……"

他皱着眉头等我说话。

"嗯,我觉得多吃蔬菜对你有好处。"

我这样做,既是顺从特雷纳夫人,也是出于习惯。我过去常喂托马斯吃饭,我总是把蔬菜捣碎,藏在土豆下面或是意大利面里。他每吃一口,我们都觉得是一种胜利。

"干脆点说吧,你觉得一勺胡萝卜会改善我的生活品质?"

---

① 英国爵士和 R&B(节奏布鲁斯)歌手,曾获格莱美奖,不仅在音乐上特立独行,而且生活方式也惊世骇俗。

威尔每次这样问时,我都不知所措。我已经学乖了,不论他说什么做什么,都不被他吓倒。

"我明白了,"我淡然地说道,"下次不这样了。"

就在那时,不知为何,威尔·特雷纳笑了起来。笑声让他呼吸急促,似乎完全出乎预料。

"噢,天哪。"他摇了摇头。

我盯着他。

"你还在我的食物里偷偷摸摸放了些什么?你是不是还要告诉我最好开通一条隧道,这样火车先生可以运输些糊状甘蓝菜到红色血液车站来?"

我考虑了一会儿,面无表情地说道:"不,我只跟叉子先生打交道,叉子先生看起来并不像火车。"

这是几个月前托马斯对我说过的话。

"是我妈鼓动你这么干的?"

"不是。威尔,我很抱歉。我没有考虑清楚。"

"搞得好像这很特别似的。"

"好了,好了。我会把该死的胡萝卜挑出来,如果它们让你这么烦心的话。"

"胡萝卜才不会让我烦心,而是把餐具叫作叉子先生和夫人的疯女人,偷偷地把胡萝卜掺进我的食物里让我烦心。"

"我是开玩笑。看着,我把胡萝卜挑出来——"

他转过头不看我,"我不想吃了,给我来杯茶就好。"我出门时他大声叫住我,"可别偷偷放进密生西葫芦。"

我洗完碟子时,内森走了进来。"他今天心情不错。"他说,我递给他一杯茶。

"是吗？"我在厨房里吃起三明治来。外面寒风刺骨，并且这栋大宅最近不像以前那么让人感觉不友好了。

"他说你想毒死他。不过他说这话时——知道吗——是开玩笑的口气。"

这让我感到莫名地高兴。

"是有这么回事，"我尽量隐藏住那丝高兴，说道，"迟早有那么一天。"

"他最近话也多了些。前两个星期他几乎什么都不说，最近几天他确实有兴致聊会儿天。"

我想起威尔告诉我要是我不停止吹该死的口哨，他会把我撞死。"我觉得他对闲聊的定义和我的不同。"

"嗯，我们还聊了会儿板球。我想告诉你——"内森压低了声音，"——大概一个星期前特雷纳夫人问我，你的表现是不是还行。我说我觉得你非常专业，不过我知道她想听的不是这个。昨天她进来，说她听见你们在笑。"

我的思绪回到前一天晚上。"当时他在嘲笑我。"我说。我不知道什么是松子青酱，我告诉他晚餐是"浇了绿色肉汁的意大利面"，威尔觉得特别搞笑。

"啊，她并不在意这个。关键是他很久没有笑过了。"

这是真的，威尔和我似乎找到了轻松的相处方式。他粗鲁地对待我，偶尔我也会粗鲁地掉回去。他告诉我某事没有做好，我就告诉他如果这件事真的对他很重要，他应该对我客气点。他骂我，说我是背上的芒刺；我告诉他就算没有芒刺，他也好不到哪里去。这样做有点造作，不过似乎在我俩之间行得通。有人时刻准备着对他无理，抵触他，或者告诉他他太可怕了，这有时对他甚至是一种宽慰。我感觉自从他出事后,每个人都对他小心翼翼,除了内森。威尔对内森有一种发自心底的尊敬,不管怎样,内森都不为他那些尖锐的话语所动。内森就像人形装甲车。

"你只要确保你是他的笑柄就行了,好吗?"

我把杯子放进水槽,"我觉得这不是问题。"

除了房子里面的氛围有所变化以外,还有一个重大变化,威尔不再那么频繁地要求我让他一个人待着。有几个下午甚至问我是否愿意留下来陪他看场电影。我并不在意看的电影是《终结者》,尽管《终结者》系列电影我全看过,但是他放映带字幕的法国电影时,我快速看了一眼封套,告诉他我不想看。

"为什么?"

我耸了耸肩,"我不喜欢看带字幕的电影。"

"这就像是在说你不喜欢有演员的电影。别傻了。你不喜欢的是什么?一边看画面一边看字幕吗?"

"我就是不太喜欢外国片。"

"《南方英雄》后的所有电影都是外国片,难道你以为好莱坞是伯明翰郊区吗?"

"真是滑稽!"

我承认从未看过带字幕的电影时,他简直不能相信。晚上,我父母一向霸占着遥控器。帕特里克和我看外国电影的概率,渺茫得就像他说要去学钩针编织。离我们小镇最近的电影院只放映最新的枪战片和浪漫喜剧片,里面挤满了穿着连帽运动衣的孩子,他们总是大叫大嚷。镇上人都懒得去那儿。

"露易莎,你应该看一下这部电影。事实上,我命令你看这部电影。"威尔把轮椅往后挪,冲着扶手椅点了点头,"那儿,你就坐在那儿,不放完不准动。从没看过外国片,天哪。"他喃喃说道。

这是部老电影,讲的是一个驼背人继承了法国乡下的一栋房子的故事。威尔说电影是根据一部畅销书改编的,不过我从未听说过。前二十分钟,我有点烦躁,字幕让我烦心,想着要是告诉威尔我要去洗手间,他会不会发火。

然后情况发生了变化。我不再觉得边看画面边看字幕有多难了,我忘记了威尔吃药的时间,也不去想特雷纳夫人会不会觉得我玩忽职守。我为那个可怜的男主角和他的家人感到焦虑,他们的邻居简直肆无忌惮。驼背男人死的时候,我无声地啜泣起来,鼻涕流到了袖子上。

"这么说,"威尔出现在我旁边,诡秘地瞥了我一眼,"你一点儿都不喜欢这部电影。"

我抬起头,惊讶地发现外面天已经黑了。"你心满意足了,是吗?"我一边伸手去拿纸巾盒一边说道。

"有点。我只是惊讶,你到了这么一大把年纪,多大来着?"

"二十六。"

"二十六了,还从没看过带字幕的电影。"他看着我擦干泪水。

我低头看了一下纸巾,发现我把睫毛膏都擦掉了。"我以前觉得没必要看外国片。"我咕哝道。

"好啦。露易莎·克拉克,如果你不看电影,你都做些什么呢?"

我把纸巾揉成一团,"你想知道我不在这儿时都在干些什么?"

"你不是说想要了解彼此吗?来吧,跟我说说你自己。"

他这种谈话方式,让你永远也搞不清他是不是在嘲弄你。我等待着跳进先前挖的坑里。"为什么?"我问道,"你怎么突然有了兴趣?"

"噢,老天在上,你的社交生活又不是国家机密。"他看起来有点恼怒。

"我说不上来……"我说,"我去酒吧喝点酒,看会儿电视,我去看我男朋友跑步。没什么特别的。"

"你看你男朋友跑步?"

"是的。"

"但是你自己不跑。"

"是的,我不是跑步的料。"我瞅了一眼胸部。

他会心一笑。

"还有什么?"

"什么叫'还有什么'?"

"爱好? 旅行? 你想去的地方?"

他听起来有点像我以前的就业指导老师。

我想了想,"我没什么爱好。我读点书,我喜欢服装。"

"真简单。"他冷冷地说。

"是你要问的。我爱好少。"我有些不可思议地为自己辩护起来,"我很无趣,行了吗? 我上班,然后回家。"

"你住在哪儿?"

"城堡的另一边,伦费鲁路。"

他有些茫然。这是意料中的。城堡两边很少有人际上的来往。"双向车道走到底,靠近麦当劳。"

他点点头,虽然我怀疑他并不知道我说的那个地方。

"放假的时候呢?"

"我跟男朋友帕特里克去过西班牙,"我补充道,"我小时候只去多塞特或是滕比①,我姑母住在滕比。"

"你想要什么?"

"我想要什么?"

"人生目标?"

我眨了眨眼,"这个问题有点深奥,是吧?"

"大致说一下就可以,我又不是要你对自己作精神分析。我不过就是问,你想要什么?结婚吗?生几个孩子?理想的职业是什么?想要周游世界吗?"

接下来是长时间的沉默。

在我说出这句话之前,我就知道我的回答会让他失望。"我不知道,我从没想过这些。"

星期五,我们去了医院。我很欣慰那天早上到了后,才知道威尔要看医生,不然前一晚我会为要开车送他去医院而愁得彻夜难眠。没错,我会开车,但是我说我会开车就跟我说我能讲法语是一回事。没错,我通过了考试。可是我拿到驾照后,从来没有用过这项技能。想到要把威尔和他的轮椅装进改装过的小客车,还要安全地送他去另一个镇,再安全地接回来,我的头皮直发麻。

数周以来,我一直希望在工作时间我可以离开那栋房子一会儿。现在我愿意做任何事,只要能让我待在屋里。我从一堆他的健康状况文件夹中找出他的诊疗卡,厚厚的活页夹被分成"交通""保险""残疾生活"以及"预约"四部分。我抓住卡,核查了一下今天确实是预约的见面时间。我心里其实有点希望威尔记

---

① 英国海滨小镇。

错了。

"你妈妈也去吗?"

"不,她不陪我看医生。"

我无法掩饰自己的惊讶,我原以为她会监督威尔治疗的方方面面。

"她以前是去的,"威尔说,"现在我们达成了新的协议。"

"内森去吗?"

我跪在他前面。我太紧张了,把他的午饭洒到了他的大腿上,我想擦干净却徒劳无功,他裤子上湿透了一大块儿。威尔什么也没说,只是告诉我不用再道歉,但这一点也没有缓解我的紧张。

"怎么了?"

"没什么。"我不想让他知道我有多害怕。本来早上我通常做清洗工作,但那天早上的大部分时间,我反复读升降椅的使用说明书,仍然担心要独自负责将他升至空中两英尺。

"告诉我,克拉克,出什么事了?"

"没事。我只是……我只是觉得第一次去的时候,如果有懂行的人在,一切会容易一些。"

"我不算吗?"他说道。

"我不是那个意思。"

"因为我不熟悉流程吗?"

"你能操纵升降椅吗?"我坦率地问道,"你能告诉我具体怎么做,是吗?"

他看着我,眼神和我持平。如果说他本来想找碴儿,这会儿显然改变了主意。"说得好。行,他会去。他会是个好帮手。要是他在旁边,你就不会这么紧张了。"

"我不紧张。"我抗议道。

"显而易见。"他低头看了一眼膝盖,我仍然拿毛巾擦着。我把意大利面酱擦掉了,但是裤子湿透了。"我去的时候会像内急失禁的人吧?"

"我还没有弄完。"我插上吹风机,对着他的裤裆吹。

热风吹向他的裤子,他挑了挑眉。

"是的,嗯,"我说道,"真没想到星期五下午会这样。"

"你真的非常紧张,不是吗?"

我能感觉到他在端详我。

"噢,放轻松点,克拉克。这烫死人的吹风机对着我的老二呢。"他的声音盖过了轰鸣的吹风机。

我没有回应。

"好啦,还能有什么坏事发生,我在轮椅里挂掉?"

这听起来有点傻,我不禁笑了。实际上是威尔在想方设法让我好受一些。

从外表看,那辆车没什么不同,不过后车门一打开,一道斜坡从边上垂下来,直接降到地面。内森在旁边看着,我指引着威尔将他的外用轮椅(他有一辆外出专用轮椅)停在斜坡正中间,检查了电动锁刹,然后启动程序将他缓慢地升到车里。内森溜进另一个座位,帮他系好安全带,固定好轮子。为了让手不再颤抖,我松开手刹,慢慢地驶下车道,朝医院开去。

一离开家,威尔就有些沉默。天气寒冷,出门之前内森和我给他裹上了围巾,穿上了厚大衣。他依然越来越沉闷,下巴紧绷着,不知为何,在周围空间的衬托下显得愈加渺小。每次我看向后视镜（我常看向后视镜，就算有内森在，我还是害怕他的轮椅会飞出去），他都望着窗外，表情让人猜不透。甚至我好几次刹车太猛时，他也只是抽搐了一下，等我调整好。

到医院时，我紧张得浑身是汗。我绕着医院停车场转了三圈，不敢倒车，怕位置不够大。我能感觉到这两个男人有些不耐烦了。终于，我放下斜坡，内森把威尔推了出来。

"干得好。"内森走出来时，拍了拍我的背说道。我很难相信这是事实。

只有跟坐轮椅的人同行时，你才会注意到一些事情。首先，大部分的路面都非常糟糕，坑坑洼洼，凹凸不平。威尔转动着轮椅，我慢慢地走在他身边，我注意到每处高低不平的路都会让他痛苦地颠簸几下，他常常需要小心地转向来避开潜在的障碍物。内森假装没有注意，但是我观察到他也在看威尔。威尔面孔铁青，表情坚毅。

其次，大部分司机都不怎么替别人着想，他们总是把车停在斜坡道入口，或是停得很紧密，轮椅过不去。我很震惊，有几次都想在雨刮器上塞进一张字条骂骂他们，但是内森和威尔似乎早就习惯了。内森找到了合适的入口，我们两人站在威尔左右，终于过去了。

自从离开大宅以后，威尔没有说过一句话。

医院是一栋明亮的低层楼房，接待处一尘不染，看起来像是现代化的酒店，也许有个人保险才负担得起。我留在原地，威尔告诉接待员他的名字，然后我跟随他和内森穿过长长的走廊。内森背着巨大的背包，里面装着这次短暂外出威尔可能会用到的所有东西，从杯子到备用衣物，应有尽有。那天早上他当着我的面收拾包裹,并详细告诉我可能出现的各种状况。"好在我们并不是老这么做。"看到我惊骇的表情,他说。

我没有跟随威尔进去看医生。内森和我坐在诊疗室外面舒服的椅子上。那儿没有医院的那股味道,窗台上的花瓶里插着新鲜的花,不是我熟悉的花,而是我不知道名字的具有异国情调的巨大花朵,按照极简主义的风格插出了艺术美感。

"他们在里面做些什么?"半小时后我问道。

内森从书中抬起头来,"他每半年做一次检查。"

"什么,看他有没有好转吗?"

内森放下书,"他不会好转。他是脊髓损伤。"

"可是你在给他做理疗。"

"那只是为了使他的身体状况不恶化,防止他肌肉萎缩、骨钙流失、腿部瘀血等。"

他再开口时,语气很柔和,似乎他认为可能会让我失望。"他不能再走路了,露易莎。只有好莱坞电影中才会出现那种奇迹。我们所做的一切就是让他免除痛苦,保持他现有的活动幅度。"

"他配合你做理疗吗?我建议的事,他似乎都不想做。"

内森皱了皱鼻子,"他做理疗,但是心不在焉。我刚来时,他决心很大,很努力做康复治疗。但是过了一年,一点进展都没有,我想他觉得很难再相信这些有用吧。"

"你觉得他应该继续尝试吗?"

内森盯着地板。"说实话,他是 C5 / 6 的四肢瘫痪。意味着从这儿以下,都废了……"他把手放在胸膛前方,"现在还没有办法治疗脊髓损伤。"

我盯着门,想着我们在冬天的阳光里一路行驶过来时,威尔的表情,想起在滑雪度假时他春风满面的模样。"可是医学一直在进步,对吗?我是说……也许在某个地方……一定有人一直在努力攻坚。"

"这是一家相当好的医院。"他淡然地说道。

"有句话不是说'留得青山在……'。"

内森看看我,目光又回到书上。"没错。"他说。

差一刻三点的时候,在内森的建议下,我去倒咖啡。他说这种会面通常会持续一段时间,他会坚守阵地到我回来。我在前台闲逛了一会儿,在报刊批发商那儿翻了翻杂志,慢腾腾地吃着巧克力棒。

如我所料,我找不到回走廊的路,不得不问了几个护士,其中两个都不知道该怎么走。我到那儿时,手上的咖啡已经凉了,走廊是空的。再走近一点,我发现诊疗室的门半开着。我在外面犹豫了一会儿,耳朵里一直是特雷纳夫人的声音,批评我扔下他。我又一次犯错了。

"三个月后我们再见,特雷纳先生,"一个声音说道,"我调整了抗痉挛药,检查结果一出来我们就给您打电话。应该就在周一。"

我听见了威尔的声音。"我能从楼下药房拿到药吗?"

"是的。给您。他们也可以给您更多这种药。"

一个女人说道:"我要把文件夹收起来吗?"

我意识到他们马上要离开了,便敲了敲门,有人让我进去。两双眼睛转向我。

"不好意思,"医生从椅子上站起来说道,"我还以为是理疗师。"

"我是威尔的……护理。"我站在门边说道。威尔朝前倾着，内森正帮他把衬衫拉下来。"不好意思，我以为你们都结束了。"

"等我一分钟，好吗，露易莎？"威尔说道。

我一边说着"对不起"，一边退了出来，脸颊火热。

并非因为看到威尔袒露的身体，瘦骨嶙峋，伤痕累累，让我吃惊；也不是因为医生有些恼怒的表情，特雷纳夫人每天都是这副表情，那种表情让我意识到我仍是个超级白痴，即便我的时薪高了。

不是这些，触目惊心的是威尔手腕上一道道暗红色的伤痕，不管内森多快扯下威尔的袖子，都难以掩盖那些长长的、锯齿状的伤疤。

第六章　雪天

雪来得极其突然。我出门时还是一片明亮的蓝天，不到半小时，身后的城堡就像被粉饰过的蛋糕，包裹着一层厚厚的白色糖霜。

我迈着沉重的步伐走上车道，脚被蒙住了，脚指头已经麻木，我穿的中国丝绸外套太薄了，我瑟瑟发抖。铁灰色的天际，鹅毛般的大雪旋转飘落，几乎让我看不清格兰塔宅邸，也掩盖了声音，整个世界的节奏变得异常缓慢。在整齐修剪过的树篱那边，小汽车缓慢行驶，行人们在道路上滑倒，发出尖叫。我拉住围巾盖住鼻子，真希望自己穿着更合适的衣服，而不是平底鞋和天鹅绒迷你裙。

出乎意料的是，开门的不是内森，而是威尔的父亲。

"他在床上，"他从门廊往上看，"他不太好。我正在考虑要不要叫医生。"

"内森在哪儿？"

"他上午请假了。凑巧了，刚好是今天。该死的机构护士风一样地来了又走了，前后才待了六秒。要是这雪一直下，我不知道接下来我们该怎么办。"他耸耸肩，好像对这些事情无能为力，接着退回到走廊，显然对他不用再负责感到欣慰。"你知道他需要些什么，是吗？"他回过头问道。

我脱下外套和鞋，我知道特雷纳夫人在法院（在厨房里的一本记事簿上她标记出来了），我把湿袜子拿到暖气片上烤。放干净衣物的篮子里有一双威尔的袜子，我拿来穿上了。他的袜子我穿着显大，有些滑稽，不过脚又干又暖，真有在天堂的感觉。我叫威尔时，他没有回应。过了一会儿我调好他的饮料，轻轻地敲了一下门，把头探进门内。微弱的光线下，我只能看出羽绒被下面有人。他睡得很熟。

我向后退了一步，关上门，开始做我早上的那些活计。

我母亲总能从井然有序的屋子里获得切实的满足感。而我做了一个月的打扫吸尘，仍然没有感觉到那种吸引力。我想这辈子，会一直选择让别人干这些活儿。

像今天这样的日子，威尔只能待在床上，外面的世界好像也停止了，从侧厅的这头忙活到那一头，也让我感到一种冥想的快乐。打扫一个个房间时，我一直带着收音机，我把声音调得很小，免得吵到威尔。我不时伸头到门边，他睡着了，到下午一点时还没有醒，我感到一丝忧虑。

我把木柴篓装满，外面的雪有好几英寸深了。我又给威尔调了杯新鲜的饮料，然后敲门，这回我敲得很大声。

"嗯。"他的声音沙哑，貌似我吵醒他了。

"是我，露易莎。"他没有回应，我说道，"我能进来吗？"

"我又没有在跳七纱舞①（脱衣舞），进来吧。"

房间很暗，窗帘还没有拉开。我走进去，让眼睛适应光线。威尔一只胳膊支在身前，似乎要支撑起自己——他有时很容易就会忘记他不能自己翻身。他的头发往一边翘，羽绒被整齐地掖在他旁边。男人没有洗澡前的温暖味道充斥着整个房间，并不让人讨厌，只是作为工作日的开始，有点让人惊愕。

"我能做些什么？想喝饮料吗？"

"我需要变换姿势。"

我把饮料放在五斗橱上，走到床边。"你……你想要我怎么做？"

他使劲咽了一口口水，似乎很痛苦。"扶我起来帮我转身，然后抬起床背。这儿……"他点头示意我走得更近些，"把你的胳膊放在我的下面，抱住我的背往后拉。你坐在床上，这样就不会拉伤你的后背。"

我不能假装这一点都不怪异。我环住他，他的味道注入我的鼻孔，他温暖的肌肤贴着我的身体。我不能离他更近了，不然就该咬住他的耳朵了。这个想法让我觉得好笑，我竭力保持镇定。

"怎么了？"

"没事。"我吸了口气，扣住双手，调整着我的位置，确保我安稳地抱住了他。他比我料想的更魁梧，也更重。然后，数到三下，我往后拉。

"天哪。"他呼喊道，倒在我肩上。

---

① 《莎乐美》的七面纱舞是东方的一种舞蹈，起源于巴比伦神话中伊什塔尔下到地狱的故事。"莎乐美的舞蹈"就是要模仿伊什塔尔从天堂下到地狱时那样，一次次地脱去纱巾。

"怎么了？"

"你的手真凉。"

"是的。好啦，要不是你懒得起床，你早该发现外面下雪了。"

我半开玩笑地说。他T恤下面的肌肤火烫，巨大的热量似乎来自他身体的深处。我调整着他的姿势，让他靠住枕头，他轻轻地呻吟着，我尽可能地缓慢轻柔。他告诉我遥控装置可以提起他的头和肩。"不过，幅度别太大，"他喃喃道，"头有点晕。"

我打开床头灯，不理会他含糊的抗议，这样我能看清他的脸。"威尔，你还好吗？"我问了两遍，他才回答我。

"不是我最好的一天。"

"需要止痛药吗？"

"嗯，要药效最强的。"

"来点扑热息痛？"

他靠着冰凉的枕头斜躺下去，叹了口气。

我把烧杯给他，看着他把药吞下去。

"谢谢你。"喝完他说道，我突然感到很不安。

威尔从未对我表示过感谢。

他闭上双眼，我站在门口看着他，他的胸脯起起伏伏，嘴巴微张着。他的呼吸很浅，或许比平时更费力。我从未见过他离开轮椅，不知道这是不是跟他躺着受到的压迫有关。

"出去吧。"他低声说。

我离开了。

我读了一会儿杂志，屋外的雪下得很厚了，在窗台上堆起了雪景。十二点半时，母亲给我发了条短信，告诉我父亲的车没法开出门。"你回家之前,一定要先给我们打个电话。"她指示道。不知道她能想到什么办法,难道让父亲坐上雪橇、带上圣伯纳德狗来接我吗?

我听了听广播里的本地新闻,意外的暴风雪引发了高速公路上交通阻塞、火车停运、学校暂时停课。我回到威尔的房间,又瞧着他。他脸色苍白,两颊上都闪着亮光。

"威尔?"我轻轻地叫道。

他没有反应。

"威尔?"

我有些恐慌起来。我又大声叫了他两次,没有回应。最后,我俯下身来。他的脸上没有动静,胸腔也没有起伏。他的呼吸,我应该可以感觉到他的呼吸。我把脸紧靠近他的脸,看他是否在呼气。我没有感觉到,我伸出一只手,轻轻地触碰他的脸。

他缩了一下,眼睛突然睁开了,离我的眼睛只有一点点距离。

"对不起。"我说,往后退了退。

他眨了眨眼,环视了一下房间,似乎刚去了很远的地方。

"我是露。"我不确定他能否认出我。

他的表情略带恼怒,"我知道。"

"想喝点汤吗?"

"不用了,谢谢。"他闭上了眼睛。

"要再来点止痛药吗?"

他的颧骨上微微闪着汗水的光泽。我伸出手摸了摸,他的羽绒被又热又湿,这让我紧张起来。

"有什么事情我可以做吗?我是说,万一内森不能赶到这儿来,怎么办?"

"不用……我很好。"他低声说，又闭上了眼睛。

我查看了一下文件夹，想看看我是不是漏掉了什么东西。我打开药柜、橡胶手套盒和纱布盒，发现我压根儿不知道能拿它们做什么。我按对讲机想跟威尔的父亲讲话，但是电话铃声消失在空旷的屋子里。我能听到声音在门外回响。

我正准备给特雷纳夫人打电话时，后门开了，内森走了进来，包裹得严严实实，羊毛围巾和帽子几乎遮住了他的头。他带来一股冷飕飕的空气和雪花。

"嘿。"他说道，抖落着靴子上的雪，"砰"的一声关上门。

整栋房子宛若突然从梦幻的状态中醒来。

"噢，谢天谢地，你来了，"我说，"他不太好。整个上午都在睡觉，也没喝什么东西。我不知道该怎么办才好。"

内森脱掉大衣，"我一路走来的，公交车停运了。"

他去查看威尔的情形，我去给他泡茶。

壶里的水刚刚煮沸，他就出现了。"他发烧了。"他说，"他这个样子多久了？"

"整个早上。我确实觉得他发烫，但他说只想睡觉。"

"天哪，整个早上？你难道不知道他没法调节自己的体温吗？"他从我旁边挤过去，在药柜里翻找起来。"抗生素，药效最强的那种。"他拿起一个瓶子，倒出一颗到研钵里，用力地把它碾碎。

我焦急地在他身后走来走去，"我给了他一片扑热息痛。"

"那和给他一颗水果软糖效果一样。"

"我不知道，没人说过，我还把他捂得很暖和。"

"该死的，那个文件夹里写了。听着，威尔不像我们会排汗。事实上，他受伤的地方根本不出汗。这意味着如果他受了一点凉，他的温度计读数就会爆表。去找台电扇，我们要开动电扇，把他的温度降下来。再找一条湿毛巾过来，缠在他的脖子后面。只有等雪停了，我们才能叫到医生。该死的机构护士，他们早上就该发现威尔有状况。"

内森比以往要恼怒，他甚至都不再跟我说话。

我跑去拿电扇。

几乎花了四十分钟，威尔的体温才回到可接受的水平。我们一边等待药效极强的退烧药见效，我一边按照内森的吩咐，在他的前额和脖子上各放了条毛巾。我们脱去他的衣服，在他的胸口盖上了一块薄薄的棉被单，用电扇吹。没有了袖子的遮盖，他胳膊上的疤痕清晰可见，我们都假装视而不见。

威尔几近沉默地忍受着这一切，用"是"或"不是"回答着内森的问题，声音含糊，有时我都怀疑他是否知道他在说什么。现在在灯下我能看清他，他看起来真的非常糟糕，我为没能早点发现他的不适感到极其难受。我不停地说着"对不起"，内森不胜其烦。

"好了，"他说道，"你需要仔细看我是怎么做的，有可能以后你要独自处理。"

我没法反对。内森脱下威尔的睡裤，露出一截空白的肚皮，上面有一根小管子，他小心地取掉了管子上的纱布敷料，慢条斯理地清理并更换敷料，看到这些很容易让人神经衰弱。他给我演示了怎么更换床头的尿袋，并解释给我听，为什么这个袋子总要比威尔的身体位置低些。我惊讶于自己可以平静地拿着这袋温热的液体走出房间。我很高兴威尔没有在看我，不仅仅是怕他损我，而是我见证了他的部分私密程序多多少少也会让他有些尴尬。

"就这样。"内森说。一小时以后,威尔躺在干净的棉被单上打起盹来,看起来即使不是完全好了,也不是那么让人恐慌的生病模样了。

"让他睡一会儿。两小时后把他叫醒,一定要让他喝下整杯水。五点时再给他点退烧药,行吗?你下班前,他的体温估计还会上升。"

我把所有的事情都记在记事簿上——我怕犯错。

"今晚你需要重复我们刚刚做的。没问题吧?"内森把自己包裹得像个因纽特人,走到雪地上。"读读那个文件夹,不要慌张。有什么问题的话,尽管给我打电话,我会指点你的。要是真有必要,我会再回来的。"

内森走后,我待在威尔的房间。我很担心。角落里有一把旧皮椅,上面配有阅读灯,或许威尔以前用过。我蜷曲在椅子上,读着从书架上抽出来的一本短篇小说集。

房间里异常宁静。透过窗帘的缝隙能看到外面的世界,一片银装素裹,平静而美丽。屋内温暖寂静,只有微弱的嘀嗒声与暖气的嘶嘶声干扰着我的思绪。我读着书,偶尔抬头看看威尔睡得是否安稳,此前我的人生中还从未有过这样一个时刻,只是安静地坐着,什么也不做。在我们家,吸尘器永无停歇,电视机吵吵嚷嚷,在那样的环境中长大,安静下来会让人不习惯。偶尔电视机关了,父亲会播放"猫王"的老唱片,音量调到最大。"黄油面包"咖啡馆也永远闹闹哄哄。

在这里,我能听到自己的思绪、自己的心跳。令我惊奇的是,我非常喜欢。

五点时,我的手机响了,收到了一条短消息。威尔动了动,我从椅子上跳了起来,赶紧点开短信,以免把他惊醒。

火车停运了。你今晚能留下来过夜吗?内森去不了。
卡米拉·特雷纳

我想都没想就回复道:

没问题。

我给父母打电话告诉他们今晚我要待在这里,母亲听起来像是松了口气。我告诉她他们会付加班费时,她欣喜若狂。

"巴纳德,你听到了吗?"她说,半只手捂住话筒,"她在那儿过夜,他们都付她钱。"

我能听见父亲的惊叹,"老天有眼。她找到了理想的工作。"

我给帕特里克发了条短信,告诉他我要加班,晚一点我会给他打电话。几秒钟后就收到了他的回复。

今晚要在雪地上越野跑,是挪威一战很好的练习!
爱你的帕特里克

居然有人会因为穿着背心和短裤在零摄氏度以下的天气中慢跑而如此兴奋,我觉得不可思议。

威尔睡着了。我给自己做了点儿吃的,又解冻了一点汤,以备他一会儿想喝。我烧着炭火,要是他感觉好些了,可以去客厅。

我又读了一篇短篇小说，回忆着上一次我买书是什么时候。小时候我就喜欢看书，但是我不记得从什么时候开始，就只读杂志了。特丽娜真正爱读书。随便拿起一本书，我都觉得入侵了她的领地。我想起她要带托马斯去上大学了，不知道我该高兴还是沮丧，或者悲喜皆有。

七点时，内森打来了电话。我在这儿过夜似乎让他感到宽慰。

"我联系不到特雷纳先生。我还拨了他的固定电话，但总是被直接转到答录机。"

"哦，咳，他不在。"

"不在？"

想到整晚只有威尔和我在这栋大宅里，我下意识地感到一阵恐慌。我怕又犯下什么大错，有害威尔的健康。"我要给特雷纳夫人打电话吗？"

电话的另一端出现了短暂的沉默。"别，最好不要。"

"但是——"

"听着，露，特雷纳夫人在镇上过夜的时候，他常常……他常常去别的地方。"

花了一两分钟，我才明白他的意思。

"哦。"

"你待在那里就好了，就这样。如果你确信威尔看起来好多了，明天一早我就赶过来。"

有些时间人们正常工作，也有些时间是虚度的，它悄悄流逝，离真正的生活，似乎只有一步之遥。我看电视，吃东西，清理厨房，默默地在侧厅里四处游荡。最后，我又回到威尔的房间。

我关上门时他醒了，半抬起头。"克拉克，几点了？"他的声音有些被枕头蒙住了。

"八点一刻。"

他垂下头，慢慢领会这一信息。"我能喝点水吗？"

他的话语不再尖刻，似乎疾病终于让他脆弱。我给了他一杯水，打开了床头灯。我坐在他床头，摸了摸他的额头，就像小时候母亲摸我的额头。还是有点热，但没有之前那么烫了。

"手好凉。"

"你为这个发过牢骚。"

"是吗？"他听起来真的很惊讶。

"想喝点汤吗？"

"不用了。"

"你感觉舒服吗？"

我从不知道他承受着多少痛苦，但是我猜肯定比他表现出来的多。

"另一边可能好点，帮我翻转一下。我不需要坐起来。"

我爬上床尽可能轻地挪动他。他不再散发出可怕的热量，只是在被子里待过一段时间的人的温度。

"还需要我做点什么吗？"

"你不用回家吗？"

"没关系的，"我说，"我在这里过夜。"

屋外，最后一抹余晖早就消失了。雪仍在下，在门廊灯的映照下，发出淡金色的忧郁光芒。我们平静地坐着，不发一言，着迷地看着雪花飘落。

"我能问你点儿事吗？"最后我说道。他的手放在被子上面。

它们看起来是如此正常、如此强劲,实际上如此无用,真让人觉得怪异。

"想来你也会问。"

"到底出了什么事?"我一直想知道他手腕上的瘢疤是怎么回事,但我没法直接问。

他睁开了眼睛,"我怎么搞成这样吗?"

我点点头,他又闭上了眼睛,"摩托车事故。不是我骑摩托车,我是无辜的行人。"

"我还以为是滑雪或是蹦极这类事情呢。"

"大家都这么想。这是上帝开的小小玩笑。当时我就在家门外过马路,不是这个地方,"他说,"是我在伦敦的家。"

我看着他书架上的书,有很多已经翻旧的企鹅出版社的平装小说,还有好多商业书:《公司法》《收购》,以及我不认识的工商行名录。

"没有办法继续工作吗?"

"没有。也不能住在原来的公寓里、像以前那样度假和生活……我相信你见过我的前女友。"他话语中的停顿并不能掩盖那份苦涩,"显然我应该感恩,因为有一段时间他们觉得我根本没法活下来。"

"你恨吗?我的意思是,住在这里?"

"是的。"

"有办法让你再去伦敦生活吗?"

"不像这样的生活?没有。"

"但是你的生活可以改善的,内森说对这种疾病的研究有不少进展。"

威尔又闭上了眼睛。

我等待着,调整了一下他的枕头,理了理他身上的羽绒被。"对不起,"我坐得笔直地说,"我问了太多问题。需要我离开吗?"

"不,再待一会儿,和我说说话。"他咽了一下口水,眼睛又睁开了,目光落在我身上。他看起来疲倦极了,"说点儿有意思的事情。"

我犹疑了一会儿,靠在他旁边的枕头上。我们坐在几近昏暗的屋子里,看着微微发光的雪花消失在夜空。

"知道吗……我以前也这么跟我爸爸说,"我终于开口说道,"我要是告诉你他怎么回应的,你肯定觉得我有神经病。"

"比我还神经?"

"每次我做噩梦、伤心,或是为什么东西惊惶时,他会给我唱……"我笑了起来,"噢,我不行。"

"接着说。"

"他会给我唱《莫拉宏奇歌》。"

"什么?"

"《莫拉宏奇歌》,我以为大家都知道这首歌。"

"相信我,克拉克,"他喃喃道,"我就从没听过这首歌。"

我深吸了一口气,闭上眼睛开始唱:

我想住在莫拉宏奇乐园
那是我出生的地方
我能在那里弹奏我的旧班卓琴
但我的班卓琴没有声音了

"天哪。"

我又深吸了一口气。

我把它送到修理店
看他们能不能修好
他们说琴弦磨损得太厉害了
再也不能用了

一阵短暂的沉默。

"你很神经,你全家都很神经。"

"但是很有效。"

"你唱歌真难听,可能你爸爸唱得好一些。"

"我觉得你想说的是:'克拉克小姐,谢谢你给我带来欢乐。'"

"这跟我接受的心理疗法一样,都是瞎扯。好了,克拉克,"他说,"再说点儿别的,不用讲唱歌的事情。"

我想了一会儿。

"嗯,好的……你注意到我前几天穿的那双鞋了吗?"

"很难不注意到。"

"呵,我对鞋子不寻常的口味,可以追溯到我三岁的时候。我妈妈给我买了一双青绿色亮闪闪的长筒靴,那时这种鞋很少见,孩子们通常只有绿色的,有红色的就算幸运了。她说从她把鞋拿回家的那天开始,我就拒绝脱下来。整个夏天,我穿着它们睡觉、洗澡、去托儿所。我最喜欢的搭配就是亮闪闪的靴子和大黄蜂连袜裤。"

"大黄蜂连袜裤?"

"黑黄的条纹。"

"真棒啊。"

"你有点过分了吧。"

"嗯,是真的。听起来有点恶心。"

"你可能觉得有点恶心,可是威尔·特雷纳,不是所有女孩都为了取悦男人而穿衣打扮。"

"胡说。"

"不,是真的。"

"女人们做任何事情,心里都想着男人。人们做的每件事,都跟性有关。你没读过《红色皇后》吗?"

"我不知道你在说什么,但我可以向你保证,我坐在你的床头唱《莫拉宏奇歌》,绝不是因为想跟你上床。三岁的时候,我就是非常非常喜欢穿条纹裤子。"

随着威尔的回应,我一整天的焦虑慢慢消失。我不再是独自照料着一个可怜的四肢瘫痪病人。我不过是坐在一个有点爱讽刺别人的家伙旁边,和他聊天。

"好了,亮闪闪的漂亮靴子后来怎么样了?"

"她把靴子扔掉了。我患了脚气。"

"真让人高兴。"

"她把连袜裤也扔了。"

"为什么?"

"我不知道,这让我很伤心。我再也没见过那么喜欢的裤子了。这种裤子停产了,反正,没有成人的。"

"好怪啊。"

"噢,你尽管嘲笑好了。难道你从没有特别爱的东西吗?"

我几乎看不见他,房间笼罩在一片黑暗中。我本来可以打开头顶的灯,但有什么阻止了我。就在我意识到我刚刚说的话时,我就反悔了。

"有,"他静静地说,"我有过。"

我们讲了好长时间的话,然后威尔打起盹来。我躺在那儿,看着他呼吸,不时想着如果他醒来,发现我正盯着他,盯着他过长的头发、疲惫的双眼、散乱的胡须,他会说些什么。我一动不动,时间变得虚幻,我就像待在脱离时间长河的小岛上。这间屋子里除了他就只有我了,我仍然害怕离开他。

十一点刚过,我发现他又出汗了,呼吸变得很浅。我叫醒他,让他吃了点退烧药。他只低声谢过,就没再说话。我更换了他的床单和枕头套,他再次睡着时,我躺在离他一英尺远的地方。过了一阵,我也睡着了。

有人叫我的名字,我醒了。我在一间教室里,趴在课桌上睡着了。老师敲着黑板,一遍又一遍地叫我的名字。我知道我应该认真听讲,知道老师会把睡觉看作搞破坏,但我就是没法抬起头来。

"露易莎。"

"嗯。"

"露易莎。"

课桌挺软的。我睁开眼睛,那个词就冲着我的头顶传过来,声音很轻,却极其严厉。露易莎。

我在床上。我眨了眨眼,让眼神聚焦,抬头发现卡米拉·特雷纳站在我旁边。她穿着厚羊毛大衣,肩上挎着手提包。

"露易莎。"

我蓦地直起身来。威尔仍盖着被子沉睡,嘴微张着,手肘在身前弯曲成九十度。阳光透过窗户渗进来,告诉我这是个晴朗寒冷的早晨。

"嗯!"

"你在干什么?"

我感觉自己像是在做坏事被人抓了个正着。我揉了揉脸,想整理一下思绪。为什么我会在这里?我该对她说什么?

"你怎么在威尔的床上?"

"威尔……"我平静地说道,"威尔不太舒服……我只是觉得我可以照看……"

"什么意思,他不舒服?走,到大厅去。"她大步走出房间,显然等着我跟上去。

我跟随着她的脚步,顺便整理了一下衣服。我有种可怕的感觉:我的妆肯定抹得满脸都是。

她关上了威尔卧室的门。

我站在她面前,一边整理思绪,一边理了理头发。"威尔发烧了。内森来的时候帮他降温了,但是我不太清楚怎么调节他的温度,我想留神看守着他……他说我应该注意照看他……"我的声音有些沙哑,说话断断续续。我不能完全确定把话说清楚了。

"你为什么不给我打电话?如果他生病,你应该立马给我打电话,或者给特雷纳先生打电话。"

我的神经元似乎突然连接在了一起。特雷纳先生。噢,上帝。我看了一眼时钟。现在是七点四十五分。

"我没有……内森似乎……"

"看,露易莎,这又不是什么难事。如果威尔病到要你睡在他的房间,那么你早就该联系我。"

"是的。"

我眨了眨眼,盯着地面。

"我搞不懂为什么你没有打电话。你有没有试着打给特雷纳先生?"

内森说过什么都不要提。

"我……"

就在那时,侧厅的门开了,特雷纳先生站在那儿,胳膊下夹着一份报纸。"你回来了!"他一边对妻子说道,一边从肩上拂去雪花,"我刚刚费了好大劲儿去买了份报纸和一些牛奶。路上太危险了,为了避开路上结冰的地方,我不得不绕远路去汉斯福德角。"

她看着他,我不知道她是否留意到他穿着跟前一天一样的衬衣和毛衣。

"你知道昨晚威尔病了吗?"

他直视我。我垂下头看着自己的脚,我还从没这么不自在过。

"露易莎,你给我打过电话吗?很抱歉,我什么也没有听到。估计对讲机坏了,最近好几次我都没有听到它的声响。昨晚我也不太舒服,一下子就睡着了。"

我还穿着威尔的袜子。我看着它们,不知道特雷纳夫人会不会因为这个又批评我。

她似乎有些心不在焉。"我路上折腾了好一阵子才回到家。我不打扰你了。如果再发生这样的事情,你一定要马上给我打电话,你明白吗?"

我不想看特雷纳先生。"好的。"说着,我走进了厨房。

第七章　理发

一夜之间，春回大地，冬天就像不受待见的客人，穿上外套不辞而别。到处绿意盎然、生机勃勃，道路沐浴在和煦的阳光中，空气宜人，弥漫着花香和温暖的气息，鸟儿也唱起缱绻的歌。

这些我都没有留意。前一晚我一直待在帕特里克家。由于他的训练时间增加，近一个星期来，我第一次见到他。他在浴室待了四十分钟，泡掉了半包浴盐，筋疲力尽，懒得跟我说话。我抚摸着他的肩，很难得地挑逗他，他低声说他真的太累了，他的手抖动着似乎要打发我走。四个小时后，我还没有睡着，满腹牢骚地盯着天花板。

去咖啡馆工作之前，我只做过一份工作，在海尔斯博唯一的男女美发店"尖端"做学徒，我就是在那里认识帕特里克的。他进来时，老板萨曼塔刚好很忙，我便凑上了数，给他理了发，他后来形容说那不仅是他理过的最糟的发型，而且是人类历史上最糟糕的发型。三个月后我意识到,我爱捣饬自己的头发,并不意味着我适合去当理发师,于是我去了弗兰克的咖啡馆工作。

我们开始约会时,帕特里克做销售工作,他最喜欢的东西排序如下:啤酒、巧克力、谈论运动和性(做爱,不是谈)。对我们俩来说,一个完美的晚上就包括这四项。他长相普通,谈不上帅,屁股胖嘟嘟的,比我的还肥,但我喜欢。我喜欢他结实的身体,我沉醉于紧紧环抱住他的那种感觉。他父亲去世了,我欣赏他对待他母亲的那种方式:保护有加又关怀备至。他的四个兄弟姊妹就像沃尔顿一家,他们看起来真的喜欢彼此。我们第一次约会的时候,一个细小的声音在我心里说:这个男人永远不会伤害你。近七年以来,他也从未做过任何事情能让我怀疑这点。

然后,他跑起马拉松来。

我依偎在他身上时,他的腹部不再像以前那样软软的,而是坚硬无情,像木板;他动不动就拉起衬衣,用肚子撞击东西,来证明他的腹肌结实。他的脸变得瘦削,由于长期在户外而晒得黝黑。他的大腿很结实,本身非常性感,如果他想做爱的话。但是我们已经减少到一个月大约两次了,我不想主动问原因。

似乎他越强健,就越为自己的身材着迷,就越发对我的身体不感兴趣。我问了他好几次他是不是不再喜欢我了,他的回答又似乎很肯定。"你很漂亮,"他会这么说,"我只是累得快散架了。无论如何,我不希望你减肥。俱乐部的女孩全部加起来,也凑不出一个丰满的胸。"我想问他究竟是如何得出这个结论的,但他这样说很让人高兴,我也就不再问了。

我想对他做的事情表示兴趣,我也确实这么做了。我参加铁人三项俱乐部晚上的聚会,我试着跟其他女孩聊天。但我很快就觉察到自己是个异类。他们没有我这样的女朋友，俱乐部的其他人要么单身，要么跟同样身材傲人的人交往。那些情侣训练时互相鼓励，商量穿着束身衣过周末，钱包里放着两人完成铁人三项赛时手拉手，并拿着奖牌沾沾自喜的照片。真是难以言说。

"我不知道你有什么可抱怨的，"我跟妹妹说起来时，她说，"自从我有了托马斯，我才做过一次爱。"

"什么？和谁？"

"噢，一个进店里来买手扎花束的家伙，"她说，"我只是想确认一下我还有这个能力。"

我惊讶得张口结舌。"噢，别这副表情。不是在工作时间，他买的花不是送给老婆的，用于葬礼，不然我肯定碰都不碰他一下。"

我不是什么性欲狂，毕竟我们在一起有一段时间了，只不过我性格中执拗的那一面让我怀疑起自己的吸引力来。

帕特里克从不介意我着装"有创造力"，他是这么说的。但要是他不全然坦诚呢？帕特里克的工作，他整个的社交生活都以控制肉体为主要内容——驯服它、减少它、磨炼它。要是面对那些结实的能穿运动服的小臀部，我的身体是否突然变得有所欠缺呢？要是曾让我感觉良好的丰满曲线，在他挑剔的眼光看来，就像面团，那该怎么办呢？

特雷纳夫人进来时，我脑子里还萦绕着这些思绪。她几乎是用命令的口气让威尔和我去外面。"我请了保洁来搞大扫除，他们在这里忙上忙下时，也许你们可以享受一下好天气。"

威尔与我目光交会，他微扬了一下眉毛，"这不是请求，对吗，妈妈？"

"我只是觉得呼吸点新鲜空气对你有好处,"她说,"坡道已经弄好。露易莎,兴许你可以端杯茶过去。"

这并不是个不可理喻的建议。花园赏心悦目,似乎随着温度的稍微提升,世间万物都更绿了一些。水仙花不知道从哪儿冒了出来,黄色的球茎暗示着即将开花。褐色的树枝上迸出了绿芽,多年生植物从黑色而板结的泥土中使劲儿探出头来。我打开门,我们到了户外,威尔把轮椅停在了约克石板路上。他示意我坐到放了垫子的铸铁长椅上,我在那儿坐了一会儿,我们置身于淡淡的阳光下,听着麻雀在树篱间唧唧喳喳。

"你怎么了?"

"你说什么呢?"

"你很安静。"

"你说过希望我安静一点。"

"不是这么安静,你这样让我担心。"

"我很好。"然后我接着说,"如果你真的想知道,就是我男朋友的事情。"

"哈,"他说道,"跑步男。"

我睁开眼睛,想看看他是不是在嘲笑我。

"出什么事了?"他说,"来,告诉威尔叔叔。"

"不。"

"我妈会让那些保洁像疯子一样跑来跑去,至少还要再干上一小时,你总得说点什么。"

我坐直身体,转过头来面对他。他的家用轮椅上有个控制钮,可以升高座位,这样他跟人讲话时,可以平视对方。他不常用这个功能,因为这会让他眩晕,不过他现在用了。我要仰视他才行。

我紧了紧外套,眯眼看向他,"那么,你想了解什么?"

"你们俩在一起多久了?"他问。

"六年多。"

他看起来很惊讶,"那很久了。"

"是啊,"我说,"确实如此。"

我弯下身,理了理他身上的毯子。阳光给人一种错觉,看上去很温暖,实际上完全不是那么回事。我想起帕特里克,今早六点半他就起床晨跑。也许我也应该开始跑步,这样我们就能成为穿莱卡运动服中的一对。也许我应该买有褶边的内衣,再在网上搜罗一点做爱技巧。可我知道,这两件事我都不会去做。

"他是做什么的?"

"私人教练。"

"难怪会跑步!"

"所以跑步。"

"他是个什么样的人?要是让你为难,就用三个词来形容一下好了。"

我想了想,"积极、忠诚、痴迷于体脂率。"

"这可不止三个词。"

"超出的部分白送。那么她呢?"

"谁?"

"艾丽西娅?"像之前他看我那样,我直勾勾地看着他。他深吸了一口气,抬头看向高大的梧桐树。他的头发垂到眼旁,我真想帮他捋到一边。

"漂亮、性感、难伺候、极其没有安全感。"

"有什么东西让她不放心呢?"我还来不及过脑子,话就出口了。

他看起来有些顽皮。"你可能会奇怪,"他说,"像丽莎这样的女孩干什么都靠自己的脸蛋,除此之外,一无所有。我这么说可能有点不公平。她整理东西挺在行的,衣服啊,室内设计啊,她总能把它们整得漂漂亮亮。"

我强忍住嘴边的话:任谁都能把东西弄得漂漂亮亮,如果他们有个钻石矿钱包。

"她只消在房间里移动几件物品,看起来就会截然不同。我一直都搞不清她是怎么做到的。"他朝着大宅点了点头,"我刚搬进来时,就是她布置的侧厅。"

我回想着设计得无懈可击的侧厅,突然发现我对侧厅的喜爱不像以前那么纯粹了。

"你和她在一起多长时间?"

"八九个月。"

"不算长。"

"对我来说够长了。"

"你们是怎么认识的?"

"晚宴上。一个超级可怕的宴会。你呢?"

"理发店。我是理发师,他是我的客人。"

"哈,你是他周末的意外礼物。"

我肯定是一副若有所失的表情,因为他摇了摇头,温和地说道:"别介意。"

吸尘器乏味的嗡嗡响声从屋内传来。保洁公司来了四个女人,都穿着相同的居家服。侧厅那么小,不知道有些什么事情可以让她们鼓捣两小时。

"你想她吗?"

她们在说话。有人开了窗,不时有笑声透过窗户传入稀薄的空气中。

威尔像是在瞧着远处的什么东西。"过去常想,"他转头看着我,声音中不带感情,"如今我觉得她和鲁珀特是天造地设的一对。"

我点点头,"他们会举行一场荒唐可笑的婚礼,生一两个孩子,像你上次说的那样,在乡下买个房子,然后不出五年他就会跟他的秘书上床。"

"没准你说得对。"

我越说越来劲,"她会一直对他颇有微词,自己都不知道真正的原因。她会在糟糕透顶的宴会上没完没了地抱怨他,他们的朋友听了都窘迫不已。他还不敢离婚,因为付不起高额的赡养费。"

威尔转头看着我。

"他们每六个星期才上一次床,他喜欢孩子,却完全不管孩子。她会有完美的发型,却喜欢这样挤眉弄眼……"我瘪了瘪嘴,"又从来不说明白到底是什么意思。她或许会疯狂地练习普拉提,买只狗或者一匹马,迷恋上她的骑术教练。过了四十岁,他会开始跑步,买辆哈雷摩托车,她会嗤之以鼻。他每天上班,看着办公室的那些年轻小伙子,在酒吧里听他们高谈阔论周末跟女朋友玩,或去哪里找乐子,然后觉得自己特别差劲,他永远也没法搞清到底他怎么会陷入这个圈套。"

我转过头。

威尔正盯着我。

"不好意思,"过了一会儿我说,"我也不大清楚怎么会说这些。"

"我有些同情跑步男了。"

"噢,不是因为他,"我说,"是因为在咖啡馆工作太多年了。耳听六路,眼观八方,熟悉人们的行为模式。事情的进展会让人感到惊讶。"

"这就是你至今没有结婚的原因吗?"

我眨了眨眼,"我想是吧。"

我不想说其实我从未被求婚。

听起来好像我们没做什么事。事实上,和威尔在一起的每一天都会有些细微的差别,依他当日的心情来定,取决于他那天的身体痛苦程度。有时候我一来,就能从他紧闭的牙关看出他不想跟我说话,也不想跟其他人说话。注意到这一点后,我就会在侧厅里忙活,揣测着他会有些什么需求,这样一来,就不用因询问他而打扰他了。

各种各样的事情都会让他疼痛。有肌肉萎缩引起的全身性疼痛,能支撑住他身体的肌肉少了太多,尽管内森在理疗上尽了最大努力。还有肩痛、消化问题引发的胃痛、膀胱感染引发的疼痛——显而易见无法避免,尽管每个人都用了全力。还有治疗早期的恢复阶段,他像塞薄荷糖那样服用了过多的止痛药,引发了胃溃疡。

同一个姿势坐太久后,他还会患上褥疮。为了应对褥疮,好几次威尔都只能卧床,但是他讨厌自己只能趴着。他会躺在那儿听广播,眼里闪烁着无法压抑的愤怒。威尔还会头疼,我想是他的愤怒和沮丧导致的结果。他有无限的精力,却无处发泄,这些总要在某个地方显露出来。

最让他虚弱无力的是他手脚的烧灼感：绵绵不绝、起伏跌宕，让他没法集中精神。我会准备一盆冷水，浸泡他的手脚，或者用冷毛巾包裹它们，希望能缓解他的不适。他下巴处的青筋时隐时现。偶尔，他看上去会很游离，似乎他能克服这种感觉的唯一方法就是灵魂出窍。对于威尔身体上的需求，我觉得天经地义。威尔不能使用自己的手脚，甚至感觉不到它们，却要承受这么多的痛苦，实在有失公平。

尽管如此，威尔并没有抱怨，也正因此，我花了好几个星期才了解到他承受了这么多的苦。现在，我可以理解他紧绷的眼周、他的缄默、他想退缩到皮囊之内的样子。他只会简单地问一下"能给我拿点冷水吗，露易莎？"，或是"我想该用点止痛药了"。有时他痛到毫无血色，面如死灰，这种时候最糟糕。

在其他时候，我们处得很不错。我跟他说话时，他并不像刚开始那样非常生气。今天，威尔看上去不受疼痛困扰。特雷纳夫人出来告诉我们，保洁人员还有二十分钟才能弄完。我给我和威尔各调制了一杯饮料，绕着花园缓慢地散了会儿步。威尔沿着小路往前，我的平底鞋在湿草中颜色显得更深了。

"鞋挑得不错。"威尔说道。

鞋是翠绿色的，我在慈善商店淘到的。帕特里克说穿上这双鞋，我看起来像个又矮又老的变装皇后。

"知道吗？你在穿衣打扮上跟本地人一点都不像，我很期待看到你的下一套服装会是怎样疯狂的组合。"

"那么'本地人'都怎么穿衣？"

他往左边偏了偏，避开路上的一根小树枝。"羊毛衫。要是我妈那样的女人，就会穿耶格纯毛料服装或是惠斯特斯牌的衣服。"他看着我继续说，"你独特的品位是从哪儿学来的？你在别的地方住过吗？"

"没有。"

"什么，你一直住在这里？你在哪里工作过？"

"就这个地方。"我转过身看着他，双臂交叉放在胸前，摆出防御的姿势，"有什么奇怪的吗？"

"镇子就这么点大，让人沉闷，就这座城堡而已。"我们在小路上停了下来，看着城堡，它就耸立在远方不可思议的圆顶山上，像孩子的画作那样自然完美。"我一直觉得等人们厌倦了一切，或是对别的地方不再有憧憬时，很适合到这个地方引退。"

"谢谢。"

"这本身没有什么不好。但是……天哪，这里没有一丁点儿活力，不是吗？看不到什么理想，也没有有趣的人、有意思的机会。如果旅游用品商店出售的餐垫换了一种小火车图案，这儿的人们都会认为是离经叛道。"

我不禁笑了起来。上周本地报纸有篇文章讲的就是这件事。

"克拉克，你二十六岁了。你应该走出去，征服这个世界，到酒吧闯点祸，让渣男见识一下你的奇装异服……"

"我在这儿很开心。"我说。

"见鬼，你不应该这样的。"

"你喜欢教导别人他们应该做什么，是吗？"

"只在我知道我没错的时候，"他说，"能帮忙调整一下我的饮料吗？我不大够得着了。"

我把他的吸管拧弯，让他更容易够到饮料。他喝饮料时我在一旁等待。由于些微的寒意,他的耳根变红了。

他扮了个鬼脸,"天哪,一个泡茶为生的女孩,居然泡了这么一杯糟糕透顶的茶。"

"谁让你只习惯喝那些不地道的茶,"我说,"什么来着,正山小种草药之类。"

"什么草药!"他差点哽住,"就算那样,也比这杯清漆好喝。天哪,勺子都能站在茶水面上了。"

"我泡个茶也泡错了。"我在他前面的长椅上坐下来,"不管我说什么话,做什么事,你总是有意见,别人却没法发表自己的看法。"

"继续,露易莎·克拉克,给出你的意见。"

"对你的意见?"

他夸张地叹了口气,"我有得选择吗?"

"你可以剪剪头发,你看起来像个流浪汉。"

"你说话的语气真像我妈。"

"哎呀,你真的看起来很邋遢,至少你可以刮刮脸。难道你脸上的毛发不痒吗?"

他斜眼看了看我。

"是的,怎么会不痒呢?我就知道。很好,今天下午我就把它们都刮掉。"

"哎呀,别。"

"要刮。你询问我的建议,这就是我的回答。你什么都不用做。"

"要是我说'不'呢?"

"无论如何,我都会给你剃光。要是你的胡子再长长一点,我都能从里面捞点食物渣出来了。坦白地说，要是发生那种事，我可要控告你摧残我。"

他笑了，像是我把他逗乐了。听起来有点让人难过，威尔很少笑，能让他笑让我骄傲得有些轻飘飘。

"这儿，克拉克，"他说，"帮我个忙吧。"

"怎么了？"

"帮我抓一下我的耳朵，快把我逼疯了。"

"要是我帮你的忙，你允许我帮你剪头发吗？只稍微修剪一下。"

"不要得寸进尺。"

"嘘，可别让我紧张，我剪刀用得可不利索。"

我在浴室橱柜里找到了剃刀和剃须膏，它们被塞在湿巾和棉质浴巾后面，看上去有段时间没用了。我让他来到浴室，在水池里注满温水，让他的头稍稍靠后地倾斜一点，然后在他的下巴上放上一块热法兰绒毛巾。

"这是什么？你要弄个理发店吗？要法兰绒毛巾做什么？"

"我不知道，"我承认道，"电影里都是这么干的。有人生孩子时，就会用到热水和毛巾。"

我看不见他的嘴，不过他的眼睛闪着欢乐的光彩。我想要他一直这样快乐，摆脱掉焦虑不安和小心戒备。我说废话，我讲笑话，我哼起歌来，我想尽办法延长这一刻。

我卷起袖子，往他的下巴上涂剃须膏，一直涂到他的耳朵。接着我犹豫了一下，手拿着剃刀停在他下巴上方。"这会儿我告诉你，我以前只刮过腿毛，不算晚吧？"

他闭上了双眼，靠稳在轮椅上。我用刀片轻轻地刮着他的皮肤，只听得到我在水槽里清洗剃刀时溅起的水花声。我默不作声，一面刮一面观察威尔的脸，他嘴角的线条比他实际的年纪过早地沟壑纵横。我将平他脸边的头发，看到了缝针留下的痕迹，也许是事故留下的。我看到了他一夜夜失眠而形成的淡紫色眼袋，诉说着无声痛苦的额间皱纹。他的肌肤散发出一阵温暖的芳香，那是剃须膏的香气。威尔特有的剃须膏，低调却昂贵。他的脸露了出来，这样的一张脸必定能轻易俘获艾丽西娅那样的女孩的心。

　　我小心而缓慢地忙前忙后，他看起来很平静，让我很受鼓舞。想到人们仅为检查或治疗才碰触威尔，我让手指轻轻地落在他的脸上，动作尽量跟内森和医生那种公式化的利落动作区别开来。

　　给威尔刮胡子是件有些怪异的私密事情，我原以为他的轮椅会是障碍，他的残疾会将任何种类的欲望排除在外。不可思议的是，事情并不是那样。和他挨得如此近，感觉到指尖下面他的肌肤绷紧，吸进他吐出来的气息，跟他的脸只相隔几英寸，这样的情境很难不让人内心荡漾。刮到他的另一只耳朵附近时，我开始觉得别扭，好像我已经越矩了。

　　也许威尔能感受到我手劲的细微差别，也许他更擅长辨别周围人的情绪。他睁开眼睛，一眨不眨地看着我。

　　一阵短暂的停顿之后，他一本正经地说："请别告诉我你刮掉了我的眉毛。"

　　"只剃了该剃的。"我说。我洗了洗剃刀，期待转过身时我脸上的红晕已经褪去。"好了，"末了，我说道，"行了吗？内森一会儿来吗？"

　　"我的头发呢？"他说。

"你真要我剪了它?"

"你干脆也剪了啊。"

"我还以为你不信任我。"

他尽他所能地耸了耸肩,这是他的肩能做的小动作。"如果能让你好几个星期不对我发牢骚,这点小小代价还是合算的。"

"噢,我的天哪,你妈妈一定会很高兴。"我说,擦去一抹零星的剃须膏。

"是啊,那我们动工吧。"

我们在客厅理发。我生起火,我们放上了一部美国恐怖片,把一条毛巾围在他的肩头。我提醒威尔我的手艺有点生疏了,又赶忙加上一句,说无论如何都不会比他现在的样子更糟糕。

"谢谢补充。"他说。

我忙活起来,我的手指在他的头发间滑动,我尽全力回想之前学过的基本技能。威尔看着电影,看上去既放松又心满意足。他不时告诉我有关那部电影的一些事情,主演还演过什么电影啊,他最初看这部电影是在哪里啊,我含含糊糊地表示着兴趣(就像托马斯给我展示他的玩具时那样),我的注意力实际上全部集中在不搞砸他的头发上。我把他最乱的一部分头发剪掉,然后转到他面前看他的样子。

"好了?"威尔将影碟机暂停。

我直起身,"看你的脸看得这么清楚,有点不知所措。"

"感觉好冷。"他说道。他的头从左边移动到右边,似乎在体验全新的感受。

"坚持住,"我说道,"我去拿两面镜子过来,这样你就能看到了。不过别动,还有点地方要收拾一下,也许要割去一只耳朵哦。"

我进到卧室,在他的抽屉中翻翻拣拣,寻找小镜子。这时我听见开门的声音,有两个人踩着轻快的步伐走了进来。特雷纳夫人焦急地嚷道:"乔治娜,不要。"

客厅的门被扭开了,我抓住镜子跑出卧室,我可不想被逮到又不在。特雷纳夫人站在客厅门口,双手捂住嘴,显然不敢相信眼前的场景。

"你是我见过的最自私的男人!"一个年轻女人吼道,"威尔,我真不敢相信。你本来就自私,现在变本加厉。"

"乔治娜,"我走近时特雷纳夫人瞟了我一眼,"不要这样。"

我走到她身后。威尔肩头裹着毛巾,轮椅上是一缕缕柔软的褐色头发,正对着一个年轻女孩。她有一头长长的黑发,在脑后胡乱编成了一个结。她皮肤黝黑,穿着价格不菲的磨损牛仔裤和小羊皮靴子。跟艾丽西娅一样,她漂亮端正,牙齿白得惊人,可以去做牙膏广告。我能看得出来,因为她气得脸色发紫,正咬牙切齿呵斥威尔:"我不能相信,我不能相信你居然想要那样。你是怎么——"

"求你了,乔治娜。"特雷纳夫人的嗓音陡然提高,"现在不是时候。"

威尔面无表情,直勾勾地盯着前面某个看不见的点。

"嗯,威尔,需要我做点什么吗?"我轻声地说。

"你是谁?"她突然转过身来,眼睛里噙满了泪水。

"乔治娜,"威尔说,"这是露易莎·克拉克,我的陪护,非常有创意的理发师。露易莎,这是我妹妹,乔治娜。看来,她从澳大利亚飞来就是为了冲我大喊大叫。"

"别打马虎眼儿，"乔治娜说，"妈妈都告诉我了，她什么都告诉我了。"

大家都一动不动。

"需要我离开一会儿吗？"我说。

"那样最好不过。"特雷纳夫人的手放在沙发扶手上，指节发白。

我溜出客厅。

"露易莎，这会儿你刚好可以午休。"

看来今天要待在公共汽车候车亭了。我从厨房抓过三明治，穿上外套，从屋子后面出去了。

离开时，我听见乔治娜·特雷纳拉高的嗓音："你想过吗，威尔？不管你信不信，这都不仅仅只是你的事情。"

半小时后，我回来了，屋子里悄无声息。内森在厨房水槽里清洗杯子。

他转过身看见了我，"你还好吗？"

"她走了吗？"

"谁？"

"他妹妹。"

他向身后瞥了一眼，"啊，你说的是谁？是的，她走了。我到这儿时，她把车开得飞快。家庭成员之间的争吵，是吧？"

"我不知道，"我说，"我给威尔剪头发剪到半截，这个女的出现了，对他劈头盖脸一顿痛骂。我还以为是他的另一位女友。"

内森耸了耸肩。

我意识到他不愿意过多谈论威尔生活的细枝末节,即使他知情。

"他有点安静。对了,头发剪得好极了。让他从那堆络腮胡子里露出脸来真棒。"

我走回客厅。威尔正盯着电视,画面仍然停留在我离开时放映的那一幕。

"需要我继续放吗?"我说。

有好一阵子他似乎都没有听到我的话。他没精打采地缩着脖子,先前那种放松的表情已经消失不见。威尔又将自己隔绝起来了,封闭在我没法洞穿的世界。

他眨了眨眼,似乎刚刚注意到我在那儿。"当然。"他说。

*

我提着一篮洗好的衣物走下大厅时,正好听见了她们的谈话。侧厅的门微开,长长的走廊上飘荡着特雷纳夫人和她女儿的声音,好像刻意压低了音量。威尔的妹妹在幽幽地啜泣,声音里完全没有了愤怒,听起来像个孩子。

"他们肯定能帮上忙的,会有新的医疗进展。你不能带他去美国吗?在美国,事情总是日新月异。"

"你爸爸一直密切关注着这方面的进展。但是没有,亲爱的,没有什么……实质性的。"

"他现在……变得很不一样。他好像下定决心,不去看事情好的那一面。"

"一开始他就这样,乔治娜。只是当时你没能飞回家看到他罢了。那时,我觉得他还是……很有决心的。那时,他确信还有改变的可能。"

听这么私密的谈话,我有些不自在,但是这场奇怪的谈话吸引我靠得更近。我发现自己悄悄地走向门边,套着袜子的脚在地板上没有发出任何声响。

"知道吗,有件事爸爸和我没有告诉你。我们怕你不高兴。他尝试过……"她努力寻找着合适的词语,"威尔尝试过……他尝试过自杀。"

"什么?"

"爸爸发现了。就在去年的十二月。实在是……实在是太可怕了。"

虽然这只不过证实了我的猜测,但我还是觉得仿佛血都被抽光了。我听见了一阵压抑的抽泣,还有一阵低声的安慰,接着是长时间的沉默。然后乔治娜又开口说话了,她的声音因为悲痛而哽咽。

"那个女孩——"

"是的,我们请露易莎来就是为了确保这种事情不再发生。"

我停了下来。走廊的那一头,我能听见内森和威尔在浴室里窃窃私语,他们对于几英尺外正在进行的这场谈话毫不知情。我向门边又挪了一步。自从看到了他手腕上的伤疤,我就猜到是怎么一回事了。一切都说得通了,特雷纳夫人总是焦灼不安,让我不要让威尔独自待太长时间;威尔又很讨厌我在旁边看着他。事实上,大部分时间里,我都觉得没做什么有用的事情,我像照看小孩那样看着他。我先前并不知道,但是威尔知道,这也就是他讨厌我的原因。

我的手伸向门把手,想把它轻轻地合上。我不知道内森知道些什么,我不知道威尔现在是否开心了一些。我有些自私地感到微微松了口气,威尔讨厌的并不是我,而是雇用别人来看着他。我脑中的思绪转个不停,差点错过了接下来的这段对话。

"妈妈,你不能让他这么做,你必须阻止他。"

"亲爱的,我们没有选择。"

"你有选择的,如果他要你支持他。"乔治娜抗议道。

我握着把手,一动不动。

"我不敢相信,你竟然同意。你的宗教信仰呢?还有你做过的一切?上一次你下死力拼命抢救他又是为了什么?"

特雷纳夫人的声音非常平静,"这是两码事。"

"可是你说过你会照顾他。为什么——"

"你有没有想过要是我拒绝,他不会找别人吗?"

"去'尊严'[①]?这么做是完完全全错误的。我知道他很煎熬,但是那样会毁掉你和爸爸。我知道这一点。想想到时你们的感受!想想媒体会怎么说!想想你的工作,还有你们俩的名誉!他一定明白。就连提这个要求都是自私的事情。他怎么能?他怎么能这样做?你怎么能这么做?"她又啜泣起来。

"乔治娜——"

"别那么看着我。我的确真的关心他,妈妈,真的。他是我哥哥,我爱他。但我接受不了这个,想都不能想。他这么要求是错误的,你居然考虑他的要求,也是错误的。如果这么进展下去,

---

① "尊严",即"尊严诊所"(Death with Dignity National Center):瑞士的安乐死组织。

他毁掉的不仅仅是他自己的生活。"

我往后退了一步,耳朵里血脉偾张,差点错过特雷纳夫人的答语。

"六个月,乔治娜,他答应给我六个月时间。好了,我不想你再提这件事,尤其不要在别人面前提。而且我们必须……"她深深地吸了一口气,"我们必须虔诚地祈祷在这段时间里能发生点好事,来改变他的主意。"

第八章　花园

（卡米拉）

我从未企图帮助儿子自杀。

这句话读起来都很荒诞，像是在通俗小报上会看到的句子，或是家佣常从包里掏出来的那类乱七八糟杂志上的内容，上面满篇都是女儿跟她妈妈的劈腿男友私奔了，以及神奇的减肥故事和双头婴儿的怪异传闻。

这种事情不会发生在我身上，至少，我认为不会。我的生活循规蹈矩，按现代标准来说，稀松平常。我结婚快三十七年了，抚养了两个孩子，拥有自己的事业，为学校和家长教师会出过力，孩子们长大后，我继续当法官。

我做地方法官快十一年了，在法庭上我见识了形形色色的人：无望的流浪儿，他们没法安排好自己的生活，连准时出庭都做不到；惯犯；一脸怒容、麻木不仁的年轻男人，以及疲惫不堪、债务缠身的母亲。同样的面孔一再出现在眼前，同样的错误一犯再犯，很难让人保持平静并表示理解，有时我都能听出自己语气中的不耐烦。人们甚至漠然拒绝去尝试负责任地行事，太令人沮丧了。

我们这个小镇，尽管有美丽的城堡、为数众多的历史建筑、风景如画的乡间小道，但还是没能远离尘嚣。年轻人在摄政广场喝苹果酒，茅草屋压低了丈夫殴打妻子和孩子的声音。有时我觉得自己就像克努特国王，面对着风起云涌的乱局和渐渐侵蚀国家的破坏事件，做着无益的声明。但我爱我的工作，我做这份工作就是因为相信秩序，相信道德规范。我相信善恶有别，这个观点兴许过时了吧。

多亏了花园，我才熬过了那些艰难的日子。随着孩子们渐渐长大，我越来越迷恋花园。我知道你指出来的几乎每样植物的拉丁花名。搞笑的是，我在学校时根本没有学过拉丁文，我上的是小型公立女子学校，主要学习烹饪和刺绣等有助于我们成为贤妻的课程，但是这些植物的名字深深地根植在我的心中。我只要听过一次，就永远不会忘记，如黑嚏根草、剑叶独尾草、华东蹄盖蕨……我能非常流利地重复这些名字，这是我在课堂上做不到的事情。

人们说只有到一定年纪时，才能懂得欣赏花园，我觉得这话还是有道理的。这大概与生生不息的循环有莫大关联。萧瑟的冬天过后，万物复苏，这不屈不挠的向上精神让人觉得不可思议。每一年的景象都变化万千，每一年大自然都会充分展现花园不同部分的胜景，让人油然而生一种愉悦。有段时间，有其他人介入我的婚姻，花园就成了我的避难所，在这里我很开心。

坦白地说，花园有时也让我忧伤。亲手开辟出的一垄花田没能开花，一排漂亮的葱属花被黏液附着，一夜之间面目全非，没有什么比看到这些更令人心灰意冷。即便我有过抱怨，为料理花园付出了不少心血，下午锄完草后关节感到不适，手指甲看起来总是不太干净，我也还是热爱花园。我喜欢身处室外那种全身心的愉悦、空气中的气味、指尖与泥土的触感和看到万物生机盎然的那种欢悦中，我沉迷于它们短暂的美丽。

威尔出车祸之后，一年里我都没有从事园艺活动。不仅仅是时间问题，无数时间花在医院里，来来回回开车，无休止地开会。噢，天哪，那些会议占据了那么多时间。我请了六个月的事假，没去工作，但时间还是不够。

我突然觉得园艺没有了意义。我请了园丁来打理花园，我几乎没怎么进去过，顶多匆匆看一眼。

等到我们把威尔带回家，侧厅也改装完毕时，我才找到把花园打理漂亮的意义。我要给我儿子一些可以欣赏的东西，我要悄悄告诉他，四季更迭，万物枯荣，但是生活在继续。我们都是伟大循环中的一部分，上帝让我们去领会生命的功课。我不能亲口对他说这些——诚然，威尔和我从未对彼此说过太多——但是我想展示给他看。这是一个无声的承诺，如果你愿意这么理解的话，我想给他更为壮观的美景，更为美好的未来。

斯蒂文捅着柴火。他娴熟地用拨火棒戳动着没完全燃烧的木柴，将炽热的火花送向烟囱，再将一根新木头拨到中间。他往后退了一步，像他通常那样，心满意足地看着缓慢燃烧的火焰，在灯芯绒裤子上掸了掸手。我走进屋时，他转过身。我递给他一杯水。

"谢谢。乔治娜要下来吗?"

"应该不会。"

"她在干什么?"

"在楼上看电视。我问过,她说不想有人陪。"

"她会想明白的。她可能还在倒时差。"

"但愿如此,斯蒂文。她这会儿对我们不满意。"

我们站立着,看着炉火,一言不发。房间昏暗寂静,风雨敲打着窗玻璃,发出轻微的咯咯声。

"今晚天气真恶劣。"

"是啊。"

小狗轻快地跑进房间,噢呜一声在炉火前坐下,趴在地上巴巴地望着我们。

"你怎么看,"他说,"理发这件事?"

"我不知道。我情愿把它看作一个好信号。"

"这个露易莎确实蛮有性格的,不是吗?"

我看到我丈夫在微笑。她不会也……我又想到别的地方去了,赶紧打消了这个念头。

"是的,是的,她很有个性。"

"你觉得她是对的人吗?"

我抿了一口酒。两指宽的杜松子酒,一片柠檬,外加大量的奎宁水。"谁知道呢?"我说,"我对什么是对、什么是错再没有一点概念了。"

"他喜欢她,我确信他喜欢她。有一晚我们一边聊天一边看新闻,他提起她两次,以前他从没这样过。"

"是吗?别抱太大希望。"

"你非得这样吗?"

斯蒂文转过身来,我能看出他在打量我,也许看到了我眼睛周围长出的新皱纹,由于焦虑紧闭成了一条细线的嘴角。他看着我脖子上的小小黄金十字架。我不喜欢他这么看我,我总觉得他在拿我跟别人比较。

"我只是面对现实罢了。"

"听起来……听起来你好像期待那件事发生。"

"我了解我儿子。"

"我们的儿子。"

"是的,我们的儿子。"其实是我的儿子,我想着,你从未真正关心过他,对他没有什么感情。你是他极力想要讨好的对象。

"他会改变主意的,"斯蒂文说,"道路还很漫长。"

我们站在那儿。我喝了一大口酒,冰块对抗着炉火散发出的一点温暖。

"我一直在想……"我盯着壁炉,说道,"我总觉得我有什么事情没有做。"

我丈夫仍然注视着我。我能感觉到他的目光,但是我不想与他对视,也许他也曾愿意倾听,但我们俩已经渐行渐远了。

他啜了一口饮料,"亲爱的,你只能做你能做的事情。"

"我清楚,但是这还不够,不是吗?"

他转头面对炉火,徒然地拨动着柴火。我转过身,悄悄离开了房间。

就像他知道的那样。

起初威尔告诉我他的想法时,他对我说了两次,第一次我没有完全听清。意识到他在计划的事情时,我相当镇定,告诉他,他的想法太离谱了,然后我走出了房间。这是一种不对等的优势,我可以随时撇开一个坐轮椅的人。侧厅离主楼只有两步远,但是没有内森的帮助,他就不能跨越过来。我关上侧厅的门,在主楼门厅站立,耳中仍然回荡着我儿子平静的话语。

半个小时,我一动不动。

威尔不愿意放弃,他总是拥有最后的决定权。每次我去看他,他都会重复他的要求。末了,我几乎每天都要设法说服自己去找他。我不想这么活着,妈妈,这不是我想要的生活。我康复无望,以我认为合适的方式结束它,合情合理。我听着他说话,可想而知,他在那些商务会议中是什么样子,那让他富裕而自大的职业生涯。毕竟他是总让别人听命。从某种意义上来说,他不能忍受我操纵他的未来,从某种角度,我又成为母亲。

他极力争取我的同意。我反对并非因为我的宗教信仰禁止这样做,尽管想到威尔因此下地狱,实在太可怕了(我相信上帝,慈爱的神会理解我们的苦难,饶恕我们的罪过)。

只有你成为母亲,才会理解母亲的难处。你看到的不光是那个大男人,还看到一个蹒跚学步、不刮胡子、臭烘烘、固执己见的孩子,还有他的违章停车罚单,没有擦亮的皮鞋和复杂的感情生活。他从小到大的样子都融在一起,合为一个。

我看着威尔,看见了我怀中的那个婴儿,纯净得让我痴迷,不敢相信我创造了一个生命。我看见了那个蹒跚学步的儿童,伸手来牵我的手,被别的孩子欺侮后气得流泪的男生。我看见了脆弱、爱和过去。他要我毁灭那个小孩子和那个大男人,所有的爱,所有的过去。

一月二十二日那天，我在法院忙得无法脱身，要面对商店窃贼、未投保驾驶员、又悲又怒的离婚夫妻。斯蒂文走进侧厅，发现我们的儿子几乎失去知觉，头垂在扶手边，轮椅上有一摊黑而黏的血。他找到了一根生锈的铁钉，大厅后面仓促完成的木制品上突出来的铁钉，几乎有半英寸长。他把手腕压在上面，来回翻转到血肉模糊。直到今天，我都无法想象让他这么进行下去的决心，尽管疼痛肯定会让他半昏迷。医生说，再有二十分钟他就死了。

"这不是在求救。"他们敏锐又轻描淡写地说。

在医院里，他们告诉我威尔被抢救回来后，我来到花园，愤怒不已。我咒骂上帝，咒骂自然，咒骂让我们家陷入深渊的命运！现在回想起来，当时我肯定是疯了。那个寒冷的傍晚，我站在花园里，把大瓶的白兰地扔出了二十英尺开外，狠狠地砸向火焰卫矛。我大喊大叫，声音划破空气，回荡在城堡的墙壁之间，在远方回响。我怒不可遏，你瞧，周围的每一样东西都可以动、可以弯、可以生长、可以繁殖。我的儿子，我魅力超凡、英俊潇洒的孩子却不能动，萎靡不振，浑身是血，受尽苦难！大自然的美丽让人可憎。我叫着、喊着、口出秽言，直到斯蒂文出现，把手放在我的肩头，等我平静下来。

要知道，他并不理解。他至今仍不明白，威尔会再一次自杀的。我们会永远战战兢兢地活着，等待下一次，看他会怎样折磨自己。我们不得不透过他的眼睛去看这个世界——潜在的毒药、尖锐的物品，他为结束尚未被车祸夺走的生命而想出来的点子。考虑到他可能再次行动，我们不得不退缩。他占了上风，他没什么可想，你瞧。

两个星期以后,我告诉威尔:"好的。"

我只能这么说。

我还能怎么做呢?

第九章 谎言

我夜不能寐,在储藏室里一夜没合眼,出神地盯着天花板,根据我现在所知的事情,仔细重构过去的两个月。似乎每件事情都移位了,成为碎片,安置在别的地方,拼成我几乎认不出来的图案。

我感觉自己被骗了,在没搞清状况的情况下就傻傻地做了帮凶。我想他们私下里肯定嘲笑我,还费尽心思地喂威尔吃蔬菜,给他理发,尽量让他舒服些。可是这些又有什么意义呢?

我一遍又一遍地思考听来的话,想为它找到另外的解释,想说服自己我误会了她们的意思,但是"尊严"并不是度假的地方。我不能相信卡米拉·特雷纳会考虑对她儿子做那件事。没错,我觉得她冷漠。没错,她跟他有别扭。很难想象她搂抱他,会像母亲抱我们那样热烈愉快,直到我们挣脱开来,请求她松手。老实说,我原以为上流社会的人们就是那么对待孩子的。毕竟我刚读了威尔借给我的书《恋恋冬季》①。但是她会主动帮助儿子自杀吗?

事后想来,她的行为似乎冷酷至极,充满恶意。我生她的气,也生威尔的气。我气愤的是,他们制造一场假象来骗我。有多少次我坐下来沉思怎样把事情做得更好,怎样让他舒适和开心,我为此感到愤怒。气消时,我又难过起来。我想起她试图安慰乔治娜时,语气中的不忍,又为她感到痛心。我知道,她也无能为力。

我主要还是感到恐惧,我所知道的一切成为我无法摆脱的困扰。知道你仅仅是一日日倒数生命,我怎么还过得下去?这个男人,那天早上他的身体在我的手指下,温暖而有活力,怎么会选择结束自己的生命?他怎么能得到大家的一致同意,不到六个月的时间这具身体会在地底等待腐朽?

最糟糕的是,我不能告诉任何人,我现在与特雷纳夫人在一条船上。我忧心忡忡又虚弱无力,给帕特里克打电话,告诉他我不太舒服,要待在家里。他说没问题,他今晚要跑十公里。他在运动俱乐部至少要待到九点以后。我们周六再见面。他听起来心不在焉,好像正在想别的事情,也许是沿着虚构中的线路飞奔。

我没有吃晚饭。我躺在床上,直到思绪混乱消极到我再也承受不住。八点半时我走下楼,坐在外祖父的另一边,一声不吭地看电视。在这个家里,外祖父绝不会问我问题。他坐在他最喜欢的扶手椅上,出神地凝视着屏幕。我从不确定他是否在看电视,兴许他的心思早就飞向了别处。

"你当真什么都不吃吗,亲爱的?"妈妈出现在我旁边,递给我一杯茶。据说,在我们家没有任何事不能通过一杯茶来解决。

---

① 英国作家南西·米特福德(Nancy Mitford,1904—1973)的小说。

"不用了，我不饿，谢谢。"

她瞥了父亲一眼。待会儿他们肯定会小声地嘀咕，特雷纳家用我用得太狠了，自从照顾这个病人以来，我承受的压力太大了。他们肯定会责备自己，当初鼓动我干了这份工作。

我只能让他们觉得他们是对的。

说来似乎很矛盾，第二天威尔状态良好，反常地多话，固执己见，寻衅挑事。他说的话比先前任何一天都多。他似乎想跟我拌嘴，我不配合让他很失望。

"你什么时候才能把你的人身攻击进行到底啊？"

我正在收拾客厅，把沙发垫子拍松，抬起头来，"什么？"

"我的头发，只剪了一半。我看起来像个维多利亚时期的孤儿，或者霍克斯顿来的白痴。"他转过头，让我更清楚地看到自己的大作，"除非这是你另类的风格宣言。"

"你想我继续剪？"

"是啊，剪发好像会让你开心些，我也不会像是在精神病院的人。"

我默默地取来毛巾和剪刀。

"内森肯定很乐，我看起来像个人了。"他说，"不过他确实指出，我的脸恢复到以前的状态后，每天都需要刮了。"

"噢。"

"你不介意吧？周末我就得忍受时髦的小胡须了。"

我不能跟他讲话，连正视他都很困难，那感觉就像发现自己的男朋友不忠。说来不可思议，我觉得他背叛了我。

"克拉克？"

"嗯?"

"你今天又安静得让人害怕。话痨怎么了?像是有点儿被激怒了?"

"对不起。"我说。

"又是跑步男?他又做了什么?他没有跑掉,是吧?"

"没有。"我用食指和中指夹住威尔一缕松软的头发,用剪刀修剪突出来的部分,发丝留在我的手中。他们会怎么做?他们会给他打一针吗?服药吗?他们会不会让他独自待在一间屋子里,与一大堆剃刀做伴?

"你看起来很累。你进来时我本来不想说话的,可是,见鬼,你的气色糟透了。"

"噢。"

他们怎么能够协助一个连自己的四肢都动不了的人呢?我发现自己盯着他的手腕,那里一向都是用长袖遮盖的。几个星期以来,我一直以为他穿长袖是因为他比我们更怕冷。又一个谎言。

"克拉克?"

"怎么了?"

我很庆幸我站在他身后,我不想让他看到我的表情。

他有些犹豫。他的颈背以前被头发遮住了,比他别处的肌肤更苍白,看起来柔滑白净而格外脆弱。

"听着,我为我妹妹感到抱歉。她……她那天心烦意乱,但她并没有权利对人无礼。她说话有时太直,不知道伤人伤得有多深。"他停顿了一下,"我想这也是为什么她喜欢待在澳大利亚的原因。"

"你的意思是,他们彼此之间诚实相待?"

"什么?"

"没什么。请把头往上抬一点。"

我剪剪梳梳,有条不紊地捯饬着他的头发,把每一根头发都打理得清清爽爽,只有他的脚边稀稀拉拉散落了几根头发。

这天结束时,我已经有了主意。威尔和他父亲在看电视,我从打印机里取出一张A4纸,从厨房窗边的瓶子里拿出一支钢笔,写下我想说的话。写完我把纸对折,找到了一个信封,装好后放在厨房桌子上,写明给他的母亲。

我离开时,威尔和他父亲在聊天,威尔竟然在笑。我在门厅停住了脚步,包拎在肩上,倾听着。他怎么还笑得出来?几个星期后他就要结束自己的生命,还有什么能让他这么高兴?

"我走了。"我从门口叫道,迈动了脚步。

"嗨,克拉克——"他开口道,但是我已经关上了身后的门。

坐公共汽车回家的车程很短,我一直在想该怎么跟父母说。辞掉一份他们眼中称心如意又高薪的工作,他们肯定会大发雷霆。最初的震惊过后,母亲肯定会面露难色,为我辩护,说这个工作太累了。父亲大概会问,为什么我不能更像我妹妹一些。他总是这么说,即使因为怀孕而毁掉自己的生活,还要依靠家里人提供经济援助和帮忙照看婴儿的人不是我。在我们家,你不能说那样的话,因为,按照母亲的观点,那样就像在暗示托马斯不是恩赐。但每个孩子都是上帝的恩赐,即便是这些老说"浑蛋"的孩子,即便他的出现意味着我们家里一半可以挣工资的人,不能真正去做体面的工作。

我可不能告诉他们真相。我不欠威尔和他的家人什么,但是我也不会让他遭受邻里好奇打探的目光。

我下车走下山时,这些思绪还在脑子里翻腾。走到街角时,我听见了叫喊声,空气中仿佛有轻微的震颤,一瞬间我把什么都忘记了。

一小群人聚集在我家门口。我加快步伐,担心发生了什么事。看见父母站在门廊围观时,意识到我家没事。我们的邻居两口子总是干仗,看来正在上演小型战争系列长剧的最新一集。

在这条街上,理查德·葛里逊不忠已经不算新闻了。从他们家屋前花园的情景来判断,他的妻子很可能刚知道这件事。

"你肯定以为我蠢得要命。她穿着你的 T 恤,就是你生日时我送给你的那件!"

"宝贝……丁普娜……不是你想的那样。"

"我他妈的进去给你买苏格兰煮蛋!她就在那儿,穿着那件衣服!真是恬不知耻!我根本就不喜欢苏格兰煮蛋!"

我放慢脚步,费力地穿过人群,到达家门口,看到理查德猛一低头,躲过了 DVD 播放机,又躲过一双鞋。

"他们吵了多久了?"

我母亲将围裙利落地塞在腰间,摊开双手瞥了一眼手表,"整整四十五分钟了。巴纳德,整整四十五分钟了吧?"

"要看你是从她扔衣服算起,还是从他回来看到衣服算起。"

"从他回家算起。"

父亲考虑了一会儿。"那就是差不多半小时。在最初的一刻钟,她从窗口扔下来不少衣服。"

"你爸爸说要是这次她真的把理查德扫地出门,他就去竞拍理查德的百得电动工具。"

人越来越多,丁普娜·葛里逊没有要打住的迹象。相反,观众人数的增加似乎鼓舞了她。

"你可以把你的这些淫秽的书给她。"她吼道,一堆杂志阵雨般从窗口落下。

人群中爆发出一阵欢呼声。

"看她是不是喜欢你跟这些书一起待在洗手间,星期天下午一待就是半天,嗯?"她又走进房间,过了一会儿重新出现在窗口,掏出洗衣篮中的东西,扔到下面的草地上,"还有你恶心的内裤,看她每天给你洗这些时,会不会认为你是个——什么来着?——猛男?"

理查德徒劳地用手接着落下来的东西。他冲着窗口喊了些什么,但是人们的喧哗和嘲笑盖过了他的声音。他似乎暂时不得不认输,挤过人群,打开车门,把手上的东西一股脑儿扔在后座上,猛地关上门。说来也奇怪,他收藏的CD和电子游戏很受大家欢迎,但没人动他的脏衣服。

"啪"的一声,他的立体声音响摔到了地上,现场出现了一阵短暂的寂静。

他惊诧地抬头向上看,"你这个疯婆子!"

"你在车库跟那个满身是病的斗鸡眼妖精乱搞,我倒是疯婆子?"

母亲转向父亲,"想喝一杯茶吗,巴纳德?天气有点凉了。"

父亲目不转睛地盯着隔壁屋,"那太好了,亲爱的。谢谢。"

母亲进屋时我才注意到那辆车,太出乎我的意料了,一开始我都没认出来。那是特雷纳夫人的奔驰,海军蓝,低车身,一点儿也不张扬。她停下车,看了看人行道边,犹豫了一会儿才下车。

她站在路边,凝视着街边的房屋,也许在核对门牌号。然后,她看到了我。

我从门廊溜出来,在父亲开口问我去哪儿之前,赶紧走下了小路。特雷纳夫人站在人群边,注视着混乱的人群,就像玛丽·安托瓦内特①观看农夫们聚众闹事。

"家庭纠纷。"我说。

她把视线移开,似乎被人发现她在看热闹很尴尬,说:"我明白。"

"以他们的标准来看,这次吵架相当有建设性。他们一直在做婚姻咨询。"

她精致的羊毛衣、珍珠项链、时尚的发型,在一堆身穿宽松运动裤、廉价的艳丽织物,以及连锁店常见衣服的人中,非常抢眼。她看起来很严肃,脸色比她发现我睡在威尔房间的那个早上更可怕。我心里隐约觉得,以后我不会想念卡米拉·特雷纳了。

"我能跟你谈一谈吗?"她不得不提高自己的声音,以盖过四周的欢呼声。

葛里逊夫人正在抛出理查德的美酒。每一瓶酒爆炸时,都会伴随一阵欢呼的尖叫和葛里逊先生诚挚的恳求。大量的红葡萄酒经由人们的脚边流向阴沟。

我看了一眼人群和身后的家。不能想象,带特雷纳夫人进我们家的客厅会是什么样子:到处都是废弃的玩具火车,外祖父在电视机前轻声地打着呼噜,母亲四处喷洒着空气芳香剂,以此来

---

① 安托瓦内特(1755—1793),法国国王路易十六的王后,法国大革命时被处死。

掩盖父亲袜子的味道，托马斯冷不防冒出来，对着新来的客人念叨"浑蛋"。

"嗯，时间不太合适。"

"就在我的车里聊两句可以吗？五分钟就可以，露易莎。这点人情你不会不给吧。"

我钻进车时，有几个邻居朝这边看了过来。幸运的是，今晚葛里逊一家是主角，不然我就要成为他们八卦的话题了。在我们这条街，如果你上了一辆豪华车，要么就是钓上了足球健将，要么就是被便衣警察逮捕了。

随着沉闷的"砰"的一声，门被关上了。突然又安静下来，我能闻到汽车皮革的味道，车里没有什么东西隔开我和特雷纳夫人。没有糖纸、泥、乱丢的玩具，以及荡来荡去的香味剂，有时我们不小心在车上打翻牛奶，那味道三个月都挥之不去。

"我觉得你跟威尔处得不错。"她开口道，就像正对着她前面的一个人说话。我没有回应，她又说道，"是钱的问题吗？"

"不是。"

"你需要延长午休时间？我知道现在的午休时间有点短。我可以问一下内森，看他能不能——"

"跟工作时间没有关系，跟钱也没有关系。"

"那是——"

"我实在不想——"

"听着，你不能交了辞呈就认为它马上生效，还不让我问问到底是怎么回事。"

我深深地吸了一口气，"昨晚我无意中听到了您和您女儿的谈话。我不想……我不想参与进去。"

"啊……"

我们一言不发地坐着。葛里逊先生正在猛烈撞门,想要破门而入。葛里逊夫人忙着将手边抓到的东西扔出窗外,砸向他的头。依据发射出来的"导弹"——厕所卷纸、卫生棉条盒、马桶刷和洗发液来看,她现在在卫生间里。

"请不要离开,"特雷纳夫人轻声说,"威尔跟你相处得不错,他比以往任何时候都更有活力。我很难再找到其他人。"

"但是你……要把他带到那个人们自杀的地方——'尊严'。"

"不是的,我会尽我所能保证他不那么做。"

"做什么?祈祷吗?"

她给我一个我母亲称之为"迂腐"的表情,"现如今你肯定明白,要是威尔决定不让别人接近他,别人就毫无办法。"

"我知道,"我说,"我在那儿主要就是让他在六个月的期限之内不做那件事,谨守诺言。就这个,是吗?"

"不,不是这样。"

"难怪你不计较我的资历。"

"我觉得你聪明、快活,跟别人不一样。你看起来不像个护士,你与众不同。我认为……我认为你能让他振作起来,而且你确实——你确实让他很开心,露易莎。昨天看到他那可怕的胡子没有了……你是少数几个能够理解他的人。"

铺盖从窗口落下来,下来时卷作一团,不过在落到地面之前就慢慢散开了。两个孩子捡了一条床单,顶着它在小院子里跑来跑去。

"说穿了,我就是来监视他不自寻短见,你难道不应该坦白告诉我吗?"

卡米拉·特雷纳叹了一口气，就像有人被迫客气地给智障人士解释。我在想她是不是知道她说的每件事情都让听的人觉得自己是个白痴，我在想是不是她从小就是刻意这么被教育的。我就不能让别人觉得低人一等。

"我们刚开始见到你时也许是那么打算的……不过我确信威尔言出必行。他承诺给我六个月时间，所以我得到了六个月时间。我们需要这段时间，露易莎，我们需要这段时间来让他觉得还存在可能。我希望能灌输给他这样一种思想，这世上有他可以享受的生活，即便不是他料想的那种生活。"

"但这全是谎言。你对我撒谎，你们互相撒谎。"

她似乎没有听到我说的话。她转过头面向我，从手提包里拿出支票簿，她的手上早就准备好了一支笔。

"听着，你想要什么？我给你双倍的钱。告诉我你想要多少。"

"我不想要你的钱。"

"车子、福利、奖金——"

"不——"

"那么，我怎么做可以改变你的主意？"

"对不起，我只是不想……"

我想下车。她拉住了我，她的手陌生而让人抵触。我盯着她的手。

"克拉克小姐，你签过合同，"她说，"你签了合同，答应为我们工作六个月。现在你只工作了两个月，我只是要求你履行合同义务。"

她的语气有些不友好。我低头看了一眼特雷纳夫人的手，她的手在发抖。

她抑制住情绪,"拜托。"

我父母从门廊看过来。他们手里端着杯子,只有他们两人没在看隔壁的好戏。发现我注意到他们时,他们连忙尴尬地转过脸去。我这才意识到父亲穿着格子呢拖鞋,上面沾着油漆。

我推开门把手,"特雷纳夫人,我真的不想眼睁睁地看着……太怪了。我不想成为帮凶。"

"你再仔细想想吧。明天是耶稣受难日,如果你确实需要时间,我会告诉威尔你家里有事,请你利用节假日好好想想。请回来吧,回来帮助他。"

我头也不回地走回家,在客厅坐下,盯着电视机。父母也跟随我进了屋,互相交换着眼神,假装没有在看我。

大概过了十分钟,我才听到特雷纳夫人发动车子的声音。

我妹妹回家后,不到五分钟,就出现在了我面前。她把楼梯踩得噔噔响,一把推开房间的门。

"好,进来吧。"我说。我躺在床上,双腿抵住墙,盯着天花板。我身着连袜裤和蓝色亮片短裤,不过现在短裤滑到了我的臀边,很难看。

卡翠娜站在门口,"是真的吗?"

"是真的。丁普娜·葛里逊终于赶走了她一无是处、拈花惹草的老公,并且——"

"别耍滑头,我说的是你的工作。"

我用大脚指头摩挲着墙纸的图案,"对,我递交了辞呈。对,我知道爸妈会不高兴。对,对,不管你要向我吐槽什么,都对。"

她小心地关上身后的门,一屁股坐在床尾,恨恨地说:"活见鬼，真不敢相信。"

她猛地推了推我的腿，我的腿从墙边滑落，差点躺倒在床。我坐直身体，"哎哟。"

她气得脸发紫。"我不敢相信。妈妈非常沮丧，爸爸假装不在意，实际上也很在意。他们以后的钱从哪里来？你知道爸爸早就为他的工作而焦虑不安。你为什么要丢掉这份完美的工作？"

"少来这一套，特丽娜。"

"那好，总要有人来说教吧！你在别处不可能挣到那么多。你的简历上又该怎么写？"

"噢，别搞得好像跟你没有关系。"

"什么？"

"你根本不在乎我做什么工作，只要你能离开，重续你的远大抱负。你不过是希望我支付家用开销，为你照料小孩。去你的，其他所有人。"我知道我的话刻薄又难听，但是我忍不住。话说回来，正是妹妹怀孕辍学，我们一家才陷入一团糟的境地。多年积累的愤慨爆发出来。"我们都要坚守住自己讨厌的工作，就为了小卡翠娜能实现她该死的梦想。"

"不是为了我。"

"不是吗？"

"不是，关键这是几个月以来你找到的最合适的一份工作，却不能坚持下去。"

"你对我的工作一无所知，知道吗？"

"我知道这份工作报酬很好，超出最低工资很多。我知道这个就够了。"

"人生中不是什么东西都只用钱来衡量，知道吗？"

"是吗?那你下楼这么跟爸妈说。"

"你还敢在钱上教训我,这么多年来你还一个臭钱都没给过家里呢。"

"你知道我给不出多少,因为托马斯。"

我猛推妹妹,想把她推出门。我不记得上次对她动手是什么时候了,但这会儿我就想狠狠揍人一顿。要是她继续待在我面前,我担心我会做出什么事情来。"滚开,特丽娜。滚开,好吗?让我一个人待一会儿。"

我当着妹妹的面摔上了门。终于听到她缓缓下楼梯的声音时,我选择不去想她会对父母说什么,不去想他们会觉得这证明了我没用。我不去想职业介绍所的赛义德,也不去想我该怎么解释我为什么放弃这份报酬良好的事务性工作。我不去想鸡肉加工厂,在它深处的某个角落,或许有一套塑料工作服,上面还有印着我名字的卫生帽。

我又躺了回去。我想起了威尔,他的愤怒和悲伤。我想起他母亲刚才说的话——"你是唯一一个理解他的人"。我想起雪像金箔一样从窗边落下的那晚,他忍住不去嘲笑《莫拉宏奇歌》。我想起了一个活生生的人温暖的肌肤、柔软的头发和手,他比我聪明、比我有趣,却因为看不到更好的未来而要毁灭自己。最后,我的头埋进枕头里,哭了,我的生活突然看起来好黑暗好复杂,远远超出我之前的想象。我希望能回到……回到那个时期,那时我最大的烦恼就是弗兰克和我是不是订了足够的切尔西果干圆面包。

有人敲门。

我擤了擤鼻涕,"滚开,卡翠娜。"

"对不起。"

我瞪视着门。

她的声音低沉，好像她的嘴唇紧贴着锁眼。"听着，我拿了点酒过来。看在上帝的分儿上，让我进去吧，不然妈妈会听到的。我用套头衫兜了两个小工程师巴布的杯子过来。要是让妈妈知道我们在楼上喝酒，她会怎么想？"

我爬下床，打开了门。

她扫了一眼我泪痕未干的脸，迅速地关上身后的卧室门。"好了，"说着她拧开瓶盖，给我倒了杯酒，"到底发生了什么事？"

我狠狠地盯了她一眼，"我告诉你的事情，你绝对不要告诉任何人，不要告诉爸爸，尤其不要告诉妈妈。"

然后我告诉她了。

我总得告诉一个人。

我不喜欢我妹妹的原因很多。几年前，我可能会向你展示就这个话题我潦草写下的数张单子。我讨厌她有浓密的直发，而我的头发只要一长过肩就要分叉。我讨厌我说什么，她都知道。我讨厌在我整个求学生涯中，老师们一直悄声告诉我，她有多聪明，好像她的聪明并不意味着我生活在永远的阴影中。我讨厌她，因为我在二十六岁的年纪，住在半独立式房屋的储藏室里，就为了让她能跟她的私生子住在大些的卧室里。但时不时地，我还是打心眼儿里庆幸她是我妹妹。

卡翠娜从不会惊恐得尖叫起来。此刻她看上去并不震惊，也不坚持要我告诉父母。她从不曾告诉我我做错了事，并一走了之。

她灌了一大口酒，"天哪。"

"千真万确。"

"这样做也是合法的,他们好像没法阻止他。"

"我知道。"

"见鬼,我还没有厘清头绪。"

只是讲述这件事,我们就喝掉了两杯酒。我能感觉到脸颊开始发烫,"我不想扔下他不管,但是我不能成为帮凶,特丽娜,我不能。"

"嗯。"她在思考。我妹妹当真有一张"思考的脸",这副表情能让人们静立一旁等待她的回答。父亲说我一思考起问题来,脸上就露出要上厕所的表情。

"我不知道该怎么办。"我说。

她抬头看着我,脸上突然焕发出光彩,"很简单。"

"简单?"

她给我们两人又各倒了一杯酒。"哎哟,似乎这瓶我们已经喝完了。是的,很简单。他们有钱,是吧?"

"我不想要他们的钱。她要给我涨工资,但问题不在这里。"

"闭嘴。不是给你,笨蛋。他们有自己的钱,或许这场事故还让他拿到了不少保险金。那么,你告诉他们说你要些钱,然后你使用那些钱,你利用——多少来着?——你利用剩下的四个月时间去改变威尔·特雷纳的想法。"

"什么?"

"你改变他的想法。你说过他大部分时间都待在室内,是吧?那么,从小事做起,让他外出走动,你计划好能为他做的美妙事情,所有让他有活下去意愿的事情:冒险、国外旅行、和海豚游泳。无论什么,接下来你就实施它。我能帮助你,我会在图书馆的网络上查询一下,我敢说我们一定能找出一些精彩的事情让他做,那些事情会让他开心。"

我盯着她。

"卡翠娜——"

"是的,我知道。"她咧开嘴笑了,我也笑了。她说:"我还真是个天才。"

第十章　计划单

他们看上去有点吃惊,这么说其实有点轻描淡写。特雷纳夫人非常震惊,又有些窘迫,变得面无表情。她女儿坐在沙发上,蜷曲在她旁边,一副咄咄逼人的表情。母亲常警告我,如果风向变了,这种表情就会一直固定在脸上。这并不是我期待中的热情反应。

"你到底想做什么呢?"

"我还不太清楚。我妹妹很擅长查找资料,她正在竭力寻找四肢瘫痪患者可做的事情。我只是想知道你们是否愿意配合。"

我们在客厅,就是我接受面试的那个房间,不同的是这回特雷纳夫人和她女儿坐在沙发上,特雷纳家的狗蹲在她们之间流着口水。特雷纳先生站在炉火边。我身穿靛蓝棉的田园夹克、超短连衣裙和军靴。事后我才意识到,我应该穿更职业的套装来讲述我的计划。

"我先搞清楚一点,"卡米拉·特雷纳往前倾了倾身,"你想带威尔出门?"

"对。"

"带他参加一系列'冒险活动'?"她说话的样子,就像我建议给他做业余的微创手术。

"对,正如我之前所说,目前为止我还不确定有些什么可做。

主要是让他出门,开阔他的眼界。一开始我们可以就近做些事情,希望不久之后有机会去更远的地方。"

"你是说出国吗?"

"出国……"我眨了眨眼,"我想的更多的是带他去酒吧,或者是看演出。"

"两年来威尔几乎没怎么出过这栋房子,除了去医院。"

"嗯,是的。我可以试着劝说他尝试点别的事情。"

"当然,你可以跟他一起去探险。"乔治娜·特雷纳说。

"听我说,并没有什么特别的,一开始,只是把他带出这栋房子。先在城堡附近散散步,或者去酒吧。要是后来我们能在佛罗里达跟海豚一起游泳,那会很棒。现在我只想让他走出这栋房子,再想其他事情。"我没有说出口的是,仅仅是单独开车送他去医院,就足够让我出一身冷汗。带他出国就像是要我跑马拉松。

"这个主意不错,"特雷纳先生说,"能让威尔出门就好极了。你知道的,让他日复一日地盯着四面墙可没什么好处。"

"斯蒂文,我们尝试过带他出门,"特雷纳夫人说,"我们也不想让他在这里自生自灭。我尝试过好多次。"

"我知道,亲爱的,但是我们没有取得太大的进展,是吧?要是露易莎能想出一些威尔愿意去做的事情,那非常好,不是吗?"

"是的,'愿意去做'很关键。"

"现在还只是个想法。"我说。我突然觉得有点恼火,我知道她在想什么。"如果您不想让我去做……"

"你就打算不干了吗?"她直愣愣地看着我。

我没有转移目光。她再也吓不到我了,因为我知道她并不比我好。她可以坐下来,眼睁睁地看着自己的儿子死在面前。

"对,很有可能。"

"你在胁迫我们?"

"乔治娜!"

"好啦,我们别在这儿兜圈子了,爸爸。"

我的腰挺得更直了些,"不,不是胁迫,这是我要参与的方式。我不能眼睁睁待在一旁,什么都不做,直到……威尔……嗯……"我的声音渐渐低了下来。

我们都盯着自己的茶杯。

"就像我所说,"特雷纳先生坚定地说,"这个主意非常棒。如果你能让威尔同意,我觉得没什么不好。我想让他去度假。只是……只是让我们知道你需要我们怎么配合。"

"我倒有个主意。"特雷纳夫人一只手放在她女儿的肩头,"也许你能跟他们一起去度假,乔治娜。"

"我没问题。"我说。确实如此,因为我能让威尔外出度假的概率跟我去参加益智竞赛的概率一样低。

乔治娜·特雷纳不自在地在座位上扭来扭去。"我不行。你知道的,两周后我就要开始新工作了。一旦开始工作,短时间内我不可能再赶回英国。"

"你要回澳大利亚?"

"别搞得这么惊讶。我告诉过你,我只是回来看一看。"

"我只是觉得……最近出了这么多事,你会待得更久一些。"卡米拉·特雷纳盯着女儿,她从未用这种目光盯过威尔,不管威尔对她多么粗暴无礼。

"真的是份好工作,妈妈。最近两年来我一直为得到这份工作而努力。"她看了一眼她父亲,"不能因为威尔的精神状态不好,我的生活就停止运转。"

一阵长时间的沉默。

"这不公平。如果现在是我坐轮椅,你会要求威尔停止他的一切计划吗?"

特雷纳夫人不再看她的女儿。我低头看了看我的单子,反复读着第一段。

"我也有自己的生活,你知道的。"听起来像是在抗议。

"我们另外找个时间说这个吧。"特雷纳先生的手搭在女儿的肩头,轻轻地捏着。

"是的,以后再说。"特雷纳夫人一把抓起面前的文件。"我建议这么做。我想知道你计划做的一切事情。"她抬头看着我说,"我想估算一下成本。可行的话,我想要个进度表,这样我能预先安排些时间和你们一起去。我还有些带薪年假没休,我能……"

"不。"

我们都扭过头来看着特雷纳先生。他抚摸着小狗的头,表情很温和,声音却很坚定:"不,你最好别去,卡米拉。让威尔自己去做这些事情。"

"斯蒂文,威尔自己没法做。威尔出门的话,有大量的事情要事先考虑周全,相当复杂。我认为我们不能真的让……"

"不,亲爱的,"他重复道,"内森可以帮忙,露易莎也能处理得很好。"

"但是……"

"要让威尔感觉到自己是个男人。要是妈妈或是妹妹总是在旁边的话,这就不大可能。"

我为特雷纳夫人感到难过。她的神情仍然傲慢,但是我能看出来她内心有些失落，好像她不大能理解她丈夫的话。她的手又摸向了项链。

"我会保证他的人身安全，"我说，"我会提早让您知道我们计划做的一切。"

她的下巴僵硬，颧骨下面的肌肉看得很分明。我不知道她这会儿是不是恨我。

"我也希望威尔想要活下去。"最后我说。

"我们都明白，"特雷纳先生说，"我们很感激你有这个决心，处事又这么谨慎。"我在想"谨慎"这个词是不是跟威尔相关，或是另有所指。然后他站起身，那是让我离开的信号。乔治娜和她母亲仍然坐在沙发上，一言不发。我觉得我走出这间房后，他们还有很多话要说。

"那好，"我说，"一想好，我会尽快拟订文件。会很快，我们没有多少——"

特雷纳先生拍了拍我的肩。

"我知道。你想好后告诉我们就行。"他说。

特丽娜双手一直哈气，不自觉地跺着双脚，像在原地踏步。她戴着我的深绿色贝雷帽，比我戴时好看多了，真让人不快。她探身向前，从口袋里掏出单子递给我。

"或许你得删掉第三项，或者至少推迟到天气暖和后再做。"

我看了看单子，"四肢瘫痪者篮球？我还不知道他喜不喜欢篮球呢。"

"那没关系。天哪，这儿好冷。"她把贝雷帽拉低遮住耳朵，"关键是，给他一个机会看还有哪些可能。他会知道有其他人状况跟他一样糟糕,却在做运动,等等。"

"我不太确定,他连茶杯都举不起来,我觉得那些人肯定是下肢瘫痪。要是你不能使用胳膊,你肯定没法投球。"

"你没领会到要点。他并不需要真的做什么事情,主要是开拓他的眼界,不是吗?我们要让他知道其他残疾人在做些什么。"

"你说是就是吧。"

人群中有人低语,远方已经能看到跑步的人。如果我踮起脚,能看到他们在两英里外的山谷中。一群白点正冒着寒冷的空气、沿着潮湿灰暗的山路跑来。我看了看表。我们站在"风山"的山脊处吹了快四十分钟冷风了,我的脚都没知觉了。这座山的名字真是贴切。

"如果你不想开车开太远,还有本地的活动可以参加,两周后体育中心有一场比赛,他可以就比赛结果打赌。"

"打赌?"

"那样他不用真正下场就可以参与了。瞧,他们来了。你觉得过多久他们会跑到我们这里?"

我们站在终点线旁边。我们的头顶上,有一条写着"春季三项全能终点"的帆布横幅,在狂风中呜呜作响。

"不知道。二十分钟?或者更长?我带了一块应急巧克力,一起吃吗?"我把手伸进口袋,另一只手捏着单子,很难不让它飘起来,"你还想到别的什么了?"

"你说过想去更远一点的地方,是吗?"她指向我的手指,"你把大块的给了自己。"

"那你吃这块吧。我觉得他们家认为我想占他们的便宜。"

"什么,因为你要带他出去几天?有人努力做这件事,他们应该感激。看来他们并不感恩哪。"

特丽娜拿起另一块巧克力,"不管怎么说,第五项,我觉得可行。他可以上计算机课程。他们会把一个东西放在头上,像是一根棍子,他们点头就可以敲击键盘。网上有很多四肢瘫痪者小组,通过这种方式他可以交到很多新朋友,这意味着他并不需要真正离开那栋屋子。我还在聊天室跟几个人聊了一会儿,他们看起来很友善,非常……"她耸了耸肩,"正常。"

我们静静地吃掉剩下的巧克力。一脸苦相的跑步者们越来越近,我没有看到帕特里克。我从来都看不到,他那张脸在人群中总是很快消失不见。

她指着那小纸片。

"再看看文化活动,有专门为残疾人举办的音乐会。你说过他很有修养,是吧?那么,他只用坐在那里,沉醉于音乐中。你也可以放松一下,是吧?我同事,留络腮胡子的德里克告诉我的。他说这种音乐可能会有点吵,因为真正的残疾人会叫喊,我相信他还是会喜欢的。"

我皱了皱鼻子,"我不知道,特丽娜……"

"我说'文化',你就被吓到了。你只需要跟他一起坐在那里。不要把薯片吃得沙沙响,或者,你要是喜欢更活泼一点的……"她对我咧嘴一笑,"还有脱衣舞夜总会,你可以带他去伦敦看脱衣舞表演。"

"带我的老板去看脱衣舞女?"

"嗯,你说你为他做了很多事情,清洗、喂食等等。他勃起时,我不知道为什么你不能待在他旁边。"

"特丽娜!"

"好吧,他肯定想念这个。你甚至可以给他来一段大腿舞。"

我们周围的好些人转过头来。我妹妹在笑,她可以这样子谈论性,就像它是娱乐活动,就像它没什么大不了的。

"另外,可以来一次盛大旅行。不知道你喜欢什么,不过你可以把在卢瓦尔河①品酒……作为第一步,这不算远。"

"四肢瘫痪病人可以喝醉吗?"

"我不知道,问问他。"

我对着单子皱了皱眉,"那么……我回去告诉特雷纳一家我会把他们有自杀倾向的四肢瘫痪的儿子灌醉,把他们的钱花在脱衣舞和大腿舞上,然后撺掇他去参加残奥会……"

特丽娜从我手中夺回单子,"好吧,我也没看出你想出了什么更带劲的点子。"

"我只是觉得……我说不上来。"我擦了擦鼻子,"说实话,我有点气馁,把他劝进花园我感觉都有困难。"

"嗯,这态度可不行,是吧?噢,瞧,他们来了,我们最好打起精神。"

我们挤到人群的前面,欢呼起来。冷得几乎都张不开嘴唇,很难发出足以振奋人心的声音。

我看见了帕特里克,他的头淹没在疲乏的人群中,脸上的汗水闪着光,脖子上的每块肌肉都伸展开来,表情痛苦,仿佛他在忍受折磨。一旦他跨过终点,这张脸就会彻底焕发光亮,仿佛只有陷入过绝望的深渊,才能让他兴奋喜悦。他没看到我。

"加油,帕特里克!"我勉强喊道。

---

① 卢瓦尔河(Loire River):法国最长的河流。

他一闪而过,冲向终点。

见我对她的"计划表"没有表现出应有的热情,特丽娜两天没有跟我说话。我父母并没有注意到,我没有离职他们已经欣喜若狂。家具厂的管理部门在周末召开了一系列会议,父亲确信他就在被裁名单里。超过四十岁的人,没人能幸免。

"亲爱的,我们很感激你帮忙应付家用开支。"母亲经常这么说,我很难为情。

这是奇怪的一周,特丽娜开始为她的上学打点行李,每天我都会偷偷溜上楼检查她打好的包,看她是不是想把我的什么东西顺走。我的大部分衣服都是安全的,目前为止我找回了吹风机、我的山寨版普拉达墨镜和我最喜欢的柠檬图案梳妆袋。要是我质问她,她肯定会耸耸肩,说:"哎呀,你从来都不用啊。"好像那才是问题的关键。

特丽娜就是这个样子,她觉得理所当然,即便有了托马斯,她仍然觉得自己是家里最重要的孩子,觉得整个世界围绕她转天经地义。我们小时候,她曾经吵闹不休,因为她想要我的东西,母亲只会请求我"就给她吧",来赢得家里的平和。近二十年过去,情况还是这样。我们要照看托马斯,好让她可以外出;我们要喂养托马斯,免得特丽娜担心;我们要格外费心给她准备生日礼物和圣诞礼物,"因为有了托马斯,她牺牲了不少"。可是,她完全不用拿走我的柠檬梳妆袋。我在门上贴了张纸条,写着:"我的东西是我的。滚开。"特丽娜把纸条撕下来,并告诉母亲,我是她见过的最幼稚的人,小手小脚的托马斯都比我成熟。

这让我想到了一些事情。有一天晚上,特丽娜出去上夜校后,我在厨房坐着,母亲在整理父亲的衬衫,好熨一下。

"妈妈——"

"嗯,亲爱的。"

"特丽娜走后,我能搬到她的房间吗?"

母亲停顿了一下,一件叠了一半的衣服贴在胸前,"我不知道,我从没想过这件事。"

"我的意思是,要是她和托马斯不在这儿,我就可以有一间正常大小的卧室。既然他们要去大学,那房间空着不用,很浪费。"

母亲点点头,小心地把那件衬衣放进洗衣篮。"我想你是对的。"

"按理说,我最大,那间房间也应该是我的。就因为她有托马斯,她什么都占了。"

她懂我的意思。"有道理。我会跟特丽娜说一下。"她说。

事后我才想到,我应该一开始就直接跟我妹妹说的。

三个小时后,她冲进客厅,脸跟打了霜一样。

"你就这么着急要占我的房间?"

外祖父在椅子上猛然惊醒,反射似的把手捂在胸前。

我把目光从电视节目中抽出来,抬起头,"你说什么?"

"我和托马斯周末去哪儿?储藏室住不下我们两个,那儿连放两张床的空间都没有。"

"一点儿不错,我在那儿闷了五年。"错的那个人总是我,想到这一点,我的语气更加尖刻,虽然我本没打算这么生气。

"你不能抢我的房间,这不公平。"

"你又不在里面住了。"

"但是我需要这间房,无论如何,我和托马斯不能住在储藏室。爸爸，跟她说说。"

父亲的下巴深深地陷进衣领里，双手交叉放在胸前。他讨厌我们吵架，想把事情留给母亲处理。"小点儿声，孩子们。"他说。

外祖父摇了摇头，似乎对他来说，我们全都不可理喻。这些天，外祖父动不动就摇头。

"我真不敢相信，怪不得你巴不得我走。"

"什么？这么说你求我继续打这份工，好让我资助你，也是我邪恶计划的一部分了，是吗？"

"你太两面三刀了。"

"卡翠娜，冷静点。"母亲出现在门口，她橡胶手套上的泡沫水滴在客厅地毯上，"我们可以平静地来谈这事，我不希望你们把外公弄得紧张兮兮。"

卡翠娜沉下脸来，打小她得不到想要的东西时就是这副表情。"她就是想要我走，就是这样。她都等不及我走，因为她嫉妒我有出息，所以她就想给我再回家制造障碍。"

"你又不是每个周末都回来，"我气愤地嚷道，"我需要一个卧室，不是储藏室。你一直都占着这个最好的房间，就是因为你蠢到让别人搞大了肚子。"

"露易莎！"母亲叫道。

"嗯，你要不是这么傻头傻脑，也不会连一份正常的工作都找不到了，你可以自己搬出去住。你不小了。出了什么问题？你终于明白帕特里克永远不会向你求婚了？"

"够了。"父亲咆哮道，"我听够了。特丽娜，到厨房去。露，坐下来，闭上嘴。我压力已经够大了，还要听你们两个互相嚷嚷。"

"你要是想让我继续帮你列那个愚蠢的单子,你可想错了。"特丽娜生气地低声对我说,母亲把她拽了出去。

"好极了。我可用不着你帮忙,吃白食的人。"我边说边躲避着父亲扔过来的《广播时报》杂志。

*

星期六早上我去了图书馆。七年级时我把从图书馆借的朱迪·布鲁姆①的书弄丢了,每次经过维多利亚风格的柱式门时,我都害怕管理员冷冰冰潮腻腻的手伸过来抓我,要我支付3853英镑的罚金。出于这个原因,我自此再没有去过图书馆。

图书馆已经大变样了,有一半的书都似乎被CD和DVD代替了,大架子上满是有声书,甚至有贺卡展台。馆里也不再安静,儿童书籍角落正在举办亲子活动,隐约传来歌声和拍手声。人们阅读杂志并轻声交谈。以前放免费报纸,老人们在上面睡觉的那个地方不见了,取而代之的是一张椭圆形大桌子,四周散放着几台电脑。我小心翼翼地在一台电脑前坐下来,希望没人注意到我。电脑和书一样,是属于我妹妹那个世界的人的物品。幸运的是,他们知道有人会像我这般恐惧。一位图书管理员来到我身边,递给我一张卡片,上面有使用说明。她并没有在我旁边耽搁很久,只是轻声说要是我需要其他帮助,可以去服务台找她。然后就只剩下我,可以移动的椅子和空白的屏幕。

这么多年来,我只碰过帕特里克的电脑。他只用电脑下载健

---

① 朱迪·布鲁姆(Judy Blume,1938—):美国儿童和成人幽默现实主义作家。

身计划，或者从亚马逊网站订购体育运动技术书籍。要是他还用电脑做别的事情，我也不太想知道。我遵循着图书管理员的指示，再三确认每一个步骤。令人吃惊的是，一切进展顺利。何止是顺利，简直太简单了！

四个小时后，我已经列出了单子。

没人提起朱迪·布鲁姆。说真的，这可能是因为之前我用的是妹妹的借书证。

回家的路上我一溜烟跑进文具店，买了一本挂历。不是那种一个月一个月显示的，每翻一页就会出现贾斯汀·汀布莱克[①]的海报或是山地小马风景画。这是挂历，你或许能在办公室找到，用记号笔标出了假期的那种。我迅速地买下了它，就像专心于行政走流程，一点也不拖泥带水。

回到家，在我的小房间里，我打开挂历，小心地把挂历钉在门后，标出了我在特雷纳家上班的第一天，也就是二月初。然后我往后数，标出了八月十二日，现在剩下不到四个月了。我退后一步，盯着挂历看了一会儿，希望这个黑色小圆环能承受住即将到来的重量。盯着它看时，我才意识到我所肩负的责任。

我将在这些白色长方形小格子中填满值得一生去做的事情，那些可以引发幸福、满足和快乐的事情。我将竭尽所能，用为一个四肢无力的男人创造的每一段美好经历注满这些格子。我有几乎不到四个月的印刷好的长方形格子，要以外出、旅行、访客、午餐和音乐会来填充。我要想出一切可行的方法来实践它们，要

---

① 贾斯汀·汀布莱克（Justin Timberlake，1981— ）：美国超级巨星，六次格莱美奖、四次艾美奖得主，被认为是对当今流行文化最有影响力的艺人之一。

做足够的调查来确保这些活动顺利进行。

我还要劝说威尔去做这些事情。

我盯着挂历,笔仍握在手中。这一张薄纸突然承担了许多重量。

我还有117天的时间来让威尔·特雷纳相信他有活下去的理由。

第十一章　赛马

有些地方，候鸟的迁徙或是潮水的涨落标志着季节的变化。我们这个小镇，季节变化的标志是游客的回归。起初，只是试探性的一小拨人，身着色彩鲜艳的雨衣，走下火车或是钻出汽车，手里抓着旅行指南和全国名胜古迹托管协会会员卡。随着天气渐暖，旅游旺季悄悄来临，长途汽车在路边排放着尾气，发出咝咝声，塞满大街。城堡附近到处都是美国人、日本人和外国小学生。

冬季的那几个月，很少有商店营业。富裕些的店主会趁这漫长的淡季去国外的度假别墅，更坚定些的店主则举办圣诞活动，偶尔也靠室外的圣歌音乐会和节日工艺品集市来赚取利润。温度升高后，城堡的停车场就会挤满车辆，附近小酒店的简便午餐供不应求。几个明媚的星期天之后，我们这儿就从沉寂的集镇变为传统的英国旅游胜地。

我走上山，躲避着这一季早早来到的一批为数不多的游客，他们四处走动,紧抓着氯丁橡胶腰包和翻旧了的旅游指南,举着相机准备拍摄城堡春天的风景。我冲一些游客微笑,停下来帮另外一些游客照相。本地有些人抱怨着旅游旺季——交通堵塞、公共厕所不胜负荷、"黄油面包"咖啡馆里客人对奇怪食品的需求(你们不做寿司?连手卷都没有?)。但我从不抱怨。我喜欢外来空气的气息,仔细窥探与此处大相径庭的他人生活。我喜欢听到不同的口音,猜测这些口音的主人来自哪个地方,研究他们的穿着,他们从没见过耐斯特[①]的商品目录,也没有在玛莎百货[②]买过五条一包的女装短裤。

"你看起来心情很好。"我把包放在门厅时,威尔说。他说话的样子像是我在有意冒犯他。

"因为今天是个特别的日子。"

"今天是什么日子?"

"我们要外出,我们要带内森去看赛马。"

威尔和内森看着彼此,我差点笑出了声。天气这么好,真让我舒心。一看到太阳,我就知道一切会进展顺利。

"赛马?"

"是的,无障碍赛马,在——"我从口袋里拿出记事簿,"朗菲尔德。要是我们现在出发,还赶得上第三轮比赛。我押了5英镑在'美男子'身上,我们得赶紧走了。"

"赛马?"

"是的,内森从没看过。"

[①] 耐斯特(Next),1982年2月在英国创立的本土服装品牌。
[②] "玛莎百货"(Marks&Spencer,简称:M&S):英国最具代表性的连锁商店之一。

为了这件事,我穿上了蓝色棉质超短连衣裙,系了一条边上饰有马嚼子图案的围巾,脚蹬一双皮革马靴。

威尔仔细打量了一下我,掉转轮椅急转弯,这样他能更清楚地看他的男护理,"这是你一直以来的愿望,是吗,内森?"

我警告性地瞪了内森一眼。

"是呀,"他笑着说,"是的。我们快点出发吧。"

当然,我事先跟他打过招呼,星期五时我给他打过电话,问他哪天有空。特雷纳家同意为他支付加班费(威尔的妹妹已经回澳大利亚了,我想他们希望有"理智"的人陪伴着我),到星期天我才确定我们要做的事情。这似乎是个理想的开端,在晴朗的天气外出,开车不超过半小时的路程。

"要是我说我不想去呢?"

"那你就欠我 40 英镑。"我说。

"40 英镑?你怎么算出来的?"

"我会赢的钱。我下了 5 英镑的注,赔率是八比一。"我耸了耸肩,"'美男子'肯定会赢。"

我似乎让他有些慌张。

内森拍了拍膝盖。"听起来不错。天气也很好,"他说,"我要带上午餐吗?"

"不用,"我说,"那儿有家很棒的餐厅。要是我的马拿到名次,我来请客。"

"你经常赌赛马吗?"威尔说。

在他还来不及说什么的时候,我们把他裹进大衣,我跑到外面去倒车。

你看，我什么都计划好了。在一个阳光明媚的日子，我们将到达赛马场。那儿有毛发光亮、腿脚利落的纯种马，骑师身披质地优良的明亮丝绸从我们面前走过，也许还有一两支铜管乐队。看台上到处都是欢呼的人，我们会在座位上挥舞我们的赌签。这会激起威尔的竞争天性，他会忍不住算赔率，确保他比内森和我赢得多。我全想到了。等我们看够了赛马，我们将去那家广受好评的赛马场餐厅，享用一顿高档午餐。

我应该听我父亲的。"想知道'希望压倒经验'的真正含义吗？"他会说，"那就计划一场欢乐的家庭一日游吧。"

变数从停车场开始。我们平安到达，现在我开车更加有自信了，即便速度超过每小时十五英里，也不会让威尔跌倒。我在图书馆查过路线，几乎一路谈笑风生，谈论美丽的蓝天、乡村景色和通畅的交通。进入赛马场不需要排队，老实说，赛马场比我想象的还要大一点，停车场也标志得很清楚。

但是没人告诉过我停车场是一片草地，整个潮湿的冬天已经把草地碾得不成样子。我们倒进了一个停车位（不难，停车场只半满），几乎就在放下汽车内置辅助坡道时，内森忧虑起来。

"太松软了，"他说，"他会陷下去的。"

我看了一眼看台，"是啊，要是我们能把他抬到小路上去，就可以了吧？"

"这轮椅非常重。"他说，"这里离那条路有四十英尺。"

"噢，拜托。他们设计轮椅时，肯定也考虑到了让它可以应付柔软一点的地面。"

我小心地把威尔的轮椅降下来，看着它陷进泥地好几英寸。

威尔什么也没说。他看起来很不舒服，半小时的车程里大部分时间都很沉默。我们站在他旁边,摆弄着他的控制器。一阵微风吹了过来,威尔的脸颊变为粉红。

"来吧,"我说,"我们改手动,我相信我们能把轮椅抬到那儿。"

我们把威尔向后倾斜。我抓住一个把手,内森抓住另一个,我们把轮椅拖向那条小路。前进缓慢,我胳膊疼,不时停下来,并且新靴子沾了泥后变得很重。我们终于来到小路时,威尔的毯子有一半从他身上滑了下来,不知怎么的绞在了轮椅里,一个角被撕裂了,沾满泥浆。

"别担心,"威尔冷淡地说,"就是点开司米羊毛。"

我没理睬他,"好了,我们做到了,现在可以玩了。"

啊,没错,开始玩乐了。不知道是谁觉得在赛马场装上旋转栅门是个好主意?他们显然不需要控制人群,不是吗?这儿并不像会有热情的赛马迷,出现"查理的挚爱"不能赶超第三名而引发危险的骚乱,或是因为"马厩女孩"需要关进圈里严禁入内而聚众闹事。我们看了看旋转栅门,然后回到威尔的轮椅边。内森和我互相看了对方一眼。

内森走到售票处,对里面的那个女人解释了我们的困境。她歪头看了威尔一眼,指了指看台的尽头。

"残疾人入口在那边。"她说。

她说"残疾人"这个词时就像在参加听写比赛。那儿离此处至少有两百码远。我们好不容易到达那时,突然变天了,起了一阵狂风。自然,我没有带伞。我保持着毫不减弱的快活语气,说着这多么有趣、多么可笑,连我的耳朵都开始敏感而烦躁了。

"克拉克,"威尔终于说话了,"放松点,好吗?你这个样子让人很疲惫。"

我们买了看台的票,到那儿时我有些许释然。我把威尔推到主看台边有遮蔽的地方。内森拿出给威尔的水,我有了点儿空可以观察其他来看赛马的人。

尽管不时有雨滴落下,但看台底部仍让人愉悦。我们上方,玻璃阳台上西装笔挺的男人向穿着婚纱的女人敬香槟酒。他们看上去温暖惬意,我怀疑那里是贵宾区,票亭里布告板上标着最高档次价格。他们佩戴着红线穿起的小徽章,显出他们的特别。我突然想到是否可能用另一种色调标出我们的蓝色徽章,又觉得只有我们有轮椅,已经很显眼了吧。

我们旁边,穿着花呢衣服的男人和身着干练棉外套的女人,端着咖啡杯和酒瓶,散布在看台边。他们看起来很普通,小徽章也是蓝色的。我觉得他们中很多人都是驯马师和马夫,或是爱马之人。前方小白板旁站着几个赌马业的商人,他们挥舞手臂,发出我不能理解的奇怪信号。他们胡乱写下几个不同的数字,又用袖子擦掉。

然后,就像是对一个阶层的诙谐演绎,一群身穿条纹马球衫的小伙子站在赛马检阅场周围。他们紧抓着啤酒罐,似乎是一次集体出行。从他们剃的头来看,他们在服兵役。他们偶尔会唱首歌,发生一些喧闹的口角,用愚钝的脑袋互相撞击,用胳膊环住对方的脖子。我去洗手间时经过他们身边,他们冲我的短裙吹口哨尖叫(我似乎是整个看台上唯一穿短裙的),我把手放在背后对他们伸出中指。有七八匹马快跑之后,他们对我失去了兴趣,灵巧地溜进看台,准备看下一场赛马。

人群开始欢呼,我跳了起来,马匹从起跑门猛冲出去。看着它们奔跑,刹那间我呆若木鸡,不能抑制住心里的激动。川流不息的尾巴一拥而过,身穿鲜艳服装的骑师骑在它们身上,疯狂地拉着缰绳,互相推挤着去争夺名次。获胜者冲过终点线时,很难不欢呼。

我们看了"姐妹杯"和首秀锦标赛,内森小赢了6英镑。威尔拒绝赌马。他看了每场比赛,但是不言不语,头又缩回夹克的高领中。估计他在室内待了太久,一下子到室外让他觉得有点怪怪的,不过我不想承认这一点。

"我想该是你那场比赛了,'海浦沃斯杯',"内森看了一眼屏幕,说,"你在哪匹马上下了注来着?'美男子'?"他咧嘴笑道,"我没想到看赛马和赌马会这么有意思。"

"知道吗?我没告诉过你,我以前也没有看过赛马。"我告诉内森。

"你在开玩笑吧?"

"我从来没有骑过马。我妈妈怕马,连马厩都没带我去过。"

"我姐姐有两匹马,就在克赖斯特彻奇①城外。她像对待自己的孩子那样对待它们。她所有的钱都花在它们身上了。"他耸了耸肩,"就算山穷水尽,她也不会放弃它们的。"

威尔的声音传了过来,"那么为了达成你的心愿,我们还需要看多少场比赛啊?"

"别烦躁。人们说每件事至少都要尝试一次。"我说。

"我觉得赛马、乱伦和莫里斯舞②都在不能尝试的事件之列。"

---

① 克莱斯特彻奇(Christchurch):新西兰南岛东岸港市,也称基督城。
② 莫里斯舞(morris):英国的一种传统民间舞蹈,舞者通常为男子,身上系铃,扮作民间传说中的人物。

"你不是老说要我开阔眼界吗？你喜欢赛马，"我说，"别假装你不喜欢。"

比赛开始了。"美男子"的骑师穿着紫色丝绸赛马服，上面有个黄色的菱形图案。我看到骑师骑着马儿沿着白色围栏奔跑，马头往前伸。骑师的大腿迅速上下移动，他的手臂在马脖子旁边来回挥动。

"加油，伙计！"内森也加入进来，不由自主地加油。他紧握双拳，眼睛一动不动地盯着跑道对面快速移动的马群。

"加油，'美男子'！"我喊道，"我们的牛排餐就靠你了。"我看见它徒劳地奋力向前，鼻孔张大，耳朵紧贴着头。我的心跳到了嗓子眼儿。到最终的冲刺阶段时，我有点声嘶力竭。"好吧，来杯咖啡，"我说，"我要买杯咖啡！"

我身边的人们大喊大叫起来。离我们两个座位的地方，有个女孩跳上跳下，声音都叫哑了。我发现自己也踮脚跳了起来，然后我低下头看见威尔紧闭着双眼，眉头微微皱起。我把注意力从跑道收回来，蹲了下来。

"你还好吗，威尔？"我朝他挪了挪，说道，"需要些什么吗？"我要吼出声来才能盖过周围的喧嚣。

"苏格兰威士忌，"他说，"大瓶的。"

我盯着他，他抬起眼睛看着我。他看起来烦透了。

"我们去吃午餐吧。"我对内森说。

"美男子"，这个四条腿的骗子，以可怜的第六名越过了终点线。人群中又是一阵欢呼，广播员通过天朗扩音系统说道："女士们、先生们，'爱情小魔女'赢得第一名；第二名是'冬天的太阳'；'巴尼鲁比'落后两个马身，拿到了第三名。"

我推着威尔的轮椅穿过人群,那些人对周遭毫无反应。我第二次请他们让路却没有得到回应时,我就推着轮椅故意撞上他们的鞋跟。

我们来到电梯口时,威尔说:"克拉克,这是不是意味着你欠我40英镑?"

那家餐馆翻新整修过,掌厨的是位电视厨师,他的面孔在赛马场周围的海报上贴得到处都是,我事先查询过菜单。

"这里的招牌菜是橙汁鸭肉,"我告诉两位男士,"显然,这是20世纪70年代又重新流行了。"

"就像你的衣服。"威尔说。

不再受冷,也远离了人群,他似乎高兴了一些。他四下里打量了一番,而不是退回到自己的孤独世界。我的肚子咕噜咕噜叫起来,早就在期待一顿丰盛热乎的午餐。威尔的母亲给了我们80英镑作备用。我的那份我准备自己买单,再给她看收据,因此我一点都不担心,我想点什么都可以点,复古烤鸭什么的都行。

"你喜欢外出用餐吗,内森?"我问道。

"我更喜欢来瓶啤酒加外卖。"内森说,"但今天过来我很高兴。"

"你最后一次外出吃饭是什么时候,威尔?"我问。

他和内森看了彼此一眼。"我来工作后就没有。"内森说。

"说来奇怪,我不太喜欢当着陌生人的面被喂食。"

"我们找张靠边的背对餐厅的桌子。"我说,我早就料到了,"要是错过明星,可就是你的损失了。"

"可不是嘛,三月份的时候,满是污泥的小赛马场到处都是

/ 167

明星。"

"别扫兴嘛,威尔·特雷纳,"我说,电梯门开了,"我最后一次外出吃饭是去海尔斯博唯一的室内保龄球场,参加为四岁孩子们举办的生日宴会。那里没有一样东西不覆盖着面糊,包括孩子们。"

我们在铺有地毯的走廊推着轮椅前行。餐厅在一面玻璃墙后面,我可以看到很多空桌子,我已经饥不可耐了。

"你好,"我快步走向前台,说道,"三位,谢谢。""请不要看威尔,"我无声告诉那个女人,"别让他难堪。重要的是让他享受这一切。"

"请出示一下徽章。"她说。

"什么?"

"贵宾区徽章。"

我茫然地看着她。

"这家餐厅只对贵宾徽章会员开放。"

我看了一眼身后的威尔和内森。他们听不到我说话,满怀期待地等待着,内森正在帮威尔脱大衣。

"嗯,我们不能在这里用餐,这个我倒不清楚。我们有蓝色徽章。"

她笑了,"抱歉,我们只服务贵宾徽章会员,我们在所有的宣传材料上都写明了这一点。"

我深吸了一口气,"好吧。请问还有别的餐厅吗?"

"恐怕没有了,配料间,我们的餐饮休息区正在翻修。不过看台旁边有些小吃摊,你们能从那儿买点吃的。"看见我的脸沉了下来,她又补充了一句,"'口袋猪'挺好的,一个小圆面包里夹着烤猪肉，他们还有苹果酱。"

"小吃摊？"

"对。"

我朝她倾了倾身。"拜托了，"我说，"我们大老远过来，天气太冷，我朋友不大舒服。可以让我们在这里用餐吗？我们真的需要让他暖和暖和。他今天能否开心至关重要。"

她鼻头皱了皱。"非常抱歉，"她说，"如果我坏了规矩，我的工作就保不住了。楼下有一片为残疾人提供的座位区，你们能关上门。从那儿看不到跑马场，但是那儿可舒适了。那儿有加热器等设备，你们可以在那儿用餐。"

我盯着她，我能感觉到小腿绷紧了，我觉得自己肯定全身僵硬。

我看了看她的姓名胸章。"莎伦，"我说，"你们这边的桌子都还没有坐满。毫无疑问，有更多的人在这儿进餐肯定比一半的餐桌都空着好吧？就因为某本规章手册里晦涩难懂、阶层分明的规定，就不能让我们用餐吗？"

在嵌入式灯光的照射下，她的笑容闪亮。"女士，我已经向您解释了。如果我们为您破例，我们就得为每个人都破例。"

"这没道理，"我说，"现在是湿冷周一的午餐时间。你们有空余的餐桌，我们想要吃一顿昂贵的大餐，有餐巾和相应的服务。我们不想吃猪肉卷，我们不想待在没有风景可看的休息室，不管那儿有多么舒适。"

其他就餐者从座位上看过来，为门口的口角表示好奇。威尔很尴尬，他和内森知道出岔子了。

"那么，恐怕你得买贵宾区的徽章。"

"好的。"我把手伸向手提包,迅速翻找起钱包。"那个贵宾区徽章要多少钱?"纸巾、旧车票和托马斯的无敌风火轮玩具车掉了出来。我没工夫在意,我要让威尔在餐馆里吃上一顿高档午餐。"找到了。多少钱?10英镑?20?"我连珠炮般地问道。

她看了一眼我的手,说:"不好意思,女士。这里不出售徽章,这儿是餐厅,你得去售票处买。"

"赛马场那边那个老远的售票处?"

"是的。"

我们面面相觑。

威尔说话了:"露易莎,我们走吧。"

我突然热泪盈眶。"不,"我说,"这太荒谬了。我们来都来了。你待在这儿,我去买贵宾区徽章,然后我们就能吃上饭了。"

"露易莎,我不饿。"

"我们吃完就好了,我们可以再看看赛马或别的,一切都会好的。"

内森向前走了一步,拉住我的胳膊,"露易莎,我觉得威尔是真的想回家了。"

我们现在是整个餐厅的焦点,顾客的目光从我们身上掠过,从我身上转向威尔,他们脸上浮现出些微的同情或厌恶,我感觉到了。我觉得这次的活动彻底失败了。我抬头看着那个女人,既然威尔开口了,她起码还表现出了一些尴尬。

"谢谢你,"我对她说,"谢谢这么热情的服务。"

"克拉克——"威尔的声音中带着警告。

"真高兴你们处理事情如此变通,我一定把你们推荐给我认识的每个人。"

"露易莎!"

我抓住包夹在胳膊下。

"你落下了小玩具车。"我正要穿过内森为我打开的门时,她叫道。

"那也需要该死的徽章吗?"我说着,跟随他们进入电梯。

下电梯时没人说话,我竭力不让我的手因为愤怒而发抖。

我们到达大厅底部时,内森轻声说:"我们得从小摊上买点儿吃的,我们好几个小时没有吃东西了。"他看了一眼威尔,让我知道他真正谈论的是谁。

"好的,"我笑容满面地说,微微松了一口气,"我喜欢脆皮的。我们来点老式烤猪肉。"

我们点了三份脆皮猪肉堡,还蘸上了苹果汁。我们待在条纹雨篷里吃完了食物。我坐在小垃圾箱上,这样我可以平视威尔,把肉送到他嘴边,必要时用手指撕碎。柜台后面的两个女营业员假装没有在看我们。我看见她们斜眼瞧着威尔,不时互相嘀咕着。可怜的人,我几乎能听到她们的话,这样活着真可怕。我狠狠瞪了她们一眼,让她们不敢再那么看着他,我尽量不去多想威尔会是什么感受。

雨停了,但大风侵袭过的道路荒凉不堪,棕绿色的路面遍布丢弃的赌签,视野所及平坦而空洞。由于雨水,停车场车辆稀疏,我们只能听到远方赛马隆隆经过时通过天朗音箱传来的失真的声音。

"我们还是回家吧,"内森擦了擦嘴,说道,"这儿很好,但是我们最好避开拥挤的交通,嗯?"

"好的。"我说道,把餐巾纸揉成一团,扔到垃圾箱。威尔吃不下最后三分之一的猪肉卷。

"他不喜欢吃吗？"内森推着威尔过草地时，那个女人问道。

"我不知道。要是没人在一旁抻长脖子看稀奇的话，他会更喜欢吃的。"我说着，用力把没吃完的食物扔进垃圾箱。

到达车旁边，重新上坡道说起来容易，做起来难。我们在马场待了几个小时，来来往往的车辆已经把停车场变成了一堆烂泥。即使内森使出惊人的力气，我再用尽全力去顶，我们也没法在草地上把轮骑推到汽车那里，连推到一半的距离都不行。轮椅的轮子打滑，嘎嘎响个不停，找不到着力点前进，始终过不去那几英寸的距离。我和内森在泥地上跟跟跄跄地滑行，泥都堆到了我们的鞋边。

"这样行不通。"威尔说。

我不想听他说话，我不能忍受这一天这么狼狈地结束。

"我们需要帮助，"内森说，"我都没法再把轮椅推回路上，陷进去了。"

威尔叹息了一声。我从没见过他这么厌倦。

"威尔，要是我往后倾斜一点，可以把你背到车前座，露易莎和我再想办法把轮椅弄进来。"

威尔紧咬牙关，说道："我可不想今天最后被人扛在肩膀上。"

"对不起，伙计，"内森说，"可是单凭露和我没法处理这件事情。露，你长得比我好看，你去叫些帮手来吧？"

威尔闭上双眼，紧咬牙关。我跑向看台。

我不敢相信听说有辆轮椅陷在泥地里时，这么多人都会拒绝提供帮助，尤其发出求助的是一个穿着超短裙的女孩，脸上还挂着最迷人的笑容。我平常不擅长跟陌生人打交道,但是绝望之下,我变得无所畏惧。大看台上,我从一群观看赛马的人走向另一群,问他们能否抽出几分钟帮个忙。他们打量我和我的衣着,好像我在设圈套。

"帮一个坐轮椅的人,"我说,"轮椅卡在泥里了。"

"我们在等下一场比赛。"他们说。或者:"对不起。"或者:"要等到两点半以后了。我们在这一场上下注了。"

我甚至想逮住一两个骑师,但等我走近围场时,我发现他们比我还弱小。

到达赛马检阅场时,我已经怒不可遏了。我怀疑自己在对人咆哮,而不是微笑。让人喜出望外的是,那群身穿条纹马球衫的小伙子还在那儿。他们衬衣的后面写着"马克的最后一战",手紧抓着比尔森和坦南特的特大啤酒罐。他们的口音听起来来自东北,我敢肯定在刚过去的二十四小时里他们都没怎么断过酒。我走近时他们欢呼起来,我忍住向他们伸出中指的冲动。

"笑一个,甜心。这是马克的单身周末。"有人含混不清地说道,一只咸猪手摸上了我的肩。

"现在是周一了。"我退缩着推开他。

"你在开玩笑。已经周一了?"他向后打了个趔趄,"好吧,你应该亲他一下。"

"其实,"我说,"我想找你们帮忙。"

"啊,你要我做什么都可以,宝贝。"说这话时,他抛来一个媚眼。

他的同伴们在他身旁轻轻晃动着身体,就像水生植物。

"真的,我需要你们帮我的朋友,就在停车场那边。"

"啊,真不好意思,我不知道我现在这个样子能不能帮上忙,宝贝。"

"嘿,下一场比赛要开始了。你下注了吗?我这场下注了。"

他们转头面向跑道,已经对我失去兴趣了。我回头看了一眼停车场,看到了威尔蜷缩的身体,内森正徒劳地拉着轮椅的把手。我想象着自己回到家,告诉威尔的父母,我们把威尔昂贵的轮椅留在了停车场。然后我看到了归营鼓。

"他是军人,"我大声说道,"退伍军人。"

他们一个个转过身来。

"他在伊拉克负了伤,我们不过是想让他在外面好好地玩一天,但是没人帮我们。"我说这些话时,眼泪在眼眶里打转。

"一个老兵?你在开玩笑吧。他在哪儿?"

"停车场。我求了很多人,可他们就是不愿意帮忙。"

似乎过了一两分钟他们才领会我的话,他们惊讶地看着彼此。

"来吧,弟兄们,我们可不能不管不顾。"他们在我身后东摇西晃地走着,互相叫嚷,"那些百姓……不知道那是什么滋味……"

我们到达时,内森站在威尔旁边,即使内森在威尔的肩头又加了一条毯子,威尔仍冷得将头埋在大衣领子里。

"这几位善良的绅士要帮我们。"我说。

内森盯着一罐罐淡啤酒。必须承认,要花一番工夫才有可能相信他们能救人。

"你们想把他搞到哪里去?"有人问道。

其他人围在威尔旁边,对他点头致意。有人给威尔一罐啤酒,显然不知道威尔接不起来。

内森指了指我们的车,"最终要到车那里。要先把他抬过看台,再把车倒到他身边。"

"没必要那么麻烦,"有人说,他拍了拍内森的背,"我们可以直接把他抬上车,是吧,弟兄们?"

这个建议得到了一致同意。他们调整起自己在轮椅边的位置。

我不自在地动来动去。"我不知道……直接抬过去的话,要走很远,"我小心地说道,"并且轮椅很重。"

他们已酩酊大醉,有些人都拿不住手中的啤酒罐了,还有一个把坦南特啤酒罐塞到我的手里。

"别担心,宝贝,为战友做任何事都行。是吧,弟兄们?"

"我们不会把你扔在这儿不管的,兄弟。我们从不扔下任何一个人,是吧?"

内森露出一副滑稽古怪的表情,我猛烈地对他摇了摇头。威尔看上去什么都不想说,脸色阴森可怕。那群人簇拥在他的轮椅周围,大喊一声,把轮椅托了起来,这时他才有点儿惊慌。

"哪个团的,宝贝?"

我勉强笑了笑,在记忆中搜罗名字。"步枪队……"我说,"第十一步枪队。"

"我没听说过第十一步枪队。"另一个人说道。

"这是一个新团,"我结结巴巴地说,"高级机密,驻扎在伊拉克。"

他们的运动鞋在泥地中打滑,我的心猛地一抽。威尔的轮椅已经抬离地面好几英寸,像顶轿子。内森跑去拿威尔的包,提前为我们打开车门。

"他们是在卡特里克接受训练的吗?"

"没错,"我说,然后换了话题,"你们中哪个要结婚了啊?"

最终摆脱了马克和他的同伙时,我们交换了号码。他们凑了40英镑,要给威尔用作复健。我告诉他们拿这钱喝一杯我们更高兴,他们才没有坚持。我得亲他们每一个人,完事时我都快被臭气熏晕了。我一直朝他们挥手,直到他们走回看台,再也看不见。内森揿响喇叭示意我上车。

"他们帮了不少忙,是吧?"启动点火装置时,我欢快地说。

"那个高个儿把一整罐啤酒倒在了我的右腿上,"威尔说,"我闻起来像个啤酒厂。"

"真不敢相信,"我开车驶向大门时,内森说,"看,那儿,看台边,有残疾人专用停车区域,还建在柏油碎石路上。"

这天剩下的时间,威尔没有说什么。我们把内森送回了家,他向内森道了别。我把车开向城堡的路上,他一语不发。温度又变低了,路上车辆稀少,最后我把车停在了侧厅外。

我放低威尔的轮椅,把他推进屋,又给他冲了杯热饮。我给他换了鞋和裤子,把沾了啤酒的裤子放进洗衣机,又把火生好,这样他能暖和起来。我打开电视,拉上窗帘,房间变得安逸舒适,比起冷风瑟瑟的户外舒适得多。等到和他一起坐在客厅里,捱着茶,我才意识到他一声不响,不是出于疲惫,也不是因为他要看电视,他只是不跟我说话。

"有什么不对劲吗?"我第三次评论本地新闻,他仍然没有丝毫反应时,我问道。

"告诉我,克拉克。"

"什么?"

"既然你自认为很了解我,那么你告诉我哪里不对劲。"

我盯着他。"对不起,"末了我说道,"我知道今天不像我计划中的那么顺利,我只是想要外出散散心,我原以为你会喜欢的。"

我没有加上说他脾气太坏了,他不知道为了让他高兴我经受了些什么,而他根本就不开心。我没有告诉他,如果他让我买了那该死的徽章,我们会享受一顿美妙的午餐,我们会忘掉其他的一切。

"这就是我的看法。"

"什么?"

"噢,你跟其他人一样。"

"这话是什么意思?"

"如果你能先费心问问我,克拉克。如果你能就所谓的外出找乐,哪怕问我一次,我都会告诉你,我讨厌马,我也讨厌赛马,一贯如此。但是你都不问我一下,自己就做了决定,还着手去做。你跟别人一样,替我做决定。"

我克制住情绪。

"我本意并不想——"

"但是你做了。"

他转动轮椅离开我身边,几分钟的沉默之后,我意识到他是在打发我走。

第十二章　音乐会

我来告诉你们从哪一天开始，我不再无所畏惧。

大概是在七年前，无精打采、闷热难耐的七月最后几天，城堡四周狭窄的街道挤满了游客，空气中充满游客们闲逛的脚步声，以及冰激凌小车的铃声，从山脚蔓延到山上。

我外祖母病了很长一段时间，于一个月前去世。那个夏天一直笼罩在一层淡淡的悲伤里，让我们没法做任何事情。我和妹妹也不再大惊小怪，还取消了以往夏天惯有的短暂度假和外出计划。母亲大部分时间站在洗碗槽边，由于要拼命忍住泪水，她的背变得僵硬。父亲每天早上苦着脸出去上班，几小时后回来时热得满脸是汗，在撬开一瓶啤酒前，一句话都说不出来。妹妹刚念大一，在家过暑假，心早就飘向了远离我们小镇的某个地方。我二十岁了，不到三个月就要碰到帕特里克了。我们享受着少有的一个自由自在的夏天——没有经济负担，没有债务，不欠任何人时间。

我有一份旅游业的季节性工作，有大把的时间来练习化妆，穿让父亲皱眉的高跟鞋，刚刚开始搞清楚自己是个什么样的人。

那些日子我穿衣走寻常路线，或者应该说像镇上的其他女孩一样穿衣打扮：及肩长发、靛蓝牛仔裤、足够炫耀细腰和丰腴胸部的紧身 T 恤。我们花数小时化出完美的唇彩，浓淡适宜的烟熏眼妆。我们穿什么都好看，却不停抱怨皮肤上不存在的脂肪团和不可见的瑕疵。

对于要做的事情我自有想法。我在学校认识的一个男孩刚刚周游世界回来，变得很不一样，不可捉摸。他好像不再是那个曾经无知的十一岁男孩，不再是过去总在两节连堂法语课上吐口水的男孩了。一时心血来潮，我订了一张去澳大利亚的廉价机票，花心思想找个人跟我一起。我喜欢旅行带给那个男孩的那种异国情调、那种陌生。他向我吹来了更广阔世界的和风，那个世界极其富有魅力。毕竟这里的每个人都对我知根知底，再加上一个这样的妹妹，我没法去尝试别的。

那是星期五，我和学校里的一群女同学在停车场当了一天的接待员，引导游客到城堡运动场举办的工艺品集市。整整一天笑声不断，在毒日头下面，我们狂饮汽水。天很蓝，阳光照射在城垛上闪闪发光。我觉得那天每个游客都在对我笑。面对一群活力四射、满面春风的女孩，人们很难不微笑。我们每人拿到了 30 英镑的报酬，到场人数让组织者很满意，他们又额外给了我们每人 5 英镑。为了庆祝，我们和一群在游客中心停车场工作的男孩喝得烂醉。他们说话得体，穿着橄榄球衣，头发松垂。有一个叫埃德，有两个是大学生——我不记得是哪个学校的——他们也在为度假挣钱。做了一个星期的服务生，他们都有钱了。我们的钱花光后，他们很乐意为飘飘然的当地女孩再买点喝的。她们拨弄着他们的头发,坐在彼此的大腿上,又叫又笑,称赞他们时髦。他们说着一种不同的语言,谈论着在南美度过的问隔年和夏天,在泰国的背包客之旅,还有人要去国外实习的事情。我们听着、喝着,我记得后来,妹妹来到了露天啤酒店,那时我们正四仰八叉躺在草地上。她穿着世界上最老土的连帽运动衫,没有化妆。我忘记了要跟她会面,我让她告诉父母等我三十岁过后才会回去。不晓得为什么,我觉得这句话极其好玩。她扬了扬眉,怒气冲冲地走了,好像我是有史以来最讨厌的人。

"红狮"打烊时,我们到城堡迷宫的中心坐了下来。有人翻过了围墙,一阵撞击和傻笑后,我们都到了迷宫里面,喝起烈性苹果酒,有人分发大麻烟卷。我记得我仰视过星星,感觉自己好像消失在了那无限的纵深中。地面轻轻摇摆,我好像身处一艘巨大轮船的甲板上。有人在弹奏吉他,我把粉红缎面的高跟鞋甩进了深草丛中,后来没有去找。我觉得整个宇宙都听命于我。

差不多半小时后,我才意识到其他女孩都走了。

一段时间后,在星星被夜晚的云彩遮住之后很久,妹妹在迷宫的中心找到了我。正如我所说,她非常聪明。反正,比我聪明。

我认识的人中,只有她能稳妥地找到迷宫出口。

"你也许会觉得好笑,我办了一张图书证。"

威尔在收藏的 CD 旁边,他转动着轮椅,等待着我把他的饮料放进杯架。"真的?你在读什么书?"

"哦,不是什么正经书,你不会喜欢的。就是男孩遇见女孩那类书,但是我很喜欢。"

"那天你在读我的弗兰纳里·奥康纳①的书。"他抿了一口饮料,"我生病那天。"

"短篇小说集吗?真不敢相信你注意到了。"

"我没法不注意到,你把那本书落在床边了,我拿不起来。"

"啊!"

"别读那些垃圾,把奥康纳的小说拿回家。"

我本想拒绝,但是我根本不知道应该找什么理由拒绝。"好的。一读完我就拿回来。"

"克拉克,给我放点音乐吧。"

"你想听什么?"

他告诉我 CD 的名字,然后对着它的大致方向点了点头,我翻了一会儿才找出来。

"我有个朋友是阿尔伯特交响乐团的首席小提琴手。他打电话来说下周他在这儿附近演出,就这首曲子。你听过吗?"

"古典音乐我一窍不通。我爸爸偶尔会调到古典音乐电台,但是——"

"你从没听过音乐会?"

"是的。"

看样子,他十分震惊。

"嗯,我去看过西城男孩②,不知道那算不算,那是我妹妹选择

---

① 弗兰纳里·奥康纳(Mary Flannery O'Connor,1925—1964):当代美国南方女作家。
② 西城男孩(Westlife):1998 年成立的爱尔兰男子歌唱团体。

的。唉,我二十二岁生日那天本来要去看罗比·威廉姆斯①的,可惜我食物中毒了。"

威尔看了我一眼,那种眼神,好像我被锁在地窖里很多年似的。

"你应该去。他给了我票,这场音乐会肯定很棒,带上你妈妈。"

我笑着摇了摇头,"算了吧,我妈妈不喜欢出门,我也不喜欢听古典音乐。"

"就像不喜欢带字幕的电影?"

我对他皱了皱眉,"威尔,我又不是你的实验对象。这又不是《窈窕淑女》②。"

"《皮格马利翁》③。"

"什么?"

"你刚才提到的戏剧,是《皮格马利翁》。《窈窕淑女》是它的山寨版。"

我怒视着他,但这没有用,我放上了CD。我转过身时,他仍然在摇头。

---

① 罗比·威廉姆斯(Robbie Williams,1974—):史上赢得全英音乐奖最多的英国创作歌手。
② 奥黛丽·赫本主演的电影。讲述一名上校与一名自大的教授亨利·希金斯打赌,他是否有能力将一名来自社会底层、浑身脏兮兮的卖花女伊丽莎,训练成一名气质高雅、仪态万千的窈窕淑女,并且足以让每个人都相信她真的是一名来自上流社会的大家闺秀。后来,希金斯教授真的接下这个挑战,并且成功地将伊丽莎从一个丑小鸭转变成白天鹅。
③ 希腊神话中的塞浦路斯国王,擅雕刻,热恋自己所雕刻的少女像,爱神见其感情笃挚,给雕像以生命,使两人结为夫妇。

"克拉克，你真是无可救药地自命不凡。"

"什么？我？"

"你什么都不愿意去尝试，因为你告诉自己'不是那类人'。"

"可我真的不是。"

"你怎么知道？你什么都没有做过，哪儿都没有去过，你怎么会清楚你是什么样的人？"

他这样的人怎会了解我的感受？我很生气，他太刚愎自用了。

"去吧，打开你的视野。"

"不。"

"为什么？"

"我会不舒服，我觉得……我觉得他们会知道。"

"谁？知道什么？"

"所有人都会知道，我不属于那个地方。"

"你怎么会知道别人的感受？"

我们看着彼此。

"克拉克，现在我去的每个地方，人们都觉得我是个异类。"

我们安静地坐着。音乐开始了。威尔的父亲在大厅打电话，隐约的笑声传到侧厅来，好像从很远的地方飘来。

我盯着 CD 封皮，"如果你和我一起，我就去。"

"你自己不会去？"

"才不会呢。"

我们坐在那儿，他想着我的话，"天哪，你真是我背上的芒刺。"

"那你还一个劲儿地唆使我。"

这次我没有任何计划，没有任何期待。在看赛马搞砸后，我只是暗暗希望，威尔仍然愿意离开侧厅。他的小提琴家朋友送来了免费票，并附上了有关会场信息的小册子。会场离这儿有四十分钟的车程。我做了做功课，查了残疾人停车位的地点，提前给会场打电话询问如何顺利地把威尔的轮椅推到座位上。他们把我们安排在前面的座位，让我坐在威尔旁边的折叠椅上。

"这真的是最好的位置，"售票室的那个女人兴奋地说，"就在乐池，靠近交响乐团的地方，会更有感染力。我一直都想坐在那里。"

她甚至问我们需不需要有人在停车场接我们，引导我们到座位上去。我害怕威尔会引人注目，婉拒了她。

临近傍晚，我不知道威尔和我谁更紧张。我敏锐地感受到了我们上次外出的挫败感，特雷纳夫人也瞎掺和，进进出出侧厅十四次，来确认音乐会的时间和地点，以及我们具体要做些什么。

她说，威尔晚间的护理要花些时间，她要确保有人能帮上忙。内森有其他安排，特雷纳先生晚上又出去了。"最少要一个半小时。"她说。

"并且相当烦琐。"威尔说。

我意识到他在找借口不去音乐会。"我来做，"我说，"如果威尔告诉我要做什么，我不介意留下来帮忙。"我都还不知道我要做什么，就说出口了。

"好吧，这可真是值得我们两人期待的事，"他母亲走后，威尔生气地说，"你可以好好地欣赏我的背，我将由一个看到裸体就会跌倒的人来给我擦洗。"

"我不会看到裸体就跌倒。"

"克拉克，我从没见过有人看到他人的身体比你更不自在，你表现得就像那儿有辐射。"

"那让你妈妈做吧。"我顶撞道。

"好啊，因为那样我们的外出更有吸引力。"

还有衣服问题，我不知道穿什么。

去赛马场那天我穿错了衣服，不知道这次是不是又会出错？我问威尔穿什么最好，他看着我就像我是个疯子。"灯会关掉，"他解释道，"没人会看你，人们在专心听音乐。"

"你一点也不了解女人。"我说。

最后我带了四套衣服来上班，把它们塞进父亲的古董西装袋，拿上了公共汽车。唯有如此，我才能说服自己去音乐会。

到了下午五点半的下午茶轮班时间，内森到了，有他看管威尔，我就去浴室换衣服。我最先换上的是那件我觉得很有"艺术感"的衣服，绿色的罩衫连衣裙，上面缝着琥珀色大珠子。我认为参加音乐会的人肯定附庸风雅，喜欢花哨。我走进客厅时，威尔和内森都盯着我。

"不行。"威尔断然说道。

"看起来像是我妈妈才会穿的衣服。"内森说。

"你可从没告诉过我你妈妈是娜娜·穆斯库莉①。"威尔说。

我走回浴室时，听到他们两个咯咯地笑个不停。

第二件衣服是条非常朴素的黑裙，斜裁的样子，缝着白色的衣领和袖口，这是我自己做的。我觉得它看起来时髦而且有巴黎

---

① 娜娜·穆斯库莉（希腊语 Νάνα Μούσχουρη，1934— ），希腊歌手，国际流行音乐歌星，20世纪60年代成名，80年代走红全球。

风范。

"你看起来像是卖冰激凌的。"威尔说。

"呀,你会是个优秀的女服务员,"内森赞许地说,"真的,白天尽管穿这件衣服好了。"

"接下来你就会要求她去给搁脚板除尘。"

"听你这么一说,那儿还真积了些灰。"

"你们两个,"我说,"明天你们的茶里都会有'威猛先生'。"

我放弃了第三套,那是一条黄色的宽腿裤,威尔肯定会说像鲁珀特熊[①]。我穿上了第四套衣服,暗红缎子的复古裙子。它实际上是给更俭省的一代人穿的,我常常默默地祈祷拉链可以顺利拉拢而不卡在腰部,它让我看起来像是20世纪50年代的新秀女影星。这件衣服上身效果很好,穿上去感觉舒适自如。我披了件银色的开襟短外套,脖子上系了条灰色丝质围巾,来掩盖袒露出的乳沟。我又涂了点相称的唇膏,然后走进客厅。

"哇。"内森赞叹道。

威尔的目光在我的裙子上上下游动。这时我才意识到他换上了衬衣和西服,胡子刮得干干净净,头发修剪得很整齐,看上去英俊极了。看到他我不由得笑起来,不是因为他看上去很棒,关键是他做出了努力。

"就是这件。"他说。他的声音不带感情,异常审慎。我伸手调整领口,他说道:"脱掉外套。"

他说得没错。我早就知道这件外套不太合适。我脱下来,仔细叠好,放在椅子后面。

---

① 英国画家玛丽·图特尔创作的经典卡通角色,身穿黄底红条纹装。

"还有围巾。"

我的手猛地伸向脖子。"围巾？为什么？"

"不太配，看上去像是要掩藏什么东西。"

"可是我……不然别人就能看到我的胸。"

"所以呢？"他耸了耸肩，"听我说，克拉克，如果你要穿那样的裙子，你就得自信满满，身心都要舒适。"

"只有你，威尔·特雷纳，能够教女人怎么穿裙子。"

我还是把围巾拿掉了。

内森去整理威尔的包。我本来想说他真自以为是，转过身时发现他仍然看着我。

"克拉克，你看起来美极了，"他轻声说，"千真万确。"

对威尔来说，和平常人待在一起，也就是卡米拉·特雷纳可能称作"工薪阶层"的人一起时，他们有一些基本的行为模式。大多数人会盯着他看，少数人会充满怜悯地笑笑，表示同情，有意用大家听得见的低语问我发生了什么。我常想这么回应"这就是与军情六处[①]闹翻的下场！"来看看他们的反应，不过我从来没这么说过。

中产阶级是这样一种情况，他们假装没有看，实际上他们也看。他们举止文雅，不能真正盯着看。相反，威尔出现在他们视线中时，他们执意不看他，等到他经过，他们的目光又会瞥向他，即使他们仍跟其他人谈着话。当然他们不会谈论威尔，那样就太无理了。

---

① 英国政府机构，负责对外国政治和军事的秘密情报工作。

交响乐团的门厅,聚集着不少时髦人士,他们一手拿着包和节目单,一手端着加了奎宁水的杜松子酒。我们从他们身边经过时,他们就是这种轻微的连锁反应,一直跟随我们到了正厅前座。不知道威尔有没有注意到,有时我觉得他只能假装什么都没有看到。

我们在前排正中的两个位置坐了下来。我们右边有另一个坐轮椅的男人,与站在他身旁的两个女人愉悦地聊天。我看着他们,希望威尔也能注意到。不过他盯着前面,头埋入肩头,仿佛要努力将自己隐藏起来。

"这样可不行。"一个声音小声说道。

"你需要什么吗?"我轻声问。

"不用。"他摇了摇头,压抑住情绪,"实际上,我领子里有东西。"

我探过身在他的领口摸索了一番,一个尼龙标签落在了里面。我拉了拉,想把它扯断,但是扯不断。

"新衬衣,让你很不舒服吗?"

"没有,我只是觉得把标签拉出来会比较好。"

"包里有剪刀吗?"

"我不知道,克拉克。信不信由你,我很少自己打包。"

包里没有剪刀。我向后看了看,观众们还在忙着在座位上安顿下来,窃窃私语,浏览节目单。要是威尔不能放松,不能全神贯注于音乐,这次外出就白来了。我不能承受第二次灾难。

"别动。"我说。

"为什么——"

他话还没有说完,我就俯身,轻轻解开了他的衣领,用门牙咬住那烦人的标签。花了好几秒钟才咬断,我闭上眼,竭力忽视洁净男人的味道、他的皮肤贴近我皮肤的感觉,以及我正在做的事情多么不合时宜。终于,我感觉到它断了。我抬起头,得意地睁着眼睛,门牙上是咬下来的标签。

"搞定!"我说着,从门牙上取下标签,在座位间抖动。

威尔目不转睛地看着我。

"怎么了?"

就在我转身坐下时,发现观众们好像突然被节目单迷住了,我又转回身面对威尔。

"哎,好啦,他们以前又不是没见过一个女孩啃一个家伙的衣领。"

我的话似乎让他陷入了沉默。威尔眨了好几次眼,似乎要摇头。我发现他的颈部映上了一抹深红的色彩,不觉莞尔。

我整了整裙子。"无论如何,"我说,"幸好不是在你的裤子里。"

他还没来得及回应,身着晚礼服的管弦乐队就走了出来,观众安静下来。我不由自主地感到一阵激动,把两手放在腿上,挺起身来。他们开始调音,刹那间礼堂内只听得到一个声音,那是我听过的最为生动的立体声,我的汗毛竖起,无法呼吸。

威尔斜眼看着我,脸上还带着几分钟前的欢悦。很好,他的表情在说,我们会享受音乐。

指挥走上来,在谱架上敲了两次,全场鸦雀无声。我感觉到了寂静,感觉到了观众们满怀期待地屏息凝神。他向下挥了挥指挥棒,突然,周围只剩下纯粹的音乐。我觉得音乐像是一种有形的东西,它不仅流经我的耳朵,还流过我全身,包围我,让我的感官颤动,肌肤刺痛,手掌潮湿。威尔没有描述过这般感受,我原以为我会感到厌倦。这是我听过的最为美妙的音乐。

音乐让我的想象力驰骋万里。我坐在那儿,想着好多年来从没想过的事情,久远的情绪向我袭来,新的思绪从我身上抽离,仿佛我的感知被拉伸。有点承受不住,但是我不希望它停止,我想永远坐在那儿。我偷偷看了威尔一眼,他出神地倾听着,有些飘飘然。我转过身,有些害怕看他。我害怕他会感觉到深深的失落和恐惧。威尔·特雷纳的人生经历是我难以想象的,我又有什么权利,告诉他该怎么生活呢?

威尔的朋友留了张便条,请我们演出结束后去后台看他,但是威尔不想去。我恳求了他一次,但从他紧闭的牙关我能看出,他不会让步。我不能责怪他。我记起那天他原同事看他的那种目光,混合着同情、厌恶以及深深的宽慰,庆幸他们逃脱了这桩飞来横祸。我怀疑太多的这类会面,会让他无法承受。

一直等到观众席的人都走完了,我才推他出门,我们乘电梯来到停车场,顺利地让威尔上了车。我没说太多话,我的脑海中还萦绕着音乐,我不希望它退去。我一直回想着那音乐,想着威尔的朋友会迷失在他演奏的音乐中。我没想到音乐能让人敞开心扉,把人传送到连作曲家都预料不到的地方。音乐在四周的空气中打下了印记,似乎离开时也会带走一串音符。有一阵,我们坐在观众席上,我完全忘记了威尔在我旁边。

我们在侧厅外停了下来。我们面前,刚好能看见城墙内的城堡笼罩在一轮满月中,月光宁静地从山顶倾泻下来。

"你其实不喜欢古典音乐吧。"

我看向后视镜,威尔在笑。

"我一点儿也不喜欢。"

"看得出来。"

"我尤其不喜欢快结束时的那段,那段小提琴独奏。"

"看得出来你不喜欢那段。事实上,我看到你眼中有泪,就知道你多么讨厌它。"

我露齿而笑。"我真的非常喜欢,"我说,"我不确定我会喜欢所有的古典音乐,但是我觉得古典音乐让人惊叹。"我擦了擦鼻子,"谢谢你,谢谢你带我去。"

我们在静默中坐着,注视城堡。通常晚上点缀在城墙上的灯,会让城堡沐浴在一片橙色的光芒中。今晚,满月之下,城堡似乎笼罩在天蓝色中。

"你觉得他们会在那儿演奏些什么样的音乐?"我问,"他们肯定得听点什么。"

"城堡吗?中世纪的音乐吧。诗琴①、弦乐之类的。不是我喜欢的音乐,不过我有一些这类音乐碟,要是你喜欢可以借给你。你可以戴上耳机绕着城堡走的时候听,如果你真的想要身临其境的话。"

"不用了,我不怎么去城堡。"

"如果你住得离某个景点很近的话,就总是这样。"

我的回答含糊其词。我们在那儿坐了一会儿,听着引擎转动的声音渐渐停止。

"好了,"我解开安全带,说道,"我们得进去了,还有些晚上

---

① 诗琴:又称"里拉",14—17世纪使用较多的一种形似吉他的半梨形拨弦乐器。

的护理工作要做。"

"稍等一下，克拉克。"

我转过身。威尔的脸笼罩在阴影中，看不分明。

"等等，就一分钟。"

"你还好吧？"我看向他的轮椅，担心他是不是有地方被夹住了，担心我又做错了事情。

"我很好。我只是……"

他的衣领是浅色的，与他深色的西服形成对比。

"我还不太想进去。我只想坐在这里，不去想……"他咽了口唾沫。

即便是在半明半暗中，看起来这也很费劲。

"我只是……想当一会儿刚和穿红裙的女孩听完音乐会的男人。再多等几分钟吧。"

我松开门把手。

"好的。"

我闭上双眼，靠在头垫上。我们又坐了一会儿，两个沉浸在音乐里的人，半隐在月光下城堡的阴影中。

我妹妹和我从没真正谈论过那晚在迷宫发生的事情，我不确信我们拌过嘴。她抱了我一会儿，接着花了些时间帮我找衣服，还在深草中徒劳地寻找我的鞋。最后我告诉她真的没有关系，反正我不会再穿它们了。然后我们慢慢地走回家，我光着脚，她揽着我的胳膊，自从她上小学一年级，我们就从未这样一起走过。妈妈一再说，那时的我从不放开她。

我们到家时，她在门廊上理了理我的头发，用湿毛巾擦了擦我的眼睛，我们打开前门，像什么都没有发生一样走了进去。

父亲还没有睡觉，在看足球比赛。"姑娘们，你们好晚，"他喊道，"我知道今天是星期五，但是——"

"好了，爸爸。"我们齐声回应道。

那时，我住在现在外祖父住的房间。我迅速地走上楼，在妹妹还没来得及说一个字时，关上了门。

第二周我把头发剪了，取消了航班。我不再跟以前学校的女孩出去了。母亲沉浸在自己的悲伤中，没有注意我，父亲把家里的情绪变化和我把自己锁在卧室的新习惯，都归结为"女人的问题"。我知道了自己是什么样的人，我绝不是那种跟陌生人喝醉酒傻笑的女孩。不会穿有挑逗性的衣服。总之，穿这种衣服吸引不了去"红狮"的男人。

生活恢复正常。我在理发店找了份工作，然后又到"黄油面包"咖啡馆上班，将一切都置于身后。

自从那天起，我肯定经过城堡不下五千次了。

但是我再也没有去过迷宫。

第十三章　生日晚餐

帕特里克站在跑道边，原地慢跑，他的新耐克T恤和短裤微贴着出汗的身体。我过去跟他打招呼，告诉他今晚我没法参加铁人三项运动的聚会。内森休假，我接手处理晚上的护理。

"你错过三次了。"

"是吗？"我屈指一算，"我想是的。"

"下个星期你一定要来，有关铁人三项的行程安排，并且你还没有告诉我你生日想怎么过。"他开始做伸展运动，抬高腿，将胸部靠近膝盖，"去看场电影怎么样？我不想吃大餐，因为现在还在训练。"

"啊？爸妈计划做一顿特别的晚餐。"

他抓着脚后跟，屈膝。

我发现他的腿变得极其结实。

"那晚不太能在外玩乐，是吗？"

"嗯，不能去看电影。总之，我觉得我应该那么做，帕特里克。妈妈情绪有些低落。"

前一周特丽娜搬走了（没能带走我的柠檬梳妆袋，她走的前一晚我拿回来了）。母亲整个垮掉了，情况比特丽娜第一次上大学时还要糟糕。她想念托马斯，就像想念被截断的肢体。自从婴儿期，他的玩具就乱扔在客厅地板上，如今被装入盒内收放好，食橱里不再有巧克力棒和小盒饮料。下午三点十五分时，她不再有理由走去学校，回来的那段短途也没人陪她聊天，这是母亲每天在外的唯一时段。现在她哪儿也不去了，除了每周和父亲一块儿去趟超市。

她若有所失地在屋子里游荡了三天，然后开始大扫除，那阵势把外祖父都吓住了。尽管外祖父还坐在椅子上，她就给椅子下面除尘，或者用掸子在他肩头轻拂，他会含含糊糊地表示抗议。特丽娜说过开头的几个星期不会回家，想好好安顿一下托马斯。每天晚上她打来电话时，母亲会跟他们说话，再在卧室哭上半个小时。

"最近你都工作得好晚，我感觉很难见到你。"

"哎，你总是在训练嘛。不管怎么说，报酬很好，帕特里克，我不会拒绝加班费。"

这一点他无法辩驳。

我这辈子还从来没有挣过这么多钱。我给父母的钱翻了番，每月还能存点钱，剩下的钱应付我自己的开销后还有结余。部分原因在于，我每天工作很长时间，商店开门时，我很少离开格兰塔宅邸。另一个原因很简单，我确实没什么消费的欲望。一有空闲时间，我就去图书馆，在网上查资料。

从那台个人电脑，我接触到了一个全新世界，网页一层叠着一层，释放出强烈的诱惑。

事情从感谢信开始。音乐会后几天，我告诉威尔，我们应该写一封信感谢他的小提琴家朋友。

"来的路上我买了张精致的卡片，"我说，"告诉我你想说什么，我写上去。我还带来了一支好笔。"

"不用了。"威尔说。

"什么？"

"你没听错。"

"不用吗？那个人给了我们前排的座位。你说过音乐会好极了，你至少要感谢感谢他。"

威尔紧闭牙关，不为所动。

我放下笔，"这么说你早就习惯别人给你东西，你从不觉得要表示感谢？"

"你不明白，克拉克。依赖别人帮自己写下要说的话，多么让人沮丧。'代书'让人……深感耻辱。"

"是吗？那也比什么都不做好，"我抱怨道，"总之，我要感谢他。我不会提你的名字，要是你真的不想找这个麻烦的话。"

我写好卡片寄了出去，对此我没有再多说一句话。不过那晚，威尔的话仍然回荡在我脑海中，我绕到图书馆，找到了一台没人用的电脑，登录网络，查询可以让威尔自己书写的设备。不到一小时，我找到了三个——一个语音识别软件，一种依赖眼睛眨动的软件，以及像我妹妹提到的，威尔可以戴在头上敲击按键的装置。

不出所料，他对头上的那个装备嗤之以鼻，不过他承认那个语音识别软件会比较有用。不到一个星期的时间,在内森的帮助下,我们把软件装在他的电脑里,把托架固定在他的轮椅上,威尔不再需要别人帮他打字。起初他有点不自在,后来我告诉他,写东西之前先说一句"克拉克小姐,帮我写封信"。威尔就慢慢习惯用它了。

连特雷纳夫人也没什么可挑剔的。"要是你找到其他有用的设备,"她说,嘴唇依然噘起,仿佛她不能相信这完完全全是件好事,"一定要告诉我们。"她紧张地看着威尔,仿佛他就要用下巴把设备弄掉。

三天后,我正要动身去上班,邮差递给我一封信。我在公共汽车上打开了信,以为是某个远方表亲提前寄来的生日卡片。这封信是打印出来的:

亲爱的克拉克:

这封信是向你表明我并不是个自私的浑蛋,非常感谢你的付出。

谢谢你。

威尔

我放声大笑,司机问我是不是彩票中奖了。

*

在那间储藏室待了这么多年,我的衣服一直放在过道外面的栏杆上,特丽娜的卧室感觉像是宫殿。待在那儿的第一晚,我张开双臂在里面旋转，再也不用同时碰到两边的墙壁，让我心情无比畅快。我去自助商店买了油漆和新窗帘、新的床头灯和一些架子，自己组装了起来。我并不擅长做这些，我就是想看看我能不能做。

我着手重新装修，每晚下班回来后粉刷一小时，到周末时连父亲也承认我干得棒极了。他盯着我的粉刷成果看了会儿，用手指触摸我刚挂上的窗帘，然后把手放在我肩头，"露，真是杰作！"

我买了新羽绒被、一块小地毯和一些大号的垫子，以免有人过来拜访时想留下来过夜，并不是说真的会有人来。我把挂历钉在了新门的背后，除了我，没人会看到。不过别人也不知道它的意思。

把托马斯的行军床放在储藏室特丽娜的床旁边时，我确实有些不好受。那儿的确没地儿了，但是我又自我辩解，他们又不真住在这儿了，他们只是在这儿睡觉，一连几个星期让那个大些的房间空着可没意义。

我每天上班，想着我能带威尔去哪些地方。我没有什么整体方案，只是每天都想让他出门，尽量让他开心。有一些日子，他的四肢灼伤、感染，他可怜兮兮，发着烧躺在床上，这些日子会比其他日子更艰难些。在他身体好些的日子，我成功地让他出去享受春日的阳光。威尔最讨厌的就是陌生人的同情，所以我开车带他去附近的风景区，在那儿大约一个小时里都只有我们两个人。我准备好野餐，我们坐在田野边缘，享受着和风和离开侧厅带来的愉悦。

"我男朋友想见见你。"有一天下午我告诉他，同时为他掰开奶酪和泡菜三明治。

我们距离小镇好几英里，来到了一座山上。我们可以看见城堡，就在山谷的另一侧，中间隔着好几群小羊。

"为什么?"

"他想知道这些晚上我都和谁在一起。"

说也奇怪,听到这里,他相当振奋。

"跑步男。"

"我爸妈也想见你。"

"如果女孩说想让我去见她父母时,我会很紧张。对了,你妈妈怎么样了?"

"还是一样。"

"你爸爸的工作呢?有新消息了吗?"

"没有。下周他们会给他消息。总之,他们想邀请你星期五来吃我的生日晚餐。都非常放松,就是家人,真的。不过没关系,我说了你不想去。"

"谁说我不想去?"

"你讨厌陌生人,你不喜欢在人前吃东西,你不会喜欢我男朋友的声音,所以我说你不想去。"

我想出了搞定他的方法。如果想让威尔做一件事,最好用激将法,告诉他你知道他不想做,那个固执、乖戾的他会没法承受。

威尔考虑了一会儿,"不,你生日那天我会去,不说别的,至少能让你妈妈有事可忙。"

"真的?噢,天哪,要是我告诉她,她今晚就会开始擦洗除尘。"

"你确定她真是你的生母?不是应该有些基因相似吗?请给我三明治,克拉克,下一片多放点腌菜。"

我只是在半开玩笑。想到要招待四肢瘫痪的客人,母亲完全抓狂了。她双手捂住脸,然后重新整理起餐具柜里的东西,仿佛他马上就要到来。

"要是他要去洗手间呢?我们楼下没有洗手间,我觉得爸爸没办法把他背上楼。我可以帮忙……但是我不知道手应该放在哪里。帕特里克可以帮忙吗?"

"您没必要担心这些事情,真的。"

"还有他吃些什么?他的那份要煮烂吗?有什么东西他不能吃吗?"

"没有,他只是需要有人喂。"

"谁喂他呢?"

"我来喂。放松点,妈妈。他人很好,你会喜欢他的。"

一切安排好了。内森会去接威尔并送他过来,两小时后再过来接他回家,然后进行晚间的护理工作。我提出让我来做,但是他们俩都坚持我生日这天应该"轻松一下",显然他们还不了解我父母。

晚上七点半刚到,我打开门,发现威尔和内森在前廊。威尔穿着时髦的衬衣和夹克。我不知道是应该为他付出了努力而高兴,还是为我母亲担心,今晚的头两个小时她肯定一直懊悔穿得不够时尚。

"嘿,你们好。"

父亲出现在我身后。"啊哈!坡道还可以吧,小伙子们?"他整个下午都在为外面的路铺碎木板坡道。

内森小心地把威尔的轮椅推上我们窄窄的门厅。"不错,"我关上他身后的门时,他说,"非常好。有些医院里的可比这糟多了。"

"巴纳德·克拉克。"父亲握了握内森的手,有些尴尬地把手伸向威尔,"巴纳德,不好意思,嗯……我不知道怎样……我不能握你的……"他有些结巴起来。

"行个屈膝礼就好。"

父亲盯着他,意识到威尔在开玩笑时,他松了一口气,大笑起来。"哈!"他说着,拍了拍威尔的肩,"是的,屈膝礼。有意思,哈!"

这打破了僵局。内森挥了挥手,使了个眼色离开了。我推着威尔进厨房。母亲刚好端着一盘炖荤素什锦砂锅,这免除了她的无所适从。

"妈妈,这是威尔。威尔,这是我妈妈约瑟芬。"

"叫我乔茜就行。"她微笑着看着他,耐高温手套一直包到手肘,"真高兴终于见到你了,威尔。"

"很高兴见到您,"他说,"打搅了。"

她放下盘子,摸了摸头发,在我母亲那里这是个好信号。让人羞愧的是,她都不记得先脱下耐高温手套。

"不好意思,"她说,"晚餐是烧烤,全靠火候。"

"不一定,"威尔说,"我不是厨师,但是我喜欢美食,因此,我才很期待今晚。"

"那么,"父亲打开冰箱,"这个怎么办?你需要特别的啤酒杯吗,威尔?"

我告诉威尔,如果是我父亲,他会在坐上轮椅之前先准备好轮椅专用的啤酒杯。

"必须先处理好最重要的事情。"父亲说。我在威尔的包里一通乱翻,找到了他的杯子。

"啤酒就很好,谢谢。"

他抿了一口。我站在厨房,突然意识到我们这个房子的窄小破旧，用的还是20世纪80年代的墙纸和凹陷的碗碟柜。威尔的家装饰雅致，空间大而气派。我们家看上去百分之九十的东西来自附近的一英镑商店，托马斯的画贴满了墙壁上空白的地方，画的边缘已经卷边了。就算威尔注意到了，他也什么都没有说。他和父亲很快找到了共同话题，那就是我的无用。我不介意，他们两个开心就好。

"你知道吗？有一回她把车子倒上了路桩，还信誓旦旦说是路桩的问题……"

"你想看她怎么放低坡道吗？有时就像周日滑雪节目的拍摄现场……"

父亲大笑起来。

我随他们去。母亲跟随我出来了，烦躁不安。她把一托盘玻璃杯放在餐桌上，看了一眼钟，"帕特里克呢？"

"训练一结束他就直接过来，"我说，"或许有什么事耽搁了。"

"他不能为你的生日把事情往后推一推吗？要是等得太久，这只鸡就不好吃了。"

"妈妈，没关系的。"

等她把托盘放下，我搂住她，给了她一个拥抱。因为焦虑，她浑身僵硬。我突然非常同情她，做我的母亲可不容易。

"别担心，一切都会顺利的。"

她放开我，亲了亲我的额头，在围裙上擦了擦手，"你妹妹要是在这儿多好啊，过生日没有她似乎不太对。"

我却不这么想。头一次，我非常享受成为关注的焦点。听起来有些孩子气，但感受是真切的。我喜欢威尔和父亲一起嘲笑我，我喜欢晚餐的每一道菜，包括烤鸡和巧克力慕斯，都是我最喜的。我很高兴能做我自己，不用我妹妹在旁边提醒我是谁。

门铃响了，母亲拍了拍手，"他来了。露，开始吃饭吧？"

因为在跑道上的劳累，帕特里克脸还是红的。"生日快乐，宝贝。"他说道，俯身吻我。他身上有须后水和体香剂的味道，很温暖，看得出他刚刚洗过澡。

"赶紧进屋。"我朝客厅点了点头，"妈妈都快担心得崩溃了。"

"噢。"他看了看表，"对不起，我忘记时间了。"

"反正不是你的时间，对吗？"

"什么？"

"没什么。"

父亲把那张大折叠桌搬到了客厅。在我的指示下，他还把沙发挪到了墙边，这样威尔进来就不受阻碍。威尔操纵着轮椅到了我指定的地方，抬起了自己一点，这样他和其他人就在同一高度。我坐在他左边，帕特里克坐在对面。他和威尔还有外祖父点头问好，我已经警告过帕特里克不要去握他的手。即便我坐了下来，也能感觉到威尔在打量帕特里克，我不知道他对我男朋友是否像对我父母那样有魅力。

威尔朝我偏了偏头，"看看轮椅后面，我为晚餐准备了一点小东西。"

我往后靠了靠，伸手到他的包里拿出了一瓶罗兰百悦香槟。

"生日晚餐当然少不了香槟酒。"他说。

"噢，看看，"母亲说着，拿出碟子，"真好！可是我们没有香槟玻璃杯。"

"这些杯子就可以。"威尔说。

"我来打开。"帕特里克拿起香槟，扭开铁丝，拇指放在瓶塞下。他一直看着威尔，似乎威尔一点也不是他期待中的样子。

"要是那么做，"威尔说道，"酒会洒得到处都是。"他把胳膊往上抬了约一英寸，微微示范着。"抓住瓶塞，同时转动酒瓶，这样开酒会更稳妥些。"

"他懂香槟，"父亲说，"照他说的办吧，帕特里克。转动瓶子，好吗？嗯，谁知道呢？"

"我明白，"帕特里克说，"我正要这么做。"

"噗"的一声，香槟酒瓶安全地被打开，倒进杯子里，大家举杯祝贺我的生日。

外祖父发出一些声音，似乎在说："对，说得好！"

我站起身表示感谢。我穿着20世纪60年代的黄色A字超短连衣裙。这是我从慈善商店淘来的，店主觉得这件衣服可能是彼芭牌的，虽然有人把它的商标剪掉了。

"希望今年我们的露能更加成熟，"父亲说，"我本来想说'做点有价值的事'，不过似乎她已经在做。我得说，威尔，自从她做了这份工作，她，嗯，她真的变得更自信了。"

"我们为她骄傲，"母亲说，"也很感激。谢谢你雇用了她。"

"应该是我感激才对。"威尔说。他斜眼看了看我。

"祝露，"父亲说，"一切顺利。"

"也祝愿缺席的家人。"母亲说。

"天哪，"我说，"我应该经常过生日，平时你们都只会骂我。"

他们交谈起来，父亲又说了些我的糗事，他和母亲笑出了声。看到他们大笑我很开心。最近几周，父亲消瘦了不少，母亲的眼睛也凹陷了下去，她总是心不在焉，似乎她的魂儿总在别处。我想要珍藏这段时光，他们开怀畅谈，享受家庭时光，暂时忘却了烦恼。突然，我觉得我并不介意托马斯或是特丽娜在这儿。

我太沉迷于自己的思绪中，花了一分钟才留意到帕特里克的表情。我一边跟外祖父说着话，一边给威尔喂吃的，用手指把一小片熏制鲑鱼卷起来，递到威尔唇边。在我的日常生活中，这再自然不过。看到帕特里克脸上震惊的神情时，我才意识到这一手势的亲密。

威尔跟父亲说话，我盯着帕特里克，示意他不要盯着威尔看。他左边，外祖父享受地扒着盘子里的食物，发出叽里咕噜的声音，他吃得很开心。

"鲑鱼味道真好，"威尔对母亲说，"真正的美味！"

"呵呵，这可不是我们每天都吃得到的，"她笑着说，"不过我们确实希望今天成为一个特殊的日子。"

别盯着看。我默默告诉帕特里克。

他终于捕捉到了我的眼神，把目光移开了。他看上去火冒三丈。

我又给威尔喂了一片鲑鱼，他看向面包时，我又给他喂了些面包。这时我才意识到我跟威尔之间的默契，几乎不用看他，就知道他想要什么。对面的帕特里克低头吃着，把熏制鲑鱼切成小片，用叉子叉起来吃。他剩下了面包。

"那么，帕特里克，"可能感觉到了我的不自在，威尔说道，"露易莎跟我说你是私人健身教练。你主要做些什么呢？"

我多么希望他没有问啊，帕特里克大谈起他的销售经，全都是关于潜能以及健康的身体会造就健全人格的事情。然后他转入对铁人三项训练规划的描述——北海的温度、马拉松赛跑所需的身体脂肪比例，以及他完成每一项的最短时间。通常这种时候我都会开小差，但现在威尔在我旁边，我想的全都是这些话对威尔说是多么不恰当。为什么他不模棱两可地提一下就算了呢？

"其实，露说你要来时，我还觉得应该看看我的书，看有没有可以推荐的理疗方法。"

我被香槟噎得透不过气来，"这个非常专业，帕特里克，我不确定你能做。"

"我就是专业人士。我处理运动创伤，我接受过医疗培训。"

"这不是脚踝扭伤，帕特。真的。"

"几年前我同事有个客户下肢瘫痪，他说这个人现在几乎完全康复了，能做三项全能运动之类的。"

"真想不到。"母亲说。

"他给我看了在加拿大的新研究，说是能训练肌肉记起先前的活动。如果你每天让它们保持足够的运动，就像大脑突触一样，能够复原。我敢说，如果我们给你制订出一套健身计划，你肯定能在肌肉记忆上看到变化。毕竟，露告诉我以前你是个硬汉。"

"帕特里克，"我大声说道，"你什么都不懂。"

"我不过想——"

"哎，别这样了，拜托。"

大家沉默了。父亲咳了一声，对大家表示歉意。外祖父警惕地瞥了一眼餐桌。

母亲本想给每个人分点面包，又突然改变了主意。

帕特里克再次开口时，语气里有一丝轻微的痛苦，"我原以为这项研究会有帮助，不过我不会再多说了。"

威尔抬起头来，笑了笑，他的脸上没有表情，客气地说："我一定记在心上。"

我站起身收拾盘子,想逃离餐桌。母亲制止了我,让我坐下。

"你是寿星。"她说,好像她从不曾让我们干活,"巴纳德,你去把鸡肉端过来吧?"

"哈哈,希望它现在不再扑腾了,嗯?"父亲咧嘴而笑。

接下来平安无事。我看得出来,父母完全被威尔迷住了,帕特里克却没那么热情,他和威尔几乎没再说一句话。母亲端上了烤土豆,父亲跟平常一样想多拿一点,我不再担心了。父亲问威尔种种问题,他以前的生活,甚至那次事故,威尔相当自如地直接回答他。事实上,我还知道了一些他从没说过的事情。比如,他的工作,听起来就很重要,即使他说的时候很谦虚。他买卖公司,从中赚取利润。父亲费了点劲才探听到他的利润高达六七位数。我发现自己盯着威尔,想把我面前的这个男人跟他描述的冷酷无情、西装革履的金融家联系起来。父亲说起要接手家具厂的那家公司,他说出名字时,威尔几乎是有些抱歉地点了点头,说"是的,我知道"。没错,他或许也会大胆试一下。他说话的方式,让人感觉父亲的工作前景不乐观。

母亲对威尔轻声细语,关怀备至。看着她的笑容,我意识到凭借这顿晚餐,他成为她眼中时髦又年轻的贵宾。难怪帕特里克会生气。

"生日蛋糕呢?"母亲开始收拾碟子时,外祖父说道。

声音如此清晰,让人惊讶。父亲和我震惊地看着彼此,大家又安静下来。

"没有,"我走过去亲吻外祖父,"没有,外公,对不起。有巧克力慕斯,你喜欢的。"

他赞许地点点头。母亲笑容满面,再也没有比这更好的礼物了。

慕斯摆上了桌,还有一个方形大礼盒,电话簿大小,用薄纸包着。

"礼物吗?"帕特里克说,"这是我的。"他把礼物放在餐桌中间时冲我笑了笑。

我也对他笑。毕竟,这可不是吵架的时间。

"来吧,"父亲说,"拆开它。"

我先拆开了他们的礼物,小心地剥去包装纸,免得撕坏。是一本相册,每一页都有一张我人生中某一年的照片。婴儿时期的我;一本正经,脸蛋圆鼓鼓的我和特丽娜;第一天上中学的我,戴满发卡,穿着过大的裙子;更近一些,有一张我和帕特里克的合照,就是那张我让他恼火的照片;还有新工作第一天,穿着灰色裙子的我。书页间有托马斯画的全家福,我参加学校旅行时写给母亲的信,稚拙的字体诉说着海边岁月,海鸥偷吃了我的冰激凌。我翻阅着,看到那个长长飘飘的女孩那张时,才停了一下。我翻了过去。

"我能看看吗?"威尔问。

"这不是……最好的一年,"我在他面前翻阅相册时,母亲告诉他,"我是说,我们都还好。但是,你知道的,日子就是这样。外公在电视上学的自制礼物,我觉得这很有意义。"

"是的,妈妈,"我的眼里充满泪水,"我喜欢这件礼物,谢谢。"

"有些照片是外公选的。"她说。

"很漂亮。"威尔说。

"我喜欢这个礼物。"我又说了一遍。

她和父亲交换了终于放下心来的表情,这是我见过的最为悲伤的眼神。

"接下来是我的礼物了。"帕特里克把小盒子推了过来。我缓慢地拆开它,有点怕是订婚戒指——我还没有准备好。最近我几乎没法想象拥有自己的卧室。我打开小盒子,深蓝色丝绒面料的衬托下,是一条细细的金项链,配有星形坠饰。甜美精致,但是跟我不搭。我从不戴这类首饰,从没戴过。

我注视了它一会儿,思考着该说些什么。"真漂亮。"他绕过桌子把项链戴在我脖子上时,我说。

"真高兴你喜欢。"帕特里克说着吻了我。我发誓他以前从没这样当着我父母的面亲我。

威尔看着我,面无表情。

"好了,我们该吃布丁了,"父亲说,"免得它回温。"为这句俏皮话他笑出了声。香槟让他振奋起来。

"我也有东西送你,在我包里。"威尔平静地说,"轮椅后面,橙色的包装纸装着。"

我从威尔的背包里拿出礼物。

母亲停了下来,手上还握着菜匙,"威尔,你给露准备了礼物?你真是太贴心了。对吧,巴纳德?"

"是啊。"

包装纸上饰有艳丽的中国汉服图案。不用想我也知道我会收藏它,也许会在这个基础上做个小饰品。我解开缎带,放在一边。我打开包装纸,拨开薄纸,看到了熟悉的黑黄条纹。

我把它从盒子里拿出来,两条黑黄连袜裤出现在我面前。成人大小,不透明,毛料很柔软,几乎从我手指间滑了出去。

"真不敢相信,"我说着,大笑出声——让人喜出望外的礼物,"噢,天哪!你从哪里搞到的?"

"我定制的。我通过最新的语音识别软件下的订单,知道这一点,你肯定很高兴。"

"连袜裤?"父亲和帕特里克齐声说。

"世界上最棒的连袜裤。"

母亲看着它,"知道吗,露易莎,我记得你小时候也有一条这样的连袜裤。"

威尔和我交换了一下眼神。

我不由得笑开了花,说:"我现在就想穿。"

"哦,上帝,她会像是在蜂箱的马克斯·沃尔①。"父亲说,摇了摇头。

"啊,巴纳德,今天是她的生日,她想穿什么就可以穿什么。"

我跑出去在过道里换上了连袜裤。我踮起脚,欣赏着穿上它的傻劲,从来没有一件礼物让我这么开心过。

我走回客厅。威尔发出了一阵小声欢呼,外祖父的手在桌上敲击起来。父母一阵狂笑,帕特里克只是盯着我。

"我都不知道该怎么告诉你,我有多么喜欢这件礼物,"我说,"谢谢你,谢谢你。"我伸出手碰触了一下他的背,"非常感谢。"

"里面还有一张卡片,"他说,"改天打开看看。"

威尔离开时,我父母极其殷勤。

父亲已经喝醉了,不停地感谢他雇用我,并且让他承诺再来。

---

① 马克思·沃尔(Max Wall,1908—1990):英国喜剧演员。

/ 211

"要是我失业了，或许哪天我会过去和你一起看足球赛。"他说。

"荣幸之至。"威尔说，尽管我从没见他看过足球比赛。

母亲把剩下的慕斯装在特百惠盒子里，硬要他收下，"看你那么喜欢。"

他离开了一个小时后，他们肯定还会说，真是位绅士！一位真正的绅士！

帕特里克来到门厅，手深深地插进兜里，似乎是要克制与威尔握手的冲动。我尽量不往坏处想。

"见到你很高兴，帕特里克，"威尔说，"谢谢你的……建议。"

"噢，只是帮我的女朋友做好工作罢了，"他说，"就这样。"他明确地强调了"我的"这个词。

"嗯，你是个幸运的家伙。"威尔说，内森带他出门，"她肯定很擅长给你擦洗身体。"他语速非常快，在帕特里克还没有搞清他说的话之前，门就关上了。

"你从没告诉过我你给他擦洗身体。"

我们回到了帕特里克的家，那是小镇边上一座新建的公寓，被标榜为"阁楼生活"，尽管它位于商业区，并且不到三层高。

"那是什么意思？你洗他的……那个……小弟弟？"

"我不洗他的小弟弟。"我拿起洗面奶，这是帕特里克允许我放在他家里的少数东西之一，开始卸妆。

"他刚刚说你洗。"

"他在逗你。鉴于你无休止地谈论了半天他过去是个'硬汉'，他这么说我也不怪他。"

"那么你为他做什么？显然你对我有所隐瞒。"

"我确实有时帮他清洗，但只擦洗上半身。"

帕特里克瞪着的眼神说明了一切。最后，他不再看我，脱下袜子，扔到洗衣篮。"你的工作不应该有这些。说过没有医疗方面的事情的，没有亲密接触。这跟你的职位描述不符。"他突然又想到了一点什么，"你可以起诉。间接解雇，我觉得是。他们是什么时候改变你的工作条款的？"

"别犯傻了。我做这个是因为内森不能老在那儿，要是让机构来的完全陌生的人处理这个，威尔会很难受。另外，我已经习惯了，一点儿也不觉得困扰。"

我该怎样解释给他听——我怎样熟悉了一个身体？我可以非常专业灵巧地换威尔的管子，用海绵擦洗他的上半身，与此同时，保持与他的谈话。现在看到威尔的伤疤我都不会退缩。过去，我能看到的只是自杀未遂，现在他只是威尔——让人恼火、反复无常、聪明、有趣的威尔——喜欢教训我，喜欢像希金斯教授一样教导我这个伊丽莎·杜利特尔。他的身体只是工作的一部分，我不时要处理的一件事情，然后我们继续聊天。我觉得，身体已经成为他最无趣的一部分。

"我只是不能相信……毕竟我们经历了这么多……单是让我接近你就花了那么久……这儿却有个陌生人，你跟他这么亲近，还这么开心……"

"今晚我们能不说这个吗，帕特里克？今天是我生日。"

"又不是我提起的床上擦浴啊这个那个的。"

"因为他帅气吗？"我问道，"是吗？要是他看起来像个植物人，你心里是不是就痛快些？"

"这么说，你确实觉得他很帅气。"

我扯掉裙子，小心地脱连袜裤。我的好心情终于被搅和没了。"真不敢相信你会这样，你居然嫉妒他。"

"我没有嫉妒他。"他轻蔑地说，"我怎么会嫉妒一个残疾人？"

那晚帕特里克和我做爱了，也许"做爱"有点夸大。我们有了性生活，一次马拉松式的体验，他似乎决意要显示他的强健、力量和活力——一共持续了好几个小时。要是他能把我悬挂在枝形吊灯上，他肯定也会那么做。如此被人需要，在数月的心不在焉之后我又成了帕特里克注意的焦点，让人感觉很美妙。但是一小部分的我在整个过程中有些游离，我怀疑他这么做不是因为我。我很快想到，这场小小的表演都是因为威尔。

"感觉怎样，嗯？"他抱住我，我们的皮肤被汗水粘在一起。他吻了我的前额。

"很好。"我说。

"我爱你，宝贝。"

他满足地翻滚到一边，手臂枕着头，几分钟就睡着了。

我还没有睡意，下床来到楼下找到了包。我翻寻着弗兰纳里·奥康纳的短篇小说集，把书从包里拉出来时，一个信封掉了出来。

我注视着威尔的卡片——我没在餐桌边打开它。这会儿我拿着装卡片的信封，感觉中间有些松软。我从信封里小心翼翼地抽出卡片，打开它。里面有十张崭新挺括的50英镑面值的钞票。我数了两遍，不敢相信自己的眼睛。卡片上写着：

生日津贴。别大惊小怪，这是法律要求的。

威尔

第十四章 美妙之地

五月是个奇怪的月份，报纸和电视上有关"死亡权利"的新闻铺天盖地：一个饱受退行性疾病折磨的女人，说如果她承受不住痛苦而要求丈夫陪同前往"尊严"的话，希望法律能够保护她丈夫；一个年轻的足球运动员劝说父母带他去"尊严"后自杀了。警方也卷了进来，上议院将会举行一场辩论。

我看新闻报道，听来自反对安乐死的人们和有名望的伦理学家的司法论证。我不太清楚我站在哪一边，因为这些事情看起来跟威尔毫不相关。

与此同时，我们渐渐增加了威尔外出的次数，也去了更远的地方。我们去过剧院，跑到路上看人跳莫里斯舞（看到他们的铃铛和手帕，威尔绷着脸，但他的脸色还是稍微变红了）；有一天晚上，我们开车去了附近一座豪华庄园里听露天音乐会（他听得比我更起劲）；我们还去了电影院，但由于我没有做好功课，我们看的电影讲述的是一个身患绝症的女孩的故事。

我知道他也看到了新闻。自从装上了新软件，他用电脑的次数比以前多了，他还知道如何在触摸板拖动大拇指来移动鼠标——这项辛苦的运动让他可以在网上阅读当天的新闻。一天早上，我给他端去一杯茶，发现他正在读有关那个年轻足球运动员的文章，那是一篇详细报道，讲述他如何一步步夺去自己的生命。意识到我在身后时，他把屏幕关上了。这个小小的动作让我胸中块垒郁结，半小时后才消散。

我在图书馆查阅了那篇新闻报道，我已经开始读报纸了。我知道哪一方面的论证会写得更深入些，信息被归结为最简单基本的事实，不一定就是最有用的。

那个足球运动员的父母受到了小报的苛评。标题赫然几个大字："父母看着孩子死而无动于衷！"我也是这么想的。利奥·麦金纳尼二十四岁，受病痛折磨差不多三年，并不比威尔长。毫无疑问，他很年轻，他怎么知道没有活下去的意义？我读了威尔读过的那篇报道，那不是一篇评论，而是详细调查了这个年轻人生活中实实在在发生过的事情后写的专题文章。作者似乎采访过他父母。

他们说，利奥三岁就开始踢足球。他整个的人生就是足球。有一次阻截动作失误，他在"极小可能"的事故中受伤。为了鼓励他，他们用尽了所有方法，告诉他他的人生还有价值。可是他陷入了抑郁。他是运动员，不仅没有了运动能力，连偶尔动一动的能力都没有，呼吸都需要帮助。他找不到任何乐趣。他的人生痛苦难耐，不时发炎感染，需要他人一直照料。他想念朋友，却拒绝见他们。他告诉女朋友他不会见她。他每天都告诉父母他不想活了,他告诉他们,眼睁睁地看着他人过着他之前为自己计划的后半生,是一种折磨。

他两次尝试自杀,把自己饿到入院治疗,回到家后他请求父母在他睡着时把他闷死。读到这一段时,我坐在图书馆,拿手捂着眼睛,哽咽失声。

我父亲失业了,对此,他表现得相当镇定。那天下午他回到家,换上衬衣,打起领带,然后搭下一班公共汽车回到镇里,去职业介绍所登记。

他告诉母亲,他早就决定,任何工作他都会申请,即便他是有着多年经验的熟练技工。"眼下我们不能太挑剔。"他说,毫不理会母亲的抗议。

如果我找工作都很困难,那么对一个五十五岁的老男人,以前只做过一份工作的人来说,前景更加黯淡。又一轮面试结束,他回到家后绝望地说,他连仓库员和保安的工作都申请不到。他们宁愿要些靠不住的乳臭未干的十七岁毛头小伙(因为政府会补贴他们的工资),也不愿意雇用有着可信工作记录的成熟男人。吃了两个星期的闭门羹后,他和母亲决定申请救济金来渡过难关。好几个晚上,他们认真研读长达五十页的晦涩难懂的表格,表上的问题是诸如有多少人使用家里的洗衣机,他们最后一次出国是什么时候(父亲说可能是一九八八年)。我把威尔生日送我的红包放进厨房碗橱的钱罐里,我觉得要是他们知道还有一点积蓄就会好受一些。

早上醒来,我发现装着钱的信封被退回到我的门下边。

游客们到来了,小镇拥挤起来。我越来越少见到特雷纳先生了。随着观光客越来越多,他的工作时间也延长了。一个周四下午,我绕过干洗店回家,在镇上看到了他。这没什么不寻常,不过他正搂着一个红头发的女人,显然不是特雷纳夫人。他看到我时,像扔烫手山芋一样甩掉了她。

我转过脸,假装看向商店橱窗,不想让他知道我看见他们了,我也尽量不再想起这件事。

我父亲失业后的那个周五,威尔收到了艾丽西娅和鲁珀特的结婚请帖。严格说来,这张请帖来自上校和提莫西·杜瓦夫人,艾丽西娅的父母邀请威尔去参加他们的女儿和鲁珀特·费里希维的结婚典礼。请帖是放在一个厚实的羊皮纸信封里的,还附上了婚礼当天的时间表,以及一份长长的物品清单。清单上写明了客人可以从店里买来送给新人的礼物,那些店我从来没有听说过。

"她居然还有脸送请帖过来,"我说道,看着烫金字体和金边厚卡片,"要我扔了它吗?"

"随你便。"威尔摆出一副漠不关心的样子。

我看了看物品清单,"到底什么是蒸锅?"

也许是因为他快速地扭过头,在电脑键盘上忙活起来;也许是因为他说话的腔调,我没有把请帖扔掉,我小心地把它放在他的文件夹里。

威尔又给了我一本短篇小说集,他从亚马逊网站订购的《红色皇后》。我知道这肯定不是我喜欢的那类书。看了一会儿封底后,我说:"这都没有什么情节。"

"那又怎样?"威尔回答道,"挑战挑战自己吧。"

我试着读了读,不是因为我对遗传学有兴趣,而是如果我不读,威尔肯定会一而再、再而三地劝说我。他就是那样,真的有点霸道。并且,烦人的是,他还要测试我,看我是不是真的读了。

"你又不是我的老师。"我会发牢骚。

"谢天谢地我不是。"他会激动地答复。

这本书居然很好读,讲的是生存竞争。书中声称女人挑选男人绝不是因为爱情。书中说女人总会选择最强壮的男人,为的是孕育出最强的后代。这是女性的本能,这是自然之道。

我不同意这个观点,我也不喜欢这段论述。对于作者试图劝说我相信的东西,我有一股潜在的不舒服情绪。在作者看来,威尔身体虚弱,朽坏不堪。从生物学的角度来说,他没什么用了,他的生命也毫无价值。

大半个下午他一直在说这些,我插嘴道:"这个叫麦特·里德雷的家伙有一点没有分析到。"

威尔从电脑屏幕前抬起头来,"噢,是什么?"

"要是这个基因优越的男人是个笨蛋呢?"

五月的第三个星期六,特丽娜和托马斯回家了。他们才走到街口,母亲就飞奔出门来到了花园小路。她紧紧抱住托马斯,肯定地说他在这段时间长高了好几英寸。他变了,长大了些,看起来像个小男子汉了。特丽娜剪了头发,看上去很干练。她穿着一件我没见过的外套,脚上是一双搭扣便鞋。我有些不怀好意地想着,她从哪儿搞来的钱呢。

"过得怎么样?"我问道。妈妈正领着托马斯逛花园,指给他看小池塘里的青蛙。父亲正跟外祖父一起看足球比赛,有些沮丧地叫嚷着:"唉,又错失了一球!"

"很好,真的不错。虽然没人帮忙带托马斯有些辛苦,让他在托儿所安顿下来也花了一段时间。"她探身向前说道,"你别告诉妈妈,我刚告诉她托马斯很好。"

"但是你喜欢那个课程。"

特丽娜露出甜蜜的笑容,"那是最棒的部分。露,我简直没法形容再次用脑的喜悦。我感觉那个部分的我走失了很久……又被我找回来了。听起来是不是有点讨厌?"

我摇了摇头。我真为她高兴。我想告诉她图书馆、电脑以及我为威尔做的一切事情。但我觉得现在是属于她的时刻。我们坐在折叠椅上,在斑驳的遮阳伞下,小口地抿茶。我注意到她的指甲涂上了颜色。

"她想念你们。"我说。

"从现在开始,大部分周末我们都会回来。我只是需要……露,不仅仅是要把托马斯安顿好。我需要一些时间来避开喧嚣,我需要时间来成为不一样的人。"

她看起来有些不一样了。真怪。才离开家几周,就把那份熟悉感剥离掉了。我感觉她正在成为我不认识的人。不可思议的是,我觉得自己被甩在后面了。

"妈妈说,你那个残疾的家伙来家里吃饭了。"

"他不是我那个残疾的家伙,他的名字是威尔。"

"对不起,威尔。这么说,这份反遗愿清单进展得很顺利?"

"一般般。有些尝试比较顺利,有些尝试不太成功。"我告诉她赛马场的那场灾难,小提琴音乐会出乎意料的成功。我给她讲述我们的野餐经历,我告诉她我生日晚餐那天的情形时,她笑了起来。

"你觉得……"看得出来,她在寻找最合适的词,"你觉得你的胜算大吗?"

好像这是一场比赛。

我从忍冬上拔了一根卷须,扯掉叶子。"我不知道。我觉得我要快速行动。"我告诉她特雷纳夫人提过出国的事情。

"我不敢相信你去听了小提琴音乐会,你不像是会去听音乐会的人。"

"我喜欢那场音乐会。"

她扬起眉毛。

"真的,我喜欢,非常有感染力。"

她仔细看着我,"妈妈说他人真的很好。"

"他人真的很好。"

"并且帅气。"

"脊柱受伤又不意味着会把人变成卡西莫多①。"我暗示道,请别说这是悲剧般的浪费。

我妹妹比我更聪明,"无论如何,她肯定很惊讶。我觉得她本来准备迎接一个卡西莫多的。"

"问题就在这里,特丽娜,"我说,把剩下的茶倒进花圃,"人们都这样以为。"

那天晚餐时母亲很兴奋。她做了特丽娜最爱的意大利千层面,还允许托马斯晚点睡觉。我们吃着笑着,谈论着不会出岔子的事情,像足球队、我的工作,以及特丽娜的同学。母亲问了特丽娜一百遍,她一个人是不是应付得过来,托马斯是不是还需要点什么,好像他们攒着什么东西可以给她。还好我提醒过特丽娜他们

---

① 卡西莫多:法国作家雨果的小说《巴黎圣母院》中的男主角,独眼、驼背。

现在一个子儿也没有,她得体而确定地说不需要,事后我才想起应该问问她是不是实情。

午夜时一阵哭声惊醒了我,是托马斯在储藏室哭。我能听见特丽娜在哄他,听见灯开开关关的声音,移动床铺的声响。我躺在黑暗中,看着光透过百叶窗漏进新漆的天花板,等待着一切停下来。两点钟时又传来了微弱的哭泣声。这一次,我听见母亲穿过走廊和小声的谈话声。最终,托马斯安静了下来。

四点钟时,门嘎吱一下开了,我醒了。我困倦地眨了眨眼,看向门口有光的地方。托马斯站在门口,昏暗的光线照出他的轮廓,他的睡衣太大了,宽松地盖过大腿,他的安慰毛毯有一半拖到了地板上。我看不见他的脸,他不安地站在那儿,似乎不知道下一步该干什么。

"来这儿,托马斯。"我悄声说。他朝我移过来,犹自睡眼惺忪。他的脚步蹒跚,大拇指塞进嘴里,心爱的毛毯搭在身上。我掀开羽绒被,他爬到我边上来,他的头发乱蓬蓬的,贴在另一个枕头上,身体像胎儿一样蜷曲起来。我帮他盖上羽绒被,躺着瞧他,他立刻就进入了梦乡。

"好好睡,好好睡,宝贝儿。"我轻声说,亲吻他的前额,一只胖乎乎的小手伸出来抓住了我的T恤,似乎要确定我不会离开。

*

"你曾去过的最美妙的地方是哪里?"

我们坐在篷子下面,等待突起的狂风停歇,好去城堡的后花园走一走。威尔不喜欢去主景区,那里有太多人会无礼地瞪视他。

菜园是城堡的秘密基地,很少有人去那里。蜂蜜色的小粒沙石路将兰花园和果园隔开,威尔的轮椅可以在那条路上顺利开过。

"从哪方面来说?"

我从瓶子里倒出了一点汤递到他的唇边,"西红柿。"

"好的。天哪,真烫。稍等一下。"他眯眼看向远处。"刚到三十岁时我爬过乞力马扎罗山①,真是让人叹为观止。"

"有多高?"

"自由峰海拔大约一万九千英尺多一点,我几乎爬上了最后一千英尺,那个海拔给人的冲击很大。"

"冷吗?"

"不——"他笑着对我说,"那座山跟珠穆朗玛峰不一样。我去的那个时候不冷。"他出神地凝视着远方,沉浸在回忆中,"那里非常美,人们称那里是非洲最高峰。登上山顶,你会觉得真的可以看到世界尽头。"

威尔沉默了一会儿。我看着他,不知他现在神游到了何处。我们谈论这些时,他变成了我班上的那个男孩,那个离开我们去探险的男孩。

"你还喜欢别的地方吗?"

"毛里求斯的特鲁德杜丝海湾,可爱的人、美丽的海滩、超棒的潜水体验。嗯,肯尼亚察沃国家公园,红色土地、野生动物。加州的约塞米蒂国家公园,极高的岩石,大得离谱。"

他告诉我有一天晚上他去攀岩,后来在几百英尺高的岩脊上歇脚,他在睡袋里一动也不动,又把睡袋固定在岩石的峭壁面,

---

① 乞力马扎罗山(Kilimanjaro):非洲最高峰,位于坦桑尼亚东北部的火山。

因为他要是在睡梦中翻滚,后果不堪设想。

"你刚刚描述了我最恐怖的噩梦。"

"我也喜欢大都市,我喜欢悉尼、北领地、冰岛。机场附近有个地方可以泡火山温泉,像新奇的核景观。噢,还有骑马穿越中国中部地区。我从四川的省会骑了两天才到达那里。"

"有你没去过的地方吗?"

他又喝了一小口汤。"朝鲜。"他沉思了一会儿,"哎,我从没有去过迪士尼乐园。这算吗?连欧洲的迪士尼都没有去过。"

"我订过一张去澳大利亚的票,但没有去。"

他惊讶地看着我。

"发生了一点事。没事,也许有一天我会去的。"

"不要'也许',克拉克,你一定要离开这里。答应我,别让你的后半辈子困在这个该死的弹丸之地,这里只会围绕餐垫上演荒诞不经的滑稽戏。"

"答应你?为什么?"我尽量小声说道,"你要去哪里?"

"我只是……不能忍受你一辈子都在这里打转。"他压抑住自己的情绪,"你这么聪明,这么有趣。"他把目光从我身上移开,"人只能活一次,应该尽量活得充实。"

"那好,"我认真地说道,"告诉我可以去哪里。如果你可以去任何地方,你会去哪里?"

"现在?"

"现在。不准说乞力马扎罗,得是我也想去的地方。"

威尔心情放松时,看起来像另一个人。他的脸上掠过一丝笑容,眼睛都笑弯了。"巴黎。我会坐在玛莱区的露天咖啡座喝咖啡,吃刚出炉的牛角面包,蘸上无盐黄油和草莓酱。"

"玛莱区？"

"巴黎中心的一个区，那里到处都是鹅卵石街道，摇摇欲坠的公寓楼，有男同性恋、正统犹太人，还有年轻时候看起来像碧姬·芭铎①的中年妇人。我只会选择那里。"

我转过脸面对着他，放低声音说道："我们可以去，我们可以乘'欧洲之星'②去，肯定很容易。我觉得我们都不用问内森去不去，我从没去过巴黎。我很想去，超级想去，尤其跟门儿清的人一起。你觉得呢，威尔？"

我幻想自己在咖啡馆，在那张桌子旁，也许正在欣赏一双新买的法国鞋，在时髦的小商店买的，也许用巴黎风的红色指甲挑着油酥糕点吃。我品尝咖啡，闻到隔壁桌的高卢牌香烟的味道。

"不好。"

"什么？"花了好一会儿，我才把自己从那张路边的小桌旁拉回来。

"不好。"

"但是你刚刚告诉过我——"

"克拉克，你没有听明白。我不想这样子过去。"他指了指轮椅，声音低了下去，"我想以本来的我出现在巴黎，过去的那个我。我想坐在椅子上，靠着椅背，穿着最喜欢的衣服，路过的漂亮法国女孩对我暗送秋波，就像她们对每个坐在那里的男人一样。而不是她们发现我坐在过大的该死的婴儿车里后，赶紧掉转视线。"

"但是我们可以一试，"我冒昧地说，"并不需要——"

---

① 碧姬·芭铎 (Brigitte Anne-Marie Bardot, 1934—)：法国电影女明星。
② 欧洲的高速列车。

"不，不，我们不能。因为现在我闭上双眼，就能清楚地知道在自由民路是什么感觉。香烟在手，一杯克莱门小柑橘冰饮汁摆在面前，闻得到有人在烹饪牛排薯条的香味，远处传来电动脚踏车的声音。每一种感觉我都知晓。"

他压抑住情绪，"我要是坐在这玩意儿里去，所有美好的记忆和感觉都将会被毁灭，取而代之的是费很大力气挤进餐座，在巴黎马路牙子上颠簸，出租车司机拒绝搭载我们，我轮椅的电源在法国插座上没法充电。好吗？"

他的语气严厉起来。我把保温瓶盖子拧好，同时小心地盯着我的鞋，因为我不想让他看到我的脸。

"好吧。"

"好。"威尔深深吸了一口气。

我们下面，城堡门外，一批游客从巴士上下来。我们静静地看着他们陆续从车上走下来，排成一队进入古老的城堡，迫不及待地想要瞻仰上个时代的古迹。

他可能感觉到我有点闷闷不乐，向我靠近了一点儿。脸色看上去也温和了一些，"克拉克，雨好像停了。下午我们去哪儿，迷宫？"

"不。"我脱口而出，威尔看了我一眼。

"让你感到幽闭恐惧？"

"差不多吧。"我收拾起东西，"我们回家吧。"

接下来的那个周末，我深夜下楼去倒水。我一直睡不好，觉得与其躺在床上胡思乱想，还不如起来。

我可不想大晚上还醒着睡不着觉。我不禁想到城堡那一边的威尔是不是也醒着,但我没法与他感同身受。那是个黑暗的地方。

事实是:事情没有任何进展,剩下的时间不多了,我劝说不动他去巴黎。他告诉我原因时,我很难跟他争辩。我建议的每趟长途旅行,他都有充分的理由拒绝。我又不能告诉他为什么我这么心急,我简直没办法说服他。

经过客厅时,我听见了一声轻微的咳嗽,也许是一声惊叹。我停了下来,往后退了几步,站在门口。我轻轻地推开门。客厅地板上,沙发垫子随意拼凑成了一张床,父母躺在上面,身上盖着平时给客人准备的被子,他们的头与煤气取暖器一般高。在半明半暗的光线下,我们互相盯着对方。我手握着杯子一动不动。

"你们在这里干什么?"

母亲用胳膊肘支撑着身体坐了起来。"嘘,小声点。我们……"她看了一眼父亲,"我们想换个地方睡。"

"什么?"

"我们想换个地方睡。"母亲看着父亲,想寻求一点支持。

"我们让特丽娜睡我们的床了。"父亲说。他穿着破旧的蓝衬衣,肩头有一个裂口,头发往一侧翘起。"她和托马斯在储藏室睡得不太好,我们就让他们睡我们的床了。"

"但是你们不能睡在这儿呀!这样你们怎么睡得舒坦。"

"亲爱的,我们很好,"父亲说,"千真万确。"

我傻傻地站在那里,想要理解他的话,他补充道:"只是在周末罢了。你不能睡在那间储藏室里,你需要休息,因为……"他抑制着情绪说,"因为家里只有你在工作。"

父亲,那么个大个子,不敢直视我的眼睛。

"回去睡觉吧,露。回去,我们很好。"母亲几乎在赶我走。

我走上楼梯，光脚踩在地毯上寂静无声，楼下传来简短的低声谈话。

我在父母的房间门口停了下来，听到了我之前没能听到的声音——托马斯轻微的鼾声。然后我缓慢穿过楼梯平台走回我的房间，小心地关上门。我躺在大床上，盯着窗外的街灯，谢天谢地，黎明给了我几个小时的宝贵睡眠。

日历上显示只剩下七十九天。我又发起愁来。

不只我一个人这样。

有一天午餐时间，等到内森过来照料威尔时，特雷纳夫人让我和她一起去主屋。她让我在客厅坐下，问我事情进展得如何。

"嗯，我们经常外出。"我说道。

她点点头，似乎表示赞许。

"他说话也比以前多了。"

"可能是对你话多了。"她假意笑了笑，实际上根本就不是在笑，"你跟他提过出国吗？"

"还没有，我会的。只是……你知道他的个性。"

"我一点儿也不介意，"她说，"你想去哪里都可以。我知道我们当初对你的建议并不是很支持，但是我们谈论了很多，并且我们都同意……"

我们静静地坐着。她冲了杯咖啡，放在茶托里递给我。我抿了一口。腿上放着茶托，总让我觉得自己有六十岁了。

"威尔说他去过你家。"

"是的，我生日那天。我爸妈做了一顿特别的晚餐。"

"他怎么样？"

"很好,非常好。他跟我妈妈相处得不错。"回想起这个,我不由得笑了起来,"我是说,我妹妹和她儿子搬出去后,妈妈有点沮丧,她很想念他们。我觉得威尔……他是想让她不再想这件事情。"

特雷纳夫人看上去非常吃惊,"他真……体贴。"

"我妈妈也这么觉得。"

她搅拌着咖啡,"我都记不起来威尔最后一次和我们一起吃晚餐是什么时候。"

她想探求更多,但她从不直接问,那不是她的风格。但是我不能给她想要的答案。有时候我觉得威尔更开心了,他不声不响地跟我出去,他逗弄我,说话刺激我,似乎对侧厅外面的那个世界更感兴趣,但是我真正知道什么呢?我能感觉威尔内心深处有一个广阔的世界,但他连看都不让我看一眼。最近几周我有种不好的感觉,这个世界在增大。

"他看起来开心了些。"她说,似乎在尽力安慰自己。

"没错。"

"非常——"她的目光移向我,"让人欣慰,看到他有点像以前的样子,我很清楚这些进展都是因为你。"

"不全是。"

"我够不到他,我没法靠近他。"她把杯子和茶托放在膝上,"威尔很特别。从他刚到青春期,我就一直觉得,在他眼中我做错了什么。可我不知道到底是什么。"她勉强笑了笑,但那根本不是笑,她看了看我,又把目光移开了。

我假装抿着咖啡,即使杯子里空空如也。

"你跟你妈妈相处得好吗,露易莎?"

"好。"我说,又赶紧补充道,"我妹妹老把我逼疯。"

特雷纳夫人望向窗外,她心爱的花园里繁花盛开,一簇簇淡粉、淡紫和淡蓝的花融会在一起,别有风味。

"我们只有两个半月了。"她说,脸没有转过来。

我把咖啡杯放在桌上。我小心翼翼,以免发出声响,"特雷纳夫人,我会尽全力。"

"我知道,露易莎。"她点点头。

我走了出去。

利奥·麦金纳尼死于五月二十二日,在瑞士一栋不为人知的公寓房间,穿着他最喜欢的足球衣,他父母在他身旁。他弟弟拒绝前往,但是发表了一篇声明,说没人比他哥哥得到了更多的关爱和支持。下午三点四十七分,利奥喝下了乳白色的溶液,里面含有致命剂量的巴比妥酸盐。他父母说几分钟后,他看上去就像熟睡了过去。四点刚过,一个见证了整个过程的观察员宣布他死亡,旁边还有一台摄像机,用来预先阻止任何出岔子的可能。

"他看上去很安详,"报道中引用他母亲的话说,"这是唯一让我欣慰的事情。"

警方盘问了她和利奥的父亲三次,他们面临被起诉的威胁。另外,他们家收到了攻击性邮件。她看起来比实际的年龄要老上二十岁,她说话时的表情中,除了悲伤、愤怒、焦虑和疲惫,还有深深的、深深的宽慰。

"他终于看上去又像利奥了。"

第十五章　聊天室

"嗨,克拉克,今晚准备干些什么好玩的事情?"

我们在花园里。内森在给威尔做理疗,他轻轻地把威尔的膝盖抬到胸前再放开。威尔躺在毯子上,脸朝向太阳,手臂伸展开,就像在日光浴。我坐在旁边的草地上吃着三明治,现在午餐时间我很少出去。

"怎么了?"

"好奇。你不在这儿时,如何消磨时间,我对这个感兴趣。"

"嗯,今晚先看一场高级武术快速较量赛,再坐直升机去蒙特卡洛①吃晚餐。回来的路上,我会顺道去戛纳喝杯鸡尾酒。要是你在——嘀——凌晨两点左右抬头看看,我会过来朝你摆摆手的。"说着,我剥去了三明治的包装纸,查看里面的馅料,"我可能会继

---

① 蒙特卡洛(Monte Carlo):摩纳哥公园城市,世界著名赌城。

续看那本书。"

威尔看了内森一眼。"10英镑。"他说,咧开嘴笑了。

内森把手伸进口袋。"每次都这样。"他说。

我盯着他们。"每次都怎样?"我问道。内森把钱放在威尔的手里。

"他说你会读书,我说你会看电视,他总是赢。"

我吃着三明治,"总是?你们在打赌看我的生活有多无聊?"

"我们没用那个词。"威尔说,他眼神中些微的愧疚出卖了他。

我坐直身体,"我来确定一下,你们俩真赌钱,看我周五晚上是在家看书还是看电视?"

"不是的,"威尔说,"我还赌你会去跑道见跑步男,一注多赢。"

内森松开了威尔的腿。他把威尔的胳膊拉直,从手腕处开始按摩。

"要是我说实际上我会做完全不同的事情呢?"

"但是你从没那样。"内森说。

"事实上,我会去做。"我把10英镑从威尔手中拿过来,"因为今晚你们都猜错了。"

"你刚刚说你要读书!"他抗议道。

"现在这个在我手上了,"我说,挥舞着10英镑的钞票,"我要去电影院,就去那儿。这就是意外后果法则,你也可以用别的说法。"

我站起身,把钱揣进口袋,把剩下的午餐塞进棕色纸袋。我笑着从他们身边走开,奇怪的是,不知为何,泪水刺痛着我的眼睛。

那天早上到格兰塔宅邸之前，我在挂历上消磨了一个小时。有时候，我就坐在床上盯着挂历，手里拿着神奇的记号笔，想着我可以带威尔去干什么。我还不确信自己可以带威尔去远离市镇的地方，即使有内森的帮助，去外面过夜也让我畏惧。

我浏览了一下本地报纸，扫了一眼足球比赛和村民游乐会。自从那次在赛马场威尔的轮椅陷入草地后，我还是有点害怕重蹈覆辙。我担心人群会让他觉得孤立无助。我不得不排除掉所有与骑马相关的活动，在我们这个地方，这些占据着户外活动的很大一部分。我知道他也不想看帕特里克跑步，板球和橄榄球会让他觉得冷。有时候，想不出新的点子让我觉得自己无能。

也许威尔和内森是对的，我很无聊，也许我是世界上最不会思考的人，想不出点子来激起威尔对生活的热情。

看书，或是看电视。

就像那样，很难相信我会做不同的事情。

内森走后，威尔在厨房找到了我。我坐在小桌子旁边，削着土豆准备他的晚餐，他的轮椅出现在门口时，我没有抬头。他看了我很长时间，我的耳朵在他的目光下变得粉红。

"知道吗？"我终于说了出来，"刚才我本来可以对你更凶的，我也可以说你也什么都没做。"

"我觉得内森不会打赌看我能否出去参加舞会。"威尔说。

"我知道你们是在开玩笑，"我继续说，扔掉长长的土豆皮，"你们刚刚让我觉得自己很没用。如果你们要以我无聊的生活打赌，为什么要让我知道？你和内森不能自己笑笑就得了吗？"

他没有再多说一句话。我抬起头来时，他看着我。"对不起。"

他说。

"你看起来没有一点歉意。"

"好吧……也许我想要你听到,想要你想想你在做的事情。"

"什么,我怎么虚度我的人生……"

"是的,的确。"

"天哪,威尔,请不要再告诉我应该做什么。要是我就喜欢看电视呢?要是我除了看书,什么也不想做呢?"我的声音变得尖刻,"要是我回家就感觉很累了呢?要是我不需要疯狂的活动来填满每一天呢?"

"但是有一天你会希望你拥有充实的生活,"他平静地说,"你知道如果我是你,我会做些什么吗?"

我放下削皮器,"你会告诉我吧。"

"是的,告诉你我一点儿也不觉得难为情。我会上夜校,我会接受训练成为裁缝或是时装设计师,只要能让我做热爱的事情,我都会去学。"他指了指我的超短连衣裙——那是一条受到20世纪60年代的普奇风格启发的裙子,是拿外祖父用过的窗帘布做的。

父亲第一次看见这件衣服时,他指着我嚷道:"嘿,露,你千万要冷静。"他足足笑了五分钟。

"我会一直寻找我能做的并且花费不多的事情,健身课程、游泳、志愿活动,诸如此类。我会自学音乐,帮别人遛狗,或者——"

"好啦,好啦,我明白了,"我恼怒地说,"但是我不是你,威尔。"

"幸好你不是我。"

我们在那儿坐了一会儿。威尔把轮椅转进来,提高了轮椅的高度，我们隔着餐桌注视着对方。

"好啦，"我说，"以前你下班后都做些什么？很有价值吗？"

"嗯，下班后就没有多少时间了，但我每天都会尽量安排些活动。我在室内活动中心攀岩、打壁球，去听音乐会、尝试各家新餐馆……"

"有钱的话，做这些事情很容易。"我抗议道。

"我也去跑步，真的。"他说。我扬起了眉毛。

"我会为我想去参观的地方学习新的语言。我见朋友，或者我认为是朋友的人……"他犹豫了一会儿，"我为旅行做计划。我查找没去过的地方，有哪些活动会吓到我，挑战我的极限。有一次我游过了英吉利海峡，我去滑翔，我爬上山然后滑雪下来。没错……"见我想要打断他，他继续说，"这些都需要钱，但是也有很多活动并不需要钱。除此之外，你知道我怎么挣钱吗？"

"在金融城里敲竹杠？"

"我先弄明白怎样能让自己高兴，再搞清楚我想要做的事情，接着训练自己做能让两者兼而有之的工作。"

"听你这么一说，好像特别简单。"

"很简单，"他说，"重要的是，这需要努力，可人们都不想付出。"

我削好了土豆，把皮扔进垃圾箱，把平底锅放在炉子上做准备。我转过来，支起身，这样我可以面对他，我的腿晃来晃去。

"你有过很有意义的人生，是吧？"

"是的，我有过。"他移动得近了些，轮椅现在的高度让他几乎可以平视我，"克拉克，这就是为什么你让我生气。因为我看到所有这些天赋，你的……"他耸了耸肩，"活力、智慧，还有——"

"别说潜力。"

"……潜力。对,潜力。我怎么也想不通你怎能如此满足于这么狭窄的生活,生活半径几乎全在方圆五英里以内。没有人给你惊喜,没有人来推动你,拓宽你的眼界,没有事情让你头晕目眩,兴奋得晚上睡不着觉。"

"你是在告诉我应该做些更有意义的事情,而不是削你的土豆。"

"我是在告诉你,外面的世界很大。不过要是你能先削些土豆再去闯荡,我会感激不尽。"他对我笑了笑,我也不禁对他笑了笑。

"你不认为——"我开口道,突然又住了口。

"继续。"

"你不认为实际上对你来说……适应起来会很困难?因为你之前做过那么多事。"

"你是在问我,是否我希望从没尝试过?"

"我只是觉得那样的话,你的日子会更好过。如果你以前过着更为平淡的生活,那现在这样……"

"对于我做过的事情,我绝不后悔。大多数时候,如果你被困在轮椅上,你所拥有的就只是记忆中去过的地方。"他笑着说,笑容有些僵硬,似乎要耗费不少力气,"如果你想问我,是不是宁愿回想从便利店看城堡风景,沿着环岛一路下去都是可爱的商店。答案是'不'。我曾经的生活很好,谢谢。"

我从桌子上滑了下来。我也没想明白,但是我觉得,我又一次陷入了理屈词穷的境地。我伸手去拿滤干器上的切菜板。

"露,我很抱歉,关于打赌的事情。"

"啊,没什么。"我转过身,在洗涤槽里冲洗切菜板,"你可别想从我手里要回那10英镑。"

两天后,威尔因为感染住进了医院。他们说这是预防措施,尽管大家都知道他经历着很大的痛苦。有些四肢瘫痪的人没有任何知觉,虽然威尔对温度没感觉,但他胸部以下的部位仍有痛觉和触觉。我去看了他两次,给他带去了音乐和好吃的东西。我提出来要陪伴他,但是我很快察觉出威尔实际上并不想得到额外的关注。他让我回家,享受一些自己的时间。

一年以前,我会浪费掉这些自由的日子。我会逛逛商店,也许去找帕特里克吃午餐,也许会看点日间电视节目,胡乱整理整理我的衣服,拿大把时间来睡大觉。

现在,我感到焦躁不安,一片混乱。我想念每天早起的日子,每天都有目标的日子。

花了半个早晨,我才合计出怎样利用这段时间。我去了图书馆,开始搜索。我查找了所有相关四肢瘫痪者的网站,找出威尔身体好一些时可以做的事情。我列出了好几张单子,每个项目都注明活动所需的设备和注意事项。

我发现了脊柱损伤患者的聊天室,那儿有上千名跟威尔一样的人,他们隐居在伦敦、悉尼、温哥华甚至就在这条街上。有些人靠家人朋友的帮助,有些人令人心碎地独自一人应付。

我不是对这些网站感兴趣的唯一护理人员。有脊柱损伤患者的恋人,询问怎样能帮助他们的伴侣重获自信并再次外出;有他们的伴侣,寻求最新的医疗设备;也有很多轮椅广告,这些轮椅可以在沙地或崎岖不平的路面行驶、带有灵巧的升降机,以及可充气的洗浴辅助设备。

他们的讨论中有很多缩写。我查出"SCI"就是"脊髓损伤","AB"指"行动能力","UTI"指"发言感染"。我了解到C4／5的脊髓损伤比C11／12严重得多,后者中的大多数似乎都能使用他们的胳膊或躯体。有爱与失的故事,一方努力照顾残疾的配偶和他们年幼的孩子。有些妻子感到羞愧,祈祷她们的丈夫不再打她们,然后他们果真再也打不了了。有些丈夫想离开身患残疾的妻子,但是惧怕外人的指指点点。聊天室里有疲惫与绝望,很多黑色幽默——尿袋爆掉的笑话,别人好心办错事,酒醉造成的意外。从轮椅上跌下来似乎是最常见的主题。也有一些有关自杀的帖子,有些人想自杀,有些人鼓励他们给自己更多时间,学会换一种方式看待自己的生活。我读了每一篇帖子,就像是在暗地里了解威尔大脑的运作方式。

午饭时间我离开图书馆,绕着小镇转了转,清醒清醒头脑。我坐在城墙上,吃了一个明虾三明治,看城堡下面湖中的天鹅。天气暖和,我脱下了外套,脸斜对着太阳。看着周围的事物各司其职,让人有一种奇怪的安宁感。整个早上都陷在卧病者的世界中,能够出来走走,在太阳底下吃午餐,简直就是一种无上的自由。

休息好了,我走回图书馆,重新打开电脑。我深吸了一口气,打出了一条消息。

嘿——我现在护理着一位35岁的C5/6四肢瘫痪病人。他之前事业有成,精力充沛,适应起新的生活很困难。其实,我知道他不想活下去,我一直在想办法改变他的决定。有人能告诉我该怎么做吗?有能让他开心的事情,或是改变他想法的方法吗？所有的建议我都会感激不尽。

我的昵称是"忙碌的小蜜蜂"，我在椅了上休息了 会儿，咬了一会儿大拇指，最后按了"发送"键。

第二天一早，我又坐在电脑面前时，收到了十四条回复。我登录聊天室，看到那一列名字时，眨了眨眼。答复者来自世界各地，不分昼夜都有人回应。第一条这样说：

亲爱的忙碌的小蜜蜂：
　　欢迎来到本版。我相信有人这么关心他，你的朋友肯定能感到莫大的安慰。

这一点我不太确定，我觉得。

　　大部分人都曾在人生中遇到难关，看来你的朋友碰到了他的那道坎。别让他推开你，保持积极。提醒他，我们进入和离开这个世界的时间不由他来决定，那是上帝的旨意。上帝决定改变你朋友的命运，那是神的智慧，神肯定希望他从中学会……

我浏览到了下一条。

亲爱的小蜜蜂：
　　没有解决的办法，四肢瘫痪让人郁闷。如果你朋友过去喜欢玩，会尤其觉得困难。有些事情帮助了我。充分的陪伴，尽管当时我不想让人陪。美味的食物、技术精湛的医生、管用的药（比如用得上的抗抑郁药）。你没有提你在哪里，要是你能让他与脊髓损伤病友聊一聊，应该会帮得上忙。起初我很不情愿（我觉得某个部分的我一直不想承认自己四肢瘫痪），但是知道你不是孤单一人确实有所帮助。

对了，别让他看《潜水钟与蝴蝶》①这类电影。太让人沮丧了！

请让我们知悉事情的进展。

祝一切好！

里奇

我查找了一下《潜水钟与蝴蝶》这部电影，网上说"讲述了一个全身中风后的男子，试图与外在世界交流的故事"。我在本子上写下了这个名字，不知道是为了不让威尔看这部电影，还是提醒自己去看。

---

① 《潜水钟与蝴蝶》(Le Scaphandre et le Papillon)：2007年上映的法国电影，由朱利安·施纳贝尔执导。影片片头先从让·多明尼克·鲍比的视角开始，叙述正值42岁壮年的鲍比突然全身中风陷入昏迷，在三个星期后苏醒，被诊断出得了闭锁综合征，全身瘫痪，仅仅剩下左眼可以活动。不过鲍比的意识清楚，在语言治疗师研发的语言表达系统辅助下，鲍比借由眨眼的动作透露要表达的信息。由于鲍比在病发前是时尚杂志 ELLE 的总编辑，他曾与出版社签协议要出一本书，鲍比便因此通过眨眼的动作写下一生的回忆录。剧情接着以鲍比的现况以及回忆交错，描述鲍比以往的风流韵事，与妻儿的互动、与父亲的情深、与医院治疗师的互动情谊。片尾，鲍比完成了他的回忆录，由妻子口述外界的反应评价。回忆录出版后第十天，鲍比与世长辞。

接下来的两条答复来自一位基督复临安息日会教友和另一位朋友。后者建议的鼓舞威尔的方式完全不在我的工作合约之内。我脸颊绯红，慌忙往下滚动屏幕，生怕坐在我后面的人瞟到。接着，我停在了下一条回复上。

嘿，忙碌的小蜜蜂：

为什么你觉得你的朋友需要改变想法？要是我能想出方法，有尊严地死去，并且不会摧毁我的家庭，我会去做。我在轮椅上困了八年了，我的人生是无休止的屈辱和沮丧。你真的设身处地地为他想过吗？你知道连大便都要人帮忙是什么感觉吗？知道永远都要困在床上，离开了别人的帮助就没法吃饭穿衣，没法与外在世界交流，是什么感觉吗？知道再也不能做爱，面对无尽的疼痛、每况愈下的身体，甚至靠人工呼吸器生活，又是什么感受吗？看起来你是个好人，我相信你是一片好心，但也许下周就不是你在照看他了，也许是一个让他抑郁、不怎么喜欢他的人。像其他事情一样，这是他没法控制的。我们这些脊髓损伤的人知道，只有极少的东西在我们的掌握之中——谁喂我们吃饭，谁给我们穿衣，谁帮我们洗澡，谁给我们开药，都不是我们能控制的。知悉了这一切，活着是艰难的。

所以我觉得你问错了问题。为什么要由健全的人来决定我们的生活？如果你觉得他不应该过这种生活，你的问题难道不应该是：我怎样帮他结束？

祝好！

美国密苏里州，杰佛思

我盯着这条信息,手指在键盘上一动不动。然后我向下拉动页面,后面几条信息来自其他四肢瘫痪患者,他们批评杰佛思太冷酷,抗议说他们找到了过日子的方法,说他们的生活值得过。似乎进行了一场简短的辩论,看上去跟威尔一点关系也没有。

然后又是回复我要求的信息。有人建议吃抗抑郁剂、按摩和奇迹疗法,也有人写下了自己的生活如何获得了新价值的故事。还有一些很实际的提议:品酒、音乐、艺术,以及特别改装过的键盘。

"他需要伴侣。"来自伯明翰的"格雷斯31"说,"如果他有爱情,他会觉得能走得下去。没有爱情,我早就完了。"

离开图书馆好久,这句话还一直在我脑中回荡。

星期四,威尔出院了,我开改装车接他回家。他脸色苍白,精疲力竭,一路没精打采地望着窗外。

"在那些地方都没法睡觉,"我问他身体是否还好时,他解释道,"邻床总是有人哀号。"

我告诉他这周末可以好好补补觉,后面我计划了一系列外出。我告诉他我接受了他的建议,我在尝试新的事情,不过他得跟我一起。我只是在说法上换了侧重点,只有这样,他才能一起参加。

其实,我为接下来的两周制订了详细的计划,每一项活动我都用黑笔在挂历上仔细标出来了,用红笔列出了注意事项,用绿笔写下我要带的东西。每次看着门后时,我都感到一丝兴奋,我计划得如此周密,说不定其中一项活动真的会改变威尔的世界观。

正如父亲经常说的,妹妹才是我们家的智多星。

美术馆之行一共不到二十分钟,还包括绕着街区三圈寻找合适的停车位的时间。我们到了那儿,我还没有关上他身后的门,他就说那些作品都太糟糕了。我问他为什么,他说要是我看不懂,他也没法解释。电影院的员工告诉我们,很抱歉,电梯坏了,去电影院的计划只能搁置。其他项目,比如那次失败的游泳之行,需要更多的时间和更好的组织,要提前打电话和泳池预约确认,约好内森的加班时间,等我们到那儿后,威尔在休闲中心停车场安静地喝完了保温杯里的巧克力热饮,怎么也不进去。

接下来的周三晚上,我们去听了一个歌手的演唱会,威尔在纽约时见过这个歌手。那是一趟美妙的行程,他全神贯注地听着音乐。大多数时候,威尔好像并没有全身心投入,似乎一部分的他正与痛苦、记忆和消极的情绪搏斗。但是听音乐时,情况有所不同。

第二天我带他去品酒。那是专业店里的酒庄促销活动,我答应了内森不会让威尔喝醉。我把每一杯酒都拿来给威尔闻,他不用品尝就知道那是什么酒。威尔把酒吐进烧杯时(看起来非常好玩),我竭力忍住不笑。威尔挑眉看着我,说我还是个小孩子。有个坐轮椅的男人在店里,店主一开始非常不安,后来他为威尔所折服。那个下午,他坐下来,打开一瓶又一瓶酒,和威尔讨论产地和葡萄品种。我四处游荡,查看标签,说实话,感觉有点厌烦了。

"来吧,克拉克,学点东西。"他说,点头示意我坐在他旁边。

"不行。我妈妈说乱吐东西很不礼貌。"

他们看着对方,好像我是个疯子。他并不是每次都吐,我看着他。在下午剩余的时间,他极其健谈,经常笑,甚至比平常更好斗。

回来的路上,我们开车经过一个不怎么去的小镇,交通拥堵,坐在车内不能动弹时,我瞥到了一家文身店。

"我一直想文身。"我说。

事后我才觉得我不应该在威尔面前说这些的。他不喜欢闲扯,也不喜欢瞎聊天,他马上想知道为什么我没有文身。

"哎,我不知道,大概是怕别人说。"

"为什么?他们会说什么?"

"我爸爸讨厌文身。"

"你多大了?"

"帕特里克也讨厌文身。"

"他从不做你不喜欢的事情?"

"或许我会感到难受。刺好后或许我会改变主意。"

"你可以用激光弄掉啊,那还不简单?"

我从后视镜里看向他。他的眼睛充满神采。

"走吧,"他说,"你想文什么?"

我意识到我在笑,"我不知道。不要蛇,也不要人名。"

"我本来就不期待你刺个心,上面的缎带写着'母亲'。"

"你保证不笑话我?"

"你知道我不会的。噢,上帝,你不会是要文印度梵文格言吧,或者是,'那些杀不死我的,会让我变得更强大'。"

"不。我想文一只蜜蜂,一只黑黄条纹的小蜜蜂。我喜欢。"

他点了点头,似乎文这个非常合理。"你想把它文在哪里?斗胆问一下。"

我耸了耸肩,"我不知道。我的肩头?臀部?"

"把车停到路边。"

"为什么，你还好吧？"

"把车停到路边。那儿有个空位，看，在你的左边。"

我把车停好，回头看了他一眼。"去吧，"他说，"我们今天也没别的事可做。"

"去哪儿？"

"文身店。"

我笑了起来，"为什么？"

"为什么不呢？"

"你在吞口水，而不是吐。"

"你还没有回答我的问题。"

我转过身，他是认真的。

"我不能说文就文。"

"为什么不能？"

"因为……"

"因为你男朋友说不行；因为你还得做个乖乖女，即使你都二十七了；因为刺青太吓人了。克拉克，去吧。为自己活吧！有什么东西在阻止你？"

我盯着那家文身店的门面，沾了灰尘的窗口挂着一盏大大的霓虹灯，还有安吉丽娜·朱莉和米基·洛克的相片。

威尔的声音打断了我的沉思，"走吧，你文的话我也文。"

我转过头看着他，"你也要文身？"

"如果这样能劝动你，哪怕就一次，让你钻出那个小世界。"

我关掉引擎。我们坐着，直到引擎不再转动。路旁的其他汽车发出枯燥的声音。

"它相当持久。"

"不只是'相当'。"

"帕特里克会讨厌它的。"

"你说过了。"

"针头如果没搞干净,我们会得肝炎的,然后缓慢、可怕、痛苦地死去。"我转向威尔,"他们也许要预约,不能马上做。"

"也许吧。不过我们是不是应该先去看看?"

两个小时后,我们离开了那家文身店。我感觉轻了八十磅,臀部贴了消毒纱布,墨还没有干。那个文身师说,因为尺寸很小,可以一次性文完。结束了文身。用帕特里克的话说,留下了终生的疤痕。白色纱布下面文着一只胖胖的小黄蜂,那是从我们进店时文身师递过来的塑封图片活页簿里选出来的图案。我兴奋得快歇斯底里了。我一直扭过身瞅它,直到威尔让我停止,说不然我会脱臼。

说来实在奇怪,威尔在那儿既放松又高兴。他们都没多看他一眼。他们说,他们给好几个四肢瘫痪患者文过,这也是他们跟他交流这么轻松的原因。威尔说他可以感觉到针时,他们很惊讶。六个星期以前,他们给一个下身麻痹的人文过,那个人在整条腿上文了视幻觉图。

耳朵上穿着螺栓的文身师把威尔带到了隔壁房间,在我的文身师的帮助下,让他躺在了一张特制的桌子上,我透过开着的门只能看到他的小腿。我能听见针头的嗞嗞声,两个男人的轻声低语,谈笑,杀菌剂刺激着我的鼻子。

针头刚刺进我的皮肤时,我咬住嘴唇,决心不让威尔听到我在尖叫。我一直在想他在隔壁屋干什么,尽力偷听他的谈话,寻思着他文了什么。他最后出现时,我的也已经文好了,他拒绝让我看。我怀疑是跟艾丽西娅有关的图案。

"威尔·特雷纳,你把我带坏了。"我说。我打开车门,放低坡道,忍不住咧嘴而笑。

"给我看一下。"

我看向街道,转过身,把裙子往上掀了掀。

"真不错,我真心喜欢你的小蜜蜂。"

"后半辈子,在我爸妈身边,我都要穿高腰裤了。"我引导他的轮椅上坡道,又把坡道提升上来,"小心,要是你妈妈知道你也有文身——"

"我会告诉她,那个市属住房区的女孩把我引上了歧途。"

"好吧,特雷纳,让我看看你的文身。"

他平静地注视着我,勉强笑了笑,"我们到家后,你得给我换纱布。"

"好的,我又不是没换过。给我看一下,不然我不开车。"

"把我的衬衣往上拉一点,往右边,你的右边。"

我靠过去,拉了拉他的衬衣,拉开下面的薄纱。那儿,他苍白的皮肤上有个黑白条纹的墨汁长方形,特别小,我看了两次才看清楚上面的字。

最好的时光:2007 年 3 月 19 日之前

我盯着它,勉强笑了笑,眼睛里充满泪水,"这是……"

"我出事那天。没错。"他抬头看向天空,"噢,老天在上,别搞得这么伤感,克拉克。本来是文着好玩的。"

"很好玩。很讨厌。"

"内森会喜欢这个。噢,好啦,别这样。我并没有在毁坏我完美的身体,不是吗?"

我把威尔的衬衣掖好,转过身,发动车子。我不知道该说什么,我不知道这意味着什么。他慢慢接受了现状,还是在以另一种方式表示对自己身体的蔑视?

"嘿,克拉克,帮我个忙,"我正要把车开走,他说,"手伸进我的背包里。有拉链的兜里。"

我看向后视镜,又刹好车。我探过前座,把手放进包里,依据他的指示翻找着。

"你要止痛药吗?"我离他的脸只有几英寸。从医院回来后,现在他的脸色比任何时候都更有光彩。"我有一些,在我的——"

"不是的,继续找。"

我抽出了一张钞票,坐了回来。这是一张折起来的 10 英镑。

"给你,应急的 10 英镑。"

"啊?"

"这是你的。"

"为什么?"

"文身。"他咧嘴而笑,"在你坐进那张椅子之前,我都不相信你真的会文身。"

第十六章　换床游戏

简直无计可施，此前睡觉时的那种安排完全不管用。每个周末，特丽娜回家后，我们家就会开始一场漫长的夜间换床游戏。周五用过晚餐后，父母会让出他们的卧室，他们会安慰特丽娜，说他们一点儿也不觉得辛苦，说托马斯在熟悉的房间会睡得更安心，特丽娜会接受他们的好意。他们说，这样一来，每个人都能睡个好觉。

但是母亲睡在楼下时，需要自己的被子、自己的枕头甚至被褥，只有床像母亲喜欢的那样布置，她才睡得好。晚饭后，她和特丽娜会取走父母那张床上的被褥，换上新床单，还要套上床垫罩，以免托马斯尿床。父母的被褥会叠放在客厅的角落，托马斯会跳进去，踩在上面，把床单扎到餐椅上，变成帐篷。

外祖父要让出自己的房间，没人接受。那里充满发黄的《赛马邮报》和老霍本香烟的味道，要花上整个周末通风才能散得掉。

我不时感到愧疚，毕竟这都是我的错，但我不会回到那间储藏室，那间闷热的没有窗的小屋子让我恐惧。一想到要再睡在那儿，我就胸闷。我二十七岁了，这个家只有我在挣钱，我可不能睡在壁橱一样的房间里。

有个周末我说要去帕特里克家过夜，大家看上去都暗暗松了一口气。但我不在时，托马斯黏糊糊的手指在我的新百叶窗上四处留下了痕迹，还用油性记号笔在我的羽绒被上乱画。父母觉得最好还是他们睡在我房间，特丽娜和托马斯睡他们房间，显然他们屋里沾上油性笔记号没有关系。

母亲承认，一想到要换床单和清洗床单，我周五和周六晚上待在帕特里克那里，并没有真正管什么用。

还有帕特里克那边的问题。帕特里克现在着了魔，他吃饭、喝水、生活、呼吸，无一不以极限铁人三项为出发点。他的公寓陈设简单，非常干净，挂着训练规划表和饮食表。门厅放了一辆崭新的轻型自行车。他不准我碰，怕我干扰了它均衡轻便的良好赛车性能。

他很少在家，即使是周五周六的晚上。他要训练，我要工作，我们越来越少会面。我会跟随他去跑道，看他一圈又一圈地跑，跑完必需的英里数。有时我待在家里看电视，蜷缩在他巨大皮椅的一角。冰箱里没有别的食物，只有火鸡胸脯肉片，还有难喝的能量型饮料，像青蛙卵一般黏稠。特丽娜和我以前喝过一次，马上吐了出来，像孩子一样夸张地呕吐。

其实我不喜欢帕特里克的公寓。他终于觉得他母亲一个人过没有问题时，才在一年前买了这套公寓。他生意做得不错，他说我们中至少该有一个人买房，这事很重要。我本来以为会有一场我们是否应该住在一起的谈话,但并没有。我们两人都不会提起让人尴尬的话题。因此,即使我们在一起这么多年,公寓里仍没有任何我的痕迹。我从来没能告诉他,我情愿住在自己家里,虽然周围都是噪声和吵闹声,也不愿意住在那栋没有生气、毫无特色的单身公寓里,哪怕那里有专属停车位,看得到城堡的风景。

除此之外,住在这里还让人有点孤独。

"我得遵守计划,宝贝,"他会这么说,"要是现阶段我没有跑到二十三英里,我就赶不上进度了。"然后他会告诉我他外胫炎的最新情况,让我把热力护发喷雾递给他。

不训练时,他与队友有无尽的会要开,对比各种装备,调整行程安排。坐在他们之间,就像跟一群韩国人坐在一起。我不知道他们说的话是什么意思,也没有想融入他们的愿望。

他们要我七周后跟他们一道去挪威。我还没有想好怎么跟帕特里克说,我还没有向特雷纳家请假。我怎么能请假呢?极限铁人三项比赛开始的时候,离我的合同终止不到一个星期。我有些孩子气地拒绝处理这些事情,说实话,我现在眼中只有威尔和一个嘀嗒的时钟,其他的都不想操心。

最具讽刺意味的是,在帕特里克的公寓,我睡不好觉。我不知道为什么,从那儿去上班,让我感觉在透过玻璃杯讲话,声音瓮声瓮气,双眼看上去被打肿了。我给黑眼圈胡乱涂上遮瑕膏,草草化妆,只是走个过场。

"克拉克,发生什么事了?"威尔问道。

我睁开双眼。他就在我旁边,头歪向一边,看着我,他在这儿应该有一段时间了。我的手不自觉地伸向嘴边,怕自己在流口水。

我本来要看的电影这会儿变成了片尾慢慢滚动的全体演职员表。

"没什么。对不起,这里太暖和了。"我坐直身体。

"三天内这是你第二次睡着了。"他端详着我的脸,"你看起来脸色差极了。"

于是我告诉了他,有关我妹妹,我们睡觉的安排。我不想计较,因为每次看到父亲的脸时,都看到他掩饰不住的绝望神情,他甚至不能给家人提供一所够大的房子,让我们都有地方睡觉。

"他还是没找到事做?"

"嗯。我觉得他的年纪是个问题。我们不谈论这个问题。"我耸了耸肩,"这让每个人都不舒服。"

我们等待着电影结束,然后我走到播放机旁,弹出 DVD 光盘,把它放回套子里。跟威尔说我的问题,感觉有点不对劲。跟他的问题相比,那些问题似乎是小巫见大巫了。

"我会适应的,"我说,"一切都会好的,真的。"

下午剩下的时间里,威尔似乎心事重重。我刷锅洗碗,接着帮他打开电脑。我给他拿来一杯饮料时,他把轮椅转过来面对我。

"很简单,"他说,好像我们一直在说话似的,"周末时你可以睡在这里。那个备用房间一直空着,不如发挥一点用处。"

我停了下来,手上还握着烧杯,"我不能那么做。"

"为什么?你在备用房间的那段时间,我不会付你钱的。"

我把烧杯放进他的杯托,"可你妈妈会怎么想?"

"我不知道。"

我看起来一定很困扰,因为他加了一句:"没关系的,我绝对靠得住，不会对你动手动脚。"

"什么？"

"要是你担心我有什么精心设计的诡计来引诱你，你大可以把轮椅的插头拔掉。"

"真逗。"

"我是说真的，考虑考虑吧，可以把它作为你的备选项。计划赶不上变化，也许你妹妹周末不回家了，也许她会交新男友。有一百种可能。"

也许两个月后你就不在这里了，我默默地告诉他，想到这里我很痛恨自己。

"说说吧，"他要离开房间时说，"为什么跑步男不让你住他那里？"

"噢，他给我提供了位置。"

他看着我，似乎打算继续追问。

但他似乎又改变了主意。"如我所说，"他耸了耸肩，"考虑一下我的建议。"

以下是威尔喜欢做的事情：

1. 看电影，尤其是带字幕的外国电影。偶尔也能说服他看一部惊悚动作片，甚至史诗爱情片，但是决不看浪漫喜剧。即使我斗胆租一张浪漫喜剧电影的碟，他也会在整整 120 分钟的时间里，不时发出嘲笑的"啐"声，或是批评情节老套，直到我觉得乐趣全无。

2. 听古典音乐。他对古典音乐如数家珍。他也喜欢现代音乐，但说爵士乐纯粹是胡诌。有一天下午他看到了我 MP3 上的歌曲，他大笑,差点把身上的管子弄掉。

3. 在花园坐坐。现在天气宜人,有时我站在窗边看着他,他的头后仰,享受着阳光照在脸上。我说他有静下心来享受当下的能力,我就做不到,他指出如果你的手脚都不能动,你就没有太多选择。

4. 让我阅读书或杂志,然后说出感想。"克拉克,知识就是力量。"他这么说。起初我很讨厌,好像上学一样,要考查我的记忆力。过了一阵后我意识到,在威尔看来,没有错误的答案。他就是喜欢我跟他争辩。他问我对于报纸上的新闻和书中人物的看法,他的观点总是与我有分歧。每样事情他似乎都有自己的立场:政府在做的事情,一家企业是否该兼并另一家企业,某人是否应该坐牢。要是他发现我没有动脑筋,鹦鹉学舌般地重复我父母或是帕特里克的观点,他就会直截了当地说:"不,还不够好。"要是我说对此一无所知,他会非常失望。我变得期待他的提问,来上班的公交车上我都会看报纸,做好准备。"克拉克,说得好。"他这么说的时候,我会眉开眼笑,然后又很懊恼,又助长了威尔的傲气。

5. 刮胡须。现在每两天刮一次,我在他的下巴上涂皂沫,把他弄体面。如果他那天状况不错,他会靠在椅背上,闭上眼睛,脸上露出愉悦的表情。也许这是我想象出来的,也许我看到的是我想看到的画面。但是我拿刀片轻柔地在他下巴上来回剃掉胡须并且刮平时,他总是默不作声。他睁开眼睛时,表情变得柔和,像是刚从美梦中醒来。由于我们经常外出,他的气色好多了,他的皮肤很容易晒黑。我把剃刀放在浴室贮藏橱的上方,塞在一大瓶护发素的后面。

6.当个男人,尤其跟内森在一起时。有时,在傍晚的例行护理之前,他们会坐在花园尽头,内森撬开几瓶啤酒。有时我听到他们在讨论橄榄球,或开电视上女明星的玩笑。这看起来一点也不像威尔。但是我理解他需要这些,他需要有这样一个人跟他一起,那时他是一个男人,能做些男性做的事情。在他奇怪而隐居的生活中,这是一小部分"正常"的生活。

7.评价我的穿着打扮。实际上是对我的衣服皱起眉头,除了黑黄的连袜裤。我穿了两次,威尔都没有说什么,只是简单地点了点头,那时我觉得宛如世界上的一切都变得美好了。

"前几天,你在镇上看到了我爸爸?"

"啊,没错。"我正把衣服晾在绳子上。绳子隐藏在特雷纳太太所谓的花园里,我觉得她不想有像洗干净的衣服这类世俗的东西来污染她花园的景色。我母亲会把洗好的白色织物用衣夹夹在晾衣绳上,还扬扬得意,就像她对邻居的挑战:胜过我,女士们!只有父亲可以阻止她把第二个正在转动的烘干机摆到门外。

"他问我你有没有说起过这件事。"

"啊。"我刻意装出一副茫然的样子,考虑到他似乎在等待我的回答,我说,"当然没有。"

"他跟别人在一起吗?"

我把最后的衣夹放回袋子里,把袋子收拢,放进空洗衣篮,然后转向他。

"对。"

"一个女人?"

"对。"

"红头发?"

"对。"

威尔想了一会儿。

"对不起,要是你觉得我早该告诉你,"我说,"但是……似乎不关我的事。"

"何况这也不是个轻松的话题。"

"是的。"

"克拉克,这不是第一次,不知对你来说这算不算一点安慰。"他说着,回到了房间里。

迪尔德丽·贝洛斯叫了我两次,我才抬起头来。我在笔记本上涂写,列出地点和疑问,各项利弊。我都忘了自己在公交车上,正在思考让威尔去戏院的方法。车程两个小时以内,只有一家剧院,正在上演《俄克拉荷马》。很难想象威尔会随着《啊,多美丽的早晨啊》的歌声摇头晃脑,但是演出古典戏剧的剧院都在伦敦,我们仍然不大可能去那里。

大致说来,我现在可以带威尔出门,方圆一小时的车程内,能去的地方都去过了,我不知道怎样带他去更远的地方。

"又沉浸在你的小世界了,嗯,露易莎?"

"噢,您好,迪尔德丽。"我在座位上挪了挪,给她让出了一个位置。

还是女孩时,迪尔德丽就跟我母亲是朋友了。她拥有一家软装饰店,离过三次婚。她的头发很厚,多到可以做假发;一张肥胖而悲伤的脸,像是仍然幻想着白马王子会来把她接走。

"我一般不坐公交车,不过今天我的车送去保养了。你怎么样?你工作上的事情,你妈妈都告诉我了。听上去非常有趣。"

在小镇长大就是这样:你生活中的每件事都成为了谈资,没有什么秘密,不论是我十四岁时在镇外超市的停车场抽烟,还是我父亲重新铺了楼下洗手间的瓷砖。对迪尔德丽这样的女人来说,日常生活中的鸡毛蒜皮像流通货币一样重要。

"很好,是的。"

"并且报酬不错?"

"是的。"

"这我就放心了。'黄油面包'咖啡馆关闭后,我还悬着心呢。他们把咖啡馆关了,真是可惜。镇上没几家顶用的店了。我记得街上以前有杂货店、面包店和肉铺,现在只有一家做烛台的!"

"嗯。"她瞅了瞅我的计划单,我合上了笔记本,对她笑了笑,"还好我们有地方买窗帘。店铺怎样?"

"噢,很好……是的……这是什么?跟工作有关吗?"

"我一直在思考威尔想做的事情。"

"那个残疾的男人?"

"是的,我的老板。"

"你的老板,这么称呼挺有意思。"她轻推了我一下,"你那个聪明的老妹在大学过得如何?"

"她很好,托马斯也不错。"

"总有一天她会管理国家。但我不得不说,露易莎,我很惊讶你待在镇上的时间比她久,我们一直觉得你非常聪明。当然,现在也这么认为。"

我客气地笑了笑,不知道还能说什么。

"不过仍然有人要去做这个,嗯?对你妈妈来说,有个孩子愿意留在家里,也是好事。"

我想反驳她,但我意识到最近的七年中,我都没有做过什么事情表明我有自己的理想,或是想要搬得离这条街远些。我坐在那儿,公共汽车老旧的发动机在身边咆哮震颤,我突然感觉到时间飞逝,每天在这条街上来来回回,耗费了大量时间。穿梭在城堡之间、看帕特里克跑了一圈又一圈,同样微不足道的烦恼、一成不变的生活。

"噢,好了,我到站了。"迪尔德丽一屁股从我身边起身,她的漆皮手袋举过了我肩头。"代我向你妈妈问好,告诉她明天我会过去。"

我抬起头,眨了眨眼。"我刺了个文身,"我突然说,"一只蜜蜂。"

她愣了一下,扶住椅子一侧。

"在我的臀部。一个真正的文身,永久的。"我补充道。

迪尔德丽瞅了一眼车门,她看起来有些困惑,给了我一个宽慰的笑容。

"啊,那很好,露易莎。如我所说,告诉你妈妈明天我会过去。"

每天,威尔在看电视,或忙别的事情时,我就坐在他的电脑前面,查找可以让他高兴的神奇事情。随着时间的流逝,我发现单子上不能做的事情、不能去的地方,开始超过那些能做的事情、能去的地方。第一个数字第一次超过第二个数字时,我回到聊天室,询问别人的建议。

"哈!"里奇说道,"小蜜蜂,欢迎来到我们的世界。"

从接下来的谈话中，我了解到在轮椅里喝醉的话会很危险，比如导尿管灾难、从路边跌出来以及被其他醉汉推到别人家，等等。我了解到，无论在哪里，愿意为四肢瘫痪者伸出援手的人都不多，尤其是巴黎，那是对轮椅者最不友好的地方了。这让人很沮丧，因为某个乐观的我，仍然希望能去那儿。

我开始列出清单——不能和四肢瘫痪患者一起做的事情。

1. 乘坐地铁（大部分地下车站都没有电梯），因此排除了伦敦半数的活动，除非打车。

2. 游泳，除非有人帮忙，并且温度适宜，不然一下水就会发抖。如果没有泳池升降机，即使有残疾人专用更衣室，也没用。威尔也不会同意坐泳池升降机。

3. 去电影院，除非能保证坐在前排，或者威尔那天的痉挛不厉害。那次去看《后窗》时，威尔的膝盖猛地一动，爆米花撒得到处都是，我花了至少二十分钟趴在地上把爆米花一颗颗捡起来。

4. 去海滩，除非给轮椅装上特殊的"肥轮子"，威尔的轮椅不行。

5. 坐飞机，残疾人"配额"已经被用完。

6. 购物，除非所有商店都有残疾人专用坡道。城堡周围很多商店都声称是历史建筑，不适合装轮椅使用的坡道。

7. 去太热或太冷的地方（温度问题）。

8. 心血来潮去某地（要先收拾好行李，反复检查好可行的路线）。

9. 外出就餐，因为被喂食觉得难为情，如果餐厅的洗手间在用餐区楼下，要看导尿管的情况。

10. 乘火车长途旅行（让人疲惫，何况在没有他人帮助的情况下，把沉重的电动轮椅弄上火车很困难）。

11. 雨天剪发（所有的头发都会沾到威尔的轮椅上。怪异的是，这让我们两人都觉得恶心）。

12. 去朋友家，除非他们家有轮椅坡道。大部分房子里有楼梯，而没有坡道。我们家是个例外。不过，威尔说他谁都不想见。

13. 下大雨时从城堡下山（刹车总有不灵光的时候，我一个人也拉不住沉重的轮椅）。

14. 去任何有醉汉的地方。醉汉喜欢观察威尔，他们会蹲下身，把酒气喷得他满身都是，眼睛睁得大大的，同情地看着他。有时他们真的想把他推走。

15. 去有人群的地方。这意味着，随着夏季的来临，在城堡附近玩越来越难，我之前认为可以去的半数地方：商品展览会、露天剧场、音乐会等都被排除在外。

想点子的时候，我问在线的四肢瘫痪网友，这个世界上他们最想做的事情是什么，答案几乎总是"做爱"。其中一个人还主动告诉我很多细节。

不过本质来说，这没什么大的帮助。只剩下八个星期，我的点子已经用完了。

在晾衣绳下面的讨论过去几天后，有一天我回到家，发现父亲站在门厅，这件事有些不寻常（最近的几个星期，他似乎白天都躲在沙发里，据说是给外祖父做伴）。他穿着熨好的衬衣，胡子也刮过了，门厅里充满"古风"须后水的味道。我相当肯定，自从一九七四年他就有那瓶须后水了。

"你回来了。"

我关上门,"回来了。"

我感觉疲惫而烦恼。回来的公交车上,我一路上都跟旅游代理手机通话讨论可以带威尔去的地方,但我们两人都被难住了。我想带他去离家远些的地方,但是城堡外五英里半径内,似乎没有一个他真正想去的地方。

"今晚你自己搞定晚餐可以吗?"

"当然。我等会儿要去酒吧找帕特里克。怎么了?"我把大衣挂在空余的衣夹上。

特丽娜和托马斯的衣服没有了,架子空了好多。

"我要带你妈妈去吃晚餐。"

我迅速地在脑中思量了一下,"我错过她的生日了吗?"

"没有,我们要庆祝一下。"他压低了声音,似乎这是秘密,"我找到工作了。"

"不是吧!"现在一切都说得通了。他整个人都焕发了光彩,也挺得更直了,脸上堆着笑,看起来年轻了好几岁。

"爸爸,真是太好了。"

"我知道。你妈妈欣喜若狂。你知道吧,由于特丽娜去大学,还有你外祖父的事情,这几个月够她受的了。今晚我想带她出去,好好地慰劳慰劳她。"

"是什么工作?"

"我将成为城堡的维修主管。"

我眨了眨眼,"但那是……"

"特雷纳先生,不错,他给我打电话说在招人,你那个威尔,告诉他我可以做。今天下午我去了一趟,展示了一下我能做的事情,试用期一个月,星期六开始。"

"你要给威尔的爸爸打工?"

"嗯,他说有一个月的试用期,要经过必需的程序,等等。他觉得我完全能胜任这份工作。"

"那……挺好的。"我说。这个消息让我有些神经错乱。

"我都不知道他们在招人。"

"我也是。这真是太好了。他是个看重品质的人,露。我跟他谈到了青橡木,他给我看了之前的工人干的一些活。真让人难以置信,糟透了!他说对我的手艺印象深刻。"

他很欢快,好几个月没见他这么兴高采烈了。

母亲出现在他旁边,她涂了口红,穿上了那双漂亮的高跟鞋。"有辆小货车,他有自己的小货车了。报酬不错,露。比你爸爸在家具厂的工资还高。"

她看着他,就像他是所向无敌的英雄。她的脸转向我时,告诉我也应该那样。我母亲的表情可以包含一百万条信息,这条信息告诉我,现在是父亲的重要时刻。

"真棒,爸爸,真的。"我向前走了几步,拥抱了他。

"嗯,你要好好谢谢威尔,多好的家伙。他能想到我,我太感激了。"

我听见了母亲在大厅照镜子的声音,父亲反复劝慰她说她看起来很美,她这样就很好。我听见他轻拍着口袋,钥匙、钱包、零钱都带了,随后发出一阵笑声。门"砰"地关上了,我听见了车开走的声音,此后就只剩下外祖父房间里模糊的电视机声音。我坐在楼梯上,拿出手机拨了威尔的号码。

过了一会儿他才接。我想象着他朝免提装置前进，用大拇指按下接听键。

"你好。"

"是你做的吗？"

一阵短暂的停顿。"克拉克，是你吧？"

"你给我爸爸找了份工作？"

他听上去有点喘不过气来。我心不在焉地想，不知道他现在坐着身体舒不舒服。

"我以为你会高兴的。"

"我很高兴，我只是觉得有点奇怪。"

"你不用这样。你爸爸需要工作，我爸爸需要熟练的修理工。"

"真的吗？"我没法掩饰语气中的怀疑。

"什么？"

"这跟你那天问我的话没有丝毫联系，关于他和另一个女人？"

一阵长长的停顿。我能想象得到他在客厅，看向法式窗户外面的样子。

他的声音又响起时，语气很慎重："你觉得，我胁迫我爸爸给了你爸爸一份工作？"

他这么一说，听上去也确实有些牵强。

我又坐了下来，"对不起，我不知道。只是很诡异，这个时机，有点巧。"

"那么，高兴点，克拉克。这是个好消息，你爸爸会干得很不错。这意味着……"他犹豫了。

"这意味着什么？"

"……哪天你想展翅高飞的时候,不用担心你父母养不活自己。"

好像他打了我一拳,我感觉肺部没有空气了。

"露?"

"嗯?"

"你太平静了。"

"我……"我抑制着情绪说,"对不起,想到了一点别的事。外公在叫我。没错,谢谢你为我爸爸说好话。"我不得不挂断了电话,因为我的喉咙被堵住了,我不知道还能说些什么。

*

我走向酒吧。空气中充满浓郁的花香味道,街上的行人朝我微笑,我没能回以致意。我只知道我不能待在屋子里胡思乱想。铁人三项的聚会在露天啤酒店,他们在斑驳的角落里把两张桌子拼在了一起,很多人伸出了肌肉强健的漂亮胳膊和腿。有几个人礼貌地向我点了点头(没有一个女人),帕特里克站了起来,在他旁边匀出了一点位置给我。我真希望特丽娜在身边。

酒吧花园里人来人往,充满英国特有的氛围,里面有高声谈笑的学生,还有下班后只穿着衬衫的推销员。这家店很受游客欢迎,意大利、法国和美国等其他口音混在英国口音之间。从西墙可以看得到城堡,就像每个夏天那样,游客们争相与远方的城堡合影。

"没想到你会来。要点喝的吗?"

"稍等一会儿。"我只想坐在那儿,把头枕在帕特里克身上。

我想要感觉到过去的那种正常、不受困扰的感觉。我不想想到死亡。

"今天我打破了个人最好纪录，79.2 分钟就跑完了 15 英里。"

"了不起。"

"状态好极了，嗯，帕特？"有人说道。

帕特里克握紧双拳放在嘴边，模仿汽车引擎发出的声音。

"真不错。"我尽量表现出高兴来。

我喝了杯酒，又喝了一杯，听他们谈论英里数，擦破皮的膝盖和冰水里的游泳比赛。我开了小差，观察起酒吧里的其他人，想象他们的生活。每个人的家庭都会发生一些大事——痛失爱子，阴暗的秘密，大喜事和不幸。如果他们能正确地看待自己的问题，如果他们能够在酒吧花园享受一个美好的傍晚，那么我也可以。

我告诉帕特里克父亲找到工作了，他的表情有点像想象中我之前的表情。我不得不重说了一遍，他才确定没有听错。

"那……真好，你们两个都为他工作。"

那时我想告诉他，我真的想；我想告诉他，在这场战役中，我所做的一切都是让威尔活下去；我想告诉他，威尔似乎在用钱争取我的自由，这让我害怕。但是我知道我什么都不能说，我必须尽力熬过去。

"嗯，还有一件事情。他说我需要时，可以在他们家的备用房间过夜，这样可以解决家里的住宿问题。"

帕特里克看着我，"你要住在他家里？"

"也许吧。这是个不错的提议，帕特。你知道家里的情形，并且你总不在家，我想去你家，但是……说实话，那里一点家的氛围都没有。"

他仍然盯着我,"那么让它成为一个家。"

"什么?"

"搬进来,让它成为一个家。把你的东西放进去,把你的衣服拿过来。我们也应该住在一起了。"

后来想起这些,我才意识到他说这话时非常不高兴。不像那种终于搞清楚,没有女朋友在旁边就没法生活的男人,从而快乐地将两人的生活连接在一起。他看上去像是自己被算计了。

"你真的想我搬进去?"

"对啊,当然。"他摸了摸耳朵,"我不是说要马上结婚。但是这样也不错,是吧?"

"你那迂腐的浪漫。"

"我是说真的。是时候了,应该说早就到时候了,只是我一直忙这忙那。搬进来吧,一切都会很不错的。"他拥抱了我,"会非常好。"

我们周围,铁人三项的家伙们又喋喋不休起来。一群日本游客拍到了想要的照片,欢呼起来。鸟儿在鸣唱,太阳下山了,世界在运转。我想要成为世界的一部分,不再闷在一间沉默的屋子里,为一个在轮椅上的人担心。

"对,"我说,"会非常好。"

第十七章　搬家

做护理最糟糕的事情并不如你所想的，不是挪动身体、清洁、喂药和擦洗，不是总萦绕在身边的消毒剂味道，也不是大多数人所认为的当护理，是因为太笨，做不了别的事情。最糟糕的事情是，你整天都与某人亲密接触时，他们的心情一定会影响到你。

自从我告诉威尔我的同居计划后，他整个早上对我都很冷淡。外人或许注意不到，但我俩开玩笑少了，闲聊也少了，他也没有问今天的报纸说了些什么。

"那是……你想要的吗？"他的眼神有些微的闪烁，但他的脸上没有显示任何感情。

我耸了耸肩，然后使劲点了点头。我感觉我的回应有些孩子似的不明朗。"主要是时间到了，真的，"我说，"我二十七岁了。"

他端详起我的脸。他的下巴收紧了。

我突然感到难以忍受的疲倦，我感觉有很奇怪的冲动想要说

"对不起",但我不知道为啥。

他点了点头,笑了起来。"真高兴你想清楚了。"他说着,转动轮椅进了厨房。

我真的有点生他的气了。我从未像这样被人评判过,似乎我决定跟男朋友住在一起,让我变得对他不再有趣,好像我不再是他钟爱的培养对象。当然,我不能跟他说这些,既然他听之任之,我也能坦然对他。

老实说,这样让人疲惫不堪。

下午,有人敲后门。我赶紧跑过走廊,刚刚在洗衣服,手还是湿的。我打开门,一个穿深色西服的人站在那儿,手里拿着个公文包。

"噢,不。我们是佛教徒。"我态度坚决地说,要关上门时,那个男人开始抗议。

两周前,耶和华见证会的两个教徒在后门堵了威尔快十五分钟,威尔努力在门口接合垫上把轮椅倒退回来。我关上门时,他们打开信箱的小缝,叫道:"他比任何人……"后面的话或许是"都应该了解来生有些什么可以期待"。

"嗯,我找特雷纳先生。"那个男人说。我小心地打开了门。我在格兰塔宅邸的时间里,没人通过后门来见威尔。

"让他进来,"威尔出现在我身后,说道,"我请他来的。"见我仍然站在那儿,他补充道,"没关系的,克拉克……他是我的朋友。"

那个男人跨过门槛,跟我握手。"迈克尔·劳勒。"他说。

他本来想说点别的,不过威尔把轮椅移到了我们之间,有效地阻止了我们进一步的交谈。

"我们去客厅谈,你能帮我们煮点咖啡吗?然后让我们两人好好谈一会儿。"

"嗯,没问题。"

劳勒先生有点尴尬地冲我微笑,跟随威尔去了客厅。几分钟后,我端着咖啡进去时,他们正在谈论板球。他们一直讨论球数和杆数,我没有理由待在那里。

我擦了擦裙子上看不见的灰尘,挺了挺身,说:"好了,我出去了。"

"谢谢,露易莎。"

"你确定不要别的了吗?饼干呢?"

"谢谢了,露易莎。"

威尔从没叫过我"露易莎",以前无论有什么事,他也从没让我回避。

劳勒先生待了近一个小时。我干完家务活儿,在厨房里待着,想着我是不是有胆子去偷听。我不敢。我坐下来,吃了两块巧克力夹心饼干,咬着指甲,隐约听到他们低沉的谈话声,第十五次琢磨为什么威尔不让这个人走前门。

他看起来不像个医生,也不像个顾问。他可能是位金融顾问,但是不知怎的,跟他的气场不合。他看来一点也不像是理疗师、职业治疗师或是营养学家,或是地方当局雇用来评估威尔不断变化的需求的人。远在一英里之外你就能发现这些人,他们总是看上去极其疲惫,但是精神抖擞,相当乐观。他们穿着色彩柔和的毛衣和实用的鞋子,开着灰扑扑的客货两用小汽车,里面满是文件夹和工具箱。劳勒先生开着海军蓝的宝马车,锃亮的 5 系不像是地方当局的车。

终于，劳勒先生出现了。他合上公文包，外套搭在胳膊上，看起来不再尴尬了。

几秒内我就到了门厅。

"啊。能麻烦告诉我一下洗手间在哪儿吗？"

我告诉了他。我沉默地站在那儿，烦躁不安地等他出来。

"好的，先到这里。"

"谢谢你，迈克尔。"威尔没有看我。"我会等你的消息。"

"这周晚些时候我会联系你。"劳勒先生说。

"邮件会比信件更好些——至少，目前是这样。"

"好的，当然。"

我打开后门，送他出去。威尔又回到了客厅。我跟随劳勒先生到了庭院，轻声说："您要赶远路吗？"

他的衣服剪裁得体，承载着城市的锋芒，从布料就能看出来很昂贵。

"伦敦，真遗憾，希望现在这个点交通不是太糟糕。"

我在他身后迈着步。太阳高挂在天空，我得眯眼看他。"那么……嗯……您住在伦敦哪里呢？"

"摄政街。"

"摄政街？挺好。"

"是的，不是一个坏地方。好了，谢谢你的咖啡，啊……"

"克拉克，露易莎·克拉克。"

他停下来，看了我一会儿。不知道他是不是猜到我不适当的举动是想搞清他的真面目。

"啊，克拉克小姐，"他说，很快挂上了职业性的微笑，"无论如何，谢谢你。"

他小心地把公文包放在后座上，上车走了。

那晚，我去帕特里克家之前在图书馆逗留了一会儿。我可以用帕特里克的电脑，但我仍然觉得我要先跟他打招呼，用图书馆的电脑更方便些。我在电脑前坐下，在搜索引擎上输入了"迈克尔·劳勒"和"摄政街，伦敦"。知识就是力量，威尔。我默默地对他说。

一共有3290条搜索结果，前三条写着"迈克尔·劳勒，执业律师，擅长遗嘱、遗嘱检验和委托书"，都是那条街道的搜索结果。我盯着屏幕看了一会儿，又输入他的名字，这次通过图像搜索引擎寻找，我看见了他，在同样的圆桌会议上，身着深色西服——迈克尔·劳勒，遗嘱及遗嘱验证专家，和威尔待过一小时的那个男人。

那晚我搬进了帕特里克家，就在我下班后、他又没有去运动场的一个半小时的时间里。除了床和新百叶窗，我什么都带上了。他开着车来，我们把我的东西放进袋子里。跑了两趟就搬完了，只剩下把我在学校的课本放进他的阁楼了。

母亲哭了，她觉得是她把我逼走的。

"老天在上，亲爱的。她该往前走了，她二十七岁了。"父亲告诉她。

"她还是我的小宝贝。"她说着，把两盒水果蛋糕和一袋清洁用品塞到我手里。

我不知道该对她说什么，我一点都不喜欢水果蛋糕。

把我的东西收拾好放进帕特里克的公寓，非常简单。反正他几乎没什么东西，我在储藏室住了那么多年，也几乎没什么东西。我们唯一起争执的东西是我收藏的CD，只有我把它们都贴上标签，才能按字母顺序跟他的 CD 放在一起。

"别拘束，就当在自己家一样。"他一直这么说，好像我是个客人。我们都比较紧张，彼此有些别扭，就像第一次约会。我打开包裹，整理衣物，他递给我一杯茶，说道："我想你可以用这个杯子喝茶。"他给我看了厨房里每样物品摆放的位置，说了好几次，"当然，你的东西想放在哪儿就放在哪儿。我不介意。"

他清理出了两个抽屉和备用房里的衣柜，另外两个抽屉里装满了他的健身服，竟然有那么多款莱卡羊毛衣。我五颜六色的衣服挂进衣柜后，衣柜里还有几英寸的空间，金属衣架凄惨地碰撞个不停。

"我得多买点衣服把衣柜填满。"我看着衣柜，说道。

他紧张地笑了起来，"那是什么？"

他看着我的挂历，钉在了备用房间的墙上，绿色的笔迹标着想法，黑色的笔迹标着真正计划的事情。有些活动比较有效果时（音乐、品酒），我会在旁边画上一个笑脸。要是失败了（赛马、美术馆），旁边就是空白的。接下来的两个星期很少有标记，威尔厌倦了附近的地方，我又没能说服他去更远的地方。我看了一眼帕特里克，他正盯着八月十二日，下面画着黑色的惊叹号。

"嗯，只是提醒我的工作会做多久。"

"你觉得他们不会续签合同吗？"

"我不知道，帕特里克。"

帕特里克从夹子上取下笔，看了看下个月，在第二十八周的地方涂写着："开始找工作的时间。"

"这样会发生的事情都囊括了。"说着，他亲吻了我，然后离开了。

我小心地把乳霜放进浴室，把剃刀、润肤霜和月经棉条妥善地塞进他的镜门橱柜。我把书排成整齐的一排，放在客房窗下的地板上，包括威尔从亚马逊为我订购的几本新书。帕特里克承诺说，有时间他会做几个架子。

然后，他出去跑步了。我坐了下来，看向外面的工业园区和城堡，低声练习说"家"这个字。

我相当不会保守秘密，特丽娜说我一想要撒谎就会摸鼻子，于是马上就露馅了。父母仍然在取笑着我当年在跷课后写的假条："亲爱的特罗布里奇小姐，"他们读道，"请原谅露易莎·克拉克今天没有去上课，因为我来了例假，身体不舒服。"父亲竭力绷着脸，尽管他应该剥掉我一层皮。

让我的家人不知道威尔的计划就是这样一件事情，我可以很好地对我父母保守秘密（毕竟这是我们长大的过程中就会学会的事情），不过自己克服这种焦虑又完全是另一件事了。

接下来的几个晚上，我一直在思考威尔要做的事情，以及我能做什么来阻止他，就算帕特里克跟我聊天，和我在小厨房做饭时（我确实了解到有关他的一些新事情，比如，他真的知道一百种火鸡胸脯的不同做法），我的脑子也在急速翻腾。晚上我们做爱，现阶段似乎是一种义务，充分利用我们的自由。由于我一直跟威尔保持着那么近的距离，帕特里克像是觉得我亏欠他。一旦他睡着，我又迷失在思绪中。

只有七个多星期了。

威尔在制订他的计划，我却没有。

接下来的一周，即使威尔注意到我在想心事，他也不会说什么。表面上我们仍然一如往常，我驾车带他去不远的乡村，给他做饭，照料着他。他不再开跑步男的玩笑了。

我提起他最近推荐给我的书：我们讨论了《英国病人》（我喜欢这本小说）和一本瑞典恐怖小说（我不喜欢这本）。我们对彼此小心翼翼，有些过于客气。我想念他的"毒舌"、他的坏脾气，缺少了这些则加重了浮现在我心头的紧迫感。

内森看着我们俩，像是在观察新的物种。

"你们俩吵架了？"有一天我把东西从购物袋里拿出来时，他问我。

"你最好问他。"我说。

"他就是这么说的。"

他斜眼看着我，然后去浴室，打开了威尔的药柜。

迈克尔·劳勒来访三天后，我才给特雷纳夫人打了电话。我问她我们能否在她家以外的地方见面，最后我们决定在城堡的一家小咖啡馆见面。讽刺的是，就是这家咖啡馆让我丢了饭碗。

这家店比"黄油面包"更会做生意，全是抹灰橡木的漂白木桌椅，供应家常蔬菜汤和精美蛋糕。你在里面买不到普通的咖啡，只有拿铁、卡布奇诺和玛奇朵。没有建筑工人，也没有从理发店来的女孩。我慢慢地喝着茶，想起了"蒲公英女士"，不知道在这儿坐一上午看报纸，她会不会感到舒适。

"露易莎，对不起，我来晚了。"卡米拉·特雷纳风风火火地走了进来，手提包夹在胳膊下，穿着灰色的丝绸衬衣和海军蓝牛仔裤。

我忍住起身的冲动。每一次跟她说话，我都感觉是在面试。

"我在法院耽搁了一会儿。"

"不好意思，打扰您工作了。只是……唉，我觉得这件事没法再等。"

她举起手，对服务生说了些什么，然后在我对面坐了下来。她的注视似乎穿透了我。

"前几天威尔请了一位律师来家里，"我说，"我发现他专门处理遗嘱及遗嘱验证。"我想不出更平和的方式来开始这场谈话。

她看起来像是我扇了她一耳光。我迟钝地意识到，她或许原本是来听好消息的。

"律师？你确定？"

"我在网上查过了，他的事务所在伦敦摄政街。"我补充道，"他的名字是迈克尔·劳勒。"

她艰难地眨了眨眼，尽力理解我说的话，"威尔告诉你的吗？"

"不是的，我觉得他不想让我知道。我……问了他的名字，自己去查的。"

她的咖啡来了。服务生把咖啡放在了她前面，但是特雷纳夫人似乎没有注意到。

"您还要点别的吗？"女孩说。

"不用，谢谢了。"

"今天胡萝卜蛋糕特价，我们自己做的，配有香甜的奶油乳酪——"

"不用。"特雷纳夫人高声说道，"谢谢。"

女孩在那儿站了很久，让我们知道她被冒犯了，然后昂首阔步地走开了，她手上的记事簿惹人注目地晃来晃去。

"对不起。"我说，"您之前告诉过我，有重要的事情发生时要让您知道。我晚上一直睡不着觉，一直想是否要告诉您。"

她的脸看上去似乎没了颜色。

我了解她的感受。

"他怎么样了?你……你有没有想出别的主意?外出?"

"他不热心。"我说起巴黎的事情,以及我列好的计划单。

在我说话的期间,我能看出她在思考和评估着什么。

"任何地方都可以,"最后她说道,"我提供经费,任何你想去的地方都行。我会支付你的费用,支付内森的费用。就看你能不能让他同意。"

我点了点头。

"要是你能想出什么方法……帮我们再争取一点时间,如果超过六个月,我显然会继续付你工资。"

"这……这真的不是问题。"

我们默默地喝完咖啡,各自沉浸在自己的思考中。我偷偷观察她,发现她完美的发型里有缕缕银丝,眼睛和我一样有黑眼圈。告诉她这个信息,把我加剧的焦虑传递给她后,我并没有觉得好受些,但是我有选择吗?每过去一天,利害关系就越来越大。钟敲着两点,似乎让她从停滞状态中苏醒。

"我得回去上班了。想出来任何主意,都请告诉我,露易莎。在远离侧厅的地方我们多谈谈话,会很有好处。"

我站起身。"对了,"我说,"我换了新号码。我刚搬了家。"她从手提包里拿出笔。我补充道,"我搬到了帕特里克……我男朋友家。"

我不明白为什么这个消息会让她如此吃惊。她吓了一跳,把笔递给我。

"我不知道你有男朋友。"

"我觉得没必要告诉您。"

她站起来,一只手搭在桌子上。"有一天威尔说到你……他觉得你会在周末的时候住进侧厅。"

我写下了帕特里克家的电话号码。

"说实话,我觉得对每个人来说,我搬到帕特里克那儿去都更方便些。"我把纸条递给她,"我现在住得不远,就在工业园,这不会影响到我的上班时间,我还是会很准时的。"

我们站在那儿,特雷纳太太似乎有点焦躁,她拉了拉头发,手又去摸脖子上的金链。最后,似乎控制不住自己,她脱口而出:"等一等会伤害到你吗?就几个星期。"

"我不太明白。"

"威尔……我觉得威尔很喜欢你。"她咬了咬唇,"我看不出……我看不出这样会有什么好处。"

"等一等。您是说我不应该搬去和我男朋友住?"

"我只是说这个时机不合适。威尔现在很敏感,我们都在尽力让他乐观起来……但是你……"

"我怎么了?"我看见那个服务生看着我们,手上还拿着记事簿,"我怎么了?胆敢在工作之外还有生活?"

她放低了声音,"露易莎,我尽己所能来阻止那件……事情。你知道我们面临的挑战。我只是说,我希望……因为他非常喜欢你,你要是能再等一段时间就好了,而不是在他面前炫耀你的幸福,戳到他的痛处。"

我简直不敢相信我听到的话。我感觉脸发红,深吸了一口气才讲话。

"你竟然认为我会伤害威尔的感情,我为他做了一切,"我生气地低声说,"我做了一切能想到的事情。我一直在想办法,我带他出门,跟他讲话,读书给他听,照顾他。"我最后的话语从胸腔中爆发出来,"我给他清洗身体,我给他换该死的导尿管,我逗他开心。我做得远多过你们全家所做的。"

特雷纳夫人静静地站着,她挺直身体,把手提包夹在腋下,"克拉克小姐,这场谈话到此为止吧。"

"是的,没错。特雷纳夫人,我也这么觉得。"

她转过身,快速走出了咖啡馆。

门"砰"地关上时,我意识到我在颤抖。

和特雷纳夫人的这场谈话后,接下来的几天我都极度烦躁,耳边一直回响着她的话,尤其是她说我在威尔面前炫耀自己的幸福,我原以为我的事情不会影响到威尔。他似乎反对我跟帕特里克同居,我觉得那是因为他不喜欢帕特里克,而不是因为他对我有感觉。更重要的是,我觉得我没显出很高兴的样子。

在家里,我也没法摆脱这种焦虑,那感觉像轻微的电流传遍我全身,影响了我的方方面面。我问帕特里克:"如果我家里有足够的房间,我们还会住在一起吗?"

他像看傻子一般看着我,俯身把我拉向他,亲吻我的头顶。然后他低头瞥了我一眼,"你非得穿这套睡衣吗?我讨厌你穿睡衣。"

"它们穿起来很舒服。"

"它们看起来像是我妈妈会穿的衣服。"

"我不能为了取悦你,就每晚穿紧身胸衣和吊带袜,况且你还没有回答我的问题。"

"我不知道。也许,是的。"

"但我们不会谈到这上面来,是吧?"

"露,大部分人住到一起,是因为这样做合情合理。你可以爱着某人,同时分担开销,很务实。"

"我只是……不想你认为是我促成了这件事,我不想觉得是我造成的。"

他叹了一口气,翻滚到一旁,"为什么女人们总要翻来覆去地说一件事情,直到它成为一个问题?我爱你,你爱我,我们在一起快七年了,并且你父母家没有房间了,就这么简单。"

但我没觉得简单。

我感觉我现在过着我没有权利期待的一种生活。

周五下了一整天雨,温暖的雨水淅淅沥沥,仿佛我们处在热带地区,雨水汩汩流过阴沟,打弯花木的枝干。威尔盯着窗外,像没法遛弯儿的狗。内森来了又走,头上顶着一只塑料袋。威尔看了一部企鹅的纪录片,此后,他登录了电脑。我忙东忙西,这样我们不需要交谈。我敏锐地感觉到我们之间的这种不畅快,一直与他待在同一个房间会更糟糕。

我终于领会到清洁工作带来的慰藉。我拖地、擦窗户、更换床单,我一刻不停地运转着,没有一粒灰尘能逃过我的眼睛,没有一片茶水污渍能扰乱我法医般的注意力。我拿用醋浸泡过的厨房抹布擦洗浴缸龙头上的水垢(我母亲的小窍门)时,听到身后传来威尔的轮椅声。

"你在干什么?"

我蹲在浴缸上方,没有回头,"我在清除龙头上的水垢。"

我能感觉到他在看着我。

"再说一遍。"过了一会儿,他说。

"什么?"

"再说一遍。"

我站起身来,"为什么,你听不清楚吗?我在清除龙头上的水垢。"

"不,我只是想听你说话。没必要清除龙头上的水垢,克拉克。我妈妈不会注意到,我也不在意,弄这个会让浴室臭得像炸鱼薯条店。另外,我想出门。"

我把一缕头发从脸旁抹开。没错,空气中确实飘荡着黑线鳕的浓重味道。

"走吧,雨停了。我刚刚跟我爸爸聊了一下,他说下午五点后,等游客们离开了,可以给我们城堡的钥匙。"

我并不觉得我们俩在四周一边散步一边客气地谈话有什么可高兴的,但是想到可以离开侧厅,还是很吸引人。

"好的,给我五分钟,我把手上的醋味洗掉。"

我和威尔成长过程中的区别在于,威尔对他享有的各种特权不以为意。我觉得,如果你像他那般长大,有有钱的父母,住好房子,理所当然地进好学校,在高档餐厅吃饭,你也会觉得一切好事情都会水到渠成,你也会自然地觉得高人一等。

威尔说,他小时候就经常溜到城堡。他父亲允许他在城堡漫步,相信他不会乱碰城堡的东西。下午五点半,最后一拨游客离开后,园丁开始修剪整理,清洁工人清空着垃圾箱,扫走空饮料盒和太妃软糖伴手礼,那里就成了他的私人游乐场。他告诉我这些时,我思忖着要是特丽娜和我能自由自在地在城堡玩,我们肯定会得意忘形,手舞足蹈,四处转悠。

"我就是在吊桥前面第一次亲吻女孩。"他说,在沙砾路上慢了下来,看向吊桥。

"你告诉她这是你的地盘了吗?"

"没有。也许我应该告诉她。一周后她把我甩了,跟那个在便利店工作的男孩在一起了。"

我转过身,震惊地看着他,"不是特里·罗兰兹吧?向后梳着光滑的深色头发,手肘上有文身的那个男人?"

他扬了一下眉毛,"正是他。"

"他仍然在那儿工作,知道吗?在同一家便利店。要是这让你好受一些的话。"

"他如果知道我现在的处境,也不会羡慕我吧。"威尔说。他不再说话。

这样观看城堡有点奇怪,四周寂静无声,除了远处那个园丁外,就只有我们两个人。不再盯着游客,为他们的口音和陌生的生活分心。我发现自己也许是第一次观察着城堡,感受到它的历史气息——燧石城墙在那儿挺立了八百多年。人们在这里出生又死去,有过开心,有过落寞。现在,在寂静中,你几乎能听到他们的声音,他们在小径上的脚步声。

"好吧,忏悔时间到。"我说,"你有没有在这儿转悠时,偷偷假装自己是英勇的王子?"

威尔斜眼看我,"说实话吗?"

"当然。"

"是的,我甚至去城墙那边的大礼堂借了一把剑,剑重得要命。我记得我吓坏了,很怕我举不起来。"

我们来到了山峰处，从这儿往下看，护城河前面连绵一片的草地，一直延伸到城堡边界的断墙。城墙外面是小镇，霓虹灯闪烁，车辆排成长队，这种喧哗标志着这是小镇交通高峰时间。而在城堡上面，寂静无声，除了鸟儿的偶尔鸣叫和威尔轮椅柔和的嗡嗡声。

他把轮椅停了下来，转过来俯视城堡。"真奇怪我们以前从没见过，"他说，"在我长大的过程中，我们肯定在路上遇到过。"

"为什么？我们属于不同的圈子。我可能刚好是你在舞剑时经过的婴儿车中的那个小孩。"

"啊，我忘记了，跟你比起来，我是个古董了。"

"大我八岁，你当然称得上是'大叔'，"我说，"我是少女时，我爸爸就不让我跟大些的男孩出去。"

"即使他拥有自己的城堡？"

"显然，那就另当别论了。"

我们在城堡漫步，青草的甜香在身边飘荡，威尔的轮椅穿过小路上清澈的水坑时咝咝作响。我感觉松了一口气。我们的谈话不太像以前那样，或许这就是我们想要的。特雷纳夫人说得没错，让威尔看着他人在人生道路上继续前行总会有些艰难。我提醒自己要更加注意，自己的行为可能会对他的生活带来很大影响。我不想再生气了。

"我们去迷宫玩吧，我好久没去迷宫了。"

我从思绪中被拉了回来，"啊，不，谢谢。"我瞥了一眼四周，才注意到我们到了哪里。

"为什么，你怕迷路？来吧，克拉克，对你会是个挑战。看你能不能记住走过的道路，再从相反的路出来。我给你计时。我过去常玩这个。"

我回头看了一眼房子,"我真的不想。"想到它都会让我胸中郁结。

"怎么了,又不敢冒险了?"

"不是这么回事。"

"没问题。我们就继续枯燥地散步,然后走回单调的小侧厅吧。"

他知道他在开玩笑,但他语气中的某种东西真的触动了我。我想起那次在公交车上见到迪尔德丽,她说我们家有个女孩能留在家里多么好啊。我注定要过卑微的生活,没什么抱负。

我瞥了一眼迷宫黑暗浓密的树篱,我太可笑了,也许我就是这样荒唐可笑地过了这么多年。毕竟那件事早就结束了,我要继续向前。

"只要记住你在哪儿转弯,向相反方向走就能出来了。并不像看上去那么难,真的。"

我没再想,把他留在了小路上。我深吸了一口气,走了进去,经过了"无成人陪同的儿童不得入内"的警示牌,快步穿梭在黑暗潮湿的树篱中,树篱上还闪烁着雨珠。

没那么糟糕,没那么糟糕,我低声告诉自己,就是一堆旧树篱。我向右转了个弯,又向左穿过树篱中的一个缺口。我又向右转了个弯,又向左,前进的时候我在脑中掉转着方向。右,左,缺口,右,左。

我的心跳加快,耳中能听到血液沸腾的声音。我强迫自己去想在树篱另一边的威尔,他肯定看着表。这只是一个愚蠢的测试。我不再是那个幼稚的女孩了,我二十七岁了,我和男朋友住在一

/ 283

起，我有一份责任重大的工作。我和以前不同了。

我转弯，直走，然后再转弯。

过了一会儿，不知从哪儿冒出来的恐慌像胆汁一样在我体内升起，我看到一个男人在树篱尽头飞奔。虽然我告诉自己这只是我的想象，但忙着宽慰自己让我忘记了顺序。右，左，缺口，右，对吗？我走错路了吗？我感到无法呼吸。我强迫自己向前走，结果发现自己完全迷失了方向。我停了下来，看了看周围的影子，努力思考哪个方向是西。

站在那儿，我明白我做不到。我不能待在那儿，我猛然转过身，朝我认为的南方走。我会出去的，我二十七了，没问题的。接着我听到了他们的声音，嘘声、嘲笑声。我看见他们在树篱的缝隙窜进窜出，我穿着高跟鞋的脚醉醺醺地摆动，我摔倒在树篱上，树篱无情的荆棘拉住了我。

"我现在要出去。"我告诉他们，我的声音含含糊糊，颤抖着，"我玩够了，各位。"

他们都消失了。迷宫陷入了寂静，只有远处的低语，或许他们在树篱的另一边，或许是风吹动树叶的声音。

"我现在要出去。"我说，这句话在我听来都靠不住。我仰望天空，广袤无垠，繁星点点，我一时有些恍惚。有人从背后环腰抓住我时，我跳了起来——黑头发的那位，去过非洲的那位。

"你现在还不能走，"他说，"别扫兴。"

那双抓在我腰上的手，让我感到不对劲，我意识到气氛变了，他占了上风，他的举止不再克制。我笑了，推搡着他的手，装作不知情的样子，假装他在开玩笑。我听见他大声呼唤他的朋友，我挣脱他，跑了起来，努力寻找出口，我的脚陷进湿润的草地里。

我听见他们包围着我,声音越来越大,我看不见他们,我的喉咙因为恐惧堵得厉害。我迷失了方向,不知道自己在哪儿。高高的树篱不停地摇曳,向我压过来。我一直跑,从拐角挤过去,跌倒,躲进缺口,竭力想摆脱他们的声音,但总是找不到出口。每转一个弯,那儿又是一大片树篱,又是一声嘲笑。

我跌进一处缺口,有些欢欣鼓舞,觉得我快自由了。然后我发现我又回到了中心,回到了我开始的地方。我看到他们都站在那儿,就像他们一直在等我,我一阵眩晕。

"你又来了,"其中一人说道,他抓住我的胳膊,"我说过,她也愿意的。好啦,露,亲我一下,我告诉你出去的路。"他拉长调子,温柔地说。

"给我们每人一个吻,我们会带你出去。"

他们的脸模糊不清。

"我只是……我只是想让你……"

"拜托,露。你喜欢我,不是吗?你整个晚上都坐在我的腿上。一个吻,有什么难的呢?"

我听见了一声窃笑。

"你会告诉我怎么出去?"我的声音在我听来都可怜无比。

"就一个吻。"他离我更近了些。

我感觉他的嘴凑了过来,一只手压着我的大腿。

他走开了,我听见了他喘气的声音。"该杰克了。"

我不知道当时我说了什么,有人抓住了我的胳膊。我听见了笑声,感觉有人在摸我的头发,另一张嘴凑了过来,急切地侵入,然后……

"威尔——"

我缩成一团蹲在地上，止不住地啜泣。"威尔！"我一遍遍叫着他的名字？我的声音从胸腔发出来，断断续续。我听见他在很远的地方，树篱那边。

"露易莎、露易莎，你在哪儿？出什么事了？"

我在角落里，在树篱下方最遥远的地方。泪水模糊了我的视线，我紧抱住胳膊。我出不去了，我会永远困在这里，没人能找到我。

"威尔——"

"你在哪儿？"

他就在那里，在我面前。

"对不起，"我抬起头说道，我的脸扭曲，"对不起，我办不到。"

他把胳膊抬起了几英寸，他最高只能到这个程度了。"哦，天哪，这是——来这儿，克拉克。"他往前移动，沮丧地低头看了看他的胳膊。"真没用……没事啦，呼吸，来这儿。呼吸，慢慢地。"

我擦了擦眼睛，看到他，恐慌就开始消退了。我摇摇晃晃地站起来，调整好表情，"对不起，我……我不知道怎么了。"

"你有幽闭恐惧症吗？"他的脸离我很近，脸上满是忧虑，"我看得出来你不想进去。我还以为你是……"

我闭上眼睛，"我现在只想离开。"

"抓住我的手，我们出去。"

几分钟后，他就带我走出了迷宫。我们一边走，他一边告诉我方向，他的语气平静，让人释然。小时候，他花了不少工夫来挑战迷宫。我和他十指相扣，他手的温度让人安心。意识到我一直离入口那么近时，我觉得自己笨死了。

我们在外面的一张长椅边停了下来，我在他轮椅后面的包里翻找着纸巾。我们静静地坐在那儿，我坐在长椅一头，在他旁边，等待着我的抽噎停下来。

他坐着，偷偷斜眼看我。

"那么——"等我看起来能正常说话，不会再崩溃时，他终于问道，"能告诉我这是怎么回事吗？"

我绞着手中的纸巾，"我不能。"

他闭上了嘴。

我抑制住自己的情绪。"不是你的问题，"我赶忙说，"我从没跟任何人说起……太蠢了。这是很久以前的事了。我不想……"

我感觉他注视着我，真希望他没有看我。我的手抖个不停，心里却像是有千千结。

我摇摇头，想告诉他有些事我不能说。我想再去抓他的手，但是我觉得我不能。我注意到了他的注视，他不开口我也知道他想问什么。

我们下面，两辆车在门口停了下来。两个人走了出来，从这儿很难看清是谁，他们互相拥抱。他们在那儿站了几分钟，也许在谈话，然后又回到自己的车里，朝不同的方向开走了。我看着他们，但是脑子里一团糟，感觉脑子被冻住了。我不知道该说什么了。

"好吧，这样吧。"他终于说道。我转过头，但他没有看我。"我跟你说一件我从没告诉过别人的事，好吗？"

"说吧。"我把纸巾揉成一个球，等待着。

他深深地吸了一口气。

"我真的，真的很忧虑我将何去何从。"他停了一会儿，然后平静地低声继续说,"我知道很多人都觉得像我这样生活是最可怕的事情,但情况能变得更糟。可能最后我不能呼吸,不能说话。可能会因为血液循环不畅四肢截肢,我将无限期地住院。这就不是生活了,克拉克。一想到以后会变得多么糟糕,有时晚上我躺在床上,真的没法呼吸。"

他抑制住情绪,"你知道吗?没人想听这些,没人想听你说很害怕、很痛苦,怕由于愚蠢随便地感染就死去。没人想知道再不能做爱是什么感受,再也吃不到自己做的饭,再也没法拥抱自己的孩子。没人愿意听这些,有时我恐惧得透不过气来,困在这辆轮椅上,想到又要坐在上面再过一天,我就想像疯子一样尖叫。我母亲濒临崩溃,她没法原谅我还爱着我父亲。我妹妹怨我,因为我又一次让她变得无足轻重,并且因为我瘫痪了,她没法像小时候那样恨我。我父亲就想远离一切。最后,他们想往好处想,他们需要我往好处想。"

他顿了顿,"他们需要相信还有希望。"

我在黑暗中眨了眨眼睛。"我也是那样吗?"我轻声说。

"你,克拉克,"他看了看自己的手,"自从我困在这该死的轮椅上,你是唯一让我有说话欲望的人。"

然后,我把那件事情告诉他了。

我抓住他的手,带我走出迷宫的那只手。我直视我的脚,吸了一口气,告诉他那个晚上的事情。他们怎么嘲笑我,取笑我喝得醉醺醺的样子,我怎样失去知觉,之后我妹妹说这或许是件好事,让我不记得他们做过的事情,但是那半个小时的无知无觉从此一直萦绕在我脑际。我填满了那些回忆。我填上了他们的嘲笑、他们的身体和他们的话语。我填上了自己受到的羞辱。我告诉他我每次去镇外的地方,都会看到他们的脸。帕特里克、母亲、父亲和我平淡的生活对我来说已经足够了,即使他们有缺陷有不足。他们也让我感到安全。

结束谈话时,天已经黑了,我手机上有十四条短信问我们在哪里。

"你用不着我来告诉你这不是你的错。"他平静地说。

我们头顶上的天空无边无际。

我绞着手帕,"对,不过,我仍然觉得我要负责任。我喝了太多酒,太招摇了。我不会跟男生调情。我——"

"不,是他们的责任。"

没人对我说过这些话。就算特丽娜同情的表情中也带着一丝指责。这么说吧,要是你喝醉了,跟不认识的男人傻混在一起……

他握住我的手。一个轻微的举动,但是我感受到了。

"露易莎,这不是你的过错。"

我哭了,这次不是啜泣。眼泪静静地流下来,告诉我愧疚、恐惧等正在离开我,还有一些我不知道怎么用言语表达的情绪。我把头轻轻靠在他的肩上,他斜着头靠我的头上。

"好啦,你在听我说话吗?"

我喃喃地说了一句"是的"。

"我告诉你一些好事,"他说,他等待着,像是在确认我在听他说话,"有一些错误比另一些错误后果更严重,但是你不用拿那个晚上来定义你。"

我感觉到他的头斜靠着我的头。

"克拉克,你可以选择不让那晚来界定你的人生。"

我长长地叹了一口气,身体一阵颤动。我们静静地坐着,我思考着他的话。我可以一整晚待在那儿,周围的一切都在沉睡,手中感觉到威尔手的温暖,感觉到最糟糕的那个我渐渐消退。

"我们得回去了,"他最后说道,"不然他们要出动搜救组来找我们了。"

我放开了他的手,有点勉强地站了起来。一阵冷风吹来,我惬意地伸展双臂高举过头顶,在晚风中伸直手指,数星期、数月,或许是数年以来的紧张,缓解了一些,我长出了一口气。

我们下面,小镇的灯光闪亮,黑暗的乡村中间出现了一个光圈。我回过头面向他,"威尔?"

"嗯?"

在暗淡的灯光中,我都看不清他,但是我知道他在看我。"谢谢你,谢谢你来找我。"

他摇了摇头,往后转动他的轮椅,走上小道。

第十八章　婚礼

"迪士尼乐园不错。"

"我说过,不要主题乐园。"

"我知道你说过,但游乐园并不只有过山车和旋转茶杯。在佛罗里达,还可以去影城和科学馆,非常有教育意义。"

"我不觉得三十五岁的原公司领导需要教育。"

"每个角落都有无障碍洗手间,工作人员极其友爱,不会有什么麻烦事。"

"接下去你是不是要说那儿还有专门为残疾人设计的过山车?"

"他们考虑到了每个人的需求。为什么你不去佛罗里达试试,克拉克小姐?要是你不喜欢迪士尼乐园,你可以去海洋世界,那里的天气很好。"

"在威尔跟虎鲸的较量中,我清楚谁会大吃苦头。"

他似乎没有在听我说话，"况且在接待残疾人方面，他们是一流的。知道吗？他们为快死的人设立了遗愿基金会。"

"他不会死的。"威尔进门来时，我放下了旅游代理的电话。我毛手毛脚地把听筒放回支架上，"啪"的一声关上记事簿。

"克拉克，你没事吧？"

"没事。"我灿烂地笑着。

"那就行。有漂亮裙子吗？"

"什么？"

"星期六你有事吗？"

他期待地等着我的答复。我的大脑仍然陷在虎鲸跟旅游代理的对抗上。

"嗯，没事。帕特里克一整天都在外面训练。怎么了？"

过了几秒他才答复，似乎要给我惊喜，他说道：

"我们要去参加一个婚礼。"

我一直没搞懂为什么威尔改变了主意，要参加艾丽西娅和鲁珀特的婚礼。我怀疑他的决定中有很大成分出于逆反心理，没人希望他去，尤其是艾丽西娅和鲁珀特。或许是他想要彻底了结这件事，但我觉得最近几个月以来，她已经没有伤害他的能力了。

我们觉得我们两人可以搞定，不需要内森的帮忙。我打电话确定威尔的轮椅能否进入婚宴的大帐篷时，艾丽西娅意识到我们没有拒绝邀请，听起来有些紧张不安。我明白了，她只是出于礼节才送来那饰以浮雕图案的婚礼请帖。

"嗯，是这样……进入到大帐篷里有一个小台阶，不过布置场地的人确实说过他们可以装一条无障碍坡道……"她的嗓门越来越低。

"那太好了,谢谢你,"我说,"婚礼上见。"

我们在网上选了结婚礼物。威尔花 120 英镑买了一个银相框,又花 60 英镑买了一个他觉得"非常粗糙"的花瓶。对于一个他并不喜欢的人,他花这么多钱,我很震惊。不过在特雷纳家工作了这么长时间,我已经知道他们对钱有着不同的观念。他们想也不想就会开出四位数的支票,有一次威尔的银行对账单放在厨房餐桌上以便他查看时,我见过。里面包含足够买两个我们家房子的钱,那还只是他的活期账户。

我决定穿红裙子,一方面是因为我知道威尔喜欢这条裙子(我估计今天他会需要别人给他打气),也因为我没有能在这种聚会上穿的其他裙子。想到要参加上层社会的婚礼,我很恐惧,威尔对此一点概念也没有,更不用说是以"护理"的身份。每次我想到刺耳的尖叫,看向我们的评判的目光,我就想那天还是看帕特里克跑步好了。也许在乎这个是因为我太肤浅,但是我忍不住。想起那些客人看向我们的目光,我的胃就打结了。

我什么都没有对威尔说,我替他感到害怕。在最理想的情况下,参加前女友的婚礼似乎都是自己找虐,而参加这种公开的聚会,放眼望去都是他的老朋友和旧同事,看她嫁给他以前的朋友,肯定会引发抑郁。出发的前一天,我一直尝试指出这些问题,但是他毫不理会。

"克拉克,要是我都不担心,你更没必要担心。"他说。

我给特丽娜打电话告诉她要去参加婚礼的事。

"检查他的轮椅,看是否夹带炭疽和弹药。"她就说了这么多。

"这是第一次我带他离开家这么远,而这将是一场可怕的灾难。"

"也许他只是想提醒自己,有很多事情比死亡更糟糕。"

"真滑稽。"

她的心思只有一半放在电话上,她在准备为"未来潜在的商业领袖"开设的为期一周的寄宿课程,需要母亲和我照看托马斯。她说,这个课程超级棒,行业内的不少顶尖人物都会到场。她导师推荐了她,她是全班唯一不需要付学费的人。她跟我讲话的时候,我猜得到,她还在电脑前忙活着,我能听到敲打键盘的声音。

"对你来说真是不错。"我说。

"在牛津的学院。不是之前的工艺专科学院,是真正的'梦幻尖塔'牛津。"

"真了不起。"

她停顿了一会儿,"他没有想自杀吧,是吗?"

"威尔?没什么不寻常的。"

"那太好了。"我听见"叮叮"发送邮件的声音。

"我得挂了,特丽娜。"

"好的。玩得开心!对了,别穿那条红裙子,露太多乳沟了。"

婚礼那天早上阳光明媚,温暖惬意。我早就知道,像艾丽西娅这样的女孩总是能得偿所愿,有人或许给老天爷献过美言。

"克拉克,你太刻薄了。"我告诉威尔时,他说。

"是啊,名师出高徒嘛。"

内森早就到了,把威尔收拾利落,以便我们能在九点之前出发。车程有两个小时,我已经将沿途的休息站纳入了行程中,仔细规划路线,确保我们一路都能找到最好的设施。我在浴室整理,长袜盖住新刮过的腿,抹上化妆品,又拍淡一点,怕那些上流社会的客人认为我像个应召女郎。我没有围围巾,但是我带了条披肩,要是我觉得过分暴露的话可以用得上。

"不错吧?"内森往后退了一步,只见威尔身着深色西服和矢车菊蓝色衬衣,系着领带。脸上刮得干干净净,有一点点黑。这件衬衣衬托得他的眼睛尤其有神采,它们看起来仿佛突然闪耀着太阳般的光芒。

"不错。"我说,古怪的是,我都不想称赞他看起来有多么英俊,"她迟早会后悔嫁给那头粗声粗气的肥猪。"

威尔翻了个白眼,"内森,所有东西都放进包里了吗?"

"是的,都搞定了,可以走了。"他转身面向威尔,"现在不时兴拥抱亲吻伴娘了。"

"好像他想吻一样,"我说,"她们穿着荷叶领,一身都是马的味道。"

威尔的父母来送他,我怀疑他们刚刚吵过架,因为特雷纳夫人站得离她丈夫远远的,没法站得更远了,再远就到郊县了。即便我把车倒过来让威尔进去,她的双臂也紧紧交叉着,一眼都没有看我。

"露易莎,别让他喝得太醉了。"她说,从威尔肩头擦去想象中的绒毛。

"为什么?"威尔说道,"我又不开车。"

"没错,威尔,"他父亲说,"我总要来上一两杯烈酒才能撑完一场婚礼。"

"即便你自己的婚礼也是这样。"特雷纳夫人喃喃道,又提高了音量补充道,"亲爱的,你看起来非常帅气。"她蹲下来,调整了一下威尔的裤边,"真的,非常帅气。"

"你也很漂亮。"我从驾驶席上出来,特雷纳先生赞许地看着我,"非常引人注目。来转个圈,露易莎。"

威尔把轮椅转过去,"她没有时间,爸爸。我们上路吧,克拉克。我猜,摇着轮椅跟在新娘后面比较失礼吧。"

我欣慰地回到车里,威尔的轮椅稳妥地弄到了后面,他漂亮的夹克利落地放在了客座,不会被弄皱,然后我们出发了。

在我到达之前,我就知道艾丽西娅父母家是什么样子。事实上,它跟我想象中的非常接近,把车子慢下来时我笑个不停,威尔还在一旁问我原因。这栋教区长的大房子是乔治亚建筑风格,浅色的紫藤瀑布遮盖了高高的窗户,车道是浅棕褐的小石子路,对一个上校来说,这栋房子再理想不过了。我几乎能想象艾丽西娅在这里长大的情景,她金色的头发扎成两根整齐的辫子,在草地上骑着她人生里的第一匹小肥马驹。

两个男人,穿着闪闪发亮的无袖制服,指引着车辆到房子和教堂之间的空地上。我摇下车窗问:"教堂旁边有停车场吗?"

"女士,客人请走这边。"

"拜托,我们有一辆轮椅,会陷进这儿的草地,"我说,"我们要停在教堂旁边。看,我要去那儿。"

他们面面相觑,小声说着什么。在他们答复之前,我往前开,把车停在了教堂旁边的隐蔽角落。要开始了,我告诉自己。熄火时,我从后视镜里刚巧看到了威尔。

"放松点,克拉克,一切都会顺利的。"他说。

"我很放松了。为什么你觉得我没有呢?"

"别人一眼就能把你看穿。况且你开车的时候,已经咬掉四片指甲了。"

我停好车,从车里钻了出来,理了理披肩,点击了一下开关,放低坡道。"好了。"威尔的车轮落地时,我说。场地对面,人们正从气派的德国汽车里钻出来,女人们穿着紫红色礼服,高跟鞋陷到草地里,跟她们的丈夫嘀咕着什么。她们全都双腿修长,身材苗条,皮肤如瓷。我拨弄了一下头发,想着自己是不是涂了太多口红。我怀疑自己像用来装番茄酱的塑料瓶子。

"嗯,我们今天怎么玩?"

威尔跟随着我的视线,"说实话?"

"是的,我得知道。别告诉我你打算上演'震慑战术'。你在计划什么可怕的事情吗?"

威尔看着我,蓝色的眼睛,让人捉摸不透。我心里七上八下。

"克拉克,我们会表现得非常正常。"

我的胃里开始翻江倒海。我想说话,但他打断了我。

"听着,我们只不过会做些好玩的事。"他说。

好玩?参加前女友的婚礼难道不比根管治疗更糟心吗?但这是威尔的选择,威尔的重大日子。我深吸了一口气,尽量打起精神。

"有一个条件。"我一边说,一边第十四次调整着我的披肩。

"什么?"

"不要模仿克里斯蒂·布朗,你要是学克里斯蒂·布朗那样搞怪,我会直接把车开回家,扔下你一个人,跟这群读书人待在一起。"

威尔转动轮椅,朝教堂那边移动,我听见他喃喃地说:"真扫兴。"

我们耐着性子参加完典礼,一切安然无事。艾丽西娅看上去美极了,跟我之前料想的一样。焦糖色的皮肤光彩亮丽,斜裁的米白色丝绸滑过她苗条的身体,就像未经允许不敢在那儿停歇。我盯着她飘下通道,思忖着长得高腿又长是什么感觉,大多数人只在海报上见过她这样的美女。我琢磨着是不是一群造型师帮她打造的发型和妆容。不知道她是不是穿着紧身裤。当然没有,她应该穿着浅色的蕾丝裤子,只有身材很好的女人才穿得了,一件的价格比我的周薪还高。

牧师还在叨叨,穿着芭蕾舞鞋的伴娘们在长椅上坐立不安。我看了看四周的客人,所有女人看上去都像是出现在时尚杂志中的人物。她们的鞋完美搭配她们的服装,看起来像从来没有穿过。年轻些的女人脚蹬四五英寸高的鞋跟优雅地站在一旁,趾甲经过了精心护理。年纪大些的女人,穿着中跟鞋,正式套装,配厚厚的垫肩和颜色鲜明的衬里,帽子挺括有型。

男人们看上去要无趣些,不过身上都有那种我有时能从威尔身上察觉到的气息——财富和权力,一种生活十分如意的感觉。我遐想他们开设的公司、居住的世界。不知道他们是否注意过我这样的人,以及那些照看他们孩子的保姆和在餐馆给他们服务的人,跳钢管舞给他们同事看的人——我记起我在职业中心的谈话。

我参加的婚礼通常会将新郎与新娘的家庭分开,以免有人违背誓言。

威尔和我坐在教堂后面,威尔的轮椅就在我的座位右边。他抬头看了会儿艾丽西娅走红毯,除此之外,他一直直视前方,脸上没有任何表情。四十八个唱诗班男童(我数过)用拉丁语唱着歌。企鹅装①的鲁珀特浑身是汗，扬起一道眉毛，似乎他又高兴又有点犯傻。神父宣布他们结为夫妻时，没人鼓掌欢呼。鲁珀特看上去有些尴尬，俯身去亲吻新娘，却没有亲到她的嘴唇，就像玩"咬苹果"游戏的人，没咬准苹果一样。不知道上流社会的人会不会觉得在婚礼上出丑有点不堪。

然后一切结束了。威尔已经朝教堂出口前进了。我看着他的后脑，直挺挺的，很高贵，想问他来这儿是不是个错误。我想问他对她是否还有感情，我想告诉他，那个愚蠢的焦糖色女人配不上他，不论她的外表多么出众……我不知道还想说什么。

我只是想让他好过一点。

"你还好吧？"我赶上前去，问道。

最重要的是，新郎本来应该是他。

他眨了眨眼。"很好。"他说，轻轻呼了一口气，似乎一直都忍着，他抬头看我，"走吧。我们出去喝一杯。"

大帐篷搭建在四面环墙的花园里，熟铁门上缠绕着浅粉色的花环。酒吧在尽头处，已经挤满了人，我建议威尔在外面等候，我进去给他拿点喝的。我迂回穿过覆盖着亚麻布的桌子，我从没见过桌上摆那么多餐具和玻璃器皿。椅子有金边的靠背，像是在时装展会上见到的一样。白色的灯下面是餐桌中央的小苍兰和百合。空气中花香沁人，我觉得快窒息了。

"飘仙酒②？"我到前台时，酒吧男招待问道。"嗯——"我四处看了看，发现只供应这一种酒。"噢，好的，请给我两杯。"

---

① 即黑色晚礼服和长裤配白衬衣。
② 飘仙酒（pimm's）：一种用杜松子酒制成的酒精饮料，常与柠檬水或苏打水等一起饮用。

他对我笑了笑,"别的饮品要待会儿再上。杜瓦小姐希望每个客人先喝点飘仙酒。"他看我的眼神有点诡秘,加上那轻微的皱眉,让我明白了他的想法。

我盯着粉红的柠檬水,我父亲说越有钱的人就越小气,让我惊讶的是,婚宴一开始,他们居然不先上点正儿八经的酒。"我猜只能这样。"我说着,从他手中拿过杯子。

我找到威尔时,有个男人正跟他说话。那个人很年轻,戴眼镜,半蹲着,一只手搭在威尔的轮椅扶手上。现在艳阳高照,我得眯起眼才能看清楚他们。我突然明白了戴帽檐宽大的帽子的意义。

"威尔,见到你出来真的太好了。"他说,"公司没了你,完全变样了。我不能说太多……但是很不一样,就是不一样。"

他看起来像个年轻的会计师——那种只有穿上西服才会舒服的人。

"谢谢你这么说。"

"太出人意料了!就像从悬崖上跌落。前一天你还在那儿运筹帷幄,第二天我们就——"

注意到我站在那儿,他抬头看了一眼。"噢,"他说,我注意到他的目光停留在我的胸部上,"你好。"

"露易莎·克拉克,这位是弗雷迪·德文特。"

我把威尔的飘仙酒放进他的杯托,然后握了一下年轻男人的手。

他调整了视线。"噢,"他又说道,"你——"

"我是威尔的朋友。"我说。接着,不知为何,我把手轻轻地放在威尔的肩头。

"生活还不算太糟嘛。"弗雷迪·德文特说。他笑了笑,听上去有点像咳嗽。他又说话时,脸有些发红。"对了,我得去应酬一下了。你懂的,显然,婚礼是建立人脉的好机会。见到你很高兴,威尔,真的。也很高兴见到你,克拉克小姐。"

"他看上去不错。"我们走开时,我说。我把手从威尔肩头拿开,喝了一大口飘仙酒。它比看上去更可口,虽然我不太喜欢黄瓜。

"是的,是的,他是个很好的小孩。"

"不太笨。"

"是的。"威尔的视线触碰到我的视线,"是的,克拉克,一点也不笨。"

似乎是被弗雷迪·德文特过来打招呼的景象所鼓舞,接下来的一个小时好几个人到威尔身边来跟他问好。有几个站得离他有点距离,似乎这样就免除了握手的尴尬。另外几个提了提裤子,几乎蹲伏在他脚边。我站在威尔旁边,很少说话。有两个人靠近时,我发现他有些不自然。

其中一个身材高大,大大咧咧,叼着一根雪茄,站在威尔面前时似乎不知道说什么,勉强开口道:"婚礼真不错,是吗?新娘真漂亮。"我猜,他不知道艾丽西娅的罗曼史。

另外一个,看上去像是威尔的业务对手,话说得更冠冕堂皇,但是他的目光咄咄逼人,直截了当地问起威尔的身体状况,这让威尔紧张。他们像两条围着打转的狗,在考虑是否要龇牙示威。

"我前公司的新总裁。"那个人终于挥了挥手离开后,威尔说,"我想,他就是想确认一下我是否会复出。"

阳光更为毒辣,花园满溢芳香,人们在斑驳的树下歇息。我带威尔进了大帐篷的门口,忧虑着他的体温。大帐篷内,巨大的电扇在我们的头顶懒散地转动。远处,一栋避暑别墅的屋檐下,弦乐四重奏乐队弹着乐曲,像是电影中的场景。

艾丽西娅在花园里轻盈地走来走去,像一道优雅的风景线,不时抛出个飞吻,发出惊叹声,但没有到我们这边来。

威尔干了两杯飘仙酒,我隐隐有些高兴。

午餐下午四点开始供应。我觉得就午餐来说,这是个非常奇怪的时间,正如威尔指出的,这是一场婚礼。时间似乎被拉长了,变得毫无意义。人们没完没了地喝着饮料,漫无边际地聊天。我不知道是由于太热,或是整个的氛围,等我们在餐桌边坐定时,我感觉快醉了。发现我对左边的一位老人喋喋不休时,我真觉得有这个可能。

"飘仙酒里含有酒精吗?"在我把小盐瓶打翻到自己的腿上后,我问威尔。

"和一杯红酒的含量差不多吧,每一杯里都有。"

我惊骇地盯住威尔——眼前有两个他。"你在开玩笑吧!里面有水果,我觉得那就意味着没有酒精。我这个样子怎么能开车送你回家?"

"你算什么护理啊?"他说着,扬起眉毛,"我可以不把你喝醉的事情告诉我妈妈,但你拿什么谢我?"

这一整天威尔的反应让我目瞪口呆,我原以为会面对不苟言笑的威尔、冷嘲热讽的威尔,至少,会是沉默寡言的威尔。但是他对每个人都很友好,汤上来时也没有困扰到他。他只是客气地问有没有人愿意拿面包换他的汤,桌子那头的两个女孩声称自己

"对小麦过敏",直接把面包卷向他扔了过来。

我越是担心自己无法清醒,威尔就变得越发活泼和轻松。坐在他右边的那位老妇人是位前议员,发起过为残疾人争取权益的活动。我觉得她是少数几个能轻松跟威尔谈话的人,一度,我看到她喂给他一片肉卷。她短暂起身离开餐桌时,他小声对我说:"她以前爬过乞力马扎罗山。""我喜欢她这样的老家伙,"他说,"我可以想象她骑着骡子,带着一包三明治的情形,做事坚韧不拔。"

我就没这么幸运了,我左边的老先生花了四分钟迅速地考问了我是谁、住在哪儿、认识在场的哪些人,发现我不可能说出让他感兴趣的话后,把脸转向他左边的那个女人,我只能独自默默地消灭剩下的午餐。我一度觉得别扭,我感觉威尔的胳膊从轮椅上滑落到我旁边,他的手落到我胳膊上。我抬起头,他向我使着眼色。我抓住他的手握了握,很感激他能注意到我的情绪。他把轮椅往后退了几英寸,让我也加入与玛丽·罗林森的谈话中来。

"威尔告诉我你照料他。"她说。她有一双敏锐的蓝眼睛,皱纹显露了她的人生经历,连美容都没法抚平。

"我在尝试。"我说着,瞥了他一眼。

"你一直在这个行业工作吗?"

"不是,我以前……在咖啡馆工作。"我不确定在婚礼上告诉其他人这件事是否合适,但是玛丽·罗林森赞许地点了点头。

"我一向都觉得那是非常有意思的工作,如果你喜欢跟人打交道,并且好管闲事,我就是这样。"她笑着说。

威尔把他的胳膊移回轮椅上,"我一直在鼓励露易莎尝试做点其他事情,开阔一下眼界。"

"你想做什么?"她问我。

"她不知道,"威尔说道,"露易莎是我认识的绝顶聪明的人,但是我不能让她看到自己的可能性。"

玛丽·罗林森严厉地看了他一眼,"别用那副神气十足的样子对她,她完全有能力自己回答。"

我眨了眨眼。

"我觉得你比其他人更能体会这一点。"她补充道。

威尔看上去想说点什么,但是闭上了嘴。他盯着桌子,轻轻摇了摇头,不过他一直在笑。

"啊,露易莎,我感觉你现在的工作要花费很多心神。这个年轻人不会是好相处的客户。"

"说得没错。"

"但是威尔擅长发现可能性。这是我的名片,我现在是一家鼓励再教育的慈善机构的董事会成员,或许未来你会考虑做点不同的事情。"

"跟威尔一起工作,我很开心,谢谢您。"

不管怎样,我接受了她递过来的名片。这个女人对我的人生有那么一点兴趣,让我惊讶。即使我收下了名片,我也只是做做样子,我不可能放弃工作,即使我知道要学什么。我不确信我适合再教育,况且,当务之急是让威尔活下去。我陷入自己的思绪中,暂时没有聆听旁边两人的谈话。

"……很高兴你熬过了最困难的阶段,可以这么说。我知道经历巨大的转变后,重新调整自己的人生,制定新目标,非常困难。"

我盯着剩下的清炖鲑鱼,我从没听到有人这么对威尔说话。

他皱着眉,转过头面对她,"我不确定我已经熬过了最困难的阶段。"他平静地说。

她看了他一会儿,又看向我。

不知道我的表情是不是显露了什么。

"任何事情都需要时间,威尔,"说着,她把手放在他的胳膊上,"你们这一代人觉得很难适应。成长的路上,你们一直期待一切事情都能称心如意。你们都想过上自己选择的生活,特别是像你这样年轻的成功男士。但是这需要时间。"

"罗林森夫人,玛丽,我并不指望复原。"他说。

"我并不是指身体上,"她说,"我是说学习拥抱新的生活。"

我正等待着听威尔接下来的答复,就在那时,有人拿汤匙在玻璃杯上重重敲击了一下,整个房间安静了下来,进入感言时间。

我几乎没听清他们说的话。对我来说就是一个个身着企鹅装的胖男人轮流上台,提及我不知道的人和地方,激起礼貌的笑声。我坐着,猛吃桌上银色篮子里的黑巧克力软糖,接连喝了三杯咖啡,我不仅觉得醉了,还觉得惊惶不安。威尔正相反,他非常平静。他坐在那里,目睹客人们为他的前女友鼓掌喝彩,听鲁珀特絮絮叨叨,说她多么完美出色。没人感谢他。我不知道是不是因为他们不想伤害他,或是因为他在场会有点尴尬。间或玛丽·罗林森探身在他耳边说着什么,他微微点点头,似乎是表示同意。

致辞终于结束时,一群服务员开始清理房间中心,作为舞池场地。威尔俯身向我,说:"玛丽提醒我说这附近有家很棒的旅馆,打电话问问有没有房间。"

"什么?"

玛丽递给我一张餐巾,上面写着名字和电话号码。

"没事的,克拉克。"他小声说——这样她听不到,"我来付费。

给他们打电话,这样你就不用担心你喝醉了。从我的包里拿出我的信用卡,他们可能要记下卡号。"

我拿出了信用卡,伸手去找手机,然后走到花园的偏僻角落。他们还有两间空房,他们说——一楼的一间单人房和一间双人房。是的,有残疾人通道。"好极了。"我说,他们告诉我价格时,我含含糊糊地说了声"好"。我说了威尔的信用卡账号,读这些数字时,我感觉有点想吐。

"好了?"我又出现时,他问道。

"订好了,只是——"我告诉他两个房间的花费。

"没关系,"他说,"给你男朋友打电话告诉他你今晚不回家,再喝杯酒。事实上,喝六杯。我会很高兴看到你喝得烂醉,艾丽西娅爸爸买单。"

因此我喝了。

那是个特别的夜晚。灯光黯淡下去,我们那个小桌也不那么显眼了,晚风消散了铺天盖地的花香,音乐、美酒和舞蹈意味着在最不可能的地方,我们真的痛快玩起来。我从没见过威尔如此放松,坐在我和玛丽之间,他跟她说话,对她笑,他看起来很开心,那些曾以轻蔑或同情的眼光打量他的人也不敢靠近了。他让我拿掉披肩,坐直。我脱掉他的外套,解开他的领结。看别人跳舞时,我们都尽量不咯咯笑出声来。我不能告诉你看了上流社会的人跳舞的样子,我感觉有多好,男人们看起来像是触电了,女人们手指着星星,即便是在旋转,看起来也非常地不自然。

玛丽·罗林森嘟哝了好几遍"我的天哪"。她看了我一眼,每喝一杯酒,她的话就更为露骨。"露易莎,你不想下舞池显显身手吗?"

"天哪,不想。"

"脑子还挺清醒嘛。我在青年农场主迪斯科俱乐部看到过很棒的舞蹈。"

九点钟时,我收到了内森的一条短信。

一切顺利吗?

我回复:

是的,很好。信不信由你,威尔很开心。

他确实很开心,玛丽说了什么,他放声大笑。我内心有种奇怪的紧张感,告诉我,我的计划可以奏效。如果身边是合拍的人,如果让他成为威尔,而不是在轮椅里的那个男人,那个病人、同情的对象,他完全可以快乐起来。

十点,慢舞开始。鲁珀特领着艾丽西娅在舞池绕圈,旁观者礼貌地鼓着掌。她的头发下垂,搂着他的脖子,似乎她需要支撑。鲁珀特环住她的腰。虽然她既美丽又富有,我还是有些为她感到遗憾,我觉得她或许要到很久以后才会意识到她失去了什么。

舞曲播到一半时,其他情侣加入了舞池,他们有点被挡住了,玛丽谈论着护理的津贴,让我分了心。等到猛然抬起头时,发现她就站在我们两人前面,穿着米白色丝绸裙,像超级名模。我的心堵在了嗓子眼。

艾丽西娅朝玛丽点头致意,微微弯下腰,让威尔能清楚地听到她说话,不被音乐声盖住。她的表情有点紧张,好像她不得不为过来事先做好准备。

"威尔,谢谢你来。真的。"她斜眼看了我一下,什么也没说。

"我的荣幸，"威尔平静地说，"艾丽西娅，你很美。今天是个好日子！"

她的脸上闪现出一丝惊奇，又有一丝伤感，"真的？你真这么想。我还以为……我有很多话想说——"

"真的，"威尔说道，"没必要多说什么了。你还记得露易莎吧？"

"我记得。"

一阵短暂的沉默。

我可以看见鲁珀特在后面徘徊，警惕地看着我们。她朝后看了他一眼，招了招手。"总之，谢谢你，威尔。你能来实在太好了，谢谢你送的……"

"镜子。"

"当然。我非常喜欢那面镜子。"她站起身，走回到她丈夫身旁。鲁珀特转过身，挽住她的胳膊。

我们看着他们穿过舞池。

"你根本没送镜子。"

"我知道。"

他们仍在谈话。鲁珀特的目光又看向我们，似乎他不敢相信威尔会这么友善。说真的，我也不相信。

"这会……让你困扰吗？"我问他。

他把目光从他们身上移开。"不会。"他笑着对我说。因为喝过酒，他笑时有点撇着嘴，他的眼神既悲伤又像在沉思着什么。

在下一首曲子开始之前，舞池里暂时没人。我听见自己说道："威尔，陪我去跳个舞好吗？"

"什么？"

"来吧。给这些浑蛋一些谈资。"

"噢,好极了。"玛丽举起杯,说道,"太妙啦!"

"走吧,现在音乐还很缓慢,我们去转两圈。难不成你还能坐在轮椅里蹦迪。"

我没有给他选择的余地。我小心地坐在威尔腿上,手环住他的脖子,让自己坐稳当。他直视了我一分钟,似乎在想是否可以拒绝我。令人惊喜的是,威尔转动轮椅,带我们来到舞池里,在球形水晶灯闪耀的灯光下,一小圈一小圈地转动。

我感到非常不安,又有些激动。因为我的坐姿,我的裙摆已经掀到了大腿中间。

"别管它。"威尔在我耳边轻声说。

"这——"

"拜托,克拉克。别让我失望。"

我闭上双眼,搂住他的脖子,脸贴住他的面颊,呼吸着他须后水的柑橘香味。我可以感觉到他轻声哼唱着音乐。

"他们都被吓住了吧?"他说。我睁开一只眼睛,在黯淡的光线里瞅了一眼。

有几个人露出鼓励的微笑,但大多数人似乎还搞不清楚该怎么回应。玛丽举起酒杯向我祝贺。我看见艾丽西娅盯着我们,她的脸色都变了。她发现我在看她时,转过脸对鲁珀特说话。他摇了摇头,似乎我们在做丢脸的事。

我脸上露出了顽皮的笑容。"噢,是的。"我说。

"哈,再近一点。你真香。"

"你也是。不过要是你一直向左转圈,我可能会吐。"

威尔改变了方向。我搂住他的脖子,往后退了一点看着他,我不再感到难为情。他低头看着我的胸部,平心而论,就我的姿势来说,他没法看向其他地方。他把目光从我的乳沟处移开,扬起眉毛。"知道吗?要不是我坐在轮椅里,你绝不可能把你的胸贴得离我这么近。"他小声说。

我回过头平静地看着他,"要不是坐在轮椅里,你绝不会看我的胸部?"

"什么?我当然会。"

"不,你会忙着看那些高个子的金发女郎,她们有大长腿、蓬松的波浪鬈发,隔着老远就能闻到金子味。而我呢,可能就在那边负责端酒,一个隐形人。"

他眨了眨眼。

"我说得对,不是吗?"

威尔看了看酒吧,又看向我,"是的,不过说实话,克拉克,那时我很渣。"

我放声大笑,更多人朝我们看过来。

我尽力平静下来。"对不起,"我咕哝道,"我感觉我有点歇斯底里。"

"你知道吗?"

我可以整个晚上看着他的脸——他眼角的皱纹、他肩颈的线条。"什么?"

"克拉克,有时候,你就是我早上醒来的唯一动力。"

"那么我们出去走走吧。"我还没有意识到想说什么之前,话就脱口而出了。

"什么?"

"我们去个地方,好好玩一个星期。就你和我,没有这些……"

他等待着。"傻瓜?"

"……傻瓜。答应我吧,威尔,拜托。"

他看着我。

我不知道我在说什么,我不知道那些话从哪儿来的。我只知道要是有星星、有小苍兰、有笑声、有玛丽的今晚都不能让他答应,我就再也没有机会了。

"拜托了。"

他回答我之前的这几秒似乎有一辈子那么长。

"好的。"他说。

第十九章　归来

（内森）

他们以为我看不出来。第二天午餐时间他们终于从婚礼回来时，特雷纳太太快抓狂了，话都说不出来。

"你们应该打个电话回来的。"她说。

她整晚没睡，就是想确认他们安全归来。自从我八点来的时候，就听见她在隔壁房间的瓷砖过道里走来走去。

"我给你们两个打电话，发短信不下十八次了。最后我给杜瓦家打了电话，有人告诉我'坐轮椅的那个男人'去了宾馆，我才确定你们两个没有在公路上出事。"

"'坐轮椅的那个男人'，很好。"威尔说。

看得出来他没有烦心，他完全放松，虽然宿醉，依然非常幽默，即使我觉得此刻他还承受着疼痛。他母亲开始责骂露易莎时，他才没有了笑容。他插话说如果对她有什么不满，应该冲着他来，因为是他决定在外过夜的，露易莎不过是配合他罢了。

"在我看来，妈妈，作为一个三十五岁的老男人，在宾馆过了一晚，我不需要对任何人做交代，即使是对我父母。"

她盯着他们两个，嘟哝着"起码的礼貌"什么的，然后离开了房间。

露易莎看上去有点震惊，他转过头，对她小声说了什么，就在那会儿我看了出来。她脸红了，笑了起来，是那种你知道你不该笑时会发出的笑声，是那种谈到某个阴谋的笑声。威尔告诉她这天剩下的时间放轻松些——回家，换个衣服，打个盹儿。

"你昨晚宿醉未醒，还穿着头天的衣服，我可没法和你绕着城堡散步。"他说。

"宿醉未醒？"我的声音中有掩饰不住的惊讶。

"不是你想的那样。"露易莎说着拿围巾打了我一下，拿好外套走了。

"开车吧，"他大声叫道，"这样你回来更方便些。"

我看见威尔的目光一直跟随她到后门。

单凭那个眼神，我就敢打赌这两人之间肯定有点儿什么。

她离开后他有点泄气，似乎他一直撑到他母亲和露易莎离开侧厅。我仔细地看着他，一旦他的脸上不再有笑容，我就知道他并不好受。他的皮肤出现轻微的污斑，在他认为没人看他时，他皱了两次眉。我能看出他浑身冒冷汗。我的脑中响起了模糊但是尖锐的小声警报。

"你还好吗，威尔？"

"我很好。别担心。"

"能告诉我哪里疼吗？"

他看上去有些无奈，似乎他知道我看透了他。我们在一起合作很久了。

"好吧,有点头疼。还有……嗯……我需要换导尿管,估计得赶快。"

我把他从轮椅里移到床上,将设备联在一起。"今天上午露什么时候换的?"

"她没有换。"他皱了皱眉,看起来有点愧疚,"昨晚也没有。"

"什么?"

我量了一下他的脉搏,抓过血压测量计。不出所料,血压读数超高。我摸了摸他的前额,出汗了。我来到药品柜,捣碎了一些血管舒张药,让他用水冲服,看着他喝下最后一点,然后我把他支起来,把他的腿放在床边,迅速地更换了导尿管,在这期间一直看着他。

"自主神经反射异常?"

"对。威尔,你这么做不明智啊。"

自主神经反射异常差不多是我们最可怕的噩梦,这是威尔的身体对疼痛、不适,以及没有清除的导尿管的过激反应。他的神经系统受到损伤,却还想控制身体,就会出岔子。它可能突然出现,让他的身体陷入崩溃。他脸色苍白,吃力地喘着气。

"皮肤感觉怎样?"

"有点刺痛。"

"视力呢?"

"很好。"

"呀,老兄,你觉得我们需要帮助吗?"

"给我十分钟,内森。我确定你做了我们需要做的一切,给我十分钟。"

他闭上了双眼。我又量了一下他的血压,思考着过多久叫救护车。自主神经反射异常很吓人,因为你没法知道下一刻会发生什么。我开始照顾他时,他发过一次,后来在医院待了两天。

"真的,内森,要是我觉得有麻烦了,我会告诉你。"

他叹了一口气,我帮他往后倒,让他靠在床头板上。

他告诉我露易莎喝醉了,他不敢冒险让她胡来,给他换尿管啥的。"天知道她会把管子插到哪里去。"他半笑着说。把他从轮椅中弄到床上几乎花了露易莎半小时,他说。他们两人两次跌到地板上。"幸好,当时我们都太醉了,没有一点感觉。"她还镇定自若地打电话给前台,他们叫了搬运工过来抬他。"好家伙,我模糊记得我坚持让露易莎给他 50 英镑的小费。我知道她肯定喝醉了,因为她同意了。"

她离开房间时,威尔还有点担心她找不到自己的房间。他仿佛看到她在楼梯上蜷曲成一个小红球。

我可没有心情共情露易莎·克拉克。"威尔,老兄,下回你能不能多担心担心自己?"

"我没事,内森。我很好,感觉好多了。"

我检查他的脉搏时,感觉他一直看着我。

"真的,这不是她的错。"

他的血压降下来了,气色也恢复正常。我呼出了一口气,我都没意识到我一直憋着。

我们聊了一会儿,一边消磨着时间一边等着他的状况稳定下来,我们讨论了前一天的婚礼——他一点没受前女友的困扰。他没有说多少,尽管他明显很累,但看上去精神还不错。

我松开他的手腕,"对了,文身很酷。"

他给了我一个哭笑不得的表情。

"你得保证,下次别搞'挂了'。"

尽管出汗加上疼痛,还有感染,他看起来像是想着别的事情,而不是折磨他的疾病。我不禁想到,要是特雷纳夫人知道他这样,或许不会那么生气。

中午的事情我们一点儿也没告诉她,威尔让我承诺不告诉她,但是露那天下午晚些时候回来时,非常安静。她脸色苍白,头发洗过了,披在脑后,像是她想尽量让自己看上去得体些。我有点猜到她的想法。有时你喝高了,到凌晨你都觉得很好,那只是因为你还有点醉。该死的宿醉在玩弄你,在计算什么时候再发作。我估摸着午餐时间她肯定很痛苦。

过了一会儿,事情就变得很明白,困扰她的不仅仅是宿醉。

威尔一直问她为什么这么安静,她说:"如果你刚刚跟男朋友住在一起就在外面过夜,不太理智。"

说话时她在笑,但是很勉强,威尔和我都知道她男朋友肯定对她说过重话。

我不能责怪他,我也不想我女朋友和别的男人在外面过夜,即使他四肢瘫痪,并且他还没有见到威尔看她的那种目光。

那个下午我们没有做什么。露易莎倒空威尔的背包,里面全是酒店免费提供的洗发水、护发素、小针线包和浴帽。("别笑,"她说,"以那个住宿价格,威尔都能买下一个洗发水工厂了。")我们看了一部日本动画片,威尔说非常适合宿醉的人看。我留了下来,部分原因是想查看他的血压,还有部分原因,老实说来是我有点顽皮,我想看看我说要陪他们两人时他的反应。

"真的？"他说，"你喜欢宫崎骏？"

他突然住嘴，说当然我会喜欢这部电影……这部电影很棒……哇啦哇啦说了一大堆，但那种情绪分明存在。从某种程度来说，我很为他高兴。这个男人已经想这件事情太久了。

我们一起看了电影。拉下百叶窗，把话筒拿起来，看了这部奇特的动画片，片中的女孩最终来到一个平行世界，里面有很多诡异的生物，一半的人物你看不出他们到底是好是坏。露坐得离威尔很近，给他递饮料，给他擦眼睛，真的非常甜蜜。我有点想知道这件事到底会如何发展。

露易莎拉开百叶窗，给我们泡茶，他们俩看着彼此，就像两个深藏心事的人在犹豫要不要告诉我。他们告诉我要出门度假，十天，还不确定去哪儿，估计耗时又累人，但会很美妙。问我是否愿意同去并帮忙。

这还用问吗？当然要去！

我太佩服这个女孩了。如果四个月前你告诉我，我们要带威尔长途旅行——见鬼，他连这个屋子都不愿意离开——我肯定会说你脑袋少根筋。尽管如此，我们出发之前，我会私下里和她好好谈谈威尔的医疗护理问题。如果我们在前不着村、后不着店的地方，可承受不起再发生这样的差错。

特雷纳夫人出现时，他们还告诉了她。露易莎那会儿正要离开。这件事是威尔说的，好像他觉得这并不比绕着城堡散步更不寻常。

我得告诉你，我很高兴。那个该死的在线扑克网站吞掉了我所有的钱，我今年都没计划去度假。我甚至原谅了露易莎的愚蠢，威尔说他不想让她帮忙换管子时，她听信了威尔的话。相信我，我本来相当生气。现在看来一切都很好,我穿外套时还吹起了口哨,已经在期待白色的沙滩和碧蓝的海,我甚至在想是不是可以顺便回奥克兰的家里小住几天。

然后我看见了她们,特雷纳夫人站在后门外面,露等待着动身离开。我不知道她们聊了些什么,不过两人看起来都很严肃。

我只听见了最后一句话,老实说,已经足够了。

"露易莎,我希望你知道自己在做什么。"

第二十章　旅行

"什么?"

我告诉他时,我们在镇外的山上。帕特里克要跑十六英里,才跑了一半,我骑车跟在他后面帮他计时。骑车和粒子物理,在我看来,难度差不多,所以我汗流浃背,还绕来绕去。他恼火地吼了好多次。他原本想跑二十四英里的,但是我跟他说我骑不了那么久,况且回家后我们得有人去商店进行每周的采购,我们没有牙膏和速溶咖啡了。说实话,只有我需要咖啡,帕特里克喝花草茶。

到达羊栏山山顶时,我气喘吁吁,腿像灌满了铅,我决定就在那儿把话说出来。我估摸着趁回家的十英里路,他可以恢复好心情。

"我不能去铁人三项。"

他没有停下来,我们离得越来越近。他转过头来面对我,腿仍然在动,他看起来十分震惊,我差点撞到树上。

"什么?为什么?"

"我要……工作。"

他返回的路上,开始加速。我们已经到达山脊,我稍稍紧了紧刹车,免得自己骑到他前面去。

"你什么时候做出决定的?"豆大的汗珠从他额头滚落,腿肚子上青筋突出。我不能盯着它们看太长时间,不然我会颤抖。

"周末。我只是想确认一下。"

"但是我们已经帮你订了航班。"

"不就是易捷航空吗?要是你那么不爽,我会还你39英镑。"

"不是钱的问题,我以为你会来支持我,你说过你会来给我加油。"

帕特里克不高兴时会板起脸。我们刚在一起时,我还取笑过他,我叫他坏脾气的长裤先生。这让我觉得好笑,他很愤怒,他常常会不再紧绷着脸,好让我闭嘴。

"噢,拜托,我现在不是在支持你吗?我讨厌骑车,帕特里克,你知道的。但是我要支持你。"

他没有说话,我们又前进了一英里。也许是我想多了,帕特里克的脚步声听起来很严酷、很坚决。我们在小镇的上方,我在上坡路段喘息个不停,每次有车经过时,我内心狂跳不止。我骑的是母亲的旧自行车(帕特里克不让我靠近他的宝贝赛车),这辆车没有齿轮,所以我常常往左尾随着他。

他向后看了一眼,稍微慢下了脚步,让我追上他。"为什么他们不能请个护士?"他问。

"护士?"

"去特雷纳家。你要在那儿待六个月,总得有权休个假吧。"

"没那么简单。"

"当然可以,毕竟你开始在那儿上班时,一无所知。"

我屏住呼吸,骑车已经让我完全上气不接下气了,还要说话真是困难。"因为他要度假。"

"什么?"

"他需要度假,他们要我和内森去帮助他。"

"内森?谁是内森?"

"他的医疗护理。威尔来我家时,你见过那个人。"

能看出帕特里克在回想。他擦去眼角的汗水。

"在你问之前,"我补充道,"没有,我跟内森没有一腿。"

他慢了下来,低头看着柏油碎石路,最后他几乎原地慢跑。"这是怎么回事,露?因为……因为在我看来,工作和正常生活之间的界限混淆了……"他耸了耸肩。

"这不是一份普通的工作,你明白。"

"但是这些天,威尔·特雷纳似乎凌驾于一切事情之上。"

"噢,这并不算啊?"我松开把手,指着他正在移动的双脚。

"这不一样。他叫你,你随叫随到。"

"你跑步,我也会来呀。"我勉强笑道。

"真好笑啊。"他转过身。

"六个月,帕特,六个月。毕竟当初是你让我接受这份工作的,你不能因为我认真对待这份工作而责骂我。"

"我不觉得……我不觉得仅仅是工作的问题,……我只是……我觉得你有事瞒着我。"

我迟疑了一下,似乎琢磨了太久,"事情不是这样。"

"但是你不去铁人三项。"

"我说过了,我……"

他轻轻摇了摇头,好像他不能听到我说的话。他往下跑,离我越来越远。从他背影的姿态,我就可以看出他有多生气。

"噢,拜托,帕特里克,我们能停下来讨论一下吗?"

他的语气执拗,"不行,这会拖延我的时间。"

"那我们把表停掉,就五分钟。"

"不行,我必须接近真实情况。"

他跑得更快了,似乎获得了新的冲力。

"帕特里克!"我说着,拼命追赶他。我的脚在踏板上打滑,我咒骂了一声,又努力往前骑。"帕特里克,帕特里克!"

我盯着他的后脑,没过大脑话就说出了口:"好吧。威尔想死,他想自杀,这次旅行是我改变他心意的最后尝试。"

帕特里克的步子迈得小了些,慢了下来。他停了下来,背挺得笔直,仍然没有看我。他慢慢转过身,终于停了下来。

"再说一遍。"

"他想八月份去'尊严'。我想改变他的主意,这是我最后的机会。"

他盯住我,仿佛不知道是否该相信我。

"我知道这听起来很疯狂,但是我要改变他的主意。因此……因此我不能去铁人三项。"

"为什么之前你不告诉我?"

"我答应过他家人不告诉任何人。要是消息泄露出去,对他们很不利、很糟糕。听着,连他都不清楚我知道。事情很棘手,对不起。"我伸出手去抓他,"要是可以,我一定早告诉你了。"

他没有回答。他看上去非常伤心,好像我做了可怕的事。他面有愠色,艰难地咽了两口唾沫。

"帕特——"

"别说了,我要跑步了,露,我自己跑。"他摸了摸头发,"好吗?"

我抑制住自己的情绪,"好的。"

一时间他看起来似乎忘记了为什么我们会在那儿,接着他飞奔起来,我看着他在我面前消失,头也不回地往前,双腿迅速迈过脚下的路。

从婚礼回来的第二天,我就在网上发帖了。

> 有人能推荐一个适合四肢瘫痪者探险的好地方吗?我希望找一些健全人能做的事情,让我情绪消沉的朋友暂时忘却他的人生有点受限。我不太确定我希望的是什么,任何建议我都很感激。这件事非常紧急。
>
> 忙碌的小蜜蜂

再次登录时,我难以置信地盯着屏幕。有八十九条回复!我上上下下滑动着页面,起初还拿不准他们是否会回应我的问题。我瞥了一眼图书馆其他电脑用户,渴望有人能看着我,这样我可以跟他分享一下。一个问题收到了八十九条回复!

有四肢瘫痪者蹦极的故事,还有游泳、划船,甚至在专门支架的帮助下骑马(看着链接里的网上视频时,我有点失望,因为威尔说过他完全忍受不了马,但骑马看上去棒极了)。

也有人和海豚游泳，靠设备潜水。悬浮椅能够让他们钓鱼，改装过的自行车可以让他们越野。有人发出了自己参加这些活动的照片和视频。有几个人，包括里奇，还记得我先前的帖子，想知道威尔现在怎么样。

听起来是好消息。他现在好些了吗？

我很快输入了回复：

也许，希望这次旅行能真正起到作用。

里奇回应道：

好样的！要是能搞定资金并妥善打点，一切皆有可能。

飞奔女孩写道：

一定要把他蹦极的照片贴几张上来，我爱死人们倒转过来时脸上的表情了！

我喜欢这些四肢瘫痪者和他们的护理员，因为他们勇敢、宽厚、有想象力。那一天晚上我花了两小时写下他们的建议，点开他们给的链接，到他们尝试并测验过的相关网站，甚至跟聊天室的几个人聊了一会儿。离开时，我有了目的地：我们可以前往加利福尼亚，去四风农场，有个专业中心，网站上说他们很有经验，"在某种程度上，让你忘记需要帮助"。农场本身是一座低矮的木房子，建在靠近约塞米蒂附近森林里的一块空地，有一位特技替身演员脊柱受损，但不愿因此受到限制，建造了这座农场。网上的访客留言簿上满是度假者愉快并深表感激的留言，他们发誓说多亏了这位原前特技替身演员，改变了他们对残疾的看法，也改变了他们对自己的感受。聊天室里至少有六位网友去过那儿，他们都说那次旅行改变了他们的生活。

那儿使用轮椅很方便，有豪华旅店所能拥有的一切设施：户外下沉式浴缸配有不显眼的升降机，还有专业按摩师。受过训练的医疗人员随时待命，电影院的座位旁边留有足够的空间放轮椅。有进出方便的户外热水浴缸，人们可以坐在里面看星星。我们可以在那儿待一周，再去海边的酒店住上几天，威尔可以在那儿游泳，欣赏崎岖不平的海岸线。这次度假最让人兴奋的是，我安排了高空跳伞，降落伞教练受过训练，可以协助四肢瘫痪者跳伞。他们有专用设备，可以把威尔缚在他们身上（显然，最重要的事情是缚牢他们的腿，这样他们的膝盖就不会飞起来打到他们的脸）。

我可以给他看旅店的小册子，但是我不会告诉他。我会直接与他一起出现在那儿，看着他从高空跳下来。在这短暂而珍贵的几分钟，威尔将没有重量，自由自在。他会逃离开那可怕的轮椅，他会摆脱重力的束缚。

我把所有信息打印了出来，把高空跳伞那张放在了上面。无论何时看到它，我都感到一颗兴奋的种子已经发芽并茁壮成长，这是我第一次远途旅行，能否改变威尔的念头可能在此一举。

第二天一早，我把资料拿给内森看，我们两个偷偷俯身在厨房的咖啡杯旁，就像在做什么私密的事情。他翻阅着我打印出来的文件。

"我跟其他四肢瘫痪患者讨论过高空跳伞。从医学上来说，他没理由做不了。还有蹦极，他们有专门的保护带来缓和他脊柱受压。"

我担心地端详着他的脸。我知道一涉及威尔的身体健康，内森并不认可我的专业能力。我需要他认可我的计划。

"这个地方有我们所需要的一切。如果我们提前打电话,带去医生的处方,他们甚至可以准备好我们需要的通用药品,我们也就不用担心药用完了。"

他皱了皱眉。"看起来不错,"他终于说,"你干得很好。"

"你觉得他会喜欢吗?"

他耸了耸肩。"我心里没谱。但是——"他把资料递给我,"迄今为止,你一直给我们惊喜,露。"他的笑容诡秘,在脸上蔓延开来,"这事你没理由做不好。"

晚上离开前,我把资料拿给特雷纳夫人看。

她刚把车子驶入车道,这儿看不到威尔房间的窗户,我犹豫了一会儿才走近她。"我知道这次旅行会花费不少,"我说,"但是……我觉得真的很棒。我认为威尔能够享受到一段美好时光,如果……如果您明白我的意思。"

她一言不发地浏览了一下,然后研究着我的预算。

"我的那份我自己付钱,如果您喜欢这个规划的话。我付自己的伙食费和住宿费,我不想别人认为——"

"没关系,"她打断了我的话,"你想怎么做就怎么做。如果你觉得可以说服他去,那么预订吧。"

我懂她的意思,现在没时间多想了。

"你觉得你可以说动他吗?"她问。

"嗯……如果我……如果我把这次旅行说成……"我吞了吞口水,"是为了我好。他认为我的生活不够充实,他一直说我应该出去看看。我应该……做出点成绩。"

她仔细看着我,点了点头,"是的,听起来很像威尔。"她把资料还给我。

"我——"我吸了一口气,然后,让我惊讶的是,我发现自己居然说不出话来。我艰难地咽了两口唾沫,"您以前说,我……"

她似乎并不想听我把话说完。她低下头,细长的手指又去够颈边的链子,"好啦,我要进去了。我们明天再见,到时再告诉我他的想法。"

那天晚上我没有回帕特里克家。我本来想去的,但是冥冥之中有什么东西指引我穿过马路,坐上了回家的公共汽车。我走了180步到家,直接走了进去。这个晚上很温暖,窗户都大开着,让风吹进来。母亲在厨房做饭,唱着歌。父亲手捧一杯茶坐在沙发上,外祖父在他的椅子上打盹,头歪向一边。托马斯拿黑色的毡制粗头笔认真地在鞋子上作画。我打了个招呼,走过他们身边,不知道为什么这么快我就像不再属于这个地方了。

特丽娜在我房间忙活着。我敲门走进屋子,发现她在桌前,弓着背伏在一堆课本上,鼻梁上架着一副我没见过的眼镜。看见她身边是我选择的物品,感觉怪怪的。托马斯的画已经盖住了我精心刷过的墙,蔓延到了百叶窗的角落。我得整理情绪,才能不感到愤恨。

她回头看了我一眼。"妈妈叫我了吗?"她说。她看了一眼钟,"我以为她正给托马斯泡茶。"

"她正在做,托马斯在吃炸鱼条。"

她看了看我,把眼镜取了下来,"你还好吧?你的脸色看起来糟透了。"

"你也好不到哪里去。"

"我知道,我愚蠢地去排毒减肥,结果得了荨麻疹。"她摸了摸下巴。

"你不需要减肥。"

"是的,不过……会计2班上有个家伙,我很喜欢。我觉得我该努点力。满脸疹子也很好看,是吧?"

我在床上坐下,这是我的被罩。我知道帕特里克会讨厌它,因为它上面的几何图案很可笑。我很惊讶特丽娜居然不讨厌。

她合上书,身体向后靠在椅子上,"怎么了?"

我咬了咬唇,她又问了一遍。

"特丽娜,你觉得我可以接受再培训吗?"

"再培训?哪方面?"

"我说不上来,和时尚有关的,设计,或者裁缝。"

"嗯,肯定有相关课程,我确信我们学校就有。如果你需要,我可以查一下。"

"可是他们会招我这样的人吗?没有学历的人。"

她把笔抛向空中又接住,"噢,他们喜欢成年学生,尤其是有职业道德的成年学生。你可以先上个衔接班,我没觉得有什么不可以。为什么?发生什么事了?"

"我不知道。就是威尔不久前说的,有关……我的人生要做的事情。"

"然后呢?"

"然后我一直在想……也许是时候做点想做的事情了。现在爸爸有了收入,也许家里不只你可以有所作为。"

"你得付学费。"

"我知道,我一直在攒钱。"

"也许学费比你的存款要多一点。"

"我可以申请助学金,或者贷款。我的钱足够我撑过一阵。我遇到了一个女议员,她说跟一些机构有联系,那些机构可以帮到我。她给了我她的名片。"

"稍等一下,"特丽娜说,在椅子上转动了一下,"我不太明白。我以为你想留在威尔身边,我以为这个计划的唯一目的是你希望他继续活着,你能继续照顾他。"

"没错,但是……"我盯着天花板。

"但是什么?"

"事情很复杂。"

"量化宽松也很复杂,但我还是明白了它的意思是印钞票。"

她从椅子上起身,走过去关上了卧室的门。她压低了声音,这样外面的人就听不到她讲话。

"你觉得你会输?你觉得他会去——"

"不,"我忙不迭地说道,"这么说吧,我希望不会。我有计划,很大的计划,我会给你看一下。"

"但是……"

我把双臂伸展到头顶,手指扭在一起。"我喜欢威尔,很喜欢。"

她看着我,又是那副思考的表情。每当我妹妹用一脸思考的表情盯着你,没什么比这更可怕了。

"噢,该死!"

"不要……"

"这很有趣。"她说。

"我知道。"我放下手臂。

"你要一份工作。那么……"

"是其他四肢瘫痪患者告诉我的，和我在留言板上聊天的人。你不能两者兼顾，你不能既是护理又是……"我抬手掩住脸。

我能感觉到她看我的目光。

"他知道吗？"

"不，我不确定。我只是……"我趴在她床上，脸朝下。闻起来有托马斯的味道，还有隐隐的马麦酱气味。"我不知道我是怎么想的，我只知道大部分时候，我情愿跟他在一起，也不愿跟其他人在一起。"

"包括帕特里克？"

问题就在这里，这是我不大能承认的事实。

我感觉双颊绯红。"是的，"我对着被罩说，"有时，是的。"

"见鬼，"过了一分钟，她说道，"我还以为只有我喜欢把生活搞得复杂一点呢。"

她躺在我身边，我们盯着天花板。能听到楼下外祖父吹着不入调的口哨，伴随着托马斯操纵着遥控车来来回回碰撞搁脚板发出的嘭嘭声。为某种不能解释的原因，我的眼中充满了泪水。过了一会儿，我感觉妹妹的手臂环绕住我。

"你这个疯女人。"她说。我们两人都笑了起来。

"别担心，"我说，擦了擦脸，"我不会做蠢事的。"

"那就好。我越想这件事，就越觉得情势紧张。不像是真的，像是演戏。"

"什么？"

"好吧，毕竟事关真正的生死，你陷在这个男人每天的日常生活中，还卷入了他诡异的秘密，这造成一种亲密的假象。要么是这样，要么就是你有弗洛伦斯·南丁格尔情结。"

"相信我,绝对不是那样。"

我们躺在那儿,盯着天花板。

"这有点疯狂,想想看爱上一个人……却没有回报。或许这不过是你和帕特里克终于住在一起的恐惧反应。"

"我知道,你说得没错。"

"你们两个在一起很长时间了,你很可能会对别人生出好感。"

"尤其帕特里克沉迷于马拉松。"

"你或许也会不再喜欢威尔,我记得你曾说过他是个浑蛋。"

"我现在有时也这么认为。"

妹妹拿了张纸巾过来,轻拭我的眼睛,然后她戳了戳我的脸。

"说了这么多,上大学是个好主意。因为,坦率来说,不论威尔的事情是否搞砸,你都需要一份正经工作。你肯定不能永远做护理。"

"威尔的事情不会搞砸,他会很好。"

"当然他会。"

母亲在叫托马斯。我们可以听见她的声音,她就在下面的厨房唱着:"托马斯,托马托马托马托马斯——"

特丽娜叹了一口气,擦了擦眼睛,"你今晚回帕特里克家吗?"

"嗯。"

"想去'斑点狗'喝一杯吗?给我看看你的规划,我看看妈妈能不能帮我把托马斯弄上床。走吧,你请客,既然你现在都存够去上大学的钱了。"

我回到帕特里克家时是晚上九点四十五分。

令人惊奇的是,特丽娜完全赞同我的旅游计划。她没有像通常那样补充道:"没错,要是你能这样做更好……"有一会儿我还在想,她这样做是不是为了对我表示友善,因为很明显我有点疯狂。但是她一直说:"哇,真不敢相信你找到了这个!你一定得多拍几张他蹦极的照片。""想象一下他听到高空跳伞时脸上的表情,肯定棒极了。"

酒吧里任何看见我们的人,都会认为我们两个感情超好。

我悄悄进了门,脑中仍然仔细思考着这件事。从外面看,公寓很暗。我怀疑由于高强度的训练,帕特里克早就睡了。我把包放在大厅地板上,推开客厅的门,还好他给我留了一盏灯。

然后我看到了他。他坐在桌子旁边,桌上摆着两套餐具,烛光摇曳。我关上身后的门时,他站起身来。蜡烛已经烧了一半。

"对不起。"他说。

我盯着他。

"先前我是个白痴,你说得没错。这份工作你只干六个月,我一直表现得像个孩子。你做着这么有意义的事情,如此慎重地对待这份工作,我应该为此感到骄傲。我只是有点……心烦意乱。我真心实意地表示抱歉。"

他伸出手,我握住了。

"你尽力帮助他,这令人钦佩。"

"谢谢你。"我紧握他的手。

过了片刻他才继续说话,似乎终于酝酿好了准备好的说辞:"我做了晚餐,不好意思又是沙拉。"他经过我身旁,走到冰箱前面,拿出两盘东西。"铁人三项一结束,我保证带你出去好好吃一顿。也许等我开始补碳水化合物,我只是……"他鼓起双颊,"我觉得最近没办法想别的事情,这也是问题。你说得对,你没必要跟我一起去。这是我的事情，你完全有权去工作。"

"帕特里克——"我说道。

"我不想和你吵架，露，原谅我！"

他的眼神充满焦虑，身上散发出古龙香水的味道。这两点突然像重担一样缓慢地向我袭来。

"先坐下来吧，"他说，"我们吃点东西，再……我说不上来。痛快玩一玩，谈点别的，不谈跑步。"他勉强笑了笑。

我坐下来，看着餐桌。

我笑着说："真是太好了。"

帕特里克真的懂得各种烹饪火鸡胸肉的方法。

我们吃了蔬菜沙拉、意面沙拉、海鲜沙拉和他为布丁备下的异域水果沙拉。我喝红酒，他仍然只喝矿泉水。花了些时间，但是我们确实放松了一些。面前的这个帕特里克，我有些时间没见了。他有趣而体贴，他狠狠控制自己，不谈和跑步或马拉松有关的事情。每次他发现谈话有往这个方向的趋势，就大笑起来。我感觉到餐桌下面他的脚碰到了我的脚，我们的腿缠绕在一起，渐渐地，我感觉心中的紧张和不适开始缓和。

妹妹说得没错。我的生活变得奇怪，与我所认识的人断开了联系，威尔的困境和秘密使我不堪承受，我必须确保我没有失去另外那个我。

我为之前与妹妹的谈话感到愧疚。帕特里克不会让我帮他洗盘子。十一点一刻，他起身把盘子和碗拿到小厨房，放入了洗碗机。我坐着，听着他跟我说话的声音从窄小的门口传过来。我抓了抓脖子和肩的交界处，硬得像打结了。我闭上双眼，想要放松放松，过了一会儿我才意识到谈话中止了。

我睁开眼睛,帕特里克站在门口,手里拿着我的旅游文件夹。他举起几页,"这是什么?"

"这是……旅行资料,我跟你说的那个旅行。"

我看着他翻阅我给妹妹看过的文件,看旅游路线、图片和加州的海滩。

"我以为……"他的声音响起时,听起来有点出奇的哽咽,"我以为你是去卢尔德医疗中心什么的。"

"什么?"

"或者……我不知道……斯托克·曼德维尔医院……或者别的地方。你说要帮助他不能陪我时,我以为你真的是要工作。理疗、信仰疗法,或类似的事情。这看起来……"他难以置信地摇着头,"这看起来像是一次终生难遇的假期。"

"拜托……有点像。但不是为我,为他。"

帕特里克皱着眉头。"不——"他摇着头说道,"你们会玩得痛快吗?繁星下的热水浴、和海豚游泳……噢,看,'五星级奢华酒店'和'二十四小时客房服务'。"他抬头看着我,"这根本就不是出差,这是蜜月旅行。"

"你这么说不公平!"

"你……你真的希望我就在家待着,而你和另一个男人悠悠然去度假?"

"他的另一个护理也一起去。"

"噢,没错,内森。那么说一切就合理了。"

"帕特里克,拜托——事情很复杂。"

"那么解释给我听。"他把文件塞给我,"解释给我听,露,让我能懂。"

"这对我来说,关系到威尔想不想活下去,要让他看到未来有希望。"

"这些希望也包括你?"

"这不公平。听着,我要求过你放弃做你喜欢的工作吗?"

"我的工作不涉及和陌生男人热水浴。"

"拜托,我并不在意这一点。你可以和陌生男人热水浴!你可以随心所欲!得啦!"我勉强笑了笑,希望他也能笑一笑。

但他没有。"露,你会怎么想?要是我说我和铁人三项的队友利安娜一起去健身,因为她需要鼓舞,你会怎么想?"

"鼓舞?"我想到了利安娜飘逸的金发和完美的腿,我心不在焉地想为什么他首先想到的是她。

"要是我说她和我要在外面吃饭,也许一起泡热水澡或是一起外出玩几天,你会怎么想?去到六千英里远的地方,就因为她情绪有点低落。这也不会让你产生困扰吗?"

"他不是'情绪有点低落',帕特。他想自杀,他想去'尊严',结束他悲惨的人生。"我能听到耳边血液翻涌,"你不能这样歪曲,是你叫威尔'残疾人'的,你证实他不能对你构成威胁。你说过他是'完美的老板',一个不值得担心的人。"

他把文件夹放回工作台。

"唉,露……我现在很担心。"

我把脸埋进手里,停了一分钟。我听得到走廊外面有人打开防火门,一群人走上来,又关上门。

帕特里克的手沿着厨房餐具柜的边缘缓慢地来回滑动。他的下巴动了动:"露,你理解这种感受吗?犹如我在跑步,但是我觉得自己总是落在后面。我感觉——"他深深吸了一口气,似乎是想镇定下来,"我感觉像是拐角处有什么坏事要发生,大家都知道那是什么,除了我。"

他抬头迎向我的目光,"我没觉得自己不可理喻,我不希望你去。我不在乎你是否去铁人三项,但是我不想你和他去度这个假。"

"但是我——"

"我们在一起快七年了。你认识这个男的、干这份工作才五个月,五个月。如果你跟他去,那就表明你怎么看我们的关系,你怎么看我们。"

"这不公平,这跟我们没关系。"我抗议道。

"要是我说了这么多,你还是要去的话,就很有问题。"

小公寓似乎安静了下来。他用我从没见过的表情看着我。

我开口时,像是在耳语:"但他需要我。"

一说出口我就意识到了,听到这些词语在空中交织重组,如果他对我说出同样的话,我会是什么样的感受。

他压抑住情绪,轻轻摇了摇头,似乎很难接受我的话。他的手放在工作台边,抬起头看我。

"不管我说什么都没有用,是吗?"

帕特里克就是这样,他总是比我想的更聪明。

"帕特里克,我——"

他闭了一会儿眼,转身走出了客厅,餐具柜上还摆着剩下的空盘子。

第二十一章　好消息

（斯蒂文）

那女孩周末搬了进来。威尔没有对卡米拉和我说什么，但是星期六早上内森有事耽搁了，我穿着睡衣走进侧厅看威尔是否需要帮忙时，她就在过道，一手端着一满碗麦片粥，一手拿着报纸。看见我时她脸红了。我不知道为什么，我穿着睡衣，十分得体。事后我想起有一段时间，早上常能看到年轻的女孩从威尔的卧室溜出来。

"我把威尔的邮件拿了过来。"我说，挥舞着邮件。

"他还没有起床，要我吼一嗓子吗？"她拿报纸遮住胸部。她穿着米老鼠T恤和刺绣裤，在香港常能见到中国女人穿这种裤子。

"不用了。让他睡觉，让他好好休息。"

我告诉卡米拉时，原以为她会很高兴，毕竟那女孩搬去和她男友住时，卡米拉极其恼火。但她看上去只是有点吃惊，然后又是那副紧张的表情，那意味着她已经想象到了所有可能的糟糕后果。她没有说太多，但是我相当肯定她对露易莎·克拉克不感冒。真不知道这段时间谁能得到卡米拉的认同，她不置可否的表情似乎是在说不赞成。

我们从没刨根问底为什么露易莎会住下，威尔只说是"家里的事情"。她是个闲不住的小姑娘，不照看威尔时，她就忙上忙下、清洗、匆匆在旅行社来来回回、风风火火来往于图书馆。在小镇的任何地方都能一眼看到她，因为她太显眼了。我只在热带地区见过有人穿这种颜色亮丽的衣服，宝石色的小裙子配上奇怪的鞋。

我本来可以告诉卡米拉她点亮了整个屋子，但是我不会再向卡米拉说这种话。

威尔显然说过她可以用他的电脑，但是她拒绝了，她更喜欢用图书馆的电脑。我不知道她是否怕别人认为她在占便宜，还是她不想让他知道她在做什么。

无论如何，她在身边时威尔看起来要高兴些。好几次他们的谈话透过我开着的窗户飘进来，我确定听到了威尔的笑声。我跟巴纳德·克拉克交谈，想要确认一下他对这种安排是否满意，他说她跟长期交往的男朋友分手了，家里人也搞不清原因。他还提到她申请了衔接课程要接受再培训。这件事我决定不告诉卡米拉，我不想让她去揣摩这背后的含义。威尔说过她对时装这方面感兴趣，她确实很好看，身材不错，但是说实话，我实在想不出谁会去买她穿的那类衣服。

周一晚上，她问卡米拉和我可不可以跟内森一起到侧厅里来。她在桌上摆了小册子、时间表、保险单据和从网上打印出来的其他东西，人手一份，装在透明的塑料文件夹里。非常规整。

她说，她想给我们看一下假日旅游计划。（她提醒过卡米拉，她希望看起来像是她得到了所有好处，但她详细述说订好的各项活动时，卡米拉的眼光有点冷冰冰的）

这是一次特别的旅行，包括了各种不寻常的活动，即便在威尔出事前，我都难以想象他会做这些事情。但是每次她提及一个项目——白浪漂流、蹦极等——她会拿起一份文件放在威尔面前，展示其他受伤的年轻人也参加过此类活动，然后说："你一直鼓励我尝试些新鲜事情，如果要我做的话，你就得和我一起完成。"

我得承认，她给我留下了深刻印象——她真是个足智多谋的小姑娘。

威尔倾听着，读着她放在他面前的文件。

"你从哪里找来的信息？"最后他问道。

她扬了扬眉，说："威尔，知识就是力量。"

似乎她讲了特别睿智的话，我儿子笑了。

"那么，"回答完所有问题后，露易莎说，"我们八天后出发。您还满意吗，特雷纳夫人？"她的话语中有一点挑衅的味道，似乎她确定卡米拉不敢说"不"。

"如果这就是你们想做的事情，我没意见。"卡米拉说。

"内森，你也没意见吗？"

"当然。"

"威尔？"

我们都看着他。有一段时间，就在不久之前，里面的任何一项活动都是不可想象的。有一段时间威尔以说"不"为乐，就是为了让他的母亲不安。他总是那样，我们的儿子非常擅长背道而驰，仅仅因为他不想当乖孩子。我不知道这种叛逆的性格从何而来，也许得益于这种性格，他成为卓越的谈判者。

他抬头看我，眼神捉摸不透，我下巴绷紧了。然后他看着她，笑了笑。

"为什么不呢？"他说，"我非常期待看到克拉克纵身于急流的样子。"

那女孩似乎从外表来看有点泄气——松了一口气——似乎她原以为他会拒绝。

有趣的是，我觉得，她最初进入我们的生活时，我还有点怀疑她。威尔，尽管气势汹汹，却非常脆弱，我有点担心他被人摆布。他是个有钱的年轻人，但是那个讨厌的艾丽西娅移情别恋，和他的朋友跑了，这让他觉得自己一文不值。换作别的人，处在他这个位置，也会这么想。

我注意到露易莎看他的眼神，神情中混合着骄傲和感激，我突然为她能在这里感到非常高兴。虽然我们从没谈过这些，但我儿子的身体不堪一击。不管她到底在做什么，似乎都能让他有所喘息。

好几天家里都有一种微妙但是确切的喜庆氛围。卡米拉抱着希望，尽管她拒绝承认。我知道她的潜台词：我们真正要庆祝的是什么呢，该说的都说了，该做的也都做了。那天深夜我听见她跟乔治娜打电话，说她同意的理由充分。乔治娜真是她妈妈的好女儿，已经开始寻找线索，证明露易莎会怎么占威尔的便宜。

"她提出她付自己的旅费，乔治娜。"卡米拉说道。还有，"不，亲爱的，我认为我们没有选择，我们的时间很少，威尔也同意了。我只希望有最好的结果，我真的觉得你也应该这样。"

我知道她没办法为露易莎辩护，甚至对露易莎和善。但是她容许那个女孩,因为她知道,就像我一样,只有露易莎能让我们的儿子心情好一些。

虽然我们俩没人说起,但露易莎·克拉克已经成为他活下去的唯一机会。

*

昨晚我跟黛拉喝了一杯。卡米拉去看望她姐姐了,我们沿着河边散步。

"威尔要去度假。"我说。

"真棒啊。"她回应道。

可怜的黛拉。我能看出她下意识地压抑住自己问我,对于未来有什么打算,她想知道这一意想不到的进展对我们有什么影响,不过我认为她应该不会问,除非一切尘埃落定。

我们散步,欣赏天鹅,微笑着看着游客们在夕阳的映照下划船,溅起水花。她聊着这对威尔会有多棒,或许他会学着适应他的处境。她能这么说很难得,因为我知道,在某些方面,她完全有理由希望一切了结。毕竟正是威尔遭遇意外,中断了我们打算一起生活的计划,她私底下肯定希望我对于威尔所负的责任早点结束,这样我就自由了。

我们并排走着,她的手放在我的臂弯里,她的声音婉转动听。我不能告诉她真相,那是只有极少数人知道的真相。要是那女孩的农场计划、蹦极、热水浴等计划失败了,她会让我自由,说来似乎很矛盾。因为只有威尔仍然决意要去瑞士那个地狱之地,我才能离开这个家。

我知道,卡米拉也知道——尽管我们俩没人承认——只有我儿子死了,我才能自由地去过我选择的人生。

"别这样。"看到我的表情,她说。

亲爱的黛拉,她能看出我在想什么,即便我自己都不清楚。

"这是好消息,史蒂文,真的。世事难料,这或许会让威尔开始全新的独立生活。"

我把手放在她的手上,要是我更勇敢,可能会把我的真实想法告诉她;要是我更勇敢,可能早就会放她走——她,也许还有我的妻子。

"你说得对,"我说着,挤出一个笑容,"希望他回来时,满口都是蹦极或是其他惊险刺激的活动,年轻人就喜欢折腾这些。"

她轻轻地碰了我一下,"他或许会让你也在城堡建一个。"

"护城河白浪漂流?"我说,"我得把这个项目留作备用,明年夏季兴许能吸引不少游客。"

想着这不大可能的图景,我们散着步,偶尔轻笑两声,一路走到船库。

然后威尔染上了肺炎。

第二十二章　肺炎

我跑进急诊室。医院的布局四通八达，我又天生缺乏方向感，怎么也找不到重症监护病房。我问了三次，才有人给我指明了正确的方向。我推开C12病房的大门时，上气不接下气，内森坐在过道里看报纸。我走近时，他抬起头来。

"他怎么样了？"

"正在吸氧，情况稳定。"

"我不明白，星期五晚上他还好好的，星期六早上有一点咳嗽，但……但这个？这是怎么回事？"

我的心怦怦直跳，坐下来喘了一口气。一小时前收到内森的短信后，我就一直在跑。他站起身，把报纸叠好。

"露，这不是第一次。他的肺里有细菌，他的咳嗽机理不像正常人那样运转，他衰弱下去特别快。星期六下午我试着给他做了一下清除，但他很痛苦。他突然就发烧了，胸部刺痛。星期六晚上我们不得不叫了救护车。"

"该死，"我俯下身说道，"该死，该死，该死。我能进去吗？"

"他现在非常虚弱，估计他跟你也说不上话。特雷纳夫人陪着他。"

我把包放在内森旁边，拿抗菌液洗了洗手，推开门走了进去。

威尔躺在病床上，身上盖着蓝色的毛毯，打着点滴，身边充满了各种仪器，不时发出嘟嘟声。氧气罩遮盖了他脸的一部分，他的双眼紧闭。他的皮肤黯淡，带一点蓝白色，让我胸口一紧。特雷纳夫人坐在他旁边，一只手搭在他盖着毯子的胳膊上，茫然地凝视着对面的墙壁。

"特雷纳夫人。"我说道。

她一惊，抬起头来，"噢，露易莎。"

"他……他情况怎么样？"我想过去抓住威尔的另一只手，但我觉得我不能坐下来，我在门边来回踱步。她的表情很沮丧，好像我在房间里是一种打扰。

"好点了，他们给他用了非常强的抗生素。"

"我……能帮上什么忙吗？"

"不用了。我们……我们只能等待。会诊医生大概一个小时后会过来巡房，希望他能给我们一些建议。"

世界似乎停止运转了。我在那儿站了很长一段时间，听着医疗仪器发出持续平稳的嘟嘟声，好让这节奏进入我的心头。

"需要我照顾他一下吗？您可以休息一下。"

"不用了，我还撑得住。"

我希望威尔可以听到我的声音，也期待他可以睁开眼睛，喃喃道："克拉克，看在老天的分儿上，过来坐下。你让这个地方看起来不整齐了。"

但他只是躺在那儿。

我擦了擦脸,"需要我给您拿点喝的吗?"

特雷纳夫人抬起头,"现在几点了?"

"九点四十五。"

"真的?"她摇了摇头,似乎难以置信,"谢谢你,露易莎。你真……你真好。我似乎在这儿待了很久了。"

星期五我没有上班,特雷纳家坚持让我补休一天假,并且我得坐火车去伦敦,在"小法兰西"排队才能办上护照。星期五晚上回来后,我去了他们家一趟,给威尔看我的护照,也确认了他的护照仍在有效期内。我感觉他有点沉默,但没什么不寻常的。有些时候他比其他时候更不舒服,我以为那天也是这样。坦白来说,我的脑子里全是我们的旅游计划,没有太多空间想别的。

星期六早上,我和父亲一起去帕特里克家收拾我的东西;下午,我和母亲一块儿去街上购物,买了泳衣和假期生活必需品。星期六和星期天晚上,我在父母家过的夜。非常拥挤,因为特丽娜和托马斯也在。星期一早上我七点钟起床,准备八点到特雷纳家。到那儿才发现整个屋子都关闭了,前后门都锁了,没有便条。我站在前门廊给内森打了三次电话,都没有人接。特雷纳夫人的手机转到了语音信箱。我在台阶上坐了四十五分钟,内森终于来了短信:

我们在镇医院,威尔得了肺炎。C12病房。

内森离开了,我在威尔房间外又坐了一小时。我翻阅着别人留在桌子上的一九八二年的杂志,我又从包里拿出一本书,但很难集中精神去读。

医师来了,但我觉得既然威尔的母亲在那儿,我不方便进去。十五分钟后他离开了病房,特雷纳夫人跟在他身后。我不知道她告诉我这些是不是仅仅因为她需要跟人说说话,我又是唯一在场的人,不过她沙哑的声音中带着一丝宽慰,说会诊医生相当确信感染得到了控制。这是一种致命的菌株,很幸运威尔及时来了医院。"否则……"她没有说完,这个词悬荡在我们之间。

"我们现在该做什么?"我说。

她耸了耸肩,"我们等待。"

"我去给您买点午餐吧?或者我坐在这里陪着威尔,您出去吃点东西?"

偶尔,我和特雷纳夫人之间也会互相体谅。她的脸色突然温和了一些,不再是那副惯常的死板表情,我突然意识到她有多么累。我觉得我在他们家工作的这段时间,她老了十岁。

"谢谢你,露易莎,"她说,"我想赶紧回去换身衣服,如果你不介意陪着他的话。我不想让威尔一个人在这里。"

她离开后,我走了进去,关上门,坐在威尔旁边。他表情很茫然,似乎我认识的那个威尔去某个地方旅行了,只剩下了一个躯壳。我不知道人们死时是不是这样,然后我告诉自己不要再想死亡这件事。

我坐了下来,钟嘀嗒作响,外面偶尔有窃窃私语的声音,也有鞋踩在油地毡上发出的轻柔吱吱声。有个护士来了两次,检查了各项指标,按了几个按钮,量了他的体温,但是威尔仍然没有醒来。

"他还……好,是吗?"我问她。

"他在睡觉,"她安慰道,"或许现在这样对他最好,别担心。"

这话说起来很容易，但我在这间病房里有太多的时间胡思乱想。我想着威尔，他在这么短的时间就病危了。我想到了帕特里克，尽管我从他的公寓把我的东西拿走了，剥掉并卷走了墙上的挂历，把小心放在他衣柜的衣服叠好打包，但我并没有悲伤。我没觉得沮丧和崩溃，也没有与交往了多年的恋人分手时应有的那种情绪。我很平静，有一点感伤，也许还有一点愧疚，因为分手有我的原因，也因为我一点也没有该有的难过。我给他发了两条短信，说我非常非常抱歉，希望他能在铁人三项中好好表现。他没有回复。

一小时后，我俯下身，掀开盖住威尔手臂的毯子，他浅褐色的手显露在白色的床单上。手背上医用胶贴着一根输液管。我把他的手翻过来，手腕上的伤疤仍然乌青发紫。不知道这些伤疤是否会消除，不然它们会永远提醒他曾尝试做过的事情。

我轻柔地握着他的手。他的手很温暖，充满生命力。握住他的手让我很安心，我一直握着，凝视它们，看着那些茧块，它们诉说着一个人的人生，这个人的生活并没有局限在一张办公桌后面；我看着他粉红色的指甲，总是要由别人帮忙剪。

威尔的手是好男人的手，很动人，甚至有方形的手指。看着他的手，很难让人相信这双手毫无力量，它们再也没法拿起桌上的东西，摆动一下胳膊或是握一下拳。

我用他的指节划着我的手指，思考着要是这时威尔睁开眼睛，我会不会尴尬，但是我不在乎。我相信我握着他的手对他有好处，我也期待他在麻醉药后的睡眠中能感受到。我闭上眼睛等待着。

四点刚过，威尔终于醒来了。我在外面的过道，横躺在椅子上读废弃的报纸。特雷纳夫人出来告诉我这个消息时,我蓦地站起来。她提到他在说话时表情有些欢悦,她说他想见我,还说她要去楼下给特雷纳先生打电话。

她似乎没法控制自己,补充说道:"请不要累到他。"

"当然不会。"我说。

我的笑容很迷人。

"嘿!"我说道,把头伸到门口。

他缓慢地把脸转向我,"嘿,是你。"

他的声音嘶哑,仿佛过去的三十六个小时他不是在睡觉,而是在吼叫。我坐下来,看着他,他的眼睛往下瞥了一眼。

"要把氧气罩抬起来吗?"

他点点头。我抬起氧气罩,小心地滑动到他的头上。氧气罩覆盖的地方有一层薄薄的水汽,我拿纸巾温柔地擦着他的脸。

"你现在感觉怎样?"

"好多了。"

像是有一大块东西堵住了我的喉咙,我努力咽下去。"我说不上来。你真是想尽办法引人注意,威尔·特雷纳。我敢说这只是……"

他闭上了双眼,我没法把话讲完。他再次睁开眼睛时,眼神里有一丝歉意。"对不起,克拉克,我今天恐怕开不了玩笑了。"

我们坐下来。我说起话来,小小的浅绿色病房里响起我喋喋不休的声音,告诉他我怎么把东西从帕特里克家拿回来,幸亏他当初坚持让我把CD按字母顺序摆放,我很容易就把我的CD从他的收藏中找出来了。

"你没事吧?"我说完时,他问道。他的眼神中充满同情,似乎在他的期待中，我该更痛苦一些。

"没事啊，当然。"我耸了耸肩，"真的没那么糟糕，我还有很多别的事情要想。"

威尔沉默了。"问题在于，"他最终说道，"我不确定我可以马上去蹦极。"

我知道。自从收到内森的短信，我就料到了，但听到这些话从他的嘴里说出来还是像挨了当头一击。

"别担心，"我说，声音尽量平和，"没关系，我们下次再去。"

"对不起，我知道你很期待。"

我的手搭上他的前额，把他的头发往后捋平，"嘘，真的，这不重要。好好保养身体。"

他微微皱了皱眉，闭上了眼睛。我知道这些意味着什么，他眼角的皱纹，无可奈何的表情，它们在说不见得有下次了，它们在说他永远都不会再好起来了。

从医院回去的路上，我顺便去了格兰塔宅邸。威尔的父亲开的门，他看起来跟特雷纳夫人一样疲惫。他拿着旧防水外套，仿佛正要出门。我告诉他特雷纳夫人要陪着威尔，抗生素效果不错，她托我告诉他，她今晚又要待在医院。为什么她不自己告诉他呢，我搞不懂。或许她只是要想的事情太多了。

"他看上去怎样？"

"比早上稍微好一点，"我说，"我在那儿时他喝了点东西。噢，他说了一个护士的坏话。"

"还是那个讨厌的样子啊。"

"是啊，还是那个讨厌的样子。"

那一瞬间，我看到特雷纳先生抿紧嘴唇，眼里闪着光。他掉过头看窗，再看向我。不知道他是否更希望我看向别处。

"两年里第三次发作。"

过了一会儿我才明白，"肺炎？"

他点点头。"真可怜。他非常勇敢，你知道的。看着那么强势。"他压抑住情绪，点了点头，似乎是对自己表示赞许，"你能看到这一点实在是太好了，露易莎。"

我不知道该做什么，我伸出手碰了碰他的胳膊。"我确实看到了。"

他微微点了点头，从大厅衣帽钩上取过巴拿马草帽，含糊地说着"谢谢你"或者"再见"，从我身旁经过，出了前门。

少了威尔，侧厅变得格外安静。我意识到我有多习惯他的电动轮椅来回移动的模糊声音，他和内森在隔壁房间低声的谈话声，收音机低低的嗡嗡声。此刻侧厅很安静，四周的空气好像被抽空了。

我把他第二天可能会用到的东西收拾好，装进旅行袋，包括干净的衣服，他的牙刷、发梳和药，还有耳机，他好起来后可以听音乐。做这些的时候，我抵制着内心升起的奇怪的恐慌。我内心一个邪恶的弱小声音说：如果他死了，就是这种感觉。为了压倒这个声音，我打开了收音机，想让侧厅恢复生机。我打扫了卫生，给威尔的床换上干净铺盖，还从花园里摘了些花放在客厅。一切就绪后，我朝四周看了看，瞥见旅游文件夹还放在桌子上。

接下来的一天，我要整理好所有文件，取消每个行程以及预订的所有活动。不知道威尔什么时候可以恢复到能做这些。会诊医生强调说他必须休息，完成抗生素的疗程，不要着凉并保持干爽。白浪漂流和潜水不在他的疗养计划之内。

我盯着文件夹，想着编辑这些材料付出的所有努力和想象力。我盯着排队小的护照，想起我当时坐着火车兴奋不已地前往市里，自从我着手制订旅行计划以来，我第一次感到如此沮丧。只有三个星期了，我失败了。我的合同快到期了，但是我没有显著改变威尔的心意，我甚至害怕问特雷纳夫人我们到底该怎么办，我突然觉得不知所措。我把头埋在手里，这寂寞的小房子，一动不动。

"晚上好。"

我立马抬起头。内森站在那儿，他的大个头挤在厨房狭小的空间里。他背着背包。

"我来放一些处方药，他出院后用得上。你……还好吧？"

我迅速擦了擦眼睛，"很好。对不起，要取消这么多预订让人有点气馁。"

内森把背包从肩头放下，在我对面坐了下来。"毫无疑问，这是个苦差事。"他拿起文件夹，翻阅起来，"明天你要帮手吗？他们不用我在医院帮忙，我早上可以过来一小时，帮你打打电话。"

"你真好。不过不用了，我没关系的，我一个人做可能更简单。"

内森泡了茶，我们面对面坐下来喝茶。这是内森和我头一回真正聊天，至少没有威尔在我们之间。他聊了聊他之前的一个患者，戴呼吸器的C3/4四肢瘫痪者，内森照顾他的期间，他一个月至少病一次。他告诉我威尔前几次肺炎发作时的情形，第一次差点死了，花了好几周才恢复。

"他会是这种眼神……"他说，"他当真大病一场时，非常骇人，就像他要……退隐，像他几乎不在那儿。"

"我知道,我讨厌那种眼神。"

"他是一个……"他说道。突然他的目光从我身上移开,他闭上了嘴。

我们握着杯子坐着。我从眼角端详内森,看着他友好坦诚的脸,这张脸似乎暂时将他人隔绝开来。我意识到我要问的问题,我早就知道答案。

"你知道,是吧?"

"知道什么?"

"关于……他想做的事情。"

房间里突然安静下来,气氛紧张。

内森仔细看着我,似乎在考虑如何回答。

"我知道,"我说,"我本来不该知道的,但我无意中发现了。那就是……那就是这次旅行的意义,那就是我们经常外出的目的。我想改变他的主意。"

内森把杯子放在桌子上。"我确实有所怀疑,"他说,"你似乎……在执行任务。"

"我过去是,现在也是。"

他摇了摇头,好像想说我不应该放弃,或者说我什么也做不了,我不清楚。

"内森,我们该怎么办?"

过了一会儿,他才开口:"你知道吗,露?我真的喜欢威尔,我不介意告诉你,我爱这个家伙。我照顾他两年了,他情况最坏的时候我在,他情形好时我也在。我能说的是,就算给我世界上所有的钱,我也不想变成他那样。"

他喝了一大口茶,"有几次我在这儿过夜,听到他尖叫着醒来,因为在梦里他还能行走、滑雪,做各种事情。就在那短短的几分钟里,他完全卸下防御,没有掩饰,想到再也不能做这些事情了,他简直没法忍受,他不能忍受。我坐在他身旁,我什么都不能说,说什么都没法让他感觉好一些。他拿到了最糟糕的一手牌。你知道吗?昨晚我看着他,我想到他的生活,想到要是成为……虽然这世上我最想要的就是这个好小子开心起来,但我……我没资格评判他想做的事情。这是他的选择,这应该是他的选择。"

我的喉咙哽咽了,"可……那是以前,你们都承认那是我来之前的情形。他现在不一样了,和我在一起后他不一样了,是吧?"

"不错,但——"

"但是如果我们没有信心他会好起来,甚至好转,他怎么能相信未来会更好?"

内森把杯子放在桌子上,他直视着我的眼睛。

"露,他不会好转。"

"你不明白。"

"我明白。除非在干细胞研究领域出现重大进展,威尔至少需要在轮椅上再度过十年。他知道,即使他的家人不想承认这点。这只是问题的一部分。威尔的母亲不惜代价想让他活着,特雷纳先生认为到了一定程度,我们必须让他自己做决定。"

"当然他要自己做决定,内森。但得让他看到他有哪些选择。"

"他很聪明,他清楚他有哪些选择。"

我提高了声音,"不,你乱讲。你说我来之前,他总是在同一个地方;你说我来之后,他的看法也一丁点儿没有改变。"

"我不知道他脑子里想的是什么,露。"

"你知道我已经改变了他的想法。"

"不，我知道他愿意尽他所能，让你开心。"

我盯着他，"你认为他是为了让我开心才装样子敷衍我吗？"内森让我十分气愤，他们都让我火冒三丈，"要是你认为这些事都没有用处，为什么你还要来？为什么你还想去度假？只因为是美好的假期，对吗？"

"不，我希望他活下去。"

"但——"

"我希望他活下去，如果他想活下去的话。如果他不想，强迫他坚持下去，你、我，不论我们多么爱他，我们不过成为另一个可鄙的家伙，剥夺掉他自己做决定的权利。"

内森的话语在寂静无声的房间里回响。我擦去面颊上的眼泪，尽量让心跳恢复正常。我的眼泪显然让内森很尴尬，他心不在焉地挠了挠脖子，过了一会儿，默默地递给我一张纸巾。

"我不能让他这么做，内森。"

他什么也没有说。

"我不能。"

我盯着厨房桌上我的护照，照片好恐怖，完全像是另一个人。那个人的生活和个性，也许跟我一点也不像。我盯着它，思考着。

"内森。"

"什么？"

"如果我能制订另一个旅行计划，医生也能同意，你还来吗？你还会帮我吗？"

"我当然会。"他站起身，洗了洗杯子，背上背包。离开厨房之前，他回头看着我说，"说实话，露，我不确定你能实现这个计划。"

第二十三章　度假

整整十天之后，威尔的父亲开车送我们到了盖特威克机场，内森费力地把行李搬到手推车上，我一遍又一遍地确认威尔是否舒服，连他自己都烦了。

"照顾好自己，旅途愉快！"特雷纳先生的手放在威尔肩头，说道，"别玩过头了。"说这话时，他真的朝我挤了挤眼。

特雷纳夫人没能请假过来，我怀疑那是因为她不想和她丈夫在同一辆车里待上两个小时。

威尔点了点头，但什么也没有说。他在车里非常安静，用深不可测的眼神盯着窗外。我和内森一路聊着天气和一些不用过脑子的事情，威尔没有理会我们。

穿过机场大厅时，我还是不能确定我们所做的事情是正确的。特雷纳夫人一点都不想让他去。自从他同意我修改后的计划后，我就知道她不敢让他不去。最近一周她似乎都害怕跟我们讲话。

她静静地与威尔坐在一起，只跟医护人员说话，或者自顾自在花园忙活，以惊人的效率剪下花草。

"航空公司的人应该来接我们，他们理应来接我们。"我说。我们走向登机台，我翻了翻我的资料。

"放松点，他们不大可能会派人守在门口。"内森说。

"但是这辆轮椅要标为'易碎医疗设备'来运送，我在电话中跟航空公司的人确认了三次，我们要确保他们别把威尔带上飞机的医疗设备搞混了。"

四肢瘫痪者论坛为我提供了大量信息、忠告、法定权利条款和清单。我再三跟航空公司确认了要给我们最前排的座位，并且威尔要第一个登机，要等我们都在门口，才能移动他的电动轮椅。内森会留在地面，取下轮椅的控制杆，调到手动，再仔细绑好加固轮椅，固定好踏板。他将亲自监督他们把轮椅装上飞机，保证它不受到损坏。轮椅会贴上粉色贴纸，提醒搬运工它极易损坏。我们三个坐在同一排，内森完成威尔所需要的医疗协助时，不会有人窥探到。航空公司保证说扶手都抬高了，把威尔从轮椅转移到飞机座椅时，不会撞到他的臀部。我们可以一直让他坐在我们中间，我们也会第一批下飞机。

这些都在我的"飞机场"清单上，在"宾馆"清单的前面，"出发前一天"清单和旅行计划的后面。即便所有安全措施都准备妥当，我还是忧心忡忡。

每次我看着威尔，我都在想我做得对不对。前一天威尔的全科医生才允许他旅行。他吃得很少，每天大部分时间几乎都在睡觉。看上去他不仅厌倦了生病，也厌倦了人生，受够了我们的干预、高谈阔论，以及一直努力想让他好过一点。他对我很容忍，但我老觉得他常想一个人待着。他不知道，我不愿意让他独处。

"航空公司的人来了。"我说，一个笑容灿烂、穿着制服拿着写字板的女孩轻快地朝我们走来。

"啊，抬人时她会帮上大忙？"内森喃喃道，"她看起来连一只冻虾都拿不起来。"

"我们能做到的，"我说，"同心协力，我们俩就能做到。"

自从我弄清楚了想做的事情后，这句话就成了我的口头禅。那天在侧厅和内森谈完话后，我就重燃起一种激情，要证明他们都是错的。我们不能按计划去旅行，并不意味着威尔什么都不能做了。

我点击留言板，提出一连串问题。威尔现在越来越羸弱，哪里最适合他休养？有人知道我们能去哪儿吗？温度是我主要的考虑因素，英国的天气太变幻无常了（没有什么地方比雨中的英国海滨度假胜地更让人沮丧的了）。七月底大部分欧洲国家都太热，所以意大利、希腊、法国南部和另外一些沿海地区都被排除在外。你瞧，我脑海中有一幅图景，我看见威尔在海边休憩。问题在于，计划并实施只有几天时间了，让希望成真，机会渺茫。

讨论区里的人对我表示了同情，他们讲述了很多肺炎的故事，这似乎也是萦绕在他们心头的恐惧。有人建议了几个可以去的地方，但是没有一个地方触动到我。或者说，更重要的是，没有一个地方我觉得威尔会感兴趣。我不想泡温泉，也不想去他可能会见到跟他处境一样的人的地方。我真的不知道我要什么，我向后滚动他们的建议单，没有一个靠谱。

最后，聊天室的忠实粉丝里奇，帮了我的忙。威尔出院的那个下午，他打出了一条信息：

给我你的邮箱地址，我表兄是旅游代理，我让他来解决这个问题。

我拨了他给我的电话号码，跟一个有着浓重约克郡口音的中年男人谈了话。他告诉我他的想法时，一只表示认可的小铃在我记忆深处响起。不到两个小时，我们就安排妥当了。我非常感激他，恨不得放声大哭。

"不用谢，宝贝，"他说，"你那个家伙玩得开心就好。"

话虽如此，在我们离开之前，我几乎跟威尔一样疲惫不堪。我花了好几天时间仔细了解四肢瘫痪者旅行途中的各项精细要求，到我们离开的那个早上，我还不确定威尔的身体是否恢复到可以出行。现在，拿着包坐在座位上，我盯着他，在喧闹的机场，他沉默寡言，脸色苍白。我又一次怀疑自己是不是做错了，我突然感到一阵恐慌。要是他又病了呢？要是他像赛马那次一样，每分钟都觉得是种折磨呢？要是我搞错了整个情形呢？要是威尔需要的不是史诗般的旅程，而是在自己的床上躺十天呢？

但是我们没有十天的余暇。就是这样，这是我唯一的机会。

"他们叫到我们的航班了。"内森说。他刚从免税店逛回来，看着我，扬了扬眉，吸了一口气。

"好的，"我回答道，"我们走吧。"

虽然要在空中飞行十二个小时，但我并不害怕这场煎熬。内森能在毯子下面熟练地给威尔做日常的护理更换。航空公司的工作人员热心谨慎，对轮椅也很当心。威尔果真如承诺的那样，第一个登机，转移至他的座位时，一点没撞伤，在我们俩之间安坐下来。

说来也奇怪，飞行了不到一个小时，我就意识到在云层之上，若是威尔的座椅倾斜一点，他跟客舱里的其他人几乎没两样。陷在屏幕之前，没地方可以移动，也没事可做，在三万英尺的高空，没有什么可以将他与其他乘客区别开来。他吃了点东西，看了一部电影，不过大部分时间他在睡觉。

内森和我谨慎地朝对方笑，尽量表现得像是这很好，一切都好的样子。我向窗外望去，我的思绪像下面的云彩一样纷乱，这对我而言不仅仅是后勤的挑战，也是一次冒险，我，露易莎·克拉克，真的去往世界的另一边了。我没法想象，除了威尔，其他事情我没法思考。就像我妹妹刚刚生下托马斯的状况。"就像我通过一个小孔来看东西，"她说，盯着她的新生儿，"世界只剩下我和他了。"

我在机场时，她给我发了条短信。

你可以做到的。真为你骄傲。

我把手机拿出来，看着这条短信，突然感觉很激动，也许是因为她的用词，抑或是我又累又怕，我仍然很难相信我带大家走了这么远。最后，为了不再想这些，我打开小电视机，漫不经心地看着美国肥皂剧，直到周围的天空变暗。

我醒过来时，发现空姐已经端着早餐站在我们身边，威尔和内森讨论着他们刚看完的电影。令人惊奇的是，经历种种困难，还有不到一个小时，我们三个就将到达毛里求斯。

我们着陆拉姆古兰爵士国际机场时，我才相信这一切真的发生了。我们昏昏沉沉地来到下客区，在空中待了太久，身体还有点僵硬，看到旅行社特别改装过的车时，我欣慰得差点流下眼泪。第一个早上，司机载我们去往度假胜地，我对这个小岛没留下什么印象。确实，比英国明亮，天空更清澈，蔚蓝色沿着天际线越来越深刻，直至海天合一。小岛郁郁葱葱，四周皆是甘蔗作物，海像一条水银带穿过火山。空气中有点烟味和姜味，太阳高高地悬挂在天空，白色的光芒让我不得不眯起眼睛。我太疲乏了，就像有人把我叫醒，让我欣赏时尚杂志中的风景。

尽管我的感官在努力适应着不熟悉的环境，我还是一而再、再而三地回头看威尔。他的脸苍白疲倦，他的头有些奇怪地歪在肩上。车驶入两边都是棕榈树的车道，停在了一栋低矮的建筑外面，司机把我们的行李搬下来。

我们拒绝了冰茶以及绕旅店一圈的好意。我们找到了威尔的房间，放下他的包，让他躺到床上，我们连窗帘都还没拉上，他就又睡着了。我们到了，我做到了。我站在他房间门外，终于长出了一口气。内森看向窗外远处的珊瑚礁和白色海浪。我不知道是不是因为这场旅行，抑或我人生中从未见过这么美的地方，我突然泪流满面。

"没事了。"内森看到了我的表情，说道。完全出乎意料的是，他走向我，给了我一个大大的拥抱，"放松，露。一切都会顺利，真的，你做得棒极了。"

大概三天后我才开始相信他。最初的四十八个小时威尔几乎都在沉睡。然后，不可思议的是，他看起来好些了。他的皮肤恢复了光彩，眼边也不再有乌青了。他的痉挛缓和了一些，食欲也恢复了，他沿着没有尽头的丰盛自助餐柜缓慢地转动轮椅，告诉我他想要来点什么。他逼我尝试我以前绝不会吃的克里奥尔辣味咖喱和我叫不出名字的海鲜时，我知道他感觉好多了。看来他很快适应了这个地方，比我适应得还快。不足为奇，我提醒自己，他的大半生里，这个世界，这个海岸线宽广的国家，才是属于他的地盘，而不是城堡一隅的小侧厅。

酒店方面，正如之前所承诺的，提供了装有宽轮胎的特殊轮椅。几乎每个早上，内森都会把威尔移进轮椅，我们三个人一起走到海滩，我撑着遮阳伞，免得阳光太炙热时晒伤他。但是阳光从未过于毒辣，小岛的南部以海风著称，旅游淡季，温度很少超过二十摄氏度。我们会在靠近岩礁的一片小海滩上休息，正好在酒店主楼的视野之外。我会在一棵棕榈树下打开我的椅子，坐在威尔旁边，我们看内森尝试风帆冲浪、水橇滑水，偶尔为他呐喊助威，或者取笑他。

起初酒店员工简直什么都想为威尔做，提出帮他推轮椅，不停给他送上冷饮。我们解释了哪些事情不需要帮忙后，他们高兴地不再插手了。我不在他身边时，看到勤杂工或接待人员停下来跟他聊天，向他推荐我们应该去的地方，感觉真的不错。有一个瘦瘦高高的小伙子奈迪尔，内森不在威尔旁边时，他似乎成了威尔的非正式护理。有一天我出来，看到他和他的朋友轻轻放低威尔的轮椅，把他放到了有垫子的浴床上，那是他之前摆在"我们"树下的。

"这样好一点，"我走过沙滩时他向我竖起拇指，说道，"威尔先生要回到轮椅时，尽管给我打电话。"

我本想抗议，告诉他们不应该移动他。但是威尔闭上双眼，躺在那儿，看上去非常满足，我就闭上嘴，点了点头。

就我个人而言，我不再担心威尔的健康，我渐渐怀疑自己真的身处天堂，我从未想过会来这样的地方度假。每天早上，海水轻拍着岸边，陌生的鸟儿在树木间彼此呼唤的声音把我叫醒。我盯着天花板，看着阳光在树叶间嬉戏，从隔壁房间传来低声的谈话，告诉我威尔和内森早就起床了。我穿上沙笼裙和泳衣，享受阳光照在我的肩背。我的皮肤生了色斑，指甲发白，待在这里的这种简单的愉悦——在海滩上漫步，吃新奇的食物，在温暖清澈的水里游泳，黑鱼从火山岩后面羞怯地探出头来，看着火红的太阳沉入地平线，让我感觉到一种难得的幸福。过去几个月的回忆渐渐溜走。我感到羞愧的是，我很少想到帕特里克。

日子就这样一天天过去。我们三个人围坐在池塘边有阴凉的桌旁，一起吃早餐。威尔通常吃水果沙拉，我拿手喂他，他的食欲增长时，再给他一个香蕉薄煎饼。然后我们到海滩，我读书，威尔听音乐，内森练习水上运动。威尔一直让我也尝试做点事情，一开始我拒绝了，我就想待在他旁边。威尔一再坚持，我便在一个早上去风帆冲浪和划独木舟了，不过在他身旁闲荡时我最开心。

偶尔要是奈迪尔在旁边，整个度假区又很安静时，他和内森就把威尔移动到小水池的暖水区，内森扶住他的头，他就可以漂浮。他们这样做时，他没多说什么，不过他看起来既满足又安详，似乎他的身体回忆起了早就忘却的感觉。他的身体，长期都是苍白的颜色，现在变成金色。他的伤疤闪着银色光泽，开始消退。不穿衬衣，他也很自在。

午饭时，我们会去景区三个餐馆中的一个。这里的表面都铺着砖瓦，只有一些小台阶和斜坡，威尔可以完全自主地移动轮椅。

这是一件小事，但他可以不需我们陪伴，自己拿喝的，不仅意味着我和内森可以休息一下，更重要的是威尔可以暂时摆脱时时都要依赖他人的沮丧感。到哪儿都不需要有人太操心，无论你在海滩或是游泳池边，甚至健身中心，一个满面笑容的员工都会出现在身旁，端来他们觉得你可能会喜欢的饮料，通常还会拿上一朵芳香的粉红花朵。就算你躺在海滩上，一辆小车会经过，喜笑颜开的服务员会给你提供水、果汁，或者更强劲一点儿的饮料。

下午，温度最高的时候，威尔会回房间睡两个小时。我去水池游泳，或者读书，晚上我们又会聚在海边餐馆吃晚餐。我很快喜欢上了鸡尾酒。奈迪尔发现只要他给威尔正确型号的麦管，在他的杯托放上一只高脚杯，内森和我就不用管了。每当暮色降临，我们三个聊起我们的童年、初恋、第一份工作、家庭以及以前的度假经历，渐渐地，我看见威尔重新出现。

只是这个威尔不一样。这个地方似乎赐予了他平和，我认识他这段时间以来他从没这么平和。

"他很不错，啊？"内森在自助餐旁碰到我时，说道。

"是的，我也这么觉得。"

"知道吗——"他靠近我，不想让威尔听到我们在谈论他，"我觉得农场还有那些探险不错。但看看现在的他，我觉得这个地方更好。"

我没有告诉他第一天我是怎么想的，我们办完入住手续后，我心里愁肠百结，已经在计算离回家还有多少天。这十天里，每一天我都想忘记为什么我们到这儿来——那六个月的合同，我仔细标记的挂历，此前的所有事情。我只想享受此刻，鼓励威尔也去体味每一分钟。我得高兴，希望威尔也能高兴。

我又吃了一片甜瓜，笑了，"待会儿我们干些什么？唱卡拉OK？你的耳朵从昨晚的刺激中恢复过来了吗？"

第四晚，内森有些尴尬地说他有约会。卡伦也是新西兰人，住在隔壁旅店，他答应跟她一起去镇里。

"就是确保她安好，你知道的……她一个人去的话不太安全。"

"是啊，"威尔说道，一本正经地点了点头，"内森，你真有风度。"

"你这么做很负责任，很热心。"我附和道。

"我一直都很佩服内森的无私，尤其是在对待女性的时候。"

"你们两个够了。"内森咧嘴而笑，离开了。

卡伦很快成了内森的固定伴侣，大部分晚上内森都和她一起出去，尽管他会回来尽晚上的职责，我们默默地给予他尽可能多的时间纵情欢乐。

此外，我心里也为他高兴。我喜欢内森，很感谢他来了，但我更喜欢和威尔单独相处。我喜欢没别人在旁边时，我们之间简约的对话，一种亲密无间的气氛在我们之间升腾起来。我喜欢他转过脸，饶有兴味地看着我，就好像我比他期待中好玩得多。

倒数第二个晚上，我告诉内森我不介意他把卡伦带过来。他晚上一直待在她的旅店，我知道这对他有点困难，他需要来回走二十分钟把临睡前的威尔安顿好。

"我不介意。如果这可以……你知道的……给你一些私人空间。"

他很高兴，沉浸在对当晚的展望中，不容我想别的，热情洋溢地说："谢谢你，朋友。"

"你真体贴。"我告诉威尔时,他说。

"你是想说,你自己很体贴吧!"我说,"毕竟我献上的是你的房间。"

那天晚上,我们把他弄到了我房间,内森把威尔弄上床,给他吃了药,与此同时,卡伦在酒吧等他。我进浴室换上了T恤和短裤,打开浴室门,夹着枕头走向了沙发。我感觉威尔看着我,非常不自在,因为前一周我大部分时间都只穿着一件比基尼在他面前晃来晃去。我把枕头扔在了沙发扶手上。

"克拉克。"

"什么?"

"你真不用睡在那儿,这张床足够睡下一整个足球队。"

问题是我根本没想过这一点,事情就是那样。也许在海滩上半裸着待了那么多天让我们不再那么拘束;也许是想到内森和卡伦在墙的另一边,拥抱着彼此,如胶似漆;也许是我确实想离他近一点。我走向床,突然一个响雷让我畏缩。灯光闪闪烁烁,有人在外面吼叫。内森和卡伦在隔壁屋大笑。

我走到窗口,拉开窗帘,突然风势增强,温度骤然降低。海面上炸响一声惊雷。一道道剧烈的闪电照亮了天空,之后,暴雨沉重的鼓点打在我们小屋的屋顶上,猛烈迅急,盖过了其他声音。

"我最好关上百叶窗。"我说。

"不,别。"

我转过身。

"打开门。"威尔朝外面点了点头,"我想看雨景。"

我犹豫了一下,缓慢地打开了露天阳台的玻璃门。雨水敲打在地面上,从我们的屋顶滴落,一条条小河从阳台流向大海。我感觉到了脸上的水汽和空气中的电流,我胳膊上的汗毛都竖了起来。

"你能感觉到吗?"他在我身后说道。

"就像是世界末日。"

我站在那儿,电流流经全身,白色的闪光印在我的眼睑上,我感到窒息。

我走回床边,坐在床沿上,他看着我。我向前探身,轻轻地把他晒黑的脖子拉向我。我知道该怎样移动他,怎样平衡他的重量。我抱紧他,斜身在他肩头放了一个厚厚的白色枕头,才松开他,让他倒在柔软的枕头上。他闻起来有阳光的味道,就像阳光深深地渗进了他的肌肤,我发现自己在默默地吸气,好像他是好吃的东西。

虽然还有点湿,我爬到了他旁边。我们两个人离得非常近,双腿相碰。我们一起看着闪电袭击波浪时形成的蓝白色火光,银白色的暴雨如注,仅一百英尺以外的大海碧波荡漾。

我们身边的世界变小了,只听得见风暴的怒吼,忽紫忽蓝忽黑的大海翻腾起来,纱罗窗帘轻轻飘荡。晚风送来了阵阵荷花香,传来碰杯和匆忙移动椅子的模糊声音,以及远方庆祝活动的音乐声,感觉大自然释放出电流。我去握威尔的手——我突然觉得我永远都不可能像现在这样与世界强烈相连,与另一个人紧密相连。

"还不坏,嗯,克拉克?"寂静中,威尔说道。在风暴面前,他的表情平静自然。他转过头笑着看我,眼睛中有些东西,一丝得意扬扬。

"是啊,"我说,"好极了。"

我躺着一动不动,倾听着他缓慢而深沉的呼吸声,雨水盖住了他的呼吸声,感觉到他温暖的手指与我的相缠绕。我不想回家,我觉得我也许永远不会回家,在这儿,威尔和我封闭在我们的小天堂里很安全。一想到回英格兰,就有一阵恐惧攫住我的心,越来越紧。

一切都会顺利。我试着重复内森的话。一切都会顺利。

最后,我把头转向威尔那边,不再看海,盯着威尔。他在昏暗的灯光中转过头来看我,我感觉他也在说同样的话:一切都会顺利。我生命中头一回不去想未来,我只想好好享受今晚。我说不准我们这样盯着对方盯了多久,不一会儿,威尔的眼睑就变得沉重,他有些歉意地喃喃道,他以为他会……他的呼吸深沉,他反复唠叨着这句话,直到睡着。我看着他的脸,看着他的睫毛延伸到眼角,看着他鼻子上新长的雀斑。

我告诉自己一定是对的,我一定是对的。

夜里一点后,风暴终于停歇,在海面上消失不见,愤怒的闪电也变得微弱,终于也没有了,将气象暴君带到某个未知的地方。空气渐渐静止,窗帘不再晃动,最后的水滴汩汩流走了。我大清早起来,轻柔地把我的手从威尔手中拿开,关上落地长窗,整个房间变得安静。威尔睡着了,他在家很少能睡得这么舒适平静。

我没睡好。我躺在那儿看着他,尽量让自己什么也不想。

最后一天发生了两件事。一件事是,出于威尔的压力,我尝试了潜水。他接连几天都在劝说我,说我大老远来了居然不去潜水。风帆冲浪我完全搞不定,只能勉强把帆提起来离开海面,在我坚持不懈沿着海湾滑水的过程中,几乎狗啃泥般摔了一路。但他一直坚持,前一天他回来吃午餐时,宣布他给我预订了半天的初级潜水课程。

开头不太顺。威尔和内森坐在游泳池边,我的教练尽力要我相信我可以在水下呼吸,但是知道他们都看着我,我怎么也做不到。我不笨,我明白背上的氧气罐能让我的肺运转,我不会淹死,但是每次我把头伸到水下,我就很惊恐,马上浮出水面。似乎我的身体拒绝相信在毛里求斯几千加仑用氯消过毒的干净水中,我能够呼吸。

"我做不到。"我第七次从水中浮起时,一边说,一边噗噗地吐气。

我的潜水教练詹姆斯,看了看我身后的威尔和内森。

"我做不到,"我生气地说,"我真的不是这块料。"

詹姆斯背对着那两个男人,拍了拍我的肩,指了指开阔的水面。"有些人觉得那儿更容易。"他平静地说。

"在海里?"

"有些人被扔在深海时表现更好。来吧,我们乘船去那儿。"

四十五分钟以后,我盯着从外面看不到的五颜六色的海下景观,忘记了担心我的氧气瓶会失灵,忘记了担心我会沉入海底,死在水中,甚至忘记了我的恐惧。新世界的秘密吸引了我。我只听到自己放大的"咕咕"吐气声,我看见了一群群五彩斑斓的小鱼、一些黑白相间的大鱼木然而好奇地盯着我、轻轻摆动的海葵不停地滤出海水,捕捉着海水中微小的、几乎看不见的食物。我看着遥远的风景,比陆地上色彩鲜艳,变化多端。我看见了未知生物潜藏的洞穴和洼地,在阳光下闪耀着不同的形状。我不想出去,我可以永远待在这个寂静的世界里。詹姆斯示意我看他氧气罐仪表盘时,我才意识到我必须浮出水面了。

我走上海滩，走向威尔和内森时，几乎说不出话来，我满面春风。我的头脑里还闪动着看过的景象，我的四肢不知怎的仿佛仍然在水下不断推进。

"不错吧？"内森说。

"为什么不告诉我？"我向威尔大声说道，把鸭脚板扔到他面前的沙地，"为什么不早点让我潜水？这一切，都在那儿，一直都在！就在我眼皮子底下！"

威尔平静地看着我。他什么也没有说，他的笑容舒展而灿烂。

"克拉克，我说不上来。有些人就是听不进去。"

最后一晚我喝醉了，并不是因为第二天我们就要离开了，是因为我第一次觉得威尔好起来了，我可以放心。我穿了一件白色棉布裙（我的皮肤晒黑了，穿白色的衣服不会让我看起来像穿着寿衣的尸体）和一双银色系带凉鞋。奈迪尔给我一朵小红花并让我把它别在头发上时，我没有嘲笑他，要是在一周前我肯定会这么做。

"啊，你好，卡门·米兰达①。"我在酒吧遇见他们时，威尔说道，"你看起来真是美艳动人。"

我本想挖苦他，但我意识到他是真心实意地夸奖我。

"谢谢你，"我说，"你看起来也不赖。"

酒店主楼有一个迪斯科舞厅，临近晚上十点，内森去找卡伦了。我们去往海滩，耳边还萦绕着音乐，三杯鸡尾酒令人愉快的微醺让我的行动更加甜蜜。

---

① 巴西历史上一位著名的演员兼歌手。

噢,海边真美。夜晚很温暖,微风送来远处烧烤的香味、皮肤上精油的香气和海水的咸味。威尔和我在我们最喜爱的树旁停下。有人在海滩生了一堆火,也许用来烧烤,留下一堆红通通的煤块。

"我不想回家。"黑暗中,我说道。

"这地方让人依依不舍。"

"我原以为这样的地方只存在于电影中,"我转过脸对他说,"它真的让我怀疑,或许你说的其他事情是真的。"

他在笑。他整个脸似乎都放松了,很高兴,看着我时他眼睛笑弯了,第一次内心没有一点恐惧。

"你很高兴你来了,对吗?"我试探着问。

他点点头,"噢,是的。"

"哈!"我挥舞拳头。

酒吧的音乐声更大了,我踢掉鞋子跳起舞来。感觉有点蠢,换了另一天,这种行为会让人尴尬。但在那儿,在深邃的黑暗中,缺少睡眠半醉半醒的状态,有篝火、一望无尽的大海和无边无际的天空,耳边音乐在回响,威尔在微笑,我的心里有种说不出来的感受,我只想跳舞。我又跳又笑,一点也不难为情,也不担心是否有人会看到我们。我感觉到威尔注视着我,我知道他也明白,这是十天来唯一可能的反应。走远一点,过去的六个月。

歌曲结束了,我在他脚边扑腾,呼吸急促。

"你……"他说道。

"什么?"我淘气地笑了笑。我感觉全身通畅、非常振奋。我几乎没法控制自己。

他摇了摇头。

我缓缓起身,光着脚直接走到他的轮椅旁,滑坐在他大腿上,我的脸离他的脸只有几英寸。经历了昨晚之后,这其实算不上什么冒失的行为。

"你……"他的蓝眼睛在火光的映衬下闪烁,锁定在我身上。他身上有阳光、篝火和香甜的柑橘味道。

我感觉内心深处有股冲动。

"你……今晚不太一样,克拉克。"

我做了我能想起的唯一事情,我俯身亲吻他的唇。他犹疑了一会儿,回吻了我。就在那时我忘记了一切——一百万零一个不应该这么做的理由,忘记了我的恐惧,忘记了我们为什么在那儿。我亲吻他,呼吸着他皮肤的味道,摩挲着他柔软的头发,他回吻我时,一切都消失了,只有威尔和我,在偏僻的小岛,在一千颗闪烁的星星之下。

然后他退了退,"对不起,别——"

我睁开眼睛。我摸了摸他的脸,摩挲着他美丽的线条。我感觉到了指尖下面的盐粒。"威尔,"我说,"你可以,你——"

"不。"这个词掷地有声,"我做不到。"

"我不明白。"

"我不想陷进去。"

"嗯,我觉得你必须陷进去。"

"我不能这么做,因为我不能……"他抑制住情绪,"我不能成为你的男人。那就意味着……"他抬头看着我的脸,"这只能提醒我的缺陷。"

我没有松开他的脸。我的前额向前倾,触碰到他的额头,我们的呼吸混合在一起,我用只有他能听到的声音,轻轻告诉他:

"我不介意你能做什么、不能做什么。这世上的事情不是非黑即白。说实话……我跟有同样情形的人聊过……有些事情是可能的,有方法让我们都开心……"我有点结结巴巴,说这些话就让我感觉怪异。我抬头看向他的眼睛。"威尔·特雷纳,"我轻柔地说,"事情就是这样。我认为我们可以——"

"不,克拉克——"他说。

"我们可以做很多事情。我知道这不是常见的爱情故事,我知道甚至有各种理由不说这些话。但是我爱你,我真的爱你。我离开帕特里克时,就知道这一点,而且我觉得或许你也有一点点爱我。"

他没有说话。他的眼睛搜寻着我的目光,眼神里有沉重的悲伤。我把他的头发从鬓角捋开,似乎这样我可以抚平他的悲伤,他的头微微斜靠到我的手掌上。

他压抑住情绪,"我有话要和你说。"

"我知道,"我低声说,"我什么都知道。"

威尔合上了嘴。周围的空气似乎凝固了。

"我知道瑞士的事,我知道……为什么我会被雇用,签订一份六个月的合同。"

他把头从我手中抬离。他看着我,抬头盯着天空,他的肩垂了下去。

"我都知道,威尔。好几个月前我就知道了。威尔,你听我说……"我拉过他的右手,放在我的胸前,"我知道我们可以做到。我知道这不是你想选择的方式,但我能让你开心。我能说的就是你让我……你让我变成了我从没想过的样子。你让我开心,即便在你很糟糕的时候。我愿意跟你在一起,就算你心目中的那个你已经消失了,我也不愿意跟世界上别的人在一起。"

我感觉到他的手指握紧了我的手,这给了我勇气。

"如果你觉得我作为你的护理跟你在一起很奇怪,我可以离开,到别处工作。我想告诉你,我申请了大学课程,我在网上做了大量研究,和其他四肢瘫痪患者及他们的护理聊过,我学到了很多,知道怎样维持这段感情。我什么都可以做,只要能和你在一起。看到没有?我什么都想到了,什么都研究过了。这就是现在的我。这是你的过错,你改变了我。"我半笑着说,"你把我变成了我妹妹那样的人,不过穿衣上更有品位。"

他闭上了双眼。我握住他的双手,把他的指节放到我的嘴边亲吻。我感觉我们肌肤相贴,我只知道我不能放手。

"你说什么?"我轻声说。

我可以一直看着他的眼睛。

他说话声音很小,一瞬间我以为我听错了。

"什么?"

"不,克拉克。"

"不?"

"对不起,这还不够。"

我放低他的手,"我不明白。"

过了一会儿他才说话,似乎在努力寻找合适的词,"这对我还不够,即使我的世界有你。相信我,克拉克,你来之后我的世界就变好了。但还不够,这不是我想要的人生。"

这回轮到我向后退了。

"我知道这样生活下去不错,有你在旁边,也许还很美满。但这不是我想要的人生。我跟你在聊天室遇到的人不一样,这完全不是我想要的人生，完全不是。"他的声音迟疑不决，断断续续，他的表情吓到我了。

我抑住情绪，摇了摇头，"你……你曾经告诉过我不用拿在迷宫的那晚来定义自己，你说过我可以选择定义自己的事情。那么，你不必让这辆……这辆轮椅限制你。"

"但它确实限制了我，克拉克。你不了解我，不完全了解。你从没见过我以前的样子，克拉克，我曾深爱我的生活，全心全意地热爱。我爱我的工作、我的旅行，所有的一切。我热爱自如行动，我喜欢骑摩托，从高处飞身而下，我喜欢在商场上打败别人，喜欢做爱，性生活丰富，我以前的生活精彩纷呈。"他的声音提高了一些，"我的人生本不该在轮椅上得过且过，但无论从哪方面来看，现在就是这轮椅界定了我的人生。唯有它定义了我。"

"但是你都不愿意去尝试一下，"我轻声说，我的声音似乎不愿从心中显露，"你都没有给我机会。"

"不是给不给你机会的问题。这六个月来，我看着你成为完全不同的人，一个刚刚看见自己可能性的人。你不知道这让我有多高兴。我不想让我、我的医院预约和我生活中的限制把你束缚住，我不想你错过别人能给你的一切。自私地说，我不想有一天你看着我，感到哪怕一丁点的后悔或是怜悯——"

"我决不会那么想！"

"克拉克，你不明白，你根本不知道事情会如何进展，你甚至不知道六个月后你会怎么想。我不想每天看着你，看着你赤身裸体，看着你穿着那些有个性的裙子在侧厅晃来晃去，却没法去做我想和你一起做的事情。噢，克拉克，你要是知道我现在想跟你做什么就好了。想到那个，我……我简直没法活下去。我不能，这不是我,我不能成为那种……逆来顺受的人。"

他低头看着轮椅,语不成声,"我永远都不能接受。"

我哭了起来,"拜托,威尔,别说了。给我一次机会,给我们一次机会。"

"嘘,听我说。今晚,和你在一起就是你能给我的最好礼物。你说的那些话,你费尽心力把我带到这儿……我都明白。一开始,我是个彻头彻尾的傻瓜,你却在我身上找到了值得爱的地方,这让我非常惊讶。但是——"我感觉他的手指扣住了我的手,"我想要至此结束。不再用轮椅,不再感染肺炎,不再四肢灼热,不再痛苦绝望,不再每天早上一醒来就期盼一切结束。我们回去后,我仍然要去瑞士。如果你真的爱我,克拉克,就像你说的那样,你能做的最让我高兴的事情就是陪我一起去。"

我猛地向后移开了头。

"什么?"

"没有比这更好的安排了。我的身体状况会继续恶化,我的人生不但沦落至此,还会变得越来越无趣。医生说过太多了。很多疾病在侵蚀我的身体,我能感觉得到。我不想再处在痛苦之中了,也不想被困在这个玩意儿里,不想依赖别人,也不想再恐惧。所以我要求你,如果你说的都是真的,那么来吧。和我一起,给我想要的结束。"

我惊恐地看着他,血液涌上了头部,我简直没法相信。

"你怎么能要求我做那件事?"

"我知道,这——"

"我说我爱你,我想和你共创未来,你却要我去看着你自杀?"

"对不起。我不想这么直接的,但是我没有时间了。"

"什么？为什么，你真的预订了？你已经约好时间，害怕错过吗？"

旅馆的人们在那儿驻足，也许是听到了我们高声的谈话，但是我不在意。

"对，"停顿了一下，威尔说，"对，没错。我咨询过了，诊所认为我符合条件。我父母同意八月十三日，我们预计头一天飞抵那里。"

我的头开始旋转，不到一个星期了。

"我不能相信。"

"露易莎——"

"我还以为……我改变了你的心意。"

他的头歪向一边，看着我。他的声音轻柔，眼神也很温柔。"露易莎，什么都不会让我改变想法。我答应我父母再活六个月，我履行了我的诺言。你让这段时间极其珍贵，你绝对没法想象。你让这段时间不再是耐久实验——"

"不要！"

"什么？"

"别再说了。"我哽咽着，"你真自私，威尔，你真蠢。即便我有那么一点可能性陪你去瑞士……即使你觉得我会去，毕竟我为你做了那么多，你只能对我说这些吗？我在你面前掏心掏肺。你却只说：'不，你对我还不够。现在我想让你去见证世上最糟糕的事情。'打从一开始知道这件事，我就很害怕。你知道你的要求有多残忍吗？"

我出离愤怒了。我站在他面前，像个疯女人一样怒吼："去死吧，威尔·特雷纳，去死。我真希望当初我没接这份蠢工作，我希望我从未认识你。"我放声大哭,从海滩一路跑回酒店房间,离他远远的。

他叫着我名字的声音,在我关上门之后很久还一直回荡在我的耳边。

第二十四章　归途

对路人来说，看到坐在轮椅里的男人恳求理应照看他的女人，没有景象比这更让人窘迫了。显然，跟你的看护对象——一个残疾人赌气，很不应当。

尤其是他动都不能动，一直温柔地说："克拉克，拜托。到这儿来一下，拜托了。"

但我不能，我不能看他。内森整理好了威尔的东西，我第二天早上在大厅跟他们两个碰的头，宿醉让内森迷迷糊糊，我们三个又要一起行动了，我不想跟他扯上任何关系。我怒火中烧，闷闷不乐，脑中有一个偏执愤怒的声音，要求我离威尔越远越好：回家，再也不见他。

"你还好吧？"内森出现在我身边，说道。

我们一到机场，我就离开他们到登机处。

"不好，"我说，"我不想谈这个。"

"宿醉?"

"不是。"

出现了一阵短暂的沉默。

"是我想的那样吗?"他突然沮丧起来。

我没法说话。我点了点头,内森的下巴一下绷紧了。但他比我坚强,毕竟他是专业护理师。不出几分钟,他又回到威尔身边了,指给他看杂志中的什么东西,大声说不知道那支足球队的表现怎么样。看着他们,你绝对想不到我刚才告诉内森什么重大的消息。

在机场等候的时候,我一直忙东忙西。我找出了无数个要完成的小任务:贴行李标签、买咖啡、翻阅报纸、去洗手间,这些都意味着我不用面对他,不用跟他说话。但内森不时会离开,只剩下我们两个挨着彼此坐着,短短的距离却充斥着无言的指责。

"克拉克——"他开口。

"别,"我会打断他,"我不想跟你说话。"

我竟然能如此冷酷,我自己都大吃一惊。我肯定吓到了女乘务员。我发现她们在机舱里小声议论着我理也不理威尔,戴上耳机或是决然地望向窗外。

头一回,他没有生气,这是最糟糕的。他没有生气,没有冷言冷语,他只是越来越沉默,最后不再说话。只有可怜的内森努力撑住场面,问要不要茶、咖啡、烤花生,是否介意他起身经过我们去洗手间。

现在听起来有些孩子气,但这不仅仅有关自尊,我不能忍受。我不能忍受要失去他,他如此顽固,决意不往好处想,不去面对生命中的美好,不改变他的想法。我不能相信他那么坚持那个日期,就像那是板上钉钉的事。我脑海中回荡着数不清的沉默争辩。为什么这还不够?为什么有了我还不够?为什么你不能对我吐露情感?要是我们有更多的时间,事情不会有变化吗?我不时盯着他晒成棕褐色的手,方形的手指,离我的手只有几英寸远,我想起我们的手指如何互相缠绕,他的体温,纵使静止不动,也传递了一种力量,我的喉咙中就像噎了硬物一样,我再也没法呼吸,不得不躲到洗手间,趴在水槽上,在条状照明灯下无声啜泣。有几次,一想到威尔仍然要做的事情,我不得不克制自己想要尖叫的冲动。我感觉我快疯了,好想坐在过道上不停地哀号,直到有人出面阻止他那么做。

尽管我看起来有些幼稚,虽然对于机舱工作人员来说(我拒绝跟威尔谈话,拒绝看他,拒绝喂他食物),我似乎是最无情的女人,我知道只有假装他不在那儿,我才可以度过被迫与他这么近距离的几个小时。如果我相信内森独自可以应对,我真的会更改航班,甚至消失,我希望我们之间隔着整块大陆,而不是没法忍受的几英寸。

两个男人睡着了,我略微舒了一口气,暂时不用这么剑拔弩张了。我盯着电视屏幕,每离家近一英里,我的心就越发沉重,也更为焦虑。我想到,我的失败不仅仅是我自己的失败,威尔的父母也会崩溃的。他们或许会责怪我,威尔的妹妹会控告我。我也愧对威尔,我没能说动他。我付出了一切,包括我自己,但是没有一样东西让他相信有活下去的理由。

也许,我想,他值得一个比我更好的人来照顾,一个更聪明的人,像特丽娜那样,能想出更好方法的人。他们或许能找到宝贵的医疗研究成果或者可以帮助他的其他方式,他们或许会改变他的主意。想到余生我都要抱着这样的信念生活，我几乎头晕目眩。

"克拉克，来点喝的吗？"威尔的声音打乱了我的思绪。

"不用了，谢谢。"

"我的肘部是不是离你的扶手太近了？"

"没有。没关系。"

最后的这几个小时，在黑暗中，我才允许自己看他。我的目光从发光的电视屏幕缓缓转向侧边，偷偷在机舱昏暗光线下看他。我看着他的脸，黝黑英俊，在睡梦中如此安详，一滴泪从我的面颊滚下来。也许意识到了我的注视，威尔微微动了一下，但并没有醒。工作人员和内森都没在看，我慢慢把他的毯子拉到他脖子上，仔细地掖好，以免机舱里空调的冷气让威尔感到寒冷。

他们在接机厅等候，我就知道他们会来接机。我们推着威尔经过护照检查处时，我感觉体内的不安在不断放大，一位好心的官员优先处理了我们的过境手续，让我们快速通关，而我甚至祈求能被迫等待，排好几个小时的队，最好排好几天。我的希望落空，我们走过一大片油地毡，我推着行李车，内森推着威尔。玻璃门打开时，就看见他们站在栏杆旁边，两人肩并肩，展现出难得一见的和睦假象。特雷纳夫人看见威尔时脸上一下就有了神采，我分了神，当然了，他看起来好极了。我感到惭愧的是，我戴上了墨镜，不是为了掩盖疲惫，只是觉得她看不到我的表情，就不会马上猜到我要告诉她的事情了。

"看看你！"她喊道，"威尔，你气色真好，特别好。"

威尔的父亲俯身拍了拍儿子的轮椅和膝盖，满面笑容。"内森说你们每天都去海滩时,我们简直没法相信。还游泳了呢!那边的海怎么样,漂亮吗?暖和吗?这儿一直大雨倾盆,典型的八月!"

当然,内森肯定给他们发了短信或打过电话。他们不会让我们玩那么久,却完全不联系。

"那地方相当让人赞叹。"内森说道。他也变得沉默了,不过勉强笑了笑,尽量让自己恢复正常。

我感觉全身僵硬,手紧抓着护照,像是我要去别的地方。我得提醒自己呼吸。

"哇,你们应该会想吃一顿特别的晚餐,"威尔的父亲说道,"洲际酒店有一家非常好的餐厅,我们请你们喝香槟酒吧,怎么样?你妈妈和我觉得蛮不错。"

"好的。"威尔说。他对着母亲笑,她也看着他,就像要珍藏那个笑容。你怎么能这样?我想对他吼。你早就知道你要对她做什么,怎么还能用这种眼神看着她?

"走吧。我把车停在残疾人停车场了,离这儿不远。我肯定你们都有点时差症。内森,要我帮忙拿包吗?"

我打断了他们的谈话。"其实,"我说着,从小车上拖出我的行李,"我得回家了。无论如何,谢谢你们。"

我把注意力集中在自己的包上,故意不去看他们,纵使机场中人声鼎沸,我仍然察觉我的话激起了一阵短暂的沉默。

特雷纳先生最先开的口:"来吧,露易莎,我们小小庆祝一下。我们想听听你们的冒险经历,我想知道岛上的一切。你不必什么都告诉我们。"他几乎轻声笑了出来。

"是啊,"特雷纳夫人的声音有点激动,"务必来,露易莎。"

"不。"我压抑住情绪,勉强温和一笑。墨镜是我的掩护。"谢谢。我真的想回家。"

"回哪儿?"威尔问道。

我听懂他的话了,我没地方可去。

"回我父母家,这样挺好。"

"和我们一起去吧,"他温和地说,"别走,克拉克。拜托了。"

我真想哭一场,但我百分百确信我不能待在他旁边。"不了,谢谢。希望你们享受一顿美好的晚餐。"我把包举到肩头,在他们还没有说话之前,我就走开了,淹没在机场的人流中。

快到公交车站时,我听见了她的声音。卡米拉·特雷纳,她的高跟鞋在路面上咔嗒作响,她连走带跑地奔向我。

"停下。露易莎,请停一下。"

我转过身,她正从一个巴士旅行团中挤过来,将一群青年背包客推到一边,开出一条路,像是摩西分海。机场灯光照亮了她的头发,把它们变成了青铜色。她披着精致的灰色羊绒披肩,披肩优雅地垂在一边。我记起曾分神想过,几年之前她一定很美。

"请,请停一下。"

我停了下来,看了一眼身后,希望公交车此刻能出现,能载上我,带我离开。希望发生任何事,来一次小型地震也可以。

"露易莎。"

"他玩得很开心。"我的声音听起来清脆快速,我发现自己说话的口吻竟然像她。

"他看起来确实不错,非常好。"她站在路面上,盯着我。她突然极其平静,虽然行人络绎不绝。

我们没有说话。

然后我说道:"特雷纳夫人,我想辞职。最后这几天我做不下去了,我会付罚金。事实上,这个月的工资我不要了,我什么也不要。我只想……"

我看到她的脸没了血色,身体在阳光中微微晃动。特雷纳先生过来找她了,他的步伐轻快,手紧抓着巴拿马草帽。挤过人群时,他喃喃道着歉,他盯着我和他妻子,我们俩一动不动地站着,中间隔着几英尺的距离。

"你说过他很开心,你说过你认为这趟旅行会改变他的主意。"她听起来很绝望,好像在请求我说点别的,给她一个不同的答案。

我没法说话。我盯着她,我只能轻轻摇了摇头。

"对不起。"我轻声说,声音很轻,她可能听不到。

她摔倒时,特雷纳先生刚到那儿。她的双腿失去了控制,就要倒下时,特雷纳先生立马伸出左臂接住了她,她的嘴张得老大,身体跌落在他怀里。

他的帽子落到了地上。他抬头看着我,一副困惑的表情,还不大明白刚刚发生了什么。

我不能再看他们。我麻木地转身,向前走,一步接一步,脑子里毫无意识,腿自己向前移动,离开机场,尚不知道我要去向何方。

第二十五章　报社记者

（卡翠娜）

露易莎度假回来后，一直待在房间里，整整三十六个小时没有出来。她星期六深夜才从机场回来，皮肤晒得黑黑的，脸色苍白，跟个鬼似的，一开始我们都搞不清是怎么回事，她明确说周一一大早再说。"我只想睡觉。"说着她把自己关在房间里，直接上了床。我们觉得有点怪，但我们知道些什么呢？毕竟，打从出生以来，露就很古怪。

早上母亲端来了一杯茶，但是露搅都没搅一下。到了晚餐时间，母亲很担心，摇了摇她，确认她还活着。（母亲有时有点夸张，不过，话说回来，她做了鱼肉馅饼，或许她只是不希望露错过这道美食。）但露不吃东西，不说话，也不下楼。"我只想在这儿待一会儿，妈妈。"她说着，把脸埋进枕头里。最后，母亲只能让她自个儿待着。

"她不大对劲，"母亲说，"你觉得这是跟帕特里克分手的滞后反应吗?"

"她可不在乎帕特里克,"父亲说,"我告诉她,他打电话来说他在极限三项中拿到了第 157 名,她一点儿也不感冒。"他呷了一口茶,"说句公道话,拿第 157 名,我也很难兴奋起来。"

"她是不是病了?她晒黑的脸一点儿血色都没有,并且一直在睡觉。这一点儿也不像她,她肯定得了可怕的热带病。"

"她不过是在倒时差。"我说。我说这话时透着一股子权威,我知道爸妈事事都拿我当专家,即便我们对那些事情一无所知。

"倒时差。是啊,如果长途旅行会这样,我还是去滕比转转好了。你觉得呢,乔茜,亲爱的?"

"我不知道……谁会想到一场旅行会把人搞成这样呢?"母亲摇了摇头。

晚饭后我上了楼。我没有敲门,直接走进了房间(非常安静,严格说来,是我的房间)。房间内空气污浊,我拉开窗帘,打开一扇窗,露从羽绒被下面清醒过来,手遮住眼睛挡住阳光,四周尘埃飞扬。

"能告诉我发生什么了吗?"我把一杯茶放在床头桌上。

她眨了眨眼。

"妈妈觉得你感染了埃博拉病毒[①],她忙着警告宾果俱乐部所有要去热带岛屿旅游的人。"

她什么也没有说。

"露?"

"我辞职了。"她平静地说。

---

① 会引起高热和内出血,1976 年在扎伊尔和苏丹首次发现。

"为什么?"

"你认为呢?"她挺直身体,毛手毛脚地去拿茶杯,喝了一大口茶。

对于一个刚在毛里求斯待了快两周的人来说,她看起来糟透了。她的眼睛肿了,眼圈红红的,她的皮肤要是没被晒黑,一准会出现更多污斑。她的头发往一边翘起,看起来像是好几年没有睡觉了。最重要的是,她看起来很悲伤,我从没见我姐姐这么伤感过。

"你觉得他还是要做那件事?"

她点点头,艰难地吞了吞口水。

"该死。唉,露。我很抱歉。"

我示意她挪过去一点儿,爬到她身边。她又喝了口茶,把头靠在我的肩上。她穿着我的 T 恤,我什么也没说。我为她感到难过。

"特丽娜,我能做什么?"

她的声音很小,像托马斯伤到自己,还要故作勇敢时的样子。外面,隔壁家的狗沿着花园篱笆跑上跑下,追逐邻里的猫。我们不时听见一阵狂吠。狗估计趴在了花园篱笆上面,沮丧地鼓起双眼。

"我不确定你能做什么。老天,你为他安排了那么多活动,付出了那么多努力——"

"我告诉他我爱他,"她说,她的声音降低成了耳语,"他只说这不够。"她的眼睛睁得很大,目光阴郁,"我怎么能忍受得了?"

我是这个家无所不知的人——我比别人读的书都多,我上了大学,我应该是那个知道答案的人。

但我看着我姐姐,摇了摇头,"我也不知道。"

第二天她终于露面了,洗了澡,换上了干净衣服,我告诉爸妈什么也别说。我暗示这是感情问题,父亲扬了扬眉,做了个鬼脸,似乎在说那样一切都说得通了,天知道我们为什么要小题大做。母亲立刻给宾果俱乐部打电话,说乘飞机旅行没那么危险。

露吃了一片烤面包(她不想吃午餐),戴上了一顶大大的松软遮阳帽,我们带着托马斯一起去城堡喂鸭子。她不太想出门,但母亲坚持说我们都需要呼吸一些新鲜空气。这话在我母亲的字典里,意味着她急切地想给卧室通风,更换铺盖。托马斯蹦蹦跳跳地走在前面,紧抓着装满面包皮的塑料袋,我们凭借多年的经验,自如地在拥挤的人群中穿梭,躲开游客晃来晃去的背包,经过摆好姿势要合影的情侣时,我们分开从左右绕过他们后再会合。炎热的夏天炙烤着城堡,地面开裂,青草稀疏,就像秃顶男人头上只留下了最后几根头发。花圃里的花蔫蔫的,似乎它们已经准备好过秋天了。

露和我没太说话。有什么可说的呢?

经过游客停车场时,我看见她从帽檐底下瞅了一眼特雷纳家。那栋房子由红砖砌成,优雅地矗立在那里,高高的假窗掩盖了里面曾上演过的改变人生的戏剧,也许此刻正在上演。

"你可以进去跟他说说话,知道吗?"我说,"我在这儿等你。"

她看着地面,双手交叠在胸前,我们一直往前走。"于事无补。"她说。我知道另一个原因,她没有说出口的原因——他或许根本不在那儿。

我们绕着城堡缓慢转了一圈,看着托马斯一溜烟冲下陡坡,我们喂了鸭，到了旅游季，它们早就被喂得饱饱的，都不屑于过来吃点面包。散步时我一直看着我姐姐，她穿着露背装，露出晒成棕色的背，她的背有些驼，即使她现在还没有意识到，我却知道她的一切都变了。不管威尔·特雷纳发生了什么，她都不会待在这里了。她有一种气度，学到了新知识，开阔了眼界，探索了新地方。我姐姐终于有了新的天地。

"对了，"我们走到门口时，我说，"有一封你的信。你不在时，大学寄来的。不好意思，我拆开了，以为是给我的。"

"你拆了？"

我原以为会是额外的补助金。

"你要参加一个面试。"

她眨了眨眼，似乎从某个遥远的过去接收到消息。

"是的。关键是，面试就在明天，"我说，"我想今晚我们可以讨论一下可能会问到的问题。"

她摇了摇头，"明天我不能去参加面试。"

"你要做什么？"

"我不能去，特丽娜，"她悲痛地说，"现在这种时候，我哪有心思想别的。"

"听着，露。他们不像喂鸭子面包那样，随意给面试机会，你这个傻瓜。这是大事。他们知道你是成人学生，你申请的时间也不对，但是他们仍然想见你。你不要耍他们。"

"我不在乎，我不想想这些。"

"但是你——"

"让我清静一下。特丽娜，好吗？我做不到。"

"嘿！"我说道，走到她前面，这样她不能继续向前走。几步开外,托马斯正跟鸽子说话。"你要好好考虑一下这件事情。你高兴也罢,不高兴也罢,现在正是时候,你必须要想想你下半辈子要做些什么。"

我们堵住了路,游客们得分散开绕过我们。他们低着头,或是用好奇的眼光打量着我们争论。

"我不能。"

"好吧,这很难。不过你别忘了,现在你失业了,也没有帕特里克来收拾残局。要是你错过了这场面试,两天后你又得去职业介绍所,看你是想做鸡肉加工人员、脱衣舞女,还是擦别人的屁股过活。信不信由你,你奔三了,你的人生要好好规划。过去六个月里你学到的一切都是浪费时间,所有的一切。"

她盯着我,脸上是那副她知道我是对的,而没法反击时那种愠怒的表情。托马斯回到我们身边,拉了拉我的手。

"妈妈……你说了'屁股'。"

我姐姐仍然瞪着我,不过能看出她在思考。

我转向我儿子。"没有,宝贝,我说的是'面包'①。我们该回家喝茶了,是吧,露?看我们能不能吃点面包。一会儿外婆给你洗澡时,我要帮露姨妈做点功课。"

第二天我去了图书馆,母亲照看着托马斯,我看见露上了公交车,我知道下午茶时间才能再看到她。对于这次面试我没有抱多大希望,但从我跟她分开后,就没有再想这件事。

听起来似乎有点自私,但我不想在课业上拖欠太多,从露的

---

① 原文为"bun","屁股"的原文为"bum"。

苦恼中摆脱出来对我也是宽慰。和抑郁的人待在一起确实让人疲倦，你会为他们感到抱歉，但是你忍不住想要让他们振作起来。我把我的家庭、我的姐姐、她卷入的这场灾难抛到脑后，关上抽屉，把注意力集中到增值税减免上。会计学 1 这门课我拿了全班第二高分，因为英国税务海关总署变幻无常的税务机制我就撤退？门儿都没有。

下午五点四十五分左右，我回到家，把文件放在大厅椅子上，他们都坐在厨房餐桌旁，母亲开始上菜。托马斯跳到我身上，腿盘绕到我的腰上，我亲吻了他，闻着他醇香的小男人味道。

"快坐下，快坐下，"母亲说道，"爸爸刚回来。"

"你的书练得怎么样？"父亲问道，把夹克挂到椅背上。他老是说"我的书"，就像它们有自己的人生，并且还得井然有序。

"不错，谢谢。会计学 2 已经学了四分之三。明天我就要学习公司法了。"我让托马斯坐在旁边的椅子上，一只手摸着他柔软的头发。

"听见了吗，乔茜？公司法。"趁母亲不注意，父亲偷偷从盘子里挖了一勺土豆。他好像很享受这样边咀嚼边说话的感觉，应该是的。我们聊了与课程有关的话题，我们聊到了父亲的工作，主要是游客毁坏了哪些东西。显然，你不会相信有那么大的维修量。连停车场入口旁的木栅栏每隔几周都需要换新的，因为有些傻瓜不能驱车穿过十二英尺宽的路口。我认为，应该在票价上收取额外的费用来支付这笔开销，不过这只是我的想法。

母亲上完菜，坐了下来。托马斯以为没人注意他，用手拿着东西吃，暗暗一笑，低声说着"屁股"。外祖父吃饭时盯着斜上方，就像在思考别的事情。我瞥了一眼露。她盯着盘子，把烤鸡推来推去像是要藏起来。噢喔,我想着。

"你不饿吗,亲爱的?"母亲说道,跟随着我的视线。

"不太饿。"她说。

"有点烫,"母亲承认道,"我只是认为你应该再开心一点儿。"

"那么,能告诉我们面试得怎么样吗?"父亲的餐叉,停在了口边。

"噢,那个。"她看起来心不在焉,好像他刚刚提起了她五年前的旧事。

"是的,那个。"

她叉取了一小片鸡肉,"还可以。"

父亲看向我。

我微微耸了耸肩,"只是还可以?他们肯定有个说法吧。"

"我被录取了。"

"什么?"

她仍然低头看着盘子。我不再咀嚼。

"他们说我正是他们想要的学生。我要先读个预科,要一年时间,再转本。"

父亲往后靠了靠!"真是个天大的好消息。"

母亲伸出手拍了拍她的肩,"噢,干得好,亲爱的。真了不起。"

"不见得,我觉得我负担不了四年的学费。"

"你现在不用担心这个,真的。看特丽娜处理得多好。嘿……"他推了推她,"我们会有办法的,我们总能找到办法,不是吗?"父亲对我们俩笑道,"我觉得一切事情都在好转,姑娘们,我们家的好日子到了。"

然后，不知为何，她失声痛哭起来，真正的眼泪。她像托马斯一样号啕大哭，一把鼻涕一把泪，一点也不在意谁会听到，她的抽噎像刀子一样划破了小房间的宁静。

托马斯目瞪口呆地看着她，我赶紧把他抱到我的腿上，分散他的注意力，免得他苦恼起来。就在我搅动着土豆和豌豆、傻气地编造它们的对话时，她告诉了他们事情的经过。

她说了一切——有关威尔和六个月的合同，以及他们去毛里求斯时发生的事情。她说话时，母亲用手捂住嘴，外祖父看上去很严肃。鸡肉冷了，肉汁凝结在碟子里。

父亲不相信地摇了摇头。姐姐详细描述她从印度洋回来的情形，说起她最后对特雷纳夫人讲的话时，她的声音降低到耳语。他把椅子往后推，站了起来。父亲缓慢地走到桌边，把她揽到怀里，就像我们小时候那样。他紧紧地抱住她。

"哦，天哪，可怜的小伙子，可怜的你。哦，老天。"

我从没见过父亲如此震惊。

"真是一团糟。"

"你经历了这么多，却什么都没有说，我们就收到了一张潜水的明信片。"母亲表示怀疑地说，"我们还以为你们享受了一个难得的假期。"

"我不是一个人面对这些事情，特丽娜知道，"她看着我说，"特丽娜很棒。"

"我什么都没有做，"我说，抱着托马斯，母亲在他面前摆了一罐什锦巧克力，他便对我们的谈话失去了兴趣。"我只是个听众。你做了所有事，所有的主意都是你想出来的。"

"看看现在是什么样子。"她靠在父亲身上，语气凄苦。

父亲微微抬起她的脸颊,让她看向他,"你已经尽了全力。"

"我失败了。"

"谁说你失败了?"父亲捋了捋她的头发,表情柔和,"我在想,对威尔·特雷纳,像他这样的男人,我了解多少。我得说,一旦一个男人下定决心,恐怕这世界上没有人能劝动他。他就是这样的人,你无法改变人的本性。"

"但他的爸妈呢?他们不能让他自杀,"母亲说,"他们是什么样的人?"

"他们很正常,妈妈。特雷纳夫人也无能为力。"

"好吧,至少别把他带去那个诊所,"母亲很生气,颧骨上起了两个红点,"我会为你们两个,为托马斯而抗争,直到拼尽最后一口气。"

"即便他已经尝试过自杀,"我说,"用非常残酷的方式。"

"他病了,卡翠娜。他很抑郁,不应该让那么脆弱的人有机会去做那些……"她有些愤怒,拿纸巾擦了擦眼睛,吞吞吐吐地说道,"那个女人肯定非常无情,无情。想想他们还让露易莎搅和了进去。她是个地方法官,天哪!法官应该能明辨是非。我很想现在就去把他带回我们家。"

"事情很复杂,妈妈。"

"不,不复杂。他很脆弱,她压根儿就不应该考虑这个主意。我真震惊。那个可怜的男人,那个可怜的男人。"她从桌边起身,拿起剩下的鸡肉,怒冲冲去了厨房。

露易莎看着她离开,有些不知所措,母亲从不发脾气。我记得上一次她大声说话应该是一九九三年。

父亲摇了摇头,心思显然在别处,"我刚刚在想,难怪我没有见到特雷纳先生。我在想他会在哪儿,我还以为他们全家度假去了。"

"他们……他们已经走了?"

"这两天他都不在。"

露跌坐在椅子上。

"噢,见鬼。"我说着,用手捂住托马斯的耳朵。

"就是明天。"

露看了看我,又看向墙上的日历。

"八月十三日。明天。"

那天露什么也没做。她比我先起床,看向厨房窗外。下雨了,然后天放晴,接着又下起雨来。她和外祖父一块儿躺在沙发上,喝着母亲给她泡的茶。大约每隔半小时,我发现她就悄悄地看向壁炉台确认时间。看着就让人难受。我带托马斯去游泳,好说歹说让她一起去。我说妈妈会照看他的,如果她想晚些时和我一起去逛街的话。我还建议带她去酒吧,就我们两个,但她拒绝了每一个提议。

"要是我做错了该怎么办,特丽娜?"她说话时声音很轻,只有我听到了。

我瞥了一眼外祖父,他的注意力在比赛上。我估计父亲又偷偷摸摸帮他下了赌注,尽管他在母亲面前否认了。

"你这么说什么意思?"

"要是我应该跟他一起去呢?"

"但……你说你不能。"

外面天空阴沉。她透过洁净的窗户看着阴郁的天空。

"我知道我说过,只是我简直不能忍受,不知道发生了什么。"她的表情有些委顿,"我受不了不知道他是什么感受,我不能忍受都没能去说'再见'。"

"你现在能去吗?也许订得到机票?"

"太晚了,"她说,闭上了双眼,"我没法及时赶到那儿,离今天结束只剩两个小时了,我在网上查过。"

我等待着她继续说下去。

"五点半以后他们不会执行。"她困惑地摇了摇头,"因为瑞士的官员要在场。他们不喜欢……办公时间以外作证明。"

我差点笑出声来,但我不知道对她说什么好。我无法想象一直等待,就像她这样,等待知道遥远的地方正发生着什么。我从没像她爱威尔那样爱过一个男人。我爱过男人,当然,也想跟他们共度良宵,但有时我怀疑我少根筋,我不能想象为某个男人伤心。唯一有可比性的人是托马斯,如果托马斯要在陌生的国家等待死亡,一想到这个,我的内心就翻江倒海,太可怕了。所以我把这个想法也锁在了我心中的文件柜里,那个抽屉的标签是:不予考虑。

我挨着姐姐坐在沙发上,我们一起静静观看了三点半的首秀锦标赛、四点的让磅赛,以及接下来的另外四场比赛,神情专注,仿佛真的把全部家当都押在了冠军身上。

这时,门铃响了。

露易莎迅速离开沙发走到门厅。她猛地打开门,那样子差点让我的心跳停止。

但门前并不是威尔,是个年轻女人,化着精致的浓妆,留着利落的齐耳短发。她收好伞,满脸堆笑,取下肩上的大包。我突然想到，这会不会是威尔·特雷纳的妹妹。

"露易莎·克拉克？"

"什么事？"

"我是《环球邮报》的记者。能和你聊几句吗？"

"《环球邮报》？"

我能听出露易莎声音中的困惑。

"报社？"我走到我姐姐身后，这时我看见了那个女人手中拿着记事簿。

"我能进去吗？我只想跟你聊一聊威廉·约翰·特雷纳。你为威廉·特雷纳工作过，是吗？"

"无可奉告。"我说。趁那个女人还来不及说点别的，我"砰"的一声关上了门。

姐姐不知所措地站在门厅。门铃又响起来，她向后缩了一下。

"别应门。"我向她发出嘘声。

"可——"

我把她推上楼。天哪，她简直笨得无可救药，像是半睡半醒。"外公，别应门！"我喊道，"你告诉过别人吗？"我们到达楼梯平台时，我问："肯定有人说出去了。还有谁知道呢？"

"克拉克小姐，"那个女人的声音从信箱传来，"我只要十分钟……我们理解这是非常敏感的话题。我们希望能从你的角度讲述一下这个故事……"

"这意味着他已经死了吗？"她的眼里充满了泪水。

"不，这只说明有个浑蛋想赚钱。"我想了一会儿，说道。

"谁在那儿，姑娘们？"母亲的声音从楼梯井传来。

"没人，妈妈，别开门就好。"

我朝楼梯栏杆张望了一下，母亲手里拿着一块茶巾，从前门的玻璃板看着那个模糊的身影。

"不开门？"

我搂住姐姐，"露……你没对帕特里克说过这件事，是吗？"

她什么都不用说，她惊恐的表情说明了一切。

"好的，别生气，冷静一点。别靠近门，别接电话，什么也别对他们说，好吗？"

母亲没觉得有意思。电话开始响时，她更不悦了。第五个电话之后，我们把所有来电都转到了答录机，但我们仍然得听他们说话，他们的声音渗入了我们小小的门厅。大概有四五个人，全都一样，都希望露能讲出她这边的"故事"。他们就是这么说的，就像威尔·特雷纳是他们想争相抢购的商品。电话铃响个不停，门铃也一直在响。我们拉上窗帘，坐着。门外人行道上，记者们相互攀谈着，打着手机。

感觉像是遭到了围攻。母亲绞着手，一旦有人敢穿过门，她就透过信箱叫他们滚出我们前院。托马斯从楼上浴室的窗户往外看，想知道为什么有人在我们的花园。有四个邻居打电话来，想知道发生了什么事。父亲把车停在了常春藤街，从后花园回到家。我们郑重其事地谈了谈城堡被围和滚油御敌。

又仔细考虑了一段时间后，我给帕特里克打了电话，问他为这小道消息得到了多少钱。他否定所有事之前，略微有些迟疑，但这恰恰告诉了我一切。

"你这个王八蛋，"我嚷道，"我要打断你的狗腿，第157名就是你人生的最好成绩。"

露坐在厨房哭——不是一般的抽泣，无声的泪水滑过她的脸，她再用手掌擦掉。我不知道跟她说什么好。

这也好,我有很多话对别人说。

除了一个记者以外,晚上七点半左右,其他人都走了。不知道他们是不是放弃了,还是因为每次他们从投递口塞进一张字条后,托马斯都会塞几个乐高积木出去,这让他们感到厌烦。我让露易莎替我给托马斯洗澡,主要是我想让她离开厨房,我也可以趁此机会听一下答录机,把记者的留言删掉。二十六个,二十六个浑蛋!听起来都非常和善,非常善解人意,有些甚至愿意给她提供金钱。

我删掉了每一条信息,即使是那些提供金钱的,虽然我得承认我有点想知道他们给多少钱。与此同时,我听见露在浴室跟托马斯说话,听到他哼哼唧唧,听到他的蝙蝠车俯冲进六英寸深的肥皂水里,水花飞溅。这是你有了孩子才会知道的事情,洗澡、乐高和炸鱼薯条都不会让你沉湎于悲伤太久。然后,我播放了最后一条消息。

"露易莎,我是卡米拉·特雷纳。你能给我来个电话吗?越快越好。"

我盯着答录机,倒回去重放了一次,接着跑上楼,一下子把托马斯拉出浴盆。我的动作太快,孩子吓呆了,不知道出了什么事。他站在那儿,身上的毛巾裹得紧紧的像个粽子。露一脸困惑,被推着跌跌撞撞地下了楼。

"万一她恨我呢?"

"听起来她不像恨你。"

"可要是媒体也包围了他们呢?要是他们认为都是我的错,该怎么办?"她的眼睛睁得大大的,惊恐不安,"万一她打电话只是为了告诉我，他已经做了，该怎么办？"

"哦，老天，露，你不能冷静一次吗？除非你打电话，否则你什么都不知道。给她打电话，现在就打，你没有别的选择。"

我跑回浴室，松开托马斯身上的毛巾，胡乱给他穿上睡裤，告诉他要是飞快跑到厨房，外婆会给他饼干。然后我从浴室门向外看出去，偷偷看着我姐姐在过道打电话。

她背对着我，一只手整理着脑后的头发，又伸出手稳住自己。

"是的，"她说，"我明白了。"又说，"好的。"

过了一会儿，说："好。"

放下电话后，她低头看了好一阵她的脚。

"怎么了？"我问。

她抬起头，似乎才发现我在那儿，她摇了摇头。

"跟报社记者没有一点儿关系，"她说，声音由于震惊而茫然失措，"她要我……求我……去瑞士，她给我订了今晚的最后一趟航班。"

第二十六章 告别

在其他情况下,我觉得这会有点奇怪。我,露易莎·克拉克,二十年来,很少离开家乡小镇,在不到一周的时间里,现在飞向第三个国家。我以空姐的高效整理好行李,只带了最基本的生活必需品。特丽娜默默地四处转,拿给我她认为我需要的东西,然后我们走下楼梯。我们停在了半路。父母并肩站在门厅,四周充满一种不祥氛围,就像我们出去玩得太晚想偷偷溜回家时那样。

"怎么了?"母亲盯着我的箱子。

特丽娜挡在我前面。

"露要去瑞士,"她说,"她现在就得走,今天只剩下一趟航班了。"

我们正要继续走,母亲走上前来。

"不行。"她的嘴抿成一条陌生的弧线,手臂难看地交叉在胸前,"我说话算话,我不想你卷进去。如果事情就是我想的那样,别去。"

"但是——"特丽娜开口道,瞥了一眼身后的我。

"不行。"母亲说,声音里透着一种不寻常的威严,"没有但是。我一直在想这件事,想你说的每件事。这是不道德的。你要是卷进去,你就是在帮助他自杀,会有数不清的麻烦事找上你的。"

"你妈妈说得对。"父亲说。

"我们从新闻里了解到了,这会影响你一辈子的,露。大学面试,一切事情。要是你有前科,你永远拿不到大学学位,找不到好工作——"

"他要她去,她不能坐视不理。"特丽娜打断了他。

"当然,当然她可以。她已经给那个家庭贡献了六个月了。从现在的情形来看,这份工作给了她很多好处,也给我们家很多好处,别人不停地敲门,邻居都认为我们因为骗保受到了惩罚。她不能去,她好不容易有机会出人头地,他们却要她到瑞士那个可怕的地方,鬼知道要卷进什么事。好啦,我说了不行,就是不行,露易莎。"

"但她必须去。"特丽娜说。

"不,她不用,她做得够多了。昨晚她自己说的,她尽了全力。"母亲摇了摇头,"不管特雷纳家会把他们的生活弄得怎样一塌糊涂……不管他们要对自己的儿子做什么,我不希望露易莎卷进去,我不想她毁掉自己的人生。"

"我觉得我能自己拿主意。"我说。

"我觉得你不能。他是你的朋友,露易莎,这个年轻人还有长远的美好人生。你不能参与进去。你居然考虑,真让我震惊。"母亲的话语有一种陌生的生硬味道,"我把你拉扯大,不是为了让你帮助别人结束他的生命！你会结束外公的生命吗？你觉得我们也应该把他送去'尊严'吗？"

"外公不一样。"

"不，没什么不一样。外公也不能做他以前做的事情，但他的生命是珍贵的，和威尔的生命一样珍贵。"

"这不是我的决定，妈妈。这是威尔的决定，关键是要支持威尔。"

"支持威尔？我从没听过这种瞎话。你还是个孩子，露易莎。你啥都没见识过，没经受过。这对你会有什么影响，你完全没有概念。老天在上，要是你帮助他完成这件事，你晚上能睡得着吗？你要帮助一个男人去死，你真的明白这一点吗？你要帮助威尔，那个可爱聪明的年轻人，去死。"

"我晚上能睡得着，因为我相信威尔，他知道什么对他最好，对他来说，最糟糕的事情就是他失去了做决定、自己做事情的能力……"我看着父母，想让他们理解，"我不是个孩子，我爱他，我爱他。我不能不管他，我也受不了不在那儿，不知道他……"我压抑住情绪，"没错，我要去。我不需要你们管我，也不需要你们理解，我会处理。不管你们说什么，我都要去瑞士。"

小小的门厅出现了沉默。母亲盯着我，就像她不认识我。我朝她迈进了一步，想让她明白。她向后退了一步。

"妈妈，我欠威尔的，我亏欠他，我必须去。你以为是谁让我申请大学的？是谁鼓励我有所作为，旅行、树立理想？谁改变了我思考问题的方式，甚至是我对自己的看法？是威尔。我在最近的六个月比我过去二十七年做的事情都多，活得都更为精彩。因此，如果他要我去瑞士，我就要去！不管结果如何！"

一阵短暂的沉默之后,父亲轻声说:"她像莉莉阿姨。"

我们都站在那儿,盯着彼此。父亲和特丽娜瞪着彼此,似乎在等待对方先说话。

母亲打破了沉默,"露易莎,如果你去,就不要回来。"

这句话像鹅卵石一样从她嘴里跳出来。我震惊地看着我母亲,她的目光很坚决,有些紧张地看着我的反应,似乎有一堵我从不知晓的墙出现在我们之间。

"妈妈。"

"我是当真的,这无异于杀人。"

"乔茜——"

"事实如此,巴纳德,我可不想搅和进去。"

我记得当时在想,似乎隔着一段距离,我从未见到卡翠娜看起来那么摇摆不定。我看见父亲去握母亲的手,不知道是出于责备还是安慰。猛然我的脑子里一片空白,我毫无意识地缓缓走下楼梯,经过父母身边到前门。过了一会儿,妹妹跟了上来。

父亲嘴角下倾,似乎想要忍住一切。他转向母亲,把手放在她的肩头。她看着他的脸,似乎已经知道他要说什么。

他把钥匙扔给特丽娜,她一只手接住了它们。

"嗨,从后门走,穿过道尔蒂太太的花园,开我的车去。他们看不见你们的。如果你们现在走,交通状况不是太糟,你们可以赶到的。"

"你知道这么做的后果吗?"卡翠娜说。

我们快速冲下公路时,她斜眼看向我。

"不知道。"

我不能老看着她,我在手提包里翻找,看有没有漏掉什么。特雷纳夫人的声音一路在我耳中翻腾:露易莎,拜托,你能来吗?我知道我们有些分歧,但是请……你现在来至关重要。

"该死!我从没见妈妈那样。"特丽娜继续说。

护照、钱包、门钥匙。门钥匙?有什么用?我没有家了。

卡翠娜斜眼看着我,"她现在气疯了,不过她是太震惊了。你知道最后她会消气的,是吧?那时我回到家告诉她我怀孕了,我以为她永远都不会再跟我说话。结果才两天,她就回心转意了。"

她在我身边唠唠叨叨,我没有听进去,我没法集中精力考虑任何事情。我的神经末梢似乎活跃起来,期待地吵吵嚷嚷。我要去看威尔,无论如何,我要去。我几乎能感觉到我们之间的距离在缩减,仿佛我们在一根无形的松紧线的两端。

"特丽娜。"

"什么事?"

我抑制住情绪,"别让我错过这趟航班。"

我妹妹是个非常坚定的人。我们插了队,在内车道超速行驶,调取广播台收听路况报道,终于,机场出现在眼前。汽车戛然刹住,听到她叫我时,我半个身子都探出了车外。

"嘿!露!"

"抱歉。"我回头跑到她身边。

她紧紧地拥抱了我。"你做得没错,"她说,看上去都快落泪了,"快滚吧。要是我驾照扣六分,你还错过了这趟该死的航班,我再也不要跟你说话了。"

我没有回头,一路狂奔到瑞士航空公司的服务台,气喘吁吁,说了三次才清晰地说出我的名字,拿到了机票。

快到午夜时，我到达苏黎世。由于是深夜，特雷纳夫人帮我订了机场宾馆，她说第二天上午九点会派车来接我。我原以为我会难以入睡，不过我睡着了——奇怪、深沉而断断续续的睡眠——早上七点就醒了，完全不知道自己身在何处。

我迷迷糊糊地看了一眼陌生的房间，用来遮挡阳光的厚重勃艮第窗帘、平板电视。我的旅行包都还没打开。我看了一眼钟，瑞士时间七点刚过。意识到身在哪儿后，我突然感到害怕，胃也收紧了。

我匆忙爬下床，冲到小浴室一阵呕吐。我躺在花砖地板上，头发贴在前额，脸颊贴在冰冷的瓷砖上。我听见了母亲的声音，她的反驳，我感到黑暗的恐惧逼近。我可不想这样，不想再次失败，我不想看着威尔死去。我呻吟了一声，爬起来再次呕吐。

我吃不下东西，只勉强咽下了一杯黑咖啡。洗了澡，换了衣服，时间就到了八点。我盯着昨晚扔进来的那条浅绿色裙子，不知道穿这个是否合适。每个人都会穿黑色的衣服吗？我要穿色彩鲜艳充满活力的衣服，像威尔喜欢的那条红裙子吗？为什么特雷纳夫人叫我到这儿来？我看了一下手机，不知道是否要给卡翠娜打个电话。英国现在应该是早上七点，估计她在给托马斯穿衣服，想到要跟母亲说话我就有点堵得慌。我化了淡妆，在窗边坐了下来，时间一分一秒缓慢地消逝。

我从没感到这么孤独过。

在小房间里再也待不下去了，我把东西扔进包里，离开了房间。我会买份报纸在大厅等待，那儿不会比坐在安静的房间、看着卫星新闻频道、感受着窗帘令人窒息的黑暗更糟糕。经过前台时我看见了电脑，小心地放在角落里。上面标着：只限宾馆客人。

请咨询前台。

"我可以用电脑吗?"我对服务员说。

她点了点头,我买了一小时的代币。我突然很清楚地知道想对谁说话,我本能地觉得他是这会儿还在线的我能依赖的少数人之一。我登录聊天室,在留言板上打出了一条信息:

里奇,你在吗?

早上好,蜜蜂。你今天好早。

我犹豫了一会儿才继续打字:

我马上要开始我生命中最奇怪的一天。我在瑞士。

他知道这意味着什么,他们都知道这是什么意思。这家诊所是许多激烈论战的主题。我打字:

我很害怕。

为什么你在那儿?

因为我不能不来,他要我来。我正在宾馆等待去见他。

我犹疑了一下,然后继续打字:

我不晓得这一天会怎么结束。

噢,蜜蜂。

我能对他说什么?怎么改变他的主意?

他打字前有一段时间的延迟,文字在屏幕上出现的速度比以往慢,似乎他在斟酌。

如果他在瑞士,蜜蜂,我想他不会改变主意。

我感觉喉咙哽咽住了,我努力吞咽。里奇仍在打字:

这不是我的选择,这个版上的大多数人都不会做这样的选择。我热爱生活,即使我希望它能不一样。但我理解为什么你的朋友会觉得受够了。过这样的生活让人厌倦,正常人很难真正理解。

如果他决心已定，如果他真的觉得未来不会有好转，那么我觉得你能做的最好的事情就是陪伴。你不必认同他，但你必须待在他身边。

我屏住呼吸。

祝你好运，蜜蜂，过后再来找我。今后的生活对你来说会有些困难。不管怎样，你都可以把我当朋友。

我的手指仍然在键盘上，我打字：

我会的。

然后服务员告诉我，我的车已经到了。

我搞不清自己期待的是什么，也许是湖边或是雪山边的白色建筑，也许是看起来就像医院的大理石门面，墙上有镀金的匾。我没想到要穿过工业区，最后停在一个普通房子前面，四周是工厂，诡异的是还有一个足球场。我走过木板平台，经过金鱼池，然后走了进去。

开门的女人很快知道我要找谁，"他在这里。要我带你去吗？"

我停了下来，看着紧闭的门，像极了几个月前我站在威尔家侧厅外看见的那扇门。我深吸了一口气，点了点头。

看到他之前，我先看到了床。红木床占据着房间中央，古雅的印花床罩和枕头与整个氛围极其不协调。特雷纳先生坐在床的一边，特雷纳夫人坐在另一边。

她看上去面色惨白，看见我时，她站起身，"露易莎。"

乔治娜坐在角落的木椅上，膝盖弯曲，双手合在一起像是在祈祷。我走进门时她抬起头，眼神黯然，悲痛得发红，那种感觉我能感同身受。

要是卡翠娜坚持她有权利做同样的事情,我会怎么做?

房间明亮又通风,宛如高档的度假别墅。地上铺着花砖和名贵地毯,一端还有一张沙发,面向一座小花园。我不知道该说什么。这是一幅太荒谬、太世俗的场景,他们三个坐在那儿,似乎这家人正在商量今天去哪儿观光。

我转向床。"那么,"我说,包还挎在肩头,"我估计这里的客房服务不怎么样。"

威尔一眨不眨地看着我,尽管发生了这么多事,尽管我很恐惧,尽管我吐了两次,感觉像是一年没有睡觉,但我庆幸我来了。不是庆幸,是释然,就像切除了心中一直让我苦恼痛苦的东西,彻底扔掉了。

他笑了。他的笑容非常可爱——慢慢绽放,充满认同。

奇怪的是,我发现自己也对他微笑。"房间不错。"我说,然后意识到我的话很蠢。我看见乔治娜·特雷纳闭上了眼睛,我脸红了。

威尔转向他母亲,说:"我想和露说说话,可以吗?"

她勉强笑了笑。她看向我的眼神百感交集——宽慰、感激,为这几分钟要回避而感到的些微愤恨,也许还有一点渺茫的希望,希望我的出现意味着什么,希望这种命运的轨道还能扭转。

"当然。"

她经过我身边去了走廊,我从门边退开让她过去,她伸出手轻轻碰了碰我的上臂。我们的眼神交会,她的眼神非常温柔,那一瞬间那她像是变了一个人,然后她走开了。

"过来,乔治娜。"见她女儿没有要动的想法,她说。

乔治娜缓缓地站了起来,默默地走了出去,她的背影诉说着她有多么不情愿。

就只剩下我们了。

威尔在床上半支着身体,从他左边的窗口看出去,小花园的水在木甲板下欢快地流淌,汇成一股细流,墙上挂着一幅设计糟糕的大丽花照片。记得当时我在想,在生命的最后几个小时看这张图片真是差劲。

"那么——"

"你不会——"

"我不会劝说你改变主意。"

"你来了,就表明你接受了我的选择。自从出事故以来,这是我自己掌控的第一件事。"

"我知道。"

就是那样,他知,我知。我没有其他要做的事情。

你知道什么都不说有多难吗?你体内的每一个细胞都想做着相反的事情时有多难吗?从机场来的一路,我都在练习不要多说什么,让我非常难过。我点了点头。我终于开口时,声音很小,断断续续,说的是唯一安全的话语:

"我想念你。"

他似乎放松了一些。"到这儿来。"见我有些犹豫,他继续说,"拜托,来吧,到这儿来,到床上来,到我旁边。"

那时我才意识到他真正松了一口气。他很高兴看见这样的我,他不用真正说什么。我告诉自己这样就够了,我会做他要求的事情,这样就够了。

我躺在他身边,抱住他。我把头靠在他的胸口上,感觉着他胸口温柔的起伏。我可以感觉得到威尔的指尖摩挲着我的背,我发间有他温暖的呼吸。我闭上眼,呼吸着他的气味,仍然是同样高贵的杉木香,尽管房间清淡无味,但消毒剂的味道有些恼人。我尽力不去想任何事,尽量吸取我爱的男人的气息,把他印刻在我身上。我没有说话,然后听见了他的声音。我跟他靠得如此近,他说话时似乎让我有些轻微的震颤。

"嘿,克拉克,"他说,"告诉我一点好消息。"

我看着窗外蔚蓝色的瑞士天空,讲了一个有关两个人的故事。这两个人本来不会遇见,一开始不喜欢对方,最后却发现他们是世上唯一彼此理解的人。我告诉他他们冒过的险、去过的地方、我从未期待会看到的东西。我让他想想充满电流的天空、色彩鲜艳的海,充满欢笑和无聊笑话的晚上。我向他描绘出了一个世界,一个远离瑞士工业区的世界,在那个世界中,他仍然是他想成为的那个人。我向他描绘了他为我创造的世界,充满奇迹和可能。我让他知道,他在不知不觉中疗愈了我的伤痛,为此,我永远受惠于他。说的时候,我就知道这些会是我说过的最重要的话语,我一定要好好说,这不是宣传广告,不是要改变他的主意,而是对威尔说过的话的尊重。

我告诉了他一些好消息。

时间变得缓慢甚至停止了。只有我们两人,我在充满阳光的空房间喃喃细语。威尔没有说太多,他没有回嘴,补充一句冷淡的评论,或是嘲笑我。他偶尔点点头,他的头抵在我的头边,自言自语,或是沉浸在美好的回忆里。

"这是,"我告诉他,"我人生中最美好的六个月。"

一阵长久的沉默。

"真巧,我也是。"

就在那时，我感觉心碎了。我哭丧着脸，将冷静抛到脑后，紧紧地抱住他，不再在意他会感觉得到我因为啜泣而颤抖的身体，因为悲伤让我情不自禁。悲伤让我崩溃，撕扯着我的胃和心，让我无法自拔。我真的无法承受。

"别这样，克拉克，"他低声说。他吻了吻我的头发，"噢，拜托，别这样，看着我。"

我闭上眼睛，摇了摇头。

"看着我，拜托。"

我不能。

"你在生气。我不想伤害你，也不想让你——"

"不——"我又摇了摇头，"不是那样。我不希望——"我的脸贴着他的胸口，"我不希望你最后看见的是我这张凄苦和有污斑的脸。"

"你还是不明白，克拉克，是吗？"我可以听见他在笑，"这不是你的选择。"

花了一会儿工夫，我才重新恢复平静。我擦了擦鼻涕，深深地吸了一口气。最后，我用手肘撑起脸，回头看他。他的眼睛，此前有些发紧很痛苦，现在看起来格外清澈放松。

"你看起来美极了。"

"真是好笑。"

"到这儿来，"他说，"离我近点儿。"

我又躺了下来，看着他。我看见了门上的钟，突然有一种时间飞逝的感觉。我拉过他的胳膊，紧紧抱着自己，我们的手脚紧密地缠绕在一起。我把我的手指裹进他那只还能动的手，他紧紧握着我的手。我吻着他的指关节，现在我对他的身体非常熟悉。

从某方面来说，我从没对帕特里克的身体如此熟悉，我了解他的力量和脆弱、伤疤和气味。我的脸紧贴着他的脸，近到他的面容变得模糊，我沉浸在他的面容中。我用手指抚摸他的头发、他的肌肤、他的眉毛，眼泪止不住地从我脸上滑下，我的鼻子贴着他的鼻子，他一直默默地注视着我，目不转睛地看着我，似乎要把我身上的每个细胞都珍藏起来。他已经在撤退，退到我无法触及的地方。

我吻他，想让他回过神。我吻他，吻停在他的唇上，我们的呼吸混合在一起，我的泪水变成他皮肤上的盐粒。我告诉自己，在某个地方，他的微粒会变成我的微粒，被吸取、被咽下，永远存活。我想把全身都贴着他，我想要把我的思绪灌输给他；我想要给予他我感受到的每一丝生活热情，让他活下去。

我意识到我害怕活在没有他的世界中。为什么你有权利毁坏我的生活，我想问他，而我对你的生活没有发言的权利？

但是我承诺过。

所以我抱住他，威尔·特雷纳，以前的城市青年才俊、特技潜水者、运动爱好者、旅游者、爱人。我紧紧抱住他，什么也没有说，我一直默默告诉他有人爱着他。噢，有人爱他。

我说不清我们这样待了多久。我隐隐约约感觉到了外面有人轻声交谈，有人放轻脚步，远处传来教堂的钟声。最后，我感觉他长长地舒了一口气，几乎一阵颤动，然后他的头往后退了一英寸，这样我们可以清楚地看到彼此。

我对他眨了眨眼。

他微微一笑，几乎像是致歉。

"克拉克，"他平静地说，"能帮忙叫一下我爸妈吗？"

第二十七章　裁决

英国皇家检察署

致：皇家检察署署长
机密文件
回复：威廉·约翰·特雷纳
二〇〇九年九月四日

警方已约谈所有涉案人员，因此附上所有相关文件。

本次调查的中心人物是威廉·特雷纳先生，三十五岁，伦敦金融城马丁格利·卢因斯公司的前合伙人。二〇〇七年，特雷纳先生在一场交通事故中脊柱受到损伤，被诊断为 C5/6 的四肢瘫痪，只有一只胳膊能非常有限地动一动，需要 24 小时看护。他的病史请见附件。

文件表明特雷纳先生在去瑞士之前，曾努力安排法律事务。他的律师迈克尔·劳勒先生提交了有签署见证的意向书，以及之前他在诊所进行咨询的所有相关证明文件。

特雷纳先生的家人和朋友都反对他过早结束生命的意愿，但考虑他的病史和之前自杀的尝试（详见附录的病历记录），以及他个人强硬的性格，他们显然没法劝阻他，尽管他们特意与他协商争取到六个月的延期，但没法让他转变心意。

值得注意的是，特雷纳先生的遗嘱受益人之一是他聘请的女护理——露易莎·克拉克小姐。鉴于她与特雷纳先生相处的时间有限，他对她的慷慨可能令人质疑，但是各当事人都不愿违背特雷纳先生合法记录在案的遗愿。警方详细地讯问了她好几次，警方相信，她为了阻止特雷纳先生实现他的意图已尽了全力。（请见证据中她的"冒险日历。"）

还应当注意的是他的母亲卡米拉·特雷纳女士，是一位法官，多年来她广受尊敬，由于公众对此案的关注，她已经提交了辞呈。据了解，在特雷纳去世后不久，她就与丈夫分居了。

诚然，皇家检察署绝不倡导在国外诊所的协助下自杀，但从收集来的证据看，特雷纳先生的家人和护理的行为显然并没有违反现今的指导原则，该原则详细解释了自杀以及由此造成与逝者关系亲近之人可能会面临的起诉。

1. 特雷纳先生在有能力并了解情况的基础上"自愿、清楚、确定"地做出此决定。

2. 没有证据表明特雷纳先生有心理疾病，或是遭受强迫。

3. 特雷纳先生明确表示他想自杀。

4. 特雷纳先生的残疾相当严重，无法医治。

5. 陪伴特雷纳先生的人没有影响到他，也没有提供协助。

6. 陪伴特雷纳先生的人是在不情愿的情况下，面对死者坚决的要求后提供帮助。

7. 案件中所涉及的各方完全配合警方调查。

基于上述事实、各当事人之前良好的品行、所附的各项证据，我认为提起诉讼并不符合公众利益。

我建议，如果要做出上述类似的公开声明，检察署署长应明确表示特雷纳一案并不构成可作援引的判决先例，皇家检察署将继续基于具体个案的特点和情况作出判决。

谨致良好的祝愿。

希拉·麦金农

皇家检察署

尾声

我只是在依据指示行事。

我坐在咖啡馆深绿色遮阳篷的幽暗处,凝视着自由民路,巴黎秋天温和的阳光照射在我的脸颊上。服务员以法国人的效率在我面前摆上了一盘羊角面包和一大杯手冲咖啡。一百码开外,有两个骑自行车的人在红绿灯附近攀谈。其中一个背着蓝色的包,两根面包棍奇怪地伸了出来。空气静谧而闷热,飘荡着咖啡和法式糕点的香味,还有香烟的刺鼻气味。

我看完了特丽娜的信(她说她本来要打电话的,但是她付不起国际长途费)。会计学 2 这门课程她考了第一名,她交了新男友桑蒂普,他正在考虑要不要接手他父亲在希思罗机场附近的进出口公司。他的音乐品位甚至比她还糟。托马斯为能在学校升班兴奋得不行。父亲的工作做得相当出色,他向我问好。她确信母亲马上就会原谅我。她确实收到了你的信,她说,我知道她读了。

给她一些时间。

我啜饮了一口咖啡,一瞬间似乎回到了伦费鲁路,回到了千里之外的家。低悬的太阳让我稍微眯起了眼,我看见一个戴着墨镜的女人对着商店橱窗整理头发。她对着镜中的影像嘟起了嘴,挺了挺身,然后继续向前走。

我放下杯子,深深吸了一口气,又拿起另一封信,这封信我带在身边快六个星期了。

信封正面的文字是用大写字母打印的,我的名字下面写着:

此信只能在自由民路的伯爵咖啡馆,在羊角面包和大杯法式牛奶咖啡的陪伴下阅读。

我笑了,虽然一看到信封我就流泪了,典型的威尔风格,直到最后都很专横。

那个服务员,一个高高的活泼的小伙子,围裙口袋里塞着不少纸巾,回过头看到了我的眼睛。"你还好吧?"他扬了扬眉,问道。

"还好。"我说,有点难为情地加上,"没事。"

信是打印出来的,字体和很久以前他送我的那张卡片的字体一样。我在椅子上坐好,开始读信:

克拉克:

你读到这封信时,应该是几周后了(即便凭借你新获得的组织协调技巧,我估计你也应当是在九月初以前到巴黎)。希望咖啡可口浓香、羊角面包新鲜、天气还足够暖和,你可以坐在外面的金属椅上,不过摆在人行道上的座椅可从不稳当。伯爵咖啡馆还不算糟,牛排也不错,如果你想在那里进午餐的话。往你左边的街道看，你有望看到阿蒂仙香水店，读完这封信后，你可以去那里试试那款"追逐蝴蝶"香水（我不太记得名字了）。我一直觉得会很适合你。

好了，指示结束。

有几件事情我想跟你说，本来想当面告诉你的，但是你可能会太情绪化，你也可能不会让我大声说出来。你一贯话多。

听好了，你最初从迈克尔·劳勒那里拿到的信封中的支票，不是全部的数额，只是一个小礼物，用来帮助你度过失业的最初几个星期，帮助你到巴黎。

等你回到英国，拿这封信去迈克尔在伦敦的办公室找他，他会给你相关文件。你可以进入一个用你的名字开设的账户，这是他帮我设立的。这个账户里的钱足够你买个舒适的住处，支付你的大学学费和生活开销。

这件事情我父母已经知悉。我希望这个，还有迈克尔·劳勒的法律工作，能尽量减少你的麻烦。

克拉克，我真的能听到你开始强劲呼吸。别发慌，也别把钱捐出去，这些钱还不足以让你下半生游手好闲，但应该能给你足够的自由，至少不用再被束缚在我们称作"家乡"的幽闭小镇，摆脱迄为止你觉得必须要做的选择。

我给你这些钱，并不是为了让你伤感，不是要你感激我，也不是要你觉得这是某种该死的悼念形式。

我给你这些是因为没有多少让我开心的事物了，而你是一个。

我清楚地知道，认识我给你带来了痛苦悲伤，希望有一天你不再那么生我的气,也不那么沮丧时,能懂得我只能那么做,并且这也能让你过上美好的生活,比你没有遇见我时更好的生活。

在你的新世界里,你会有些不自在。离开舒适区域确实会让人感到茫然,但我希望你也能感到一丝兴奋。那次你潜水回来时脸上的表情告诉了我一切。你内心有一种渴望,克拉克,一种无畏。像大多数人一样,你埋藏起来了。

我不是要告诉你从高楼上跳下来,或者跟鲸鱼一起游泳之类的(虽然私底下我希望你能),而是要你大胆地去生活。勇往直前,永不妥协,骄傲地穿条纹连袜裤。如果你坚持要与某个傻小子安定下来,一定要把其中一部分钱找地方存起来。知道自己还拥有机会是一种奢侈,知道能多给你些机会,也让我欣慰。

就是这些。克拉克,你刻在了我的心上。从你走进来的第一天——穿着滑稽的衣服,讲蹩脚的笑话,完全没法隐藏自己的情绪——你就刻在了我的心上。你极大地改变了我的生活,远比这些钱能给你的生活带来的改变多得多!

别经常想我,我不希望你伤感。好好活着。

活着就好。

爱你的,
威尔

一滴泪扑簌地落到了我面前摇摇晃晃的桌子上。我擦了擦脸,把信放在桌上。过了好一会儿,我的视线才不再模糊。

"再来一杯咖啡吗?"服务员又出现在我面前,问道。

我眨了眨眼。他比我认为的要年轻,也没有那种傲慢的神情。也许巴黎的服务员经过专门的训练,对在他们咖啡馆里哭泣的女人格外友好吧。

"或许……来一杯上等白兰地?"他看了一眼信,微笑着说,带着一种同病相怜的理解。

"不用了,"我回报以微笑,"谢谢。我有事情要忙。"

我付了账,小心地把信塞进我的兜里。

从桌子旁走出来时,我把肩上的包带拉直,朝那家香水店走去,迎向整个巴黎。